Ein Mann zum Dessert

Econ Krimi

Im Econ Taschenbuch Verlag ist von Diane Mott Davidson außerdem lieferbar:

Angriff der Killer-Pfannkuchen (TB 25169)
Hochzeitsschmaus mit Todesfall (TB 25093)
Partyservice für eine Tote (TB 25003)
Müsli für den Mörder (TB 25982)
Süß ist der Tod (TB 25973)

Zum Buch
Goldy Bear, Besitzerin eines Partyservices, scheint auf Problemfälle abonniert zu sein. Als Marla mit ihrem neuen Liebhaber in Schwierigkeiten gerät, weicht Goldy ihrer Freundin nicht von der Seite. Schließlich hat Marla einen mittelschweren Herzinfarkt hinter sich – und sucht sich immer die falschen Lover aus. Auch Tony, ihr Neuer, hat offenbar Dreck am Stecken. Zuerst haut sein Geschäftspartner mit drei Millionen Dollar ab, dann ist auch Tony selbst verschwunden. Zu allem Überfluß glaubt ein übereifriger Sheriff an Mord – einen Mord, den Marla begangen haben soll.

Zur Autorin
Diane Mott Davidson lebt in Evergreen, Colorado. Mit ihren kulinarischen Kriminalromanen hat sie ein ganz eigenes Subgenre kreiert. All ihre spannenden Romane garniert sie mit leckeren Kochrezepten.

Diane Mott Davidson

Ein Mann zum Dessert

Ein Goldy Bear-Krimi

Aus dem Amerikanischen von Dietlind Kaiser

Econ Taschenbuch Verlag

Veröffentlicht im Econ Taschenbuch Verlag
2.Auflage 1998
Der Econ Taschenbuch Verlag
ist ein Unternehmen der Econ & List Verlagsgesellschaft
Deutsche Erstausgabe

Titel des amerikanischen Originals: The Main Corpse
Aus dem Amerikanischen übersetzt von: Dietlind Kaiser
Umschlagkonzept: Büro Meyer & Schmidt, München – Jorge Schmidt
Umschlagrealisation: Init GmbH, Bielefeld
Titelabbildung: Reiner Tintel
Lektorat: Reinhard Rohn
Gesetzt aus der Baskerville, Linotype
Satz: Josefine Urban – KompetenzCenter, Düsseldorf
Druck und Bindearbeiten: Elsnerdruck, Berlin
Printed in Germany
ISBN 3-612-25212-7

Für unsere geliebten Kinder
Jeffrey, J. Z. und Joe

Die Autorin möchte den folgenden Menschen für ihre Hilfe danken: Jim, Jeff, J. Z. und Joe Davidson; Kate Miciak, einer hervorragenden Lektorin; Sandra Dijkstra, einer außergewöhnlichen Agentin; Lee Karr und der Gruppe, die sich bei ihr zu Hause trifft; John Schenk und Karen Johnson vom Partyservice J. William's in Bergen Park, Colorado; Deidre Elliott und Katherine Goodwin Saideman für ihre gründliche Lektüre des Manuskripts; Janet Alexander, einer Freundin, die mich unterstützt und außerdem den Titel gefunden hat; Lucy Mott Faison, Sally Mott Lawrence und Bill Mott Jr., weil sie mir ihre Küchen zum Ausprobieren von Rezepten zur Verfügung gestellt haben; Dr. Mark D. Witty, Dozent für innere Medizin an der St. Louis University; D. D. Richard L. Staller; Emyl Jenkins; Carol Devine Rusley; Joanne P. Smith; Spike Christensen; Sandra Dallas; Mr. und Mrs. James Hartley; Mark A. Bowron, stellvertretender Direktor und Geschäftsführer der Alma American Mining Corporation; Jack Hiatt vom Büro des Justizministers in Santa Fe, New Mexico; Robert T. Ammann, Gewinnbeteiligungsanalyst bei Founders Asset Management, Inc.; Susan Conant für Hunderecherchen; Bob Springsteel von Theatrics, Inc.; David Harris von der Bergbauakademie von Colorado; Martha Poley, Carl Mount und William York-

Fiern vom Archiv für Bergwerke in und außer Betrieb im Amt für Mineralien und Geologie von Colorado; David M. Abbott, Jr., Seniorpartner bei Behre Dolbear and Company Inc., ehemaliger Geologe und Mitglied des US-Ausschusses für Wertpapiere und Börse; William Butler von Butler Research and Investigations; Paula Millsapps, Buchprüferin bei der FirstBank; und wie immer Ermittler Richard Millsapps vom Büro des Sheriffs von Jefferson County in Golden, Colorado, weil er mir geduldig unschätzbare Hilfe und Einsichten geliefert hat.

Der Dienst, den ein Mensch seinem Freund erweist, ist belanglos und selbstsüchtig im Vergleich zu dem Dienst, von dem er weiß, daß sein Freund bereitsteht, ihn ihm zu leisten . . .

Ralph Waldo Emerson: *Gaben*

PROSPECT FINANCIAL PARTNERS

EMPFANG MIT LUXUSBIER
UND
APPETITHÄPPCHEN

Goldmine Eurydice,
Idaho Springs, Colorado

Samstag, 5. Juni

Chinesische Shrimpsklößchen

Tomatenkuchen mit Brie

Krebsquesadillas

Riesenchampignons mit Hühnerwurstfüllung

Artischocken im Schinkenmantel mit Dijonsahnesauce

Diverse Biere, Ale, Weizenbier und Starkbier

Weiße Schokoladentrüffel, Konfekt in Goldfolie

Französischer Röstkaffee

Manchmal könnte man für einen Auftrag jemanden umbringen. Ich war soweit – ich hatte einen miserablen Frühling hinter mir. Der Verdienstausfall bedeutete, daß ich Nachmittage lang verzweifelt in den Akten meiner Kunden stöberte. Sollte die Tochter der Hardcastles nicht demnächst heiraten? Wollten sie nicht, daß ich den Empfang ausrichtete? Und was war mit dem Brunch des Gartenklubs, dem Picknick der Neuankömmlinge und dem Barbecue der Kiwani-Gesellschaft zur Begrüßung des Sommers? Was geplante Ereignisse anlangte, waren diese letzten beiden Monate die schlimmsten in den fünf Jahren, seit ich professionelle Partylieferantin geworden war. Der Frühling war nicht nur miserabel. Er war katastrophal.

Alle sagten, es liege am Wetter. Seit Mitte März bis jetzt, Anfang Juni, war das Hochland von Colorado von erbitterndem, endlosen Regen und Schnee heimgesucht worden. Die Audobon Society gab bekannt, Zugvögel auf dem Weg nach Norden hätten den gesamten Staat überflogen. Überschwemmungen waren angesagt, Erdrutsche, und Ereignisse mit Partyservice standen ganz unten auf der Liste. Alle Klubs hatten Veranstaltungen im Freien gestrichen, und die Tochter der Hardcastles stand wegen Depressionen unter Medikamenten.

Ich stellte den Klößchenteig beiseite, den ich knetete, und sah aus dem Küchenfenster. Morgennebel hüllte die Berge im Naturschutzgebiet von Aspen Meadow ein. Vor kurzem hatte ich in einem müßigen Augenblick – in letzter Zeit hatte es viele solche Augenblicke gegeben – einen Artikel gelesen, in dem ein Psychiater behauptete, die Menschen äßen bei lange anhaltendem schlechten Wetter tatsächlich mehr. Aber falls die Leute über am Stück gegrillten Schwertfisch und Suppenteller voll Mousse au chocolat herfallen, weil graue Tage sie melancholisch stimmen, dann sollte es doch für Partylieferanten ein Jackpot sein, wenn es gießt, oder? Während ich den Artikel las, wußte ich tief im Inneren, daß die Argumentation des Seelenklempners nicht stimmte. Mir lagen die Bankauszüge vor, die das bewiesen.

Ich rollte den Teig hauchdünn aus. Das mangelnde Einkommen war nicht meine größte Sorge. Schließlich war ich seit über einem Jahr mit einem Mann verheiratet, der regelmäßig sein Gehalt bekam. Aber Eheglück im zweiten Anlauf war eine Sache. Finanzielle Unabhängigkeit war etwas ganz anderes. Weil ich fünf Jahre lang allein zurechtgekommen war, wäre ein Fehlschlag meines Geschäfts beschämend gewesen. Ich attackierte dem nächsten Teigklumpen mit dem Nudelholz. Es wäre unvorstellbar gewesen, Goldilocks Partyservice zu verlieren.

Gott sei Dank hatte meine beste Freundin mir beigestanden – gesegnet sei ihr großes, eben von einem Infarkt erholtes Herz. Marla Korman war die zweite Exfrau meines Exmannes – den wir beide den Kotzbrocken nannten. Als mein Geschäft in Schwierigkeiten geriet, wollte mir Marla einen Kredit geben. Ich sagte sehr energisch vielen Dank, aber nein. Als nächstes bot sie mir an, daß eine Anlegerfirma – Prospect Financial Partners –, an der sie mehr als nur ein flüchtiges Interesse hatte, Goldilocks Partyservice als Investitionsmöglichkeit überprüfte. Auch dazu hatte ich höflich nein danke gesagt. Wenn zu viele Köche den Brei verderben, war nicht vorherzusagen, was eine Firma für Risikoanleger einem Partyservice antun konnte. Aber dann kam Marla auf die schlaue und glänzende Idee, mir einen Auftrag für eine Festivität von Prospect Financial Partners zu beschaffen. Wie hätte ich nein sagen können? Deshalb belieferte ich an jenem Nachmittag eine herzerwärmend einträgliche, luxuriöse Veranstaltung mit Bier und Hors d'oeuvres für die Risikokapitalanleger – an einem äußerst ungewöhnlichen Schauplatz. Ich ließ es mit dem Nudelholz etwas lockerer angehen und stellte mir den Ort der Party vor: das Portal vor der Goldmine Eurydice. Selbstverständlich fand die Party nicht innerhalb der Mine statt, sondern unter einem vor dem Eingang aufgebauten Zelt. Ich war dankbar für den kurzfristigen Auftrag, obwohl mich die Firma in einem Panikzustand angerufen hatte. Es gab keinen Zweifel daran, Prospect Financial Partners brauchten gesellschaftlichen Aufschwung. So dringend wie möglich.

Wegen des unerwarteten Todes der Leiterin der Investitionsabteilung war es in den letzten Wochen in der Firma drunter und drüber gegangen. Ich hielt es für besondere Hartherzigkeit, daß Kunden die Firma mit wenig mitfühlenden Anrufen bombardiert hatten, um herauszubekommen, wie der Tod von Victoria Lear ihren Portefeuilles schaden könne. Im besonderen wollten die Kunden wissen, ob die Tatsache, daß Abteilungsleiterin Lear verstorben war, die geplante Neueröffnung der Mine Eurydice verzögern werde, von der sie sich das Blaue vom Himmel erwarteten. Die Partner hatten ihren nervösen Investoren versichert, die Pläne, die Goldmine wieder zu eröffnen, seien völlig abgesichert, trotz des ungeplanten Ablebens von Victoria Lear. Aber Chaos und Unsicherheit lassen sich nicht leicht beheben, vor allem, wenn Geld auf dem Spiel steht. Die Kunden von Prospect standen kurz vor der Rebellion, mit anderen Worten davor, ihr Kapital zurückzuziehen.

Schließlich hatte Marla die Partner von Prospect davon überzeugt, es sei ein Riesenspaß – ganz zu schweigen von einer Erholungspause von der Krisenstimmung in der Firma –, am Eingang zur Eurydice ein Fest mit Partyservice zu veranstalten. Gebt ihnen was zu trinken und zu essen, hatte sie gesagt, dann vergessen sie, wie ihnen Victorias Tod unter die Haut gegangen ist. Und sie, Marla, kenne die perfekte Partylieferantin für die Veranstaltung ... Bei einer Temperatur von unter zehn Grad und drohenden Regen- und Hagelschauern hätte ich mir den Ort für eine Party nicht ausgesucht. Aber ich versicherte der Firma Prospect, ich sei fähig, mich den Verhältnissen anzupassen. Falls Regen komme, sagte ich ihnen, könnten wir es wie reiche Araber halten und uns unter das Zelt kuscheln.

Marla hatte bei Prospect ein dickes Portefeuille. Was noch wichtiger war, sie erlebte seit fünfzehn Monaten eine schwankende Liebesaffäre mit dem Finanzgenie von Prospect, Tony Royce, einem der beiden Eigentümer und Partner der Anlegerfirma. Tony, schlau, ernsthaft und immer bestens gekleidet, war vor einem Jahr in den finstersten Tagen ihrer Krankheit ständig bei Marla gewesen. Aber es gab jede Menge Gerüchte, daß sich der attraktive dunkelhaarige Tony vor und nach Marlas Krankenhausaufenthalt mit anderen Frauen getroffen hatte. Die Gerüchteküche machte Überstunden, verbreitete eine verrückte Geschichte, in der es um Tonys Beziehung zu einer gewissen Stripperin aus Las Vegas ging. Vor ein paar Monaten hatte Marla von Tonys Seitensprüngen erfahren. Sie hatte ihm erklärt, sie bleibe Kundin bei Prospect, aber ihr Herz ertrage es nicht, daß er sich mit anderen Frauen treffe. Sie hatte die Beziehung abgebrochen. Insgeheim war ich froh. Ich wollte nicht, daß sich meine beste Freundin noch einen Kotzbrocken an Land zog.

Im Mai hatte sich Tony jedoch als reuiger Sünder bekannt. Er gelobte Marla in aller Öffentlichkeit immerwährende Hingabe. Sogar ich war beeindruckt. Ich hoffte verzweifelt, daß sie ihr neues Zusammensein mit zauberhaften intimen Abendessen feiern würden, ausgerichtet von mir, wem sonst? Aber nein.

Tony, immer ein Mensch, der das Angenehme mit dem Nützlichen zu verbinden verstand, war mit Marla in jedes Restaurant gegangen, von dem sich die Partner von Prospect vorstellen konnten, ihr Geld dort anzulegen. Marla ergötzte mich mit Geschichten über diese Palette der Eßausflüge, wo sie über das Essen sinnieren konnte – köstlich, ungewöhnlich oder einfach mies. Tony schätzte jedes Restaurant darauf ein, welche Anziehungskraft auf Gäste es haben könne. Nach dem Vorhaben mit der Mine, erzählte Tony Marla, werde Prospect diversifizieren und Kapital in ein Restaurant stecken, das regionale Expansionspläne habe. Aber als Marlas Kardiologe erfuhr, daß sie im ganzen Staat Testesserin für Sauce hollandaise und kalorienreiche Pizza war, machte er dieser besonderen Form von Finanzanalyse sofort ein Ende.

»Tony und ich sind verliebt«, hatte Marla mir anvertraut, als sie den Auftrag bei mir buchte. »Das ist das einzig Wahre.«

»Wird er einen anderen Testesser finden?«

»Das sagt er«, erwiderte sie träumerisch. »Aber er braucht mich mehr denn je. Zur moralischen Unterstützung. Er ist so verzweifelt, weil die Firma Victoria verloren hat.«

Ich sagte nichts. Ich wollte nicht daran erinnert werden.

Ich konnte an den Tod von Victoria Lear nicht ohne Schaudern denken.

Abteilungsleiterin Lear, eine leidenschaftliche Geländefahrerin, hatte auf der schmalen, gefährlichen Orpheus Canyon Road die Beherrschung über ihr Auto verloren. Orpheus Canyon, drei Kilometer östlich von der Mine Eurydice, schlängelte sich zwischen Idaho Springs und Central City, einer weiteren alten Bergwerkstadt, die jetzt vom legalen Glücksspiel lebte, durch die Berge. Die steilen Abhänge an der unbefestigten Straße wurden häufig Fahrern zum Verhängnis, die bei den tödlichen Kurven auch nur den kleinsten Fehler machten. Niemand hatte gesehen, wie Victoria Lears Toyota-Land-Cruiser von der schlammigglatten Straße abgerutscht war. Erst vor einer Woche war ihre Leiche in dem zerschmetterten Wrack entdeckt worden. Der ständige Regen auf der unbefestigten Straße hatte die Reifenspuren des Toyota vernichtet. Vor drei Tagen hatte der Gerichtsmediziner von Clear Creek County Victorias Tod als Unfall eingestuft.

»Für Prospect Financial ist es nötig, daß alles normal wirkt«, erklärte Marla am Telefon. »Deshalb waren sie so begeistert von meiner Idee, die Party oben an der Mine zu veranstalten. Um den Investoren zu zeigen, daß sie alles im Griff haben.«

Während ich über das alles nachdachte, seufzte ich und schnitt den zarten Klößchenteig in Rechtecke. Ich sautierte frische Shrimpsstückchen mit Schalotten, Wasserkastanien und Sojasauce. *Was im Griff?* hatte ich fragen wollen, hatte es aber nicht getan. Bei den Gerüchen nach chinesischem Essen, die die Küche erfüllten, lief mir das Wasser im Mund zusammen. Als die Shrimps ein saftiges Rosa angenommen hatten, stellte ich die Mischung zum Kühlen weg und fing damit an, dicke Tomatenscheiben für den Tomatenkuchen mit Brie zu schneiden.

Wirklich, ermahnte ich mich, ich hatte genug eigene Probleme, ohne mir auch noch Sorgen wegen Marlas romantischer und finanzieller Interessen zu machen. Nachdem der Kotzbrocken seine Praxis Kollegen übergeben hatte, um sich ein Jahr frei zu nehmen – mit anderen Worten: Ich ertrage das Klima in Colorado nicht und brauche einen langen Urlaub auf Hawaii –, hatten Marla und ich den Menschen eingebüßt, über den wir uns am liebsten beschwerten. Und dann war da noch mein lieber Ehemann Tom, der jede Menge eigene Probleme am Hals hatte, bei denen der Tod von Victoria Lear eine wichtige Rolle spielte.

Ich schnitt cremigen Brie in Ecken und arrangierte die Stücke abwechselnd mit den Tomatenscheiben. Tom nannte dieses spezielle Gericht einen Herzinfarkt auf dem Teller, deshalb hätte ich es Marla niemals vorgesetzt. Ich rieb scharfen Fontinella, um ihn über den Brie zu streuen. Auch Tom hätte ich diesen Kuchen nie vorgesetzt, weil ich mir große Sorgen machte, seine gegenwärtige Arbeitssituation könne zu einem Herzinfarkt im Büro führen.

Tom war seit über einem Jahrzehnt Ermittler für das Büro des Sheriffs von Furman County. Sein Problem war sein neuer Chef. Fünf Jahre vor der Pensionierung war Captain Augustus Shockley so paranoid, daß er sein Büro fast den ganzen Tag lang abschloß. Tom war dazu übergangen, Notizen und Meldungen unter Shockleys Tür durchzuschieben. In seinen Monaten als Superboß hatte Shockley offenbar nicht mehr bewirkt, als völlig inkompetente Leute in Stellungen zu hieven, in denen es ihnen schnell gelang, Tom zum Wahnsinn zu treiben. Shockley hatte außerdem, wie sich herausstellte, seine Ersparnisse für den Ruhestand bei Prospect Financial Partners angelegt und war besessen von Victoria Lears Autounfall. *Überprüfen Sie das, Schulz! Ermitteln Sie am Unfallort!* Shockleys verrückte Memos an

Tom hatten die Tatsache ignoriert, daß die steile, vom Regen verschlammte Absturzstelle so gut wie unerreichbar war. Die Memos ignorierten außerdem die Tatsache, daß Idaho Springs in Clear Creek County lag, außerhalb des Zuständigkeitsgebiets von Furman County – folglich nicht Toms Problem. Trotzdem hatte sich Tom mit seinem Kollegen, dem Mordermittler im Büro des Sheriffs von Clear Creek County, in Verbindung gesetzt. Das hatte dazu geführt, daß Tom zu den ersten Menschen gehörte, die vom Gerichtsmediziner den Bericht bekommen hatten. *Das hilft uns wenig weiter,* hatte Shockley über Toms Zusammenfassung des tödlichen Autounfalls gekritzelt. Ich dachte oft, mein attraktiver Mann habe Ähnlichkeit mit einem Bären. Jetzt, seit er sich mit Augustus Shockley herumschlagen mußte, verhielt er sich allmählich auch wie ein Bär.

Aber, dachte ich, während ich Eier mit Schlagsahne verrührte, ich freute mich auf heute abend, nach der Party. Tom und ich würden auf die finanzielle Wende anstoßen, die der Auftrag von Prospect für Goldilocks Partyservice bedeutete. Die Party an der Mine würde wunderbar werden, redete ich mir zuversichtlich ein. Ich hatte schwer an den Rezepten gearbeitet; ich hatte bergeweise frische Zutaten besorgt. Seit mein früherer, in unserem Haus wohnender Assistent Julian Teller nach New York gezogen war, um das Cornell College zu besuchen, hatte ich einen anderen Helfer eingestellt. Macguire Perkins war in der Elk-Park-Schule ein Klassenkamerad von Julian gewesen. Für die Party an der Goldmine hatte Macguire Biersorten bestellt, Ale, Stark- und Weizenbier – allesamt für Bierliebhaber gebraut. Und ich hatte mich mit Schwung an das Kochen gemacht.

Eine Verleihfirma sollte das Zelt am frühen Vormittag aufbauen. Der Strom aus der Mine sorgte für Elektrizität für den CD-Player und die gemieteten tragbaren Backöfen, die von den Arbeitern der Verleihfirma hinter einem behelfsmäßigen Tresen an der hinteren Zeltklappe aufgestellt worden waren, wenn ich am Nachmittag eintraf. Die Fahrt auf dem engen Feldweg zur Mine hinauf, acht Kilometer oberhalb von Idaho Springs, würde weniger angenehm verlaufen. Die High Creek Avenue schlängelte sich nicht so gefährlich auf und ab wie die Orpheus Canyon Road, aber wer der Mine zum ersten Mal einen Besuch abstattete, bekam einen Schreck. Die Einladungen schärften den Gästen ein, in Fahrzeugen mit Vierradantrieb zu kommen und beim Lenken vorsichtig zu sein. Ich betete, daß die Leute von der Verleihfirma den Weg geschafft hatten. Die gespenstische Vorstellung, wie Victoria Lears Auto über eine Klippe geschleudert worden war, hatte mich dazu gebracht, am Vortag in meinem Lieferwagen eine langsame Probefahrt zu unternehmen. Auf der Fahrt von gestern war es natürlich alles andere als trocken gewesen. Marla und ich brauchten von meinem Haus bis zur Mine – fünfundzwanzig Kilometer entfernt – fast eine Stunde. Wir holperten über Holzbrükken, die vom Regen angeschwollene Bäche überspannten, und schaukelten durch tiefen Schlamm auf den Bergstraßen. Falls der Partyservice fehlschlug, sagte ich auf der Rückfahrt zu Marla, könne ich jederzeit ein Sherpa werden.

Ich wickelte die Shrimpsfüllung löffelweise in Teigpakete und stellte sie beiseite. Dann viertelte ich Artischockenböden und spießte sie mit den Schinkenscheiben auf. Die Spieße würden in einem der tragbaren Backöfen köcheln und zischen, bis Macguire und ich sie mit Dijonsenf servierten, vernünftigerweise verdünnt mit Schlagsahne. Ich atmete gierig einen Hauch frischen Koriander ein und schnitt dann einen Haufen klein, der in die Salsa für die Krebsquesadillas sollte.

Als ich damit anfing, die Quesadillas zusammenzufalten, wünschte ich mir zum hundertstenmal, ich wäre auch in der Lage gewesen, bei Prospect Financial Partners zu investieren. Marla schwor, sie habe sich dort ein Nest geschaffen, das ausreichend für eine Henne jeder Größe sei. Zum Beweis hatte sie zuzüglich zu ihrem Jaguar einen Mercedes mit Vierradantrieb gekauft. Als ich bezweifelte, daß Tony eine Kundin mit so wenig Geld akzeptieren werde, erwiderte Marla lachend, ich könne es jederzeit beim zweiten Partner, Albert Lipscomp, versuchen. Albert nehme jeden, solange der Kunde sich seine Gründe anhöre, bei einer Firma zu investieren. Sämtliche Gründe. Albert, sagte sie lachend, lasse einen Lebensversicherungsvertreter wie einen dummen August wirken. Ich stellte mir eine öffentliche Verlesung der Schriftrollen vom Toten Meer vor und lehnte dankend ab.

Ich lächelte und legte glänzende dunkelgrüne aromatische Basilikumblätter auf den Fontinella, dann goß ich einen See aus geschlagener Sahne mit Eiern darüber. Prospect kämpfte um sein Image, Marla versuchte zu helfen, Tom hatte einen grauenhaften Chef, und mein Geschäft ging schlecht. Aber ich kochte. Im großen Stil. Wie immer beruhigte die Arbeit mit Lebensmitteln meine Nerven und ließ alle Alltagsprobleme weit entfernt wirken, mindestens bis zur Wasserscheide in den Rocky Mountains. Als ich die würzigen Hühnerwürste zum Köcheln brachte und sie behutsam in die Köpfe von Riesenchampignons löffelte, durchlief mich Freude. Ich war so glücklich, daß ich pfiff, woraufhin unser neuer Hund Jake hereingesprungen kam. Jake auf den Fersen folgte mein Sohn Arch, der am verschneitesten, kältesten Apriltag vierzehn geworden war. Der Hund kam rutschend zum Stillstand und stieß gegen mein Bein. Ich flehte Arch an, Jake – einen hellbraunen, unhübschen, riesengroßen Bluthund – wegzubringen. Jakes Krallen kratzten über den Küchenboden, während er das Gleichgewicht zurückgewann, den tief gefurchten Kopf hob und mich aus schwerlidrigen, blutunterlaufenen Augen ansah, die tief, tief verletzt wirkten.

Ich schüttelte den Kopf. »Sag ihm, er soll sich totstellen oder was auch immer, während ich das Essen für die Prospect-Fete fertig mache. *Bitte.*«

Arch rückte sich die Hornbrille auf der sommersprossigen Nase zurecht. Sein Blick war vorwurfsvoll. »Wenn du nicht willst, daß Jake kommt, dann solltest du nicht pfeifen, Mom.«

Ich umarmte ihn und entschuldigte mich. Als Julian Teller bei uns gewohnt hatte, war er für meinen Sohn wie ein großer Bruder gewesen. Jetzt fehlte er Arch mehr als uns anderen. Der neue Hund, sagte ich mir, sei ein willkommener Ersatz für den so sehr bewunderten Freund. Trotz meiner Warnungen wegen des Wetters brachen Arch und Jake zu einem langen Spaziergang auf. Arch sagte zu mir, ich solle mir keine Sorgen machen. Er glaube, der Himmel helle sich auf.

Am frühen Nachmittag fielen jedoch eisige Regentropfen, bildeten einen frostigen, peitschenden Vorhang. Um rechtzeitig bei der Prospect-Party einzutreffen, gab ich eine halbe Stunde Fahrzeit zu und brachte Tablett um Tablett der teuren Vorspeisen in einem Cambro unter, einem schweren Plastikbehälter, der sich auf dem Boden meines Lieferwagens verankern läßt. Als ich auf die Main Street von Aspen Meadow einbog, zuckte ich beim Anblick und dem Geräusch des Cottonwood Creek zusammen. Unser normalerweise friedlicher, im allgemeinen idyllischer Nebenfluß des South Platte River hatte sich in ein tosendes, angeschwollenes Ungeheuer verwandelt. Durch den Regen war unsere ganze Stadt zu einer Schlammgrube geworden. Aus den Seitenstreifen aller Bergstraßen sickerte Morast. Grundstücke am Wasser, im allgemeinen hochgeschätzt, waren zu Katastrophengebieten geworden, wo

Tomatenkuchen mit Brie

Teig:
220 g Weizenmehl Type 405
$1\frac{3}{4}$ Teelöffel Zucker
$1\frac{1}{4}$ Teelöffel Salz
50 g gekühlter Speck, in Stücke geschnitten
6 Eßlöffel gekühlte Süßrahmbutter
1–3 Eßlöffel Eiswasser
Den Backofen auf 180 Grad vorheizen. Mehl, Zucker und Salz in die Rührschüssel einer Küchenmaschine mit Knethaken geben. 5 Sekunden verarbeiten, dann den Speck hinzugeben, weiter verarbeiten, bis die Mischung Maismehl ähnelt (10 Sekunden), dann die Butter hinzufügen und verarbeiten, bis die Mischung wie grobe Krümel aussieht (10 Sekunden). Jeweils einen Eßlöffel Wasser auf einmal hinzugeben, im Schnellauf, bis die Mischung zusammenhält. Den Teig zwischen Pergamentpapier ausrollen, bis er in eine ausgebutterte Kuchenform (Durchmesser 25 Zentimer) paßt. Den Teig mit der Gabel einstechen und die Ränder andrücken. Den Teig 5 bis 7 Minuten backen, bis er gleichmäßig hellbraun ist. Während der Zubereitung der Füllung auf einem Kuchengitter beiseite stellen.

Füllung:
700 g (5 mittelgroße) reife Tomaten mit entferntem Stielansatz, aber nicht geschält, in Achtel geschnitten. Samengehäuse entfernen
125 g Brie, mit abgeschabter Rinde, in kleine Würfel geschnitten

60 g frischer Mozzarella bester Qualität, in kleine Würfel geschnitten 30 g Fontinella, in kleine Würfel geschnitten
Blätter von sechs frischen Basilikumzweigen, gehackt
3 große Eier
80 g Crème fraîche
80 ml Milch

Den Backofen auf 180 Grad vorheizen. Die Tomaten gründlich auf Küchenpapier abtropfen lassen. Die Käsewürfel gleichmäßig auf dem vorbereiteten Teig verteilen. Die Tomaten auf den Käse legen und das Basilikum darüberstreuen. Eier, Créme fraîche und Milch schlagen und die Mischung über die Tomaten, das Basilikum und den Käse gießen. In den Ofen stellen und 35 bis 50 Minuten backen, bis die Mitte durch ist. Den Kuchen vor dem Servieren 10 Minuten abkühlen lassen.

Ergibt 6 Portionen

die Bäche über die Ufer getreten waren. Während der Lieferwagen hinter einer Autoschlange herholperte, machte mich der Gedanke nervös, die Vorspeisen könnten im Cambro umkippen, ganz zu schweigen von den anderen Tabletts auf den Wandhalterungen darüber. Sechs Dutzend gewissenhaft belegte Quesadillas vom Boden meines Lieferwagens aufzusammeln war nicht meine Vorstellung davon, mich zu amüsieren.

Es war keine Überraschung, daß in Idaho Springs der Verkehr umgeleitet worden war. Ich betete, daß die Expander die Tabletts festhielten, während ich mein zuverlässiges Fahrzeug über Steine und durch Schlick lenkte, um einer Gruppe von Straßenarbeitern auszuweichen. Sie trugen fluoreszierende Schwimmwesten, standen bis zu den Waden im Schlamm und zogen Schutt aus einem verstopften Abwasserkanal. Ich schob mich langsam vorwärts und versuchte, mir nicht vorzustellen, wie meine Platten mit appetitlichen Hors d'oeuvres in den Stromschnellen verschwanden.

Endlich hielt ich an den Schuppen vor der Mine Eurydice. Sonst war noch niemand eingetroffen; deshalb parkte ich den Lieferwagen und stürzte mit den ersten in Plastikfolie eingewickelten Platten durch den Regen. Sobald ich im Zelt war, musterte ich das finstere Innere, bis ich die Zeltlampen einschaltete und die tragbaren Backöfen sah. Ich hievte die Platten auf den behelfsmäßigen Tresen, überprüfte die Öfen und schaltete sie dann ein. Ich hielt inne, um mich umzuschauen. Ein Kette aus Glühbirnen erhellte, so weit das Auge reichte, die Gleise, die in die Tiefe der alten Mine führten. Die Glühbirnen waren im Mai für die Tour der Prospect-Investoren neben den Gleisen aufgehängt worden. Ich kämpfte gegen ein Frösteln an.

»Es gibt einen Aberglauben über Frauen in Minen«, hatte Marla mir berichtet, als sie von der Führung zurückgekommen war. »Angeblich bringen wir Unglück. ›Seit Jahrzehnten war der Zutritt für Frauen verboten!‹ haben sie uns gesagt, bevor wir hineingegangen sind. Die arme Edna Hardcastle hat bewiesen, warum, indem sie prompt einen Klaustrophobieanfall bekommen hat. War grade mal fünfzehn Meter weit drin und hat gekotzt.«

Vielleicht war ich mit Schatzbriefen besser dran.

Ich löste den Blick vom finsteren Eingang der Mine, aus der kalte, feuchte Luft zu strömen schien, und ging durch den Regenguß hin und her, um weitere Tabletts auszuladen. Zehn Minuten später kam Macguire in seinem röhrenden Subaru an. Macguire, schlaksig, aknenarbig und auf sympathische Weise ehrgeizlos, war der Sohn des Rektors der Elk-Park-Schule. Macguire nahm sich »ein Jahr frei«, wie das euphemistisch genannt wurde, während er

Gewichte stemmte, Aushilfsarbeiten übernahm und gelegentlich versuchte, sich schlüssig zu werden, was er mit dem Rest seines Lebens anfangen sollte. Er war nicht besonders bewandert in der Essensbranche. Aber er konnte schwere Tabletts tragen. Und er mochte Menschen. Aus meiner Sicht der Dinge war das die halbe Miete.

»Hey, Goldy.« Sein langer Körper schlängelte sich aus dem Subaru, und er lächelte schief, kniff die Augen gegen den Regen zusammen. Er trug eine nicht zugeknöpfte, zu große gelbe Regenhaut aus Plastik, die er vermutlich unter den Fundsachen der Elk-Park-Schule herausgeklaubt hatte. Aber die offene Regenhaut zeigte, daß er daran gedacht hatte, schwarze Hosen und ein weißes Hemd anzuziehen, ein gutes Zeichen. »Das Bier kommt spät«, teilte er mir mit. Er schüttelte sein kurzes, drahtiges rotes Haar. Tropfen flogen durch die feuchte Luft. »Der Lastwagenfahrer hat es nur bis zu Marlas Einfahrt geschafft. Als sie ihm gesagt hat, er muß einen Feldweg hinter Idaho Springs hinauffahren, hat er gesagt: ›Das können Sie vergessen!‹ Also hat sie ihm ein Trinkgeld gegeben, damit er ein paar Kisten in den Kofferraum von ihrem Mercedes stellt. Tony hat in seinem Miata nur zwei Kisten unterbringen können, und Albert fährt hin und packt den Rest in seinen Explorer. Marla ist nicht begeistert. Aber ich hab' zu ihr gesagt: ›Hey! Wissen Sie, das ist wie mit dem Autoaufkleber, Sch . . .‹.«

»Nein.« Ich unterbrach ihn. Ich stellte die abgedeckte Platte mit Quesadillas, die ich trug, auf den Lieferwagenboden und hob eine Hand. »Du mußt umdenken, Macguire. Kunden benützen Kraftausdrücke. Partylieferanten nicht.«

Er grinste gutmütig, löste die Verriegelung und hievte den Cambro hoch. »Ihre Kunden werden ganz schön fluchen, wenn sie hier raufkommen und nichts zu trinken kriegen. Außerdem muß ich sowieso mit Marla reden, bevor die Festlichkeiten anfangen. Ist sie schon da?«

Noch während er sprach, hörten wir das unverkennbare Dröhnen des Mercedes. Marla tauchte in einer Wolke aus dunkelgrüner Seide, gesprenkelt mit Gold, aus ihrem glänzenden neuen Auto auf. Sie schüttelte theatralisch die Faust gegen die weinenden Wolken und mühte sich damit ab, ihren neuen Regenschirm von Louis Vuitton aufzuspannen. Obwohl sie seit dem Herzinfarkt erst etwa zehn Pfund abgenommen hatte, schwor sie, sie treibe regelmäßig Sport, esse tugendhaft und werde nicht häufiger als einmal im Monat jähzornig. Als sie fröhlich durch den Regenguß auf uns zuschlenderte, zweifelte ich an allen drei Punkten.

»Ihr Lieben«, rief sie überschwenglich, sobald sie im Zelt war. Sie klappte den Schirm schwungvoll zu und schüttelte ihn. Die leuchtendgoldenen Spangen, die ihre widerspenstigen braunen Locken in Form hielten, glitzerten im Licht der gemieteten Zeltlampen. Sie atmete schnüffelnd die köstlichen Aromen aus den Backöfen ein. »Schlemmen wir! Berichtigung: Laden wir dieses Luxusbier aus und schlemmen dann. Ah, Macguire«, trillerte sie, »du hast eine Nachricht hinterlassen, daß du was für mich rausgekriegt hast?«

»Stimmt«, murmelte er. Sein Gesicht wurde aus Unsicherheit finster. »Aber ich glaub' nicht, daß es Ihnen gefällt.«

»Was wird ihr deiner Meinung nach nicht gefallen?« fragte ich, als ich den Senf und die Sahne für den Schinkengang verrührte.

Aber Marla spannte den Schirm wieder auf, ging mit Macguire zu seinem Auto und ignorierte mich. Es goß weiter wie aus Kübeln; deshalb konnte ich nicht hören, was sie sagten, als sie sich gegen den Subaru lehnten und in einem vertraulichen Ton unterhielten. Dann duckte sich Macguire in sein Auto und holte einen gelben Umschlag heraus. Marla riß ihn auf und zerrte ein Blatt Papier hervor. Unter dem Schutz des Schirms überflog sie das Blatt, während Macguire ruhig mit ihr sprach und auf die eine oder andere Stelle auf dem Blatt zeigte. Marla zog eine finstere Miene. Macguire wirkte, als versuchte er, sie zu beruhigen.

»Pfui Teufel!« schrie sie, als die ersten Gästeautos den Feldweg heraufkamen. Ich mußte mich wider Willen fragen, worin das Problem bestand. Marla starrte immer noch das Blatt Papier in ihren Händen an. »Das kann ich nicht fassen!« hörte ich sie schreien.

»Was haben Sie vor?« sagte Macguire laut, verschränkte die Arme und sah stirnrunzelnd auf sie herab. »Ihn zur Rede zu stellen?«

»Soll das ein Witz sein?« kreischte meine beste Freundin. Sie knüllte das Blatt zusammen und stopfte es in eine Seidentasche. »Ich bring' ihn um!«

So viel Mühe ich mir auch gab, ich bekam nicht heraus, worüber Marla so wütend war. Als Macguire die Kristallgläser auspackte – natürlich keine echten für eine Party im Freien –, murmelte er, ich würde es bald genug erfahren. Und dann hatte ich so viel damit zu tun, die Quesadillas und die Tomatenkuchen mit Brie in die Öfen zu schieben, daß ich keine Zeit mehr hatte, noch einmal zu fragen. Ich merkte es nicht einmal, als der Prospect-Partner Albert Lipscomb mit den letzten Bierkisten eintraf. Die Kästen mit den schimmernden braunen Flaschen schienen wie durch Zauberhand im Zelt aufzutauchen. Ich nahm kurz den großen, athletischen Tony zur Kenntnis, mit einem gleich großen, aber kahlen Mann; beide schritten selbstbewußt zum großen Lagerschuppen neben dem Zelt. Weil sie so vertraut miteinander umgingen, nahm ich an, der Kahlkopf müsse Prospect-Partner Albert Lipscomb sein, der größte Langweiler der Welt, wie Marla ihn genannt hatte. Einen Moment später kamen die beiden Männer aus dem Schuppen und trugen Bergmannshelme samt Helmlampen. Ohne stehenzubleiben, um mit den wenigen Kunden zu sprechen, die schon eingetroffen waren, gingen sie forsch in die Mine.

Ich sah neugierig zu, wie die beiden Männer in dem finsteren Erdschlund verschwanden. Aber noch mehr interessierte mich, was sie dort vorhatten. Vor ihrem Abgang hatten sie kurz mit Macguire gesprochen und auf die Zeltmitte gezeigt. Macguire war seinerseits verschwunden und mit einem weiteren Mann zurückgekehrt, den ich nur von hinten sehen konnte. Mit großer Anstrengung schleppten Macguire und sein Helfer eine Glasvitrine im Umfang eines großen Couchtisches an die Stelle in der Zeltmitte, auf die die Partner gedeutet hatten.

»Was ist los?« fragte ich Macguire, als ich neben ihm war. Er wedelte sich Staub von den Händen und maulte, er müsse sie vor dem Servieren noch einmal waschen.

Der Mann bei ihm, in dem ich verspätet (und mit sinkendem Mut) Captain Shockley vom Büro des Sheriffs von Furman County erkannte, sprach als erster.

»Na, so was. Wenn das nicht Mrs. Schulz ist.« Shockley, Ende Fünfzig, ragte hoch über mir auf. Ich bemerkte seinen gewaltigen Bauch und seinen grünen Polyesteranzug. Er hatte dünnes, zerzaustes Haar über einem unheilverkündenden Pferdegesicht. Aus der Faltenmasse heraus funkelten seine hervorstehenden braunen Augen mich böse an. Er sah aus wie ein Boß. Ich hätte mir nur gewünscht, er wäre nicht Toms Boß gewesen. Er sagte: »Ich frage mich, warum Prospect ausgerechnet Sie als Lieferantin für dieses Ereignis engagiert hat.«

Furcht nagte an meinem Magen, als Shockley sich über mich beugte. Seine übergroßen Zähne bleckten sich zu einem freudlosen Grinsen, während er grimmig auf meine Antwort wartete.

»Äh, wie wär's damit, daß meine beste Freundin mit einem der Partner ausgeht?«

Er wandte sich wieder der Vitrine zu. »So was hab' ich mir schon gedacht.« Er starrte finster die leeren Glasfächer an.

»Was machen Sie beide denn da?« fragte ich munter. »Ich meine, das Ding da ist bestimmt nicht dazu gedacht, Tabletts mit Klößchen abzustellen.«

Shockley ignorierte mich, und Macguire bedachte mich mit einem kaum wahrnehmbaren Kopfschütteln. *Frag nicht.* Aber ich brauchte mich nicht noch einmal zu erkundigen, denn einen Augenblick später tauchten Tony und sein Partner wieder aus der Mine auf, beide mit einem Rucksack über den Schultern. Als sie sich der Vitrine näherten, zog Macguire mich beiseite.

»Das soll eine Überraschung für die Kunden sein«, sagte Macguire mit leiser Stimme. »Es ist vor allem aus Sicherheitsgründen eine Überraschung«, fügte er hinzu. »Die Partner wollten nicht, daß jemand im voraus was von einer Vorführung von Proben aus dem Minensafe erfährt.« Ich beobachtete, wie Shockley den Vitrinendeckel öffnete. Tony und Albert Lipscomb legten geäderte Steinbrocken hinein. »Dieser Captain von der Polizei? Shockley? Er hat gesagt, sie machen eine Vorher-Nachher-Demonstration. Du weißt schon – Erzproben auf der einen Seite, veredelte Goldbarren auf der anderen. Die Partner geben Shockley den Schlüssel der Vitrine. Du weißt schon – damit er ihn während der Party sicher aufbewahrt.«

Die Partner machten den zweiten Rucksack auf und hoben vorsichtig dicke, schimmernde Goldbarren heraus. Einen Moment lang sagten Macguire und ich nichts. Wir waren gebannt vom Anblick des kostbaren Metalls, das im Licht der Zeltlampen verführerisch glitzerte. Ich war mir sicher, daß die Barren ein Vermögen wert waren.

»Aber«, sagte ich schließlich, »ich hab' geglaubt, daß sie den Investoren schon Erzproben gegeben haben. Marla hat gesagt, sie hat ein Stück bekommen, als sie zur Führung heraufgekommen sind.«

Als Macguire nicht gleich antwortete, sah ich ihn an. Die

Unsicherheit von vorhin verfinsterte wieder sein Gesicht. »Vielleicht sollte ich lieber nicht darüber reden.« Er deutete auf den in eisigen Regen gebadeten behelfsmäßigen Parkplatz. »Jedenfalls kommen hier weitere Gäste.«

Und tatsächlich, ein Auto nach dem anderen bog in den Parkplatz ein. Macguire und ich eilten in den Servierbereich und beluden unsere Tabletts mit Flaschen, Gläsern und Servietten. *Amüsier dich!* ermahnte ich mich. *Gäste merken dir deine Laune immer an! Vergiß also das Wetter, und werde munter!* Leider sind die Sorgen eines Partylieferanten so ansteckend wie Masern.

Aber meine Befürchtungen erwiesen sich als unbegründet. Trotz des Regens, trotz des kürzlichen Verlusts der Abteilungsleiterin der Firma vibrierte die Atmosphäre der Partybesucher vor Jovialität. Eine Gästewelle nach der anderen quoll aus schlammigen Range Rovers und Jeep Grand Cherokees und begrüßte sich gegenseitig mit lautem Jubel und dem Victory-Zeichen. *Wir haben es durch das Rote Meer geschafft, verflixt noch mal, und jetzt sind wir hier und feiern ein Fest!* Genauso herzlich riefen sie nach Macguire und mir und bestellten Getränke. Wir waren ihnen mit Freuden zu Diensten.

Als der erste Kasten belgisches Ale für fünfunddreißig Dollar pro Flasche ausgetrunken war, ähnelte die Party mehr einer Fete nach Abschluß der Prüfungen als einer würdigen Versammlung wohlhabender Investoren. Von mir aus ging das in Ordnung. Ich bin ekstatisch, wenn reiche Leute was auch immer feiern, solange ich das Essen liefere. Bei der hervorragenden Stimmung dieser Typen war ich vielleicht sogar in der Lage, ein paar Buchungen für den Nationalfeiertag an Land zu ziehen.

Andererseits, überlegte ich, während ich eine weitere Runde Ale servierte, hatten diese Gäste eindeutig einen Grund, bester Dinge zu sein. Tony Royce und Albert Lipscomp hatten einen Haufen Geld für sie verdient. Tonys Aufgabe bestand darin, Investmentideen vorzuschlagen und Kunden aufzutreiben. Albert analysierte die Buchhaltung der Firma und verwaltete das Geld. Die Abteilungsleiterin für Investitionen sorgte für Kontakte zwischen den Kunden und den Partnern – besser gesagt, sie hatte dafür gesorgt. Und sie alle hatten Spektakuläres geleistet. Vor zwei Jahren hatte Prospect Geld in Medigen geschleust, eine hiesige Firma für Biotechnik. In diesem Jahr war Medigen an die Börse gegangen und hatte den Kunden ein Bündel Geld eingebracht, über das viel berichtet wurde. Jetzt versuchten sie es etwas mit etwas Neuem. Im Gegensatz zum üblichen Muster war es Albert Lipscomb gewesen, der die Idee, in die Goldmine Eurydice zu investieren, vorangetrieben hatte. Albert, sein Leben lang ein Einwohner von Colorado, hatte sie von seinem Großvater geerbt, der bis zu seinem Tod hartnäckig darauf bestand, die Mine enthalte noch nicht abgebautes Golderz. Prospect hatte einen Geologen engagiert, der dem Großvater beipflichtete, und die in Geld schwimmenden Kunden hatten Schlange gestanden. Leute aus Colorado können Gold nicht widerstehen. Wenn sie auf Gipfel klettern, drehen sie Felsbrocken um und suchen nach Adern. Beim Picknicken durchforschen sie die Bäche nach glitzernden Nuggets. Wenn *Gold* auch nur erwähnt wird, drehen die Leute durch. Sollen sie doch, sage ich dazu, vor allem, wenn das heißt, daß sie von einem Partyservice belieferte Veranstaltungen brauchen, um ihre Funde zu feiern.

Sobald alle das dritte oder vierte Kristallglas mit Bier schwenkten, nahm ich die Krebsquesadillas mit Koriander- und Chilisalsa aus dem Ofen. Macguire bot die heißen Pilzköpfe an, gefüllt mit würziger Hühnerwurst. Allen Gästen lief vor Glück das Wasser im Mund zusammen, und sie aßen herzhaft. *Phantastisch! Lecker! Wen scheren schon Kalorien? Wir werden alle reich werden!* Es war großartig.

Eine Zeitlang, nachdem die Vitrine aufgestellt worden war, hatte ich den magnetischen Mr. Tony Royce nicht zu sehen bekommen. Marla unterbrach ihr Geplauder mit Freunden über ihre Reisepläne mit Tony und winkte mich in die Richtung des kahlen Albert Lipscomb. Ohne den Bergmannshelm und die schwere Jacke wirkte Albert unerwartet geschmeidig und gut gebaut. Über der schmalen Brust trug er ein hellblaues Hemd mit Monogramm. Seine Madraskrawatte, das Seersuckerjackett, die gelben Hosen und die handgenähten Mokassins wiesen ihn deutlicher als Yuppie aus, als wenn er ein Schild um den Hals getragen hätte. Während Macguire stehenblieb und mit Marla sprach, eilte ich hinüber zu Albert und bot ihm das Tablett mit Quesadillas an. *Schmeichelt den Leuten, die im Geld schwimmen,* hatte mein Kochlehrer geraten, *sonst habt ihr als Partylieferanten eine kurze Karriere.*

»Marla hat mir erzählt, daß Sie vor kurzem geheiratet haben«, sagte Albert langsam, nachdem ich mich vorgestellt hatte. »Einen Polizisten? Ist das wahr?«

Ich spürte, daß ich die Stirn runzelte. War das eine Fangfrage? »Ah, ja. Mein Mann arbeitet für Captain Shockley.«

Albert lächelte schmerzlich, entblößte kleine, ebenmäßige weiße Zähne. »Und wird es Ihren Mann freuen, wenn Captain Shockley auf seinem Konto bei Prospect so viel Geld scheffelt, daß er sich zur Ruhe setzen kann?«

»Na ja ...«

»Nicht so wichtig.« Wieder das gequälte Grinsen. Lipscomb versuchte erfolglos, ein gemeinsames Thema zum Plaudern zu finden. »So.« Er holte tief Luft. »Richten Sie viele Polizeipicknicks aus?«

»Bei diesem Wetter«, erwiderte ich aufrichtig, »bin ich froh, wenn ich irgendein Picknick ausrichte.«

»In diesem Fall ... wir werden uns auf alle Fälle an Sie

erinnern«, sagte er schleppend, kicherte und bedachte mich wieder mit dem gepeinigten Lächeln. Obwohl er aus Colorado stammte und nicht aus dem Süden, hatte er sich offenbar während seiner Jahre am Citadel College, das Albert und Tony beide besucht hatten, wie Marla einmal erwähnt hatte, einen südlichen Akzent angeeignet. Albert fuhr sich mit der freien Hand über den kahlen Schädel und fuhr schleppend fort: »Wir brauchen immer wunderbares Essen wie das hier. Mein Großvater mochte besonders gern Rauchfleisch. Rieche ich da Smithfield-Schinken?«
Ich murmelte etwas in der Richtung von »nicht genau« und fragte mich, ob Macguire seinem Walkman lauschte, statt die in Schinken gewickelten Artischockenböden aus dem Ofen zu nehmen.

Albert Lipscomb ging an mir vorbei, um mit Eileen Tobey zu sprechen, der neuen Direktorin der Aspen Meadow Bank und einer treuen Kundin von mir. Eileen zwinkerte mir zu und hob in einem schweigenden Toast ein Glas Bier mit Himbeeraroma. Ich lächelte, nickte und hielt den Daumen hoch, obwohl ich lieber Limonade mit Lebertranaroma getrunken hätte, statt mich an Himbeerbier zu ergötzen. Aber ich wußte Eileens Aufträge zu schätzen. Inmitten meiner gegenwärtigen Flaute hatte sie bei mir eine kleine, regelmäßige Mahlzeit in ihrer Bank bestellt. Falls diese Prospect-Party ein Erfolg war, dann wollte Eileen vielleicht, daß ich später im Juni ein Mittagessen für Geschäftsfrauen ausrichtete ... das heißt, in einem geschlossenen Raum ...

»Oh, Goldy!« rief eine nahe Frauenstimme. Ich wandte mich rechtzeitig von Albert und Eileen ab und sah eine knorrige Hand, die sich nach mir ausstreckte. »Diese mexikanischen Pizzadinger sind überirdisch! Haben Sie die gemacht? Für jemanden ohne offizielle Kochausbildung verblüffen Sie mich.« Mir wurde schwer ums Herz. Es war Edna Hardcastle.

Angesichts der im Augenblick dürftigen Auftragslage beschloß ich, mich von meiner angenehmsten Seite zu zeigen. Ich bedachte Mrs. Hardcastle mit einem blendenden Lächeln, eine gertenschlanke Frau in den Sechzigern, deren hochgekämmtes Hennahaar und knallgelbes Kostüm mit Tupfen und passenden Pumps eine Vision in Scharlachrot und Gelb waren. Auf dem Weg zum Zelt hatten sowohl der Kostümrock als auch die Pumps Schlamm abbekommen. Ihr weißhaariger Mann Whit – kurz für Whitaker, wie ich erfahren hatte, als ich im letzten Herbst in ihrem Blockhaus am Bride's Creek Essen geliefert hatte – verlagerte unbehaglich das Gewicht von einem Fuß auf den anderen und zog den langen Hals in eine geknotete Krawatte, die aussah, als wäre sie mit Spachtelmasse verziert. Auf Ednas anderer Seite stand ein kleiner blonder Mann, den ich als den Restaurantbetreiber Sam Perdue erkannte, den Inhaber von Sam's Soups in Aspen Meadow.

Sam's Soups, ein seit einem Jahr betriebenes Lokal am See, dem ich noch keinen Besuch abgestattet hatte, mußte ungeheuer gute Geschäfte machen. Sam hatte im Herbst für die Party der Hardcastles die Suppe zubereitet, während mir die größte Arbeitslast zugefallen war. Aber falls Sam Perdue es sich leisten konnte, sein Geld bei Prospect Financial Partners anzulegen, hieß das, daß er die minimale Einlage von hunderttausend Dollar gezahlt hatte. Plötzlich kam es mir reizvoll vor, meine Suppenrezepte auszugraben. »Sam?« Ich versuchte, nicht neidisch zu klingen, lediglich neugierig. »Bekommen Sie in letzter Zeit jede Menge Suppenbestellungen? Ich meine, wegen des schlechten Wetters?«

»Nein«, sagte er leise. Er schien nichts zu essen und hielt ein Glas Wasser ohne Eis in den schlanken Fingern.

Mrs. Hardcastle hob unverzagt die Stimme. »Normalerweise beauftragen die Prospect Partners Cherry Creek

Caterers. Aber ... Soweit ich verstanden habe, hat CCC den weiten Weg hierher nicht geschafft, deshalb haben die Partner statt dessen Sie bestellt, Goldy.« Ihr Ton machte deutlich, wer ihre erste Wahl gewesen wäre.

»Oh, ah, na ja«, fing ich an, entschuldigend zu antworten, »eigentlich war es Marla Korman ...«

»Andererseits haben Sam und Sie letzten Herbst so wunderbare Arbeit geleistet, als Sie unsere Spendenparty für den Naturschutz in unserem Blockhaus beliefert haben. Die Leute reden immer noch über diesen Schweinebraten mit ... was auch immer es war.«

»Cumberlandsauce. Es freut mich so, das zu hören.« Ich versuchte, liebenswürdig zu klingen, bescheiden, weiterer Aufträge würdig.

Mrs. Hardcastle fuhr wehmütig fort: »In diesem Frühling ist das Wetter so grauenhaft. Ich weiß nicht, wann wir wieder in das Blockhaus können ...«

Jetzt kommt es, dachte ich. *Sie haben letztes Jahr großartige Arbeit geleistet, aber dieses Jahr können wir Sie nicht brauchen.*

»Es ist ein wunderschöner Schauplatz, Mrs. Hardcastle.« Ich hätte gern gesagt: *Bringt Ihre Tochter die Worte Bride's Creek nicht mit ihrer Zukunft in Verbindung?* Statt dessen ging ich zu einem besorgten Ton über. »Wie geht es Ihrer Tochter?«

»Sprechen wir nicht darüber, ja?« Edna Hardcastle verzog das Gesicht. »Sprechen wir über ...« Ihr gequälter Blick wanderte zum Mineneingang, und sie erschauerte. Sie wollte auch nicht darüber reden, in die Eurydice zu investieren. Vielleicht lag das an den Übelkeit erregenden Erinnerungen an die Klaustrophobie. Sie schnüffelte. »Du meine Güte ...«

»Entschuldigung. Ich hatte nur gehofft, daß – «

»Goldy?« Edna Hardcastles Stimme war wieder getränkt mit unechter Fröhlichkeit. »Sind Sie Investorin? Ich meine, investieren Sie in Pilotprojekte für Essen?« Sie machte eine

Pause, und ihr Gesicht wurde ernst. »Verstehen Sie überhaupt, was ein solches Pilotprojekt ist?«

»Äh, na ja, irgendwie schon.« Ich warf einen Blick auf die Schar von Prospect-Kunden, die angesichts der Goldbarren in der Vitrine »Oh« und »Ah« rief. Vielleicht hatten sie Hunger auf ein Pilotprojekt in Sachen Hors d'oeuvres. »Es sieht so aus, als müßte ich nach der Warmhalteschüssel und den tragbaren Öfen schauen – «

Edna tat meinen Protest ab, indem sie mir mit einer Quesadilla vor dem Gesicht herumwedelte. »Tony Royce hat gesagt, daß Sie die Suppen in Sams Lokal kosten werden. Es ist ein Pilotrestaurant«, sagte sie mit einem wissenden Blick auf Sam Perdue.

»Und Tony denkt daran, mit Prospect dort einzusteigen. Haben Sie das schon erledigt?«

»Pilotrestaurant?« In meiner Servieruniform tröpfelte Schweiß. Ich wußte, daß das Restaurant, das Sam leitete, zu einer Kette gehörte. Einer sehr kurzen Kette mit etwa zwei Gliedern. Worüber redete Edna? Es war nicht der richtige Zeitpunkt, das herauszufinden, denn der Schinkengeruch wurde stärker. »Ah, nein, Tony hat nicht erwähnt, daß ich irgend etwas kosten soll. Die Probeessen für ihn übernimmt sowieso Marla, jedenfalls hat sie das früher getan – «

Ich sah Sam hilfesuchend an. Ihm war offensichtlich elend zumute. »Ich hoffe, die Partner von Prospect bringen meine Kette an die Börse«, murmelte er. »Wenn Albert und Tony mein Restaurant gefällt, dann heißt das, daß ich im Geschäft bleiben kann.«

Ich nickte. Suppen liefen also auch nicht so gut. Ich hegte nicht viel Hoffnung für Sam. Marla hatte gesagt, die Leute wendeten sich ständig in der Suche nach Investoren an Tony und Albert. Was meistens hieß, daß sie schnell eine Finanzspritze brauchten.

Edna zog hennarote Augenbrauen hoch, die zu ihrem

Haar paßten. »*Ich* habe zu Tony gesagt, daß Essen eine viel bessere Investition ist als eine aufgelassene Mine!«

»Na ja, vielleicht sollten Sie ihm das noch einmal sagen«, murmelte ich mitfühlend, während ich im Zelt nach Macguire suchte.

»Das habe ich getan! *Ich* habe ihm gesagt – «

»Entschuldigen Sie mich«, unterbrach ich sie. »Mrs. Hardcastle? Danke für die freundlichen Worte und für Ihr... Vertrauen in... das Essen.« Es war lahm, aber das Beste, was ich tun konnte. »Ich muß jetzt gehen, weil mir da hinten wirklich, *wirklich* was verbrennt.«

Mit einem weiteren Schnüffeln, das nichts Gutes für meine künftigen Aufträge verhieß, packte Edna Hardcastle Sam am Ellbogen, machte auf den verspritzten gelben Schuhen kehrt und schlenderte mit Sam davon. Whit Hardcastle tätschelte sich das weiße Haar, zog die Krawatte mit der Spachtelmasse darauf zurecht und watschelte hinter seiner Frau her. Manche reichen Leute können es nicht ausstehen, wenn ein Dienstbote ein Gespräch beendet, hatte ich festgestellt. Sie wollen die Ehre haben, das selbst zu tun. Wenn ich Mrs. Hardcastle hochnäsig behandelte, würde das zum Stadtgespräch werden. Und solange mein Geschäft in Gefahr war, konnte ich mir keine schlechten Nachrichten leisten.

Hinten im Zelt nahm Macguire vorsichtig das Blech mit blubbernden Schinkenvorspeisen aus dem Ofen und maulte: »Uh-oh. Ich hab' nicht gewußt, wie lange die drin waren. Diese Öfen haben keine Zeitschaltuhren.«

»Sie sind okay«, sagte ich, während ich die schimmernden Appetithappen musterte. Ich hob eine mit Küchenpapier ausgelegte Platte. »Nimm einfach einen Bratenwender und hol sie zum Abtropfen heraus.«

Das tat Macguire. Ich legte eine Silberplatte über die Vorspeisen, drehte die Platten um und reichte Macguire dann

Artischockenböden in Schinkenscheiben mit Dijonsahnesauce

5 Artischockenböden aus der Dose, abgetropft
10 Scheiben Räucherschinken vom Mittelstück
3 Eßlöffel Dijonsenf
100 ml süße Sahne oder 100 g Crème fraîche
Den Backofen auf 200 Grad vorheizen. Jeden Artischockenboden in gleichmäßige Achtel teilen. Jede Schinkenscheibe in Viertel schneiden. Um jedes Artischockenachtel ein Stück Schinken wickeln und mit einem Zahnstocher zusammenhalten. Auf ein gerilltes Backblech legen und 20 bis 30 Minuten backen, bis der Schinken knusprig ist. Gründlich abtropfen lassen. Den Dijonsenf mit der Sahne vermischen und als Dip servieren.
Ergibt 40 Portionen
Anmerkung: Manche Dosen enthalten 6 Artischockenböden statt 5. In diesem Fall zwölf Scheiben Schinken verwenden, was 48 Vorspeisenportionen ergibt.

die Platte mit eingewickelten Artischockenböden. Er stellte eine Schale mit Dijonsahnesauce in die Mitte und machte sich auf den Weg zu der um die Vitrine versammelten Gruppe.

Ich suchte mit dem Blick im Wirrwarr hinter dem Tresen nach der Warmhalteschüssel, in der ich die Shrimpsklößchen erhitzen wollte. Es war mir gelungen, den freien Raum mit gestapelten Tabletts, Vorspeisenblechen und ganzen Reihen von Bierflaschen vollzustopfen. Zu meiner Überraschung bekam ich Tony Royce zu sehen. Er stöberte in dem Cambro herum.

»Tony! Warum mischen Sie sich nicht unter Ihre Gäste?«

Tony richtete den athletischen Körper auf und sah mich stirnrunzelnd an. Er nagte an seinem perfekt gestutzten Oberlippenschnurrbart, fegte sich unsichtbare Flusen von seinen Khakihosen und seinem Khakihemd und strich sich das toupierte Haar glatt, das der Bergmannshelm nicht flachgedrückt hatte. Er sah aus wie Hitler mit einer Fönfrisur.

»Na ja, Goldy, erstens sind noch nicht alle da, und zweitens wollte ich mir nicht anhören, daß mir Edna Hardcastle erzählt, wie großartig Sams Suppen sind. Wir haben vor, uns das Lokal anzuschauen, die Kunden wissen das. Aber Victoria hat die Suppen probiert, und sie war nicht…« Er verstummte, und sein Blick huschte zurück zu dem Cambro.

Ich wollte höflich zu Tony sein, weil er bei dieser speziellen Veranstaltung mein Arbeitgeber war. Außerdem war ich brennend daran interessiert, zu erfahren, ob die verstorbene Victoria Lear möglicherweise an Pilotprojekten in puncto Essen beteiligt gewesen war. Aber ich mußte kochen, wir waren mitten in einer Party. Außerdem wollte ich mich – noch nicht – mit Tony darüber streiten, warum er mich als Nachfolgerin Marlas und der toten Abteilungsleiterin als Probeesserin für Prospect auserkoren hatte.

»Hören Sie, können Sie mir helfen?« Seine Stimme klang verzweifelt. »Ich brauch' nen Wodka Martini, damit ich die klamme Mine aus dem Kopf bekomme. Ich hasse diesen abscheulichen Ort. Haben Sie dahinten einen Kühlschrank mit einer Flasche Stoly? Suche ich an der falschen Stelle?«

Ich lächelte. Der neue Test für Machismos, hatte ich gelernt, bestand darin, tiefe Schlucke aus einer eiskalten Flasche Stolichnaya-Wodka zu nehmen. Als noch mehr macho galt es, den Wodka zu kippen, während man einen ganzen Teller Jalapeño-Peperoni verschlang. »Tut mir leid,

Tony. Wir haben nur Bier und Kaffee.« Endlich sah ich die Warmhalteschüssel und eilte hinüber, um sie zu holen. »Welche Gäste sind noch nicht da?«

Tony runzelte die Stirn, riß den Verschluß einer Flasche Stout ab und nahm einen langen Schluck. *Hey! Ich bin ein echter Kerl, ich brauche kein Glas!* »Wer noch nicht da ist? Zum Beispiel Marlas Schwager. Ich habe ihn nie kennengelernt, aber schon jede Menge über ihn gehört.«

»General Farquhar?« Ich versuchte, meine Überraschung zu verbergen, indem ich die Warmhalteschüssel vor meinem Gesicht aufklappte.

Tony, die Stoutflasche schon halb am Mund, hielt inne und musterte mich neugierig. »Ja, nachdem so viel über die Börsenerfolge von Medigen veröffentlicht worden ist, wollten sich alle möglichen Leute an der Investition in die Eurydice beteiligen. Farquhar hat uns einen Scheck geschickt und gesagt, er habe zuviel zu tun, als daß er vorbeikommen könne.«

Zuviel zu tun. Richtig. Er hatte im Gefängnis zuviel zu tun. Ich tat so, als vertiefte ich mich in den Inhalt der Warmhalteschüssel. Gott sei Dank hatte Macguire den unteren Einsatz schon mit heißem Wasser gefüllt. Winzige Bläschen stiegen vielversprechend nach oben. Ich hievte die Hotelschüssel mit den Shrimpsklößchen hoch und stellte sie ab.

»Hey, Tony«, sagte ich, »ich muß mir eine Uhr ausleihen. Die Öfen haben keine Zeitschalter, und wir hätten fast die Schinkenvorspeisen verbrannt.«

Tony warf einen Blick auf seine schimmernde Rolex. Er sagte ernst: »Meine Uhr leihe ich Ihnen nicht.«

Okay, also hatte seine Uhr vermutlich mehr gekostet als mein Lieferwagen. »Schön, könnten Sie mir sagen, wann zehn Minuten vorüber sind?«

Er nickte, schluckte den Rest Stout und riß den Deckel einer weiteren Flasche ab. Albert Lipscomps kahler Kopf leuchtete unter den Zeltlampen wie eine näherkommende Boje, als er auf uns zukam. Er stellte einen Teller mit einer halb gegessenen Quesadilla ab und beugte sich zu seinem Partner hinüber.

»Tony, Captain Shockley will mit uns über Victoria sprechen«, sagte Albert mit leiser Stimme. Tony stöhnte und trank einen Schluck aus der neuen Stoutflasche. Albert insistierte finster:

»Er ist sehr aufgeregt. Wir müssen mit ihm sprechen.«

»Ich hab' den Kopf voll klammer Luft. Er ist dein Freund. Sprich du mit ihm.«

Albert seufzte und rieb sich den Schädel. »Oh, in Ordnung.«

Aber er bekam keine Gelegenheit dazu. Marla kam her, packte Albert am Madrasjackett und zerrte ihn in die Richtung des Schuppens.

»Ich will nicht, daß Sie gehen, bevor wir uns unterhalten haben«, erklärte sie. »Über Testergebnisse. Gehen wir hier rein, mit den Helmlampen, und halten einen Plausch.«

Albert, völlig verblüfft, sah Tony hilfesuchend an. Dann wandte sein trauervoller Blick sich wieder Marla zu. »Ich verstehe nicht, was... was so wichtig sein soll –«

»Tun Sie ja nicht, als wüßten Sie nicht, worüber ich rede«, fuhr Marla ihn an. Sie ließ sein Jackett los und stemmte eine Hand in die füllige Hüfte. Die andere Hand ballte sie wütend zur Faust und wedelte damit vor Albert Lipscomps Nase herum.

»Warte, warte«, flehte ich mit einem sorgenvollen Blick in die Zeltmitte.« Sprich jetzt nicht darüber. Ruiniere die Party nicht...«

Plötzlich war Tony zwischen den beiden. Er hob die dunklen Augenbrauen und biß sich auf den Schnurrbart. Er murmelte:

»Um Himmels willen, Leute, das ist nicht der richtige

Zeitpunkt ...« Er legte die Hände auf Marlas Schultern. »Bitte, Liebling, du weißt, daß du dich nicht aufregen darfst. Du könntest krank werden – «

Marla warf ihm einen vernichtenden Blick zu und schlug seine Hände weg. »Mit dir spreche ich später. Diese ganze Sache war seine Idee, nicht deine, und du bist auch hereingelegt worden. Geh also aus dem Weg.«

Tony wich entgeistert zwei Schritte von ihnen zurück. Marla und Albert gingen in die Richtung des Wellblechschuppens. Besser gesagt, weiter konnte Marla Albert nicht zurückdrängen. Mit einem hastigen Blick auf die Gäste folgte Tony den beiden. Ich drehte die Klößchen mit einer Zange um und behielt dabei die Konfrontation im Auge. Was war in Marla gefahren? Konnte das nicht warten, was auch immer es sein mochte?

»Völlig ausgeschlossen.« Alberts Stimme wurde lauter, als er auf etwas antwortete, was Marla gesagt hatte. Er lachte. Das Kichern, das ich vorhin von ihm gehört hatte, war verlegen und unbehaglich gewesen. Das jetzige war spöttisch, als hätte Marla einen besonders absurden Witz erzählt. »Sie irren sich total. Das Kepler-Labor ist bestens bekannt und völlig zuverlässig. Es – «

»Oh, ich glaube nicht, daß ich mich irre«, schoß Marla sofort zurück. »Mein Informant sagt, das einzige zuverlässige Verfahren ist ein *Feuer*test – «

Tony versuchte wieder zu intervenieren. »Marla, bitte. Wir können uns alle zusammensetzen – «

Albert fauchte Marla an: »Sie, Miststück. Was haben Sie vor?«

Sie rief: »Es ist mein Geld und meine Investition!«

Macguire klopfte schüchtern auf den Deckel der Warmhalteschüssel für die Klößchen, als könnte ihm das Zugang zu der unerfreulichen kleinen Szene auf der anderen Seite des Zelts verschaffen. »Äh, dieser Captain Shockley will nicht hierherkommen und die Vitrine aus den Augen lassen. Aber er hat eben gefragt, ob es irgendwelche Probleme gibt – «

Tony muß Macguire gesehen und seine Mission erraten haben, denn er eilte zurück zu uns beiden. »Nein, nein«, sagte er mit einem verzweifelten Händewedeln, um meinen Assistenten zu verscheuchen. »Nichts ist passiert. Sagen Sie allen, die fragen, daß es um die Zukunft von Mais geht. Oder sonstwas. Gehen Sie, reichen Sie etwas zu essen herum. Bitte«, fügte er verspätet hinzu. Dann stürzte er zurück zu Marla und Albert.

Ich wußte nicht, ob zehn Minuten verstrichen waren, aber ich legte mit Hilfe der Zange die heißen Klößchen auf eine Platte, die Macguire servieren sollte. Im selben Augenblick zog sich Albert die Aufschläge des Madrasjacketts zurecht, hob das Kinn und zuckte heftig die Achseln.

»Und heute habe ich die Unterlagen bekommen, die es beweisen«, sagte Marla mit schriller Stimme. »Aber ich habe drei Gläser von diesem widerlichen Bier gebraucht, ehe ich den Mut hatte, herzukommen und Sie zur Rede zu stellen!« Sie trommelte gegen seine Brust, vielleicht um sich zu vergewissern, daß er ihr zuhörte. Das kam für Albert überraschend, und er ließ sein Glas fallen, das zerbrach. Auf dem Zeltboden schäumte Ale. *Nein, nein, nein,* dachte ich hartherzig. *Ich habe mein Geld noch nicht bekommen.*

»Hört mal, Leute«, fing Tony wieder an. »Was für eine Diskussion auch immer das ist, wir müssen sie verschieben – «

»Halt die Klappe, Tony«, fuhr Marla ihn an. Ich hatte sie noch nie so wütend gesehen.

Albert Lipscomb wandte sich von Marla ab. Marla hob den Zeigefinger und schimpfte weiter. Auf der anderen Zeltseite brach ein dröhnendes Geräusch los. Das Scheppern von Gläsern und das Geplauder der Gäste – ganz zu schweigen von dem Lärm dieser Auseinandersetzung – ging plötzlich unter in der Flut von Geigenmusik aus den tragbaren Lautsprechern. Der arme Macguire mußte die Lautstärke hoch aufgedreht haben. Über Vivaldi hinweg hörte ich Marla schreien: »Und noch etwas!«

Aber über dieses noch etwas wollte Albert nichts hören. Er wankte an uns vorbei, hinaus in den Regen. Marla stampfte hinter ihm her. Ihr lockiges braunes Haar hatte sich aus den glitzernden Spangen gelöst. Ihr Seidenkleid in Grün und Gold war ihr auf einer Seite über die Schulter hinuntergerutscht, und ihre juwelengeschmückten Finger waren verkrampft. Ich rannte hinüber zu Tony.

»Verflixt noch mal, tun Sie was«, verlangte ich.

»Was zum Beispiel? Sie haben doch gesehen, was für Mühe ich mir gegeben habe«, sagte er bitter. »Sie wollen nicht auf mich hören.«

Der Regen schlug in Hagel um. Angesichts ihrer letzten Krankengeschichte hatte Marla in einem Hagelregen nichts verloren. Ich wischte mir die Hände, die jetzt feucht vor Angst waren, an der Kochjacke ab. Albert Lipscomb, überrascht von dem unerwarteten Hagelschauer, schwankte auf den hellen Mokassins. Vielleicht lag sein jäher Gleichgewichtsverlust an dem Getrommel der Hagelkörner gegen seinen kahlen Schädel. Er streckte die langen Arme aus, um sich aufrechtzuhalten, aber die schlammige Straße erwies sich als zu schlüpfrig, und er kam ins Straucheln. Zu meinem Entsetzen raste Marla voran, um ihn einzuholen. Er rutschte aus ihrem Griff und flog seitlich gegen ein Auto. Ehe er aufstehen konnte, begann Marla, ihn anzuschreien. Das einzige Wort, das ich mitbekam, lautete Fiesling.

Tony strich sich den Schnurrbart glatt und sah sich um, weil er wissen wollte, ob Gäste zuschauten. Er versuchte, nonchalant zu wirken, als er am Schuppen entlang zum

Zeltrand ging. Mit einem weiteren vorsichtigen Blick auf die Gäste rannte er hinter seinem Partner und seiner Freundin her. Ich löschte die Flamme unter der Warmhalteschüssel und eilte um den Tresen herum. So unauffällig wie möglich schob ich die Glasscherben unter den Schuppen und ging zum Zeltrand. Ich brauchte diesen Auftrag; ich hatte nicht vor, diese Party platzen zu lassen.

Draußen auf dem Parkplatz griff Marla in eine Tasche und wedelte mit einem Blatt Papier vor Albert und Tony herum. Tony sprach schnell, während Albert mit verschränkten Armen dastand, das lange, bleiche Gesicht eine Studie des Abscheus. Alle drei schienen nicht zu merken, daß der Hagelschauer heftiger wurde. *Warum, warum, warum?* fragte ich mich wild und musterte ihre zornigen Gesichter. Albert riß Marla das Blatt Papier aus der Hand und warf es in die Luft. Hagel donnerte gegen die Autodächer und das Zelt. Marla und Albert nahmen keine Notiz davon und schrien sich weiter an.

Weil Tony nicht in der Lage zu sein schien, Marla und Albert voneinander zu trennen, dachte ich, ich sollte es versuchen, aber außerhalb der Sichtweite der Gäste. Ich riß an dem Seil, das die Zeltklappe herunterließ. Es gab nicht nach. Ich signalisierte Macguire, er solle das Servieren übernehmen. Ein paar Gäste bemühten sich, einen Blick auf den Zwischenfall draußen zu erhaschen, aber zum Glück sahen die meisten immer noch das Gold an, aßen, tranken und plauderten.

Ich zog wieder an dem Seil: kein Glück. Ich mußte Marla und die Partner davon überzeugen, mit dem Zanken aufzuhören, denn Streit war nicht gut für Marla. Ihr leicht erregbarer Jähzorn hatte sie schon oft in Schwierigkeiten gebracht, obwohl sie sich in letzter Zeit gebessert hatte. Einer ihrer denkwürdigsten Krache hatte sich mit unserem gewalttätigen Exmann zugetragen. Als der Kotzbrocken mit einem Nudelholz auf sie losgegangen war, hatte sie eine Hängepflanze nach ihm geschleudert und ihm die Schulter ausgerenkt. Aber nach dem Herzinfarkt hatte sie versprochen, gelassen zu bleiben, ganz gleich, unter welchen Umständen. Ich mußte auch gelassen bleiben. Keine Schlägerei, versprach ich mir.

Ich machte die wacklige Tür zum Lagerschuppen auf und sah in das dunkle Innere, als hielte ich Ausschau nach Nachschub. Meine Schritte kratzten über den schmutzigen Boden, als ich an Reihen aus Helmen, breiten Gürteln und dem Anschein nach mit Stoff umwickelten Flaschen vorbeistürzte. Als ich die Außentür aufmachte, zog ich scharf die Luft ein, weil mir Hagel gegen die Wangen prallte. Ich blinzelte und trabte durch das Wirrwarr aus geparkten Fahrzeugen mit Vierradantrieb. Beim Versuch einer Abkürzung stieß ich auf jede Menge Gebüsch und verhedderte mich prompt in einem Netz aus Zweigen. Ich atmete schwer, fröstelte, löste meinen feuchten Rock aus mehreren Dornenbüschen und überlegte, ins Zelt zurückzueilen. Aber die lauter werdenden Stimmen spornten mich an.

»Versuchen Sie nicht, mir zu erzählen, daß ich davon nichts verstehe! Sie machen die Werbung für diese Mine, Albert!« In Marlas normalerweise heiserer Stimme knisterte Zorn. »Ich habe Ihnen vertraut!«

Marla und Albert standen nur Zentimeter voneinander entfernt. Wie Boxer in der zwölften Runde schwankten beide leicht. Worum es auch immer bei ihrem Streit gehen mochte, er hatte beide erschöpft. Tony stand daneben, den Kopf in den Händen.

Marlas nasses Kleid klebte an ihrem Körper, und ihr feuchtes Haar hing schief herunter wie ein Büschel Unkraut. Der hagere Albert Lipscomb wankte unsicher. Ich wünschte mir plötzlich, ich hätte die Möglichkeit gehabt, vom Zelt aus 911 anzurufen. Aber Arch schimpft immer mit mir, weil ich übertrieben reagiere. Marla und Albert hatten sich nicht geschlagen. Sie hatten sich nur gestritten. Jedenfalls hoffte ich, daß sie sich nur stritten.

»Ich schwöre... Ich schwöre...« Alberts Stimme war fester geworden. Ohne Vorwarnung richtete er sich auf. »Die Eurydice wird sich als ergiebig erweisen!« schrie er. »Sie verstehen das nicht, die Mine ist auf dem Höhepunkt ihrer Goldproduktion von der Regierung geschlossen worden! Die Tests zeigen im Durchschnitt über eine Feinunze Gold pro Tonne Erz! Haben Sie eine Ahnung, wie gut das ist? Wann werden Sie endlich auf mich hören?«

Tony nahm die Hände vom Gesicht und ächzte. Er sagte: »Könnten wir das bitte im Büro besprechen?«

Marla ignorierte Tony, bückte sich und hob das klatschnasse Blatt Papier auf, das Albert in den Schlamm geworfen hatte.

»Aber... aber... sehen Sie sich diesen Bericht an!« rief sie.

»Die einzige zuverlässige Methode, Erz auf Goldgehalt zu testen, besteht in einer Feuerprobe. Dieser Typ von der Bergbauakademie von Colorado schreibt – «

»Oh, gütiger Gott«, murrte Tony. »Ich kann das nicht fassen. Wenn du mir nur erlaubt hättest – «

»Was zum Teufel ist das hier?« kreischte Marla unbeeindruckt. Sie wedelte mit dem nassen, schlammigen Blatt Papier unter Alberts Nase herum. »Was spielt es für eine Rolle, ob Sie den besten Geologen des Universums haben? Sie brauchen einen guten Test! Ich will meine hunderttausend Dollar zurück, Sie Abschaum! Tony sagt, Sie haben sie!«

»Tun Sie etwas!« flehte ich Tony an.

Tony stand unter dem triefnassen Schnurrbart der Mund offen. Sein Blick war auf Marla gerichtet. Er schien mich nicht zu hören.

»Marla, wollen Sie mir denn nicht zuhören?« protestierte Albert wütend. »Das könnte aus der falschen –«

Mir reichte es. »Okay, hören Sie«, sagte ich zu Tony. »Ich übernehme Marla. Sie übernehmen ihn.«

Tony wurde ruckartig aufmerksam und nickte. Groß und mager wie ein Whippet setzte er sich gehorsam in Richtung seines Partners in Bewegung. Ich näherte mich Marla und schüttelte den Kopf. Ich konnte mir nicht vorstellen, was sie am Montag beim ihrem Herz-Reha-Programm sagen würden. Natürlich war es unwahrscheinlich, daß sie ihnen erzählte, sie habe sich auf einen ohrenbetäubenden Streit mit ihrem Finanzberater eingelassen. In nichts geringerem als einem Hagelschauer.

»Hör mal, fahr einfach nach Hause«, rief Tony Albert durch die Hagelkörner zu. Er sah sich nervös nach dem Zelt um. Plötzlich wirkte er wahnsinnig erpicht darauf, daß diese Versammlung – seine besten Kunden – kein katastrophales Ende nahm. Ein paar Partybesucher hatten an der unnachgiebigen Zeltklappe zusammengefunden, um sich die Nebenvorstellung anzusehen. Tony senkte die Stimme. »Um Himmels willen, schau dich an, Albert. Du wirst eine Lungenentzündung kriegen. Und Marla auch, wenn ich mich nicht um sie kümmere. Bitte, fahr nach Hause. Wir reden später, okay?«

Albert riß sich von ihm los und wischte sich Hagel vom kahlen Schädel. »Du hast ein Problem, Tony! Und dein Problem ist diese Lügnerin! Ich verlasse diese Party, da kannst du drauf wetten! Mit Vergnügen!« Und damit stopfte er das nasse blaue Hemd in die gelben Hosen, rückte sich die Krawatte zurecht und schlurfte durch den Schlamm auf sein Auto zu. Tony lief hinter ihm her.

Ich legte die Arme um Marla und murmelte beruhigende Worte, wie ich hoffte. Ihre Haut war kalt und naß, und sie fröstelte. Trotzdem löste sie sich aus meinem Griff und brüllte hinter Alberts Gestalt auf dem Rückzug her: »Ich will Sie sprechen, Sie Fiesling! Am Montag morgen um neun! Hören Sie mich? Und halten Sie einen zuverlässigen Testbericht für mich bereit! Sonst setzt's was!«

Albert Lipscomb nahm ihre Herausforderung nicht zur Kenntnis. Ich sah mich nach den neugierigen Partybesuchern um, die den Streit begafften. Ich stellte mir vor, daß sie dachten: *Ein Riesenkrach, und die Partylieferantin mittendrin. Muß daran liegen, daß Goldilocks Partyservice versagt hat, meinen Sie nicht auch?*

Marla kreischte: »Punkt neun, Albert, in Ihrem Büro! Mit den Papieren! Haben Sie das kapiert? Mich beklaut niemand!«

»Diese Party war eine ziemlich schräge Idee, Marla!« rief Albert über die Schulter zurück. Er war klatschnaß und schlammverspritzt. Neben ihm sah auch der attraktive Tony nicht viel besser aus. Albert fügte mit bösartigem Gusto hinzu: »Sie! Ihre Freundin! Komisches Bier! Und wer hat je was von einer *Krebs*quesadilla gehört?«

Die Partygäste brachen alle in Gelächter aus.

Schmerz fuhr mir in den Kopf. Bis Albert seine Kritik herausgebrüllt hatte, war die Party gut gelaufen, versuchte ich, mir einzureden, als ich ihm beim Davonstolpern nachsah. Ganz gleich, was er behauptete, es hatte gewirkt, als hätten die Gäste die Krebsquesadillas, den Tomatenkuchen mit Brie und sogar das Bier mit Himbeeraroma genossen. Aber als sich die Aufmerksamkeit der Kunden auf den Parkplatz richtete, erlebte die festliche Atmosphäre einen Gezeitenwechsel. Der Vivaldi hörte auf, das angenehme Geplauder brach ab. Das einzige Geräusch war der Hagel, der wieder in Regen umschlug.

Ich knirschte mit den Zähnen, als Alberts Automotor ansprang und er dröhnend davonfuhr. Tony eilte herüber zu Marla und befahl mir heiser, mich um die Gäste zu kümmern. Marla keuchte.

»Ich krieg offenbar keine Luft«, sagte sie. »Ich kann nicht ... «

»In Ordnung«, sagte ich zu Tony, »versuchen Sie, Handtücher aufzutreiben und Marla im Schuppen aufzuwärmen. Haben Sie ein Handy dabei?« Er murmelte etwas Unverständliches, während er mit der einen Hand Marla festhielt und mit der anderen in den Khakitaschen herumfummelte.

Als er mir schließlich das Funktelefon gab, steckte ich es in die Schürzentasche und kehrte ins Zelt zurück. Die Kunden teilten sich, um mich durchzulassen. Da sie Tony oder Marla nicht befragen konnten, musterten sie jede meiner Bewegungen mit zusammengekniffenen, mißtrauischen Augen. Überall wurde Geflüster laut. *Was ist passiert?* fragten sie sich gegenseitig. *Was ist los? Worum ist es bei diesem Streit gegangen?* Und am wichtigsten war ihnen die Frage: *Gibt es ein Problem mit der Mine?* Allen, die versuchten, mich in die Ecke zu drängen, erwiderte ich fröhlich: »Oh, nur eine kleine Meinungsverschiedenheit. Ich glaube, es ging um die Zukunft von Mais.« Ha. Ernst und etwas mürrisch wandten die Kunden ihre Aufmerksamkeit wieder Macguire zu. Er hatte eine ausdruckslose Miene aufgesetzt und servierte pflichtschuldig Ale zu den Klößchen.

Ich rief heimlich Marlas Kardiologen an. Der Auftragsdienst vermeldete, Dr. Lyle Gordon sei im OP, könne aber vermutlich in einer halben Stunde zurückrufen.

Tony Royce tauchte wieder im Zelt auf und murmelte mir zu, Marla ruhe sich aus. Sein hageres Gesicht war verkrampft vor Anspannung. Marlas Atmung, berichtete er, sei wieder normal. Dann ging Tony durch die Menge – berührte Arme, tätschelte Rücken – wie ein Politiker, der den Schauplatz eines Tornados besucht. Ich konnte seine Beruhigungen hören: *Alles bestens, bestens, bloß ein alberner Krach wegen einem fehlenden Stück Golderz. Ja, dieses Bier könne den Leuten schon zu Kopf steigen!* Und dann, traurig: *Oh, zweifellos. Seit wir die arme Victoria verloren haben, sind alle mit den Nerven am Ende.*

Ich häufte frisch gemahlenen Kaffee in den Filter der großen Maschine, stöpselte sie ein und stellte Pappbecher bereit. Als ich wegschlüpfen konnte, besuchte ich Marla.

Sie saß, in ausgefranste, nicht zusammenpassende Handtücher gewickelt, vor einem Radiator in einem mit Blech verkleideten Waschraum. Ihr schlaffes grünes Seidenkleid hing an einem krummen Nagel neben dem Heizkörper. Den Tränen nahe, sagte sie mit schwerer Stimme, sie wolle nicht über *diesen verdammten Albert* sprechen. *Dieser Schleimer! Dieser kahle Geier! Wie kann er es wagen –!* Aber nein, sie wolle nicht darüber sprechen. Sie keuchte und fing sofort wieder an, darüber zu reden. *Ich, Tony, wir alle – wir sind einfach beschwindelt worden! Aber Tony will nicht auf mich hören! Er und Albert sind Freunde, seit sie gemeinsam diese verdammte Militärakademie besucht haben!* Ich flehte sie an, sich zu beruhigen. Sie holte tief Luft und gelobte, ruhiger zu werden. Sie werde abfahren, sobald die Kunden gegangen seien und ihr verfluchtes Kleid wieder einigermaßen trocken sei.

Als die Appetithappen verschwunden waren, trottete Macguire durch das Zelt und sammelte Abfall ein. Ich schenkte die ersten Becher Kaffee ein und beschäftigte mich damit, ein Tablett mit weißen Schokoladentrüffeln und in Goldfolie eingewickeltem Konfekt zusammenzustellen. Schließlich rief Dr. Gordon über das Handy an. Ich reichte Macguire den Nachtisch.

Es schien den Onkel Doktor nicht im geringsten zu überraschen, als er erfuhr, daß sich Marla Korman, die jähzornigste Herzpatientin in der Geschichte des Southwest Hospital, auf einen wütenden Streit mit einem Partygast eingelassen hatte. Ob ich mich nicht daran erinnere, fragte er milde, was nach ihrer Angioplastie geschehen sei? Marla, die sich auf ihre Großzügigkeit gegenüber dem Krankenhaus berief, hatte ein Einzelzimmer verlangt, eine Privatpflegerin und Mahlzeiten, die aus einem dreißig Kilometer entfernten Feinkostgeschäft gebracht wurden. Ja, sagte ich zu ihrem Arzt, während ich beobachtete, wie Macguire mit dem Trüffeltablett die Runde machte, ich erinnerte mich daran. Und ob ich nicht mehr wisse, daß Marla ihm, Dr. Lyle Gordon, gedroht habe, ihn mit ihrem Tropf zu verprügeln, falls er sie nicht zu einem früheren Zeitpunkt, als er für ratsam hielt, aus dem Krankenhaus entließ? Ah, nein, dieses Detail war mir entgangen. Ich erinnerte mich lediglich daran, wie sie vom Krankenhausbett aus damit gedroht hatte, dem Southwest Hospital keine weiteren Spenden mehr zukommen zu lassen. Diese Warnung hatte sowohl für die Dienstleistungen gesorgt als auch für ihre Entlassung, nach der es ihr geschädigtes Herz verlangte.

Ob Marla jetzt Brustschmerzen oder Atembeschwerden habe, wollte Dr. Gordon wissen. Ich fragte sie; beides war nicht der Fall. *Sorgen Sie dafür, daß sie Ruhe bekommt,* ordnete Gordon schroff an, *vor allem, weil sie nächste Woche mit ihrem Verein zur Wertschätzung Bildender Kunst diese hirnrissige Romreise unternehmen will.* In Ordnung, erwiderte ich, ich brächte sie nach Hause, damit sie sich hinlegen könne. *Und vergewissern Sie sich, daß sie ihre Tagesdosis Inderal genommen hat. Inderal,* wiederholte ich. Das sei ein Betablocker, erklärte Dr. Gordon. Sie brauche ihn täglich. *Und sorgen Sie dafür, daß sie eine Kleinigkeit ißt, aber nichts mit künstlichen Lebensmittelfarben.* Sie habe eine Lebensmittelallergie, rief er mir ins Gedächtnis. Wir wollten doch nicht, daß ihr Herz verrückt spielte. Ich erwiderte, die Lebensmittelallergie sei mir bestens bekannt. Ob sie ihren regelmäßigen Reha-Termin am Montag wahrnehmen werde? Ja, ja, sagte ich schwach und fragte mich, ob das vor oder nach der geplanten Konfrontation im Büro mit Albert Lipscomb sei. *Sorgen Sie dafür, daß sie nicht wieder Streit anfängt,* schloß Dr. Gordon düster. *Prima Chancen,* sagte ich mit einem Lachen, das vermutlich nicht dem Sinn für Humor des Kardiologen entsprach.

Als die Gäste schließlich aufbrachen, arbeiteten Macguire und ich schnell, sammelten den Müll ein und packten die schmutzigen Töpfe und Teller zusammen. Marla berichtete, sie fühle sich besser, und ihr Kleid könne sie auch beinahe wieder anziehen. Nach einer Diskussion fingen Captain Shockley und Tony Royce damit an, die Vitrine mit Golderz und Barren abzubauen. Weil ich zu beschäftigt gewesen war, die glänzenden Proben aus der Nähe zu mustern, ging ich mit dem Müllsack zur Vitrine hinüber.

»Kommen Sie, werfen Sie einen Blick darauf«, lud Tony mich ein. Seine braunen Augen waren fröhlich. Er sah so adrett aus wie eh und je, und seine Sorge wegen des Konflikts zwischen Marla und Albert schien sich verflüchtigt zu haben. Vielleicht hatten Kunden von Prospect dauernd heftige Meinungsverschiedenheiten mit den Partnern, und er war es gewöhnt, Konfrontationen zu schlichten. Lächelnd hielt er mir einen Klumpen Golderz hin. Ich stellte den Müllsack ab und nahm das Erz.

Dicke Goldstreifen durchliefen den grauen Stein. Ich drehte den Klumpen um. Die glitzernden Einschlüsse wurden auf der anderen Seite breiter. Arch hatte in der Grundschule etwas über die Geschichte des Erzabbaus in unserem Staat gelernt. Als die Pfadfinderjugend die in der Nähe gelegene Mine Edgar besucht hatte, hatte sich Arch wie im Himmel gefühlt. Bis zu dem Augenblick, in dem ich den köstlich schimmernden Klumpen Golderz in den Händen hielt, hatte ich nie das geringste Interesse für den Goldabbau in Colorado gehabt. Plötzlich war ich hingerissen.

»Hübsch, nicht wahr?« fragte Tony freundlich. »Werfen Sie jetzt einen Blick auf einen unpolierten Goldbarren. So sieht Golderz nach der Aufbereitung aus.«

Er reichte mir einen schweren, körnigen Goldbarren mit einer rauhen, gerippten Unterseite. Ich ertappte mich bei der Frage, was der Barren wert sei.

»Huhu!« rief Marla. Sie trug das stark zerknitterte grüne Kleid und winkte mir hinter dem Tresen mit den tragbaren Öfen zu. »Ich gehe jetzt!«

»Soll ich dir nachfahren?« rief Tony.

»Nein, nein«, rief sie zurück. »Das macht Goldy.«

»Es ist hübsch«, sagte ich zu Tony und gab ihm den körnigen Barren zurück. »Haben Sie etwas dagegen, wenn mein Assistent sich um die letzten Aufräumarbeiten kümmert? Die Mietfirma kommt spätestens in einer Stunde und holt die Öfen ab, das Zelt und das restliche Zubehör. Ich weiß, daß ich ein besseres Gefühl habe, wenn ich Marla mit meinem Lieferwagen nach Hause nachfahre. Sie wissen schon, ich will mich vergewissern, daß sie sicher ankommt.«

»Kein Problem«, sagte Tony, während er die letzten Proben und Barren in den zweiten übergroßen Rucksack packte. »Sie sind eine gute Freundin, Goldy. Sagen Sie Marla, ich rufe sie später an.«

Captain Shockley knurrte: »Was für ein Auto hat diese Frau denn, wenn man ihr nachfahren muß? Ist sie keine gute Fahrerin?«

»Sie hat einen Mercedes mit Vierradantrieb«, erwiderte ich forsch. »Aber sie hat einen Herzinfarkt hinter sich, deshalb ...« Moment mal. Warum hatte ich das Gefühl, diesem Mann gegenüber Erklärungen abgeben zu müssen?

»Mercedes mit Vierradantrieb, so?« sagte Shockley, als er sich einen der Rucksäcke über die Schulter hievte. Seine vorquellenden Augen spähten in Richtung Parkplatz. »Wo hat sie das Geld dafür her?«

Ich ging weg. Sollte doch Tony Shockley Marlas finanzielle Situation erklären. Mir reichte es für einen Tag.

Macguire versprach, den Rest zu erledigen. Er komme morgen früh vorbei, sagte er, um über einen neuen Job zu sprechen, der nichts mit dem Partyservice zu tun habe. Was für ein neuer Job, fragte ich. Aber er legte nur einen Finger an die Lippen. Ein Geheimnis. Großartig.

Ich führte Marla zu ihrem Auto und ignorierte ihre heftigen Proteste, sie wolle nicht wie ein Baby behandelt werden. Der Lieferwagen stotterte und ächzte, als ich den Rücklichtern meiner Freundin zu ihrem Haus auf dem Gelände des Country Club von Aspen Meadow folgte. Wenigstens hatte endlich der Regen nachgelassen. Ich machte für Marla Cracker und Kräutertee zurecht. Als ich mit dem Tablett nach oben in ihr Schlafzimmer kam, lag sie unter der Decke, sah reuevoll aus und sortierte einen bunten Stapel aus Kosmetika und Schmuck. Aber ich war so klug, sie nicht wieder aufzuregen, indem ich sie fragte, was eigentlich die Auseinandersetzung mit Albert ausgelöst habe.

»Hast du dein Inderal genommen?« fragte ich. Als sie nickte, sagte ich: »Hey, ich bin fix und fertig. Aber es war eine Superparty«, fügte ich mit unechter Überzeugung hinzu. »Diese Leute haben eine Menge Bier getrunken. Und du hast in dem Seidenkleid umwerfend ausgesehen. Übrigens glaube ich nicht, daß sich irgend jemand daran erinnert – «

»O ja, es war einfach eine wunderbare Party«, unterbrach sie mich und wich meinem Blick aus. »Ich habe überhaupt nichts zu essen bekommen, und mein neues Kleid ist ruiniert.« Rosa Plastikfläschchen und goldene Lippenstifthülsen ergossen sich aus ihren Händen. »Dieser Stapel ist für den Angelausflug, den ich mit Tony mache«, sagte sie leichthin. »Wir haben beschlossen, ihn vorzuverlegen, mal Luft zu schnappen, nur wir zwei.« Sie befingerte eine milchweiße Flasche mit Creme. »Aber dieser große Stapel ist für Rom, und dorthin reise ich *ohne* Tony.« Sie atmete entnervt aus. »Er hat mir deinen Scheck für die Party gegeben, Goldy, weil ich ihm gesagt habe, daß du ihn sofort brauchst. Er liegt auf dem Schreibtisch.«

»Hör mal, Marla, es war doch nicht nötig, daß du – « Sie hörte damit auf, Behälter auseinanderzusortieren, und sah schließlich mit jammervollen, rotgeränderten Augen zu mir auf. Ich empfand einen Stich. Sie sah Jahre älter aus als bei ihrer Ankunft bei der Propspect-Party am Nachmittag. »Fang gar nicht erst damit an. Es gibt Leute, die ihren finanziellen Verpflichtungen nicht nachkommen. Du wirst mit Freude hören, daß Tony nicht dazugehört. Ich auch nicht.«

»Über diese Tatsache weiß ich schon Bescheid. Aber – «

Ihre dunklen Augen blitzten. »Dieser Schwachkopf Lipscomb hält mich für blöd. Da liegt das Problem. Die Freundin des Partners? Hat eine Menge Geld? Sie ist reif.«

»Kann denn Tony nicht – «

»Nein, Tony kann gar nichts tun. Ich habe versucht, ihn davon zu überzeugen, daß Albert was im Schilde führt. Er wollte wissen, wer die Analyse angezweifelt hat. ›Wie kommst du auf die Idee, daß es in der Mine kein Gold gibt?‹ wollte er wissen. ›Unser Geologe ist der angesehenste im Staat.‹ Jetzt will er das ganze Erz, das sie herausgeholt haben, von einem anderen Labor analysieren lassen, für den Fall, daß das Kepler-Labor in Henderson, Nevada, ein Schwindelunternehmen ist.«

»Wow«, sagte ich. »Ich weiß, daß eine solche Analyse zeigt, was für Metalle das Erz enthält und in welcher Konzentration.«

»Gold ist ein Element, meine Freundin«, erwiderte sie. »Man muß das Erz erhitzen, damit man den wertvollen Anteil erkennt. Das nennt man eine Feueranalyse. Jedes Labor, das einem erzählt, es kann ohne Feueranalyse rauskriegen, was das Erz enthält, lügt.«

Ich seufzte. »Aber diese ganzen Kunden von Prospect haben haufenweise Geld investiert. Ich meine, die sind doch nicht blöd, oder?«

Marla fuhr fort: »Ich weiß es nicht. Ich habe Tony nicht gesagt, daß ich dem braven Macguire Geld dafür gegeben habe, daß er die Analyse von einem Studenten an der Bergbauakademie von Colorado überprüfen läßt. Vielleicht weiß Macguires Freund noch nicht genug über solche Analysen.« Ihre Stirn legte sich in Falten. »Ich hätte wohl vor der Party keinen Blick auf den Bericht werfen sollen.«

»Tony wird vermutlich nicht glauben, daß Macguire dein Informant war. Und du hast recht. Tony und Albert werden noch weniger darauf geben, was ein Student sagt. Ich meine, wo sie doch diesen tollen Geologen haben.«

Marla packte den Schmuck und die Kosmetika in zwei Plastiktüten und schüttelte ihre Decke auf. »Meinst du? Na ja, Tony hat mir versprochen, daß alles bestens laufen wird. Sie hätten alles überprüft. Im zweiten Weltkrieg ist in der Mine Gold abgebaut worden, und Franklin Delano Roosevelt hat sie durch dieses Gesetz schließen lassen, wie hieß es noch gleich, L-zwei-null-acht?«

»Tut mir leid, die Regierung Roosevelt ist nicht mein Fachgebiet, obwohl ich gehört habe, daß Harry Truman Buttermilchkuchen mochte.«

Sie seufzte über meine Unwissenheit. »Alle unwichtigen Erzabbauminen wurden geschlossen. Roosevelt wollte nur Kupfer, Zink und Blei. Für Kugeln, ist das nicht deprimierend? Alberts Großvater hat geschworen, die Mine sei eine Goldgrube. Und jetzt schwört Albert, daß wir alle, wenn wir nach ihren Befunden Kapital in die Mine stecken, damit wieder abgebaut werden kann, steinreich werden.«

Ich beschloß, nicht zu sagen: *Aber du bist ja schon steinreich*... Wie auch immer, ich mißgönnte ihr den ererbten Reichtum nicht. Sie verschenkte ihn großzügig, sogar unbekümmert. Außerdem war Marlas Wohlhabenheit für mich ein deutliches Anschauungsbeispiel dafür, daß man sich mit Geld kein Glück kaufen konnte.

»Jedenfalls«, fuhr sie fort, »falls die Goldgeschichte was wird, könnte ich noch Midas werden.« Sie runzelte die Stirn. »Bloß sagt der Student von der Bergbauakademie, eine Probe ohne Feueranalyse ist ein Warnsignal. Tony hat mir versprochen, daß Albert alles in Ordnung bringt. Vielleicht waren die frühen Erzproben nicht so vielversprechend, wie Albert behauptet, oder die Analyse ist mit Proben aus einer anderen Mine gemacht worden ... Glaubst du das?«

Ich wußte nicht, was ich glauben sollte, aber ich sagte es nicht. Es wurde spät. Ich versprach, bald anzurufen. Dann ließ ich den Lieferwagen an und versuchte, die Party zu verdrängen. Als ich aus dem Gelände des Country Club herausfuhr, schaltete ich die Scheibenwischer ein. Der Regen hatte sich in dicke Schneeflocken verwandelt, die gegen die Windschutzscheibe klatschten. Willkommen am fünften Juni im Gebirge.

Zu Hause sah mein lieber, wunderbarer Mann Tom bei meinem Anblick begeistert aus. Seine Begrüßung war das erste Gute, was mir den ganzen Tag lang widerfahren war. Er grinste breit, machte die Hintertür auf und nahm mir die erste Kiste mit schmutzigen Töpfen ab. Ich spürte, wie die Anspannung des Nachmittags wich. Toms kräftiger Körper steckte in einem meergrünen Frotteemantel, den ich ihm zu unserem ersten Hochzeitstag gekauft hatte. Er paßte zu seinen grünen Augen, die in seinem attraktiven Gesicht funkelten. Ich huschte zurück zum Lieferwagen und brachte die zweite Kiste mit Töpfen durch den sanft fallenden Schnee. Tom war beim Kochen, und ich konnte es nicht erwarten, herauszubekommen, was für eine Köstlichkeit er zubereitete. Es gehört zu den Wahrheiten in der kulinarischen Welt, daß der Partylieferant nie die Chance bekommt, etwas zu essen, bis alles kalt, angeknabbert oder verschwunden ist. Als ich in die Küche zurückkam, hatte Tom zwei Gläser Champagner und eine Magnumflasche bereitgestellt.

»Oje«, sagte er. »Die Partylieferantin hat nicht den glücklichen Gesichtsausdruck nach einer erfolgreichen Veranstaltung.« Er nahm mir die letzte Last aus den Armen, stellte die Kiste auf den Tresen und umarmte mich herzlich und fest.

»Meine Güte, wie ich das brauche«, murmelte ich an seiner warmen Schulter, die nach Seife roch. »Es war nicht nur kein Erfolg. Es war grauenhaft.«

Er löste sich von mir, und ich wollte sagen: *Himmel, du bist umwerfend,* beschloß aber, mir das aufzusparen. Er bedachte mich mit einem Blick tiefen Mitgefühls. »Hat das Wetter alles verdorben?«

»Nein. Marla hätte sich fast auf einen Boxkampf mit dem Gastgeber eingelassen.«

»Herrje«, sagte er mit jovialem Sarkasmus. Er ließ mich los und drückte mir die Hand. »Was gibt's sonst noch Neues? Moment mal.«

Ich musterte die Arbeitsfläche, während Tom den Champagner aufmachte. Offenbar buk er Plätzchen. Aber welche Köstlichkeit enthielt Vollweizenmehl, Magermilchpulver und Leberpulver? Etwas, was zu Champagner paßte? Ich sagte: »Ich hab' Angst, dich zu fragen, was du da bäckst. Gesundheitsplätzchen?«

Er ließ den Korken knallen. »Keine Plätzchen. Selbstgemachte Hundekuchen. Für Jake.« Er lächelte.

»Oh, Tom, das muß ein Witz sein.«

Er stellte den Champagner ab und schwenkte einen großen Ausstecher in der Form eines Knochens. Er machte keinen Witz. Während er einschenkte, warf ich einen Blick auf die Küchenuhr – es war fast eins – und sank auf einen Küchenstuhl. Tom hatte einen knusprigen Laib Sauerteigbrot und einen großen Keil Bel Paese auf den Tisch gestellt. Er reichte mir ein Glas voller perlender Bläschen.

»Auf gute Arbeitsbedingungen«, sagte er ernst und hob sein Glas.

Jackes Hundekuchen

300 g Vollweizenmehl
40 g Magermilchpulver
$^{1}/_{2}$ Teelöffel Knoblauchpulver
$^{1}/_{2}$ Teelöffel Salz
1 Teelöffel brauner Zucker
6 Eßlöffel Margarine oder Backfett
1 Ei, geschlagen
3 Eßlöffel Leberpulver
$^{1}/_{8}$ l Eiswasser
Den Backofen auf 180 Grad vorheizen. In einer großen Schüssel Mehl, Milchpulver, Knoblauchpulver, Salz und Zucker vermischen. Das Backfett zerkleinert zugeben. Das Ei einrühren, dann das Leberpulver zugeben. Das Eiswasser hinzufügen, bis die Mischung eine Kugel bildet. Den Teig etwa anderthalb Zentimeter dick auf ein leicht gefettetes Backblech aufklopfen. Beliebige Formen ausstechen und die Reste entfernen. 30 Minuten backen. Vor dem Füttern abkühlen lassen.

Ich stieß mit ihm an und trank einen Schluck. »Apropos, ich habe Shockley getroffen.«

»Bitte, ruiniere meine Kochkünste nicht«, sagte er mit demselben fröhlichen Sarkasmus. Er wandte sich begeistert wieder dem Hundekuchenteig zu. »Und bevor du ein Wort sagst, erkläre ich dir, warum ich das mache. Jake muß uns vertrauen. Also müssen wir ihn verwöhnen. Ihm zeigen, daß uns etwas an ihm liegt.«

»Ich hoffe jedenfalls, daß das Backen von Hundekuchen um ein Uhr morgens Wunder wirkt.«

Unentmutigt grinste Tom wieder. »Abgesehen davon hat Shockley mich gestern so verdammt wütend gemacht. Ich überlege mir, seine Sekretärin dazu zu bringen, daß sie ihm am Montag morgen einen Hundekuchen zum Kaffee serviert.«

Ich seufzte. Würde dieser idiotische Polizeichef nie damit aufhören, meinen Mann zu plagen? »Was ist denn jetzt?«

»Erzähl mir erst von deiner Party. Das Essen ist gelungen, nicht wahr? Sind das Zelt und die Öfen rechtzeitig angekommen? Was war mit Macguire?«

Ich rekapitulierte kurz die Ereignisse des Nachmittags und Abends und schloß mit meiner Sorge, Marlas Explosion könne zu einem weiteren Herzanfall führen.

»Ärger wegen eines Tests?« Tom runzelte die Stirn. »Warum hat sie Tony nicht danach gefragt, ehe sie auf Albert losgegangen ist?«

Ich trank einen Schluck Champagner. »Diskretion und Takt sind nie Marlas Stärke gewesen, Tom. Außerdem ist Albert für die Mine zuständig, nicht Tony. Wie auch immer, ich bin mir sicher, daß sie sich jetzt wünscht, sie hätte ein Tête-à-tête mit Tony gehabt, statt seinen Partner vor allen anderen auszuschimpfen.«

»Dadurch wird der Captain miese Laune kriegen«, sinnierte Tom. »Bin froh, daß er den Rest des Wochenendes Zeit hat, darüber nachzudenken.«

»Du hast erwähnt, daß du dich über ihn aufgeregt hast.«

»Mich aufgeregt? Du meinst, nachdem ich zwei Monate lang an dem Fall David Calvin gearbeitet habe, hat mich die Tatsache, daß Shockley ihn für mich verdorben hat, aufgeregt? Nee.«

David Calvin hatte seine Exfrau keine acht Kilometer von unserem Haus entfernt erschossen. Calvin hatte die Tatsache nicht gefallen, daß seine Exfrau mit einem anderen ausging, deshalb hatte er auch auf den Freund geschossen. Der Freund hatte zwei Monate im Koma gelegen. Ich wußte, daß Tom Calvins Mordwaffe und sein Fahrzeug sichergestellt hatte und einer Verurteilung zuversichtlich entgegensah.

»Oh, Tom, sag's mir nicht. Was hat Shockley jetzt wieder angestellt?«

Tom stieß einen Riesenseufzer aus und befingerte sein Glas.

»Wir haben wichtige Indizien ermittelt. Das soll heißen, wir wissen beispielsweise, daß ein Typ ein schwarzes Hemd getragen, eine Zweiunddreißiger benützt und viermal auf das Opfer geschossen hat. Diese Tatsachen sind die wichtigsten Indizien. Sie sind geheim, streng geheim. Wir geben sie nicht preis, weil wir sie beim Verhör des Verdächtigen benützen. Sagen wir mal, wir fragen nach der Waffe, ohne uns genau zu äußern. Der Typ sagt: ›Aber ich hab ja noch nicht mal eine Zweiunddreißiger!‹ Dann wissen wir, daß wir den Richtigen haben.«

Die Küche füllte sich mit dem appetitlichen Aroma von selbstgebackenem Brot. Glücklicher Jake. Ich schnitt mir eine Scheibe Sauerteigbrot ab, bestrich sie mit dem cremigen Käse und wartete darauf, daß Tom fortfuhr.

»Shockley war so stolz auf die ganze Arbeit, die wir – nein, Moment mal, die ich geleistet habe, daß er alles einem befreundeten Anwalt gegenüber ausgeplaudert hat. Der Captain braucht es, Eindruck zu schinden. Wie auch immer, dieser Anwalt ist eben zum Pflichtverteidiger von David Calvin bestellt worden.« Er trank einen letzten Schluck Champagner. »Das war's dann mit dem Fall.«

»Nein, nein«, protestierte ich. »Du mußt andere Beweise haben, du mußt –«

»Verlaß dich auf mich«, sagte er, während er das Blech mit knochenförmigen Hundekuchen aus dem Backofen nahm. »Wenn die wichtigsten Indizien wertlos werden, verliert man den Fall.«

Ich spülte unsere Gläser, während er die Hundekuchen zum Abkühlen auf ein Gitter legte.

»Ich nehme eine Dusche«, murmelte ich ihm ins Ohr. »Und dann möchte ich ein bißchen Spaß haben.«

»Oh«, erwiderte er mit einem Lächeln. »Dann beeil dich lieber beim Duschen.«

Der Schnee verwandelte sich wieder in Regen, der auf das Dach trommelte, während wir miteinander schliefen. Danach kuschelte ich mich in Toms Arme, das Haar immer noch feucht vom kurzen Duschen. Als ich spürte, wie seine Wärme mich einhüllte, dachte ich darüber nach, welcher wunderbare Mann sich die Zeit genommen hätte, Hundekuchen für den neuen Hund meines Sohnes zu backen, nachdem zwei Monate Arbeit ruiniert worden waren und ein Mörder möglicherweise ungestraft davonkam.

Am Sonntag morgen wachte ich vor Schreck an einem schauerlichen Hundegeheul auf. Erst hielt ich das Geräusch für einen Traum. Vielleicht war es das Gejaul des Höllenhundes, das göttliche Vergeltung verhieß. Vielleicht war es auch das Gebell des Hunds von Baskerville auf der Fährte eines unglücklichen Opfers.

Weder noch. Es war der gute alte Jake, Archs Hund. Unser – wenn auch nicht von mir – heiß ersehntes Hundehaustier hatte ein Problem damit, Menschen schlafen zu lassen. Offenbar hatte sich Tom schon geschlagen gegeben; ich konnte das vertraute Scheppern von Geschirr hören, während er in der Küche arbeitete. Ich rollte mich auf die andere Seite und zog mir ein Kissen über den Kopf, damit ich den immer noch fallenden Regen nicht sehen mußte. Ich hatte nichts gegen Jake, sagte ich mir, weil Arch ihn liebte. Und Tom gab sich mit Arch große Mühe, den Hund zu resozialisieren. Ich wußte, ich hätte mich nicht so kaltherzig fühlen dürfen wie Scrooge in Dickens' *Weihnachtslied,* aber so war es nun einmal.

Das Büro des Sheriffs hatte Jake als unzuverlässigen Bluthund gebrandmarkt. Als sein jahrelanger Hundeführer in

Pension gegangen war, hatte der Nachfolger behauptet, Jake habe bei drei Fährten hintereinander die Witterung verloren. Jake fiel in Ungnade, wurde aus seiner K-9-Einheit von Furman County entlassen und landete in einem Zwinger. Als der Hund Gewicht verlor und niedergeschlagen wirkte, erlangte eine Aktivistengruppe seine Freilassung und bot ihn zur Adoption an. Tom hatte die Gelegenheit ergriffen und Jake letzten Monat nach Hause mitgebracht. Ihn *freudig* nach Hause gebracht. *Ohne Reue.* Als wolle er mich verhöhnen, erhöhte Jake sein Geheul um eine Oktave und mehrere Dezibel.

Ich kroch unter die handgearbeitete Steppdecke in Übergröße, die mir Tom zu unserem ersten Hochzeitstag geschenkt hatte. Ja, ich liebte Tom. Ich liebte ihn wie verrückt. Ich liebte bloß Jake nicht, obwohl mein gutherziger Mann ihn mit nach Hause gebracht hatte, weil mein Sohn seit unerdenklichen Zeiten um ein Haustier gebettelt hatte. Jetzt schienen die beiden Männer in meinem Leben einen neuen Sinn darin entdeckt zu haben, das elende Vieh geistig und körperlich wieder gesund zu pflegen. Leider konnte ich durch eine Schicht aus Füllung über den Ohren immer noch den unzuverlässigen, nicht vertrauenswürdigen, unglücklichen Jake hören. Vielleicht hatte er es nötig, seinen Jammer mit uns zu teilen.

Er war nicht der einzige, der an diesem Morgen nicht glücklich war. Die Depression kam an die Oberfläche. Ich wünschte mir, Tom wäre wieder in unserem warmen Bett, damit ich das Gefühl der Niederlage vergessen könnte, das sich unweigerlich am Morgen nach einem schlecht verlaufenen Partyservice einstellt. Eine aufgelöste Party, keine Aufträge, ein drohender schlechter Ruf. Ganz zu schweigen von der Möglichkeit, mein Geschäft zumachen zu müssen. Ich seufzte. Selbst das klagende Geheul eines Bluthundes konnte die Erinnerung an Marlas Kreischen nicht übertönen. Jetzt, sechs zu kurze Stunden später, war ich nicht in der Stimmung, Jake, der Reinkarnation des Hunds von Baskerville, Ruhe zu befehlen. Der Jauler hätte außerdem sowieso nicht im geringsten auf mich gehört.

Als ich mich aus dem Bett hievte, fiel mir ein, daß ich eine einzige Buchung für den Tag hatte – ein Hochzeitstagsabendessen für die Kirby-Joneses, Einkäufer für einen hiesigen Geschenkartikelladen, die eben aus Kenia zurückgekommen waren. Hochzeiten und Hochzeitstage waren im Juni normalerweise meine Existenzgrundlage. In diesem Juni sah es jedoch danach aus, als ob die Leute nicht heirateten, sich scheiden ließen oder ihre Hochzeitstage auf den Fidschis feierten. Der heutige Auftrag war das perfekte Antidot gegen Sorgen. Ich war dankbar dafür gewesen, obwohl er etliche Probleme aufgeworfen hatte.

Ich absolvierte meine Jogaübungen und rief mir den ganzen Spaß ins Gedächtnis, den Macguire und mir die Planung des Menüs für die Kirby-Joneses gemacht hatte. Vor fünfundzwanzig Jahren hatten Gratulanten die Neuvermählten K-Js bei ihrem Hochzeitsempfang so belagert, daß Braut und Bräutigam den Washington Congressional County Club heißhungrig verlassen hatten. *Also sind wir gefahren und gefahren,* hatte Mrs. Kirby-Jones mir bei unserem Planungstreffen wehmütig mitgeteilt, *und dann haben wir angehalten und dieses wunderbare italienische Essen genossen. Es war ein großartiges Lokal namens Guido auf dem Rockville Pike. Ich habe mein rosa Kleid mit dem doppelten Orchideengesteck getragen.*

Wie sich herausstellte, wünschten sich die Kirby-Joneses ein Menü mit italienischen Speisen, die genau denen des Abendessens entsprachen, das sie nach ihrem Hochzeitsempfang eingenommen hatten. Ich fügte mich prompt. Schließlich haben die meisten Essensbestellungen emotionale Gründe.

Ich ging von der Jogastellung *asana,* die als Sonnengruß bekannt ist, zu langen Streckübungen über. Ich erinnerte mich an das unglückliche Gesicht des armen Macguire, als er mir Bericht erstattete. Seine mühsamen Ermittlungen hatten ergeben, daß Guido on the Pike in Rockville, Maryland, seit zehn Jahren nicht mehr existierte. Guido, jetzt verstorben, hatte seinen Erben keinerlei Speisekarten hinterlassen. Selbstverständlich hatte ich Mr. Kirby-Jones über diese Einzelheiten nicht unterrichtet. Wie gesagt, ich wartete verzweifelt auf Arbeit. *Ich brauche nur zu wissen, was Sie bestellt haben,* sagte ich zuversichtlich zu meiner neuen Kundin. *Denken Sie nicht lange darüber nach,* erklärte ich, *wir fragen das Restaurant nach den Rezepten, und es wird genauso schmecken wie bei Guido.* Mit meiner Meinung nach vielversprechendem Einfallsreichtum hatte Macguire eine alte Ausgabe von *Gourmet* aufgetrieben, die Guidos Rezept für Sauce Bolognese enthielt. Deshalb war ich jetzt entschlossen, für zwanzig Personen Pizza mit Ziegenkäse zu servieren, Ravioli in Weißweinsahnesauce, Lasagne verdi mit Sauce Bolognese und Tiramisù. Aber im April, als ich den Auftrag angenommen hatte, in der Hoffnung, wir könnten das Abendessen auf der geräumigen Terrasse der Kirby-Joneses servieren, hatte ich nicht mit einem pausenlosen Regenguß am 6. Juni gerechnet. Vielleicht heulte Jake deshalb. Jemand hatte ihn draußen im Regen gelassen. Am liebsten hätte ich auch geheult.

Kaffee, dachte ich. *Ich brauche Kaffee.* Ich kleidete mich für die Kirche an und machte mich auf die Suche nach Koffein und dem Rest des Haushalts. Das einzige Familienmitglied, das ich entdecken konnte, war der Kater Scout, ein Streuner, den ich vor zwei Jahren aufgenommen hatte. Er hockte auf einem Fenstersims und schaute Jake beim Bellen zu. Ich hätte schwören können, daß der Kater den Jammer des Hundes mit Freuden beobachtete. Bis jetzt hatte Scout keinerlei Hinweis darauf gegeben, er habe uns die Aufnahme des Hundes verziehen.

»Tut mir leid«, murmelte ich und streichelte ihm den Rücken. »Ich weiß, dir wäre eine Wüstenspringmaus lieber gewesen.«

»Mom?« ertönte Archs Stimme hinter mir. »Warum sprichst du mit dem Kater über Nagetiere?«

Das Erscheinungsbild meines Sohnes an jenem Morgen bestand aus einem Wirrwarr aus der Hornbrille, die seine braunen Augen vergrößerte, Sommersprossen, zerzaustem braunem Haar, auf dem eine verkehrt herum aufgesetzte Baseballmütze saß, Jogginghosen und einem zu langen, schief hängenden orangefarbenen Poncho. »Also, Mom?« sagte er in dem vorwurfsvollen Ton, den er in letzter Zeit häufig mir gegenüber verwendete. Er rückte sich die Brille auf der sommersprossigen Nase zurecht und wartete.

»Scout tut mir leid. Warum heult dieser Hund eigentlich?«

Arch warf einen Blick aus dem Fenster und rückte die Baseballmütze gerade. »Er ist nicht *dieser* Hund. Jake ist bloß aufgeregt.«

»Worüber?«

»Weil Tom und ich mit ihm losziehen wollen.«

»Wohin? Kommt ihr nicht mit mir in die Kirche?«

Arch runzelte die Stirn. »Eigentlich ist es eine Mission. Tom ist gestern mit mir in den Gottesdienst um fünf gegangen. Jake fühlt sich viel besser und benimmt sich nicht mehr so... du weißt schon, nervös. Wir wollen herausbekommen, ob er seine Vertrauensebene wiederfinden kann.« Er machte eine Pause. Als ich nicht gegen seinen Versuch protestierte, Jake zu resozialisieren, fuhr er fort. »Hör mal, General Farquhar hat gestern angerufen, während du fort warst. Ich habe ihm erzählt, daß Jake jetzt bei mir ist. Er möchte, daß wir ihn besuchen.«

»Wer sind ›wir‹?« Ich verabscheute es, wie eine Verhörbeamtin zu klingen, aber wenn es um General Bo Farquhar ging, hatte ich kaum eine andere Wahl. *Der einzige nicht anwesende Gast ist General Farquhar,* hatte Tony Royce gesagt. *Hat gesagt, er hat zuviel zu tun.* Tatsächlich hatte General Bo, zufällig Marlas Schwager, eben seine Gefängnisstrafe wegen des Besitzes von Granaten mit Raketenantrieb, einer großen Menge von C-4, Kalaschnikows, Uzis und geschmuggelten Waffen in so gut wie jeder anderen Form abgesessen. Ehe er sich häuslich niederließ, wohnte der General auf dem Grundstück von Freunden, die Militärtechnik für den Gebrauch im Polizeieinsatz umbauten. Ich hatte gehört, ihr vierhundert Hektar großes Gelände sei von Überwachungskameras umgeben und einem zwei Meter hohen Elektrozaun. Kein Ort, an den ich meinen Sohn gern zu einer fröhlichen Herumtollerei am Nachmittag mit seinem unzuverlässigen Hund geschickt hätte.

»Hör mal, Mom, General Bo sagt, er ist *echt* deprimiert. Er hat gehofft, du könntest ihm was mit Schokolade bringen, weil die Leute, die sich um ihn kümmern, keine haben, keine mögen oder so. Seine Telefonnummer ist in der Küche. Jedenfalls muß ich mich jetzt beeilen.« Seine Turnschuhstiefel gaben Quietschgeräusche von sich, als er floh, ehe ich weitere Einwände vorbringen konnte.

»Arch, sag mir bitte, wo du hingehst. Ich werde nicht widersprechen. Obwohl es regnet, falls dir das noch nicht aufgefallen ist.«

Der orangefarbene Poncho raschelte, als Archs kurze Beine den Flur entlangrannten. »Frag lieber Tom«, rief er über die Schulter zurück. »Ich muß mich vergewissern, daß wir alles haben. Jake wird ungeduldig.«

Ich musterte mein Spiegelbild in einem von Toms antiken Spiegeln und fragte mich, ob stimmte, was die Leute darüber erzählten, daß Besitzer ihren Haustieren ähnlich sehen. Ich war immer noch eine kleine, leicht mollige Dreiunddreißigjährige mit altmodischen blonden Locken und braunen Augen. Jake dagegen hatte einen schlanken braunen Körper, eine lange Nase, schwerlidrige Augen und ein ständig sabberndes Maul. Alle diese Eigenschaften, hatte mein Sohn begeistert berichtet, halfen ihm dabei, besser zu riechen. Ich preßte die Lippen zusammen. Ich wünschte mir, Jake besser leiden zu können, weil er Arch glücklich machte. Als ich mich vor sechs Jahren von seinem Vater scheiden ließ, hatte Arch damit angefangen, um ein Haustier zu betteln. Aber ich war eben erst ein Single geworden, stand finanziell auf unsicheren Beinen und kämpfte darum, einen neuen Partyservice aufzubauen, von einem neuen Gefühlsleben ganz zu schweigen, und ich konnte den Gedanken nicht ertragen, mich um ein Tier zu kümmern. Ich konnte mir nicht vorstellen, endlos Salatköpfe für Meerschweinchen zu zerzupfen oder Hamstern zu lauschen, die nächtelang auf ihren Rädern herumfuhren. Damals schaffte ich es nur, für Arch und mich zu sorgen und die Essensvorbereitungen für nervöse Kunden hinter mich zu bringen.

Ich erinnerte mich an den Regentag im letzten Monat, als Tom mit Jake angekommen war. Die Aussicht, mich um einen emotional gestörten, arbeitslosen *Bluthund* zu kümmern, zusätzlich zur Führung meines nicht besonders gutgehenden Partyservicegeschäfts, war zuviel gewesen. Ich hatte damit gedroht, den Kopf in den Backofen mit den Zimtbrötchen zu stecken. Daran hinderte mich Jake, der begeistert die Schranktür abtastete. Dann lenkte ihn sein nicht immer verläßlicher Geruchsssinn zum Backofen, und seine kräftigen Beine und sein Rumpf schoben mich aus dem Weg, als er näher an die Brötchen herankam. Offenbar mochte Jake den Geruch von Zimt.

Ich seufzte und ging in die Küche. Der köstliche Duft

nach Zitronen und Kirschen vermischte sich. Draußen heulte Jake in der Hundehütte weiter. Regen prasselte gegen die Fenster. Meine Küche war warm, gemütlich und roch herrlich. Trotzdem wurde meine Laune nicht besser.

Tom deckte einen einzelnen Platz mit einem geblümten Limogesteller. Als er meinen Seufzer hörte, warf er mir einen abschätzenden Blick zu. Wie Arch trug er einen zeltartigen, fluoreszierenden orangefarbenen Poncho. Ich konnte mir nicht vorstellen, was sie im Regen planten, um Jakes zerstörte Fähigkeit, Menschen zu vertrauen, wiederherzustellen. Eindeutig reichten selbstgebackene Hundekuchen nicht aus. Tom bedachte mich mit seinem üblichen fröhlichen Lächeln. Sein rotblondes Haar war feucht. Vielleicht hatte er schon vergeblich versucht, den Hund draußen zum Schweigen zu bringen. Als er meinen trostlosen Blick sah, wurden sein gutaussehendes Gesicht und die grünen Augen weicher.

»Morgen, Miss G.« Er drückte auf den Knopf an der Espressomaschine und griff mit der zweiten großen Hand nach einem Täßchen. »Nicht besonders glücklich? Wie wär's mit einem Stück Früchtekuchen? Den kann ich in fünf Minuten rausnehmen.«

Ich seufzte wieder. »Klar.«

»So, jetzt setz dich und nimm Koffein zu dir. Wir ziehen ziemlich bald los. Marla hat angerufen. Sie möchte, daß du sie morgen früh in das Büro von Prospect begleitest.«

»Oh, großartig.« Ich trank dankbar den dunklen, mit *crema* bedeckten Espresso, den er mir reichte. »Ich als Schiedsrichter zwischen Marla und Albert Lipscomb. Klingt ungeheuer amüsant, was?«

»Weißt du, ich habe nachgedacht. Ich weiß, daß ich schon mal was über Albert Lipscomb gehört habe«, sagte Tom nachdenklich, während er den goldbraunen, mit Kirschen gespickten Kuchen aus dem Backofen nahm. Der fruchtige, buttrige Geruch war unbeschreiblich. »Ich meine, du hast mir gesagt, daß er Royces Partner ist, aber das war in einem anderen Zusammenhang.«

»In was für einem anderen Zusammenhang?«

Er runzelte die Stirn. »Hat er in Ziegen investiert? Oder in Ziegenkäse?«

Ich lachte. »Meines Wissens nicht.«

Er roch am Kuchen. »Hör mal, eben ist mir klargeworden, daß Arch und ich dir heute abend nicht beim Einpakken für die Party helfen können. Ich weiß, das ist eine Menge Arbeit für dich – «

»Mein Lieber, es ist die einzige Arbeit, die ich habe, bis ich am Freitag Muffins in die Bank bringe.«

»Nein, nein, da waren zwei weitere Anrufe für dich außer dem von Marla.«

Ich seufzte wieder. »Das mit General Farquhar hat Arch mir schon erzählt.«

Er kippte den Kuchen auf ein Abkühlgitter und wühlte in seiner Gesäßtasche nach seinem zuverlässigen Notizblock mit Spiralheftung. »Leute namens Trotfield, Investoren bei Prospect Financial, die sagen, daß sie gestern von deinem Essen an der Mine begeistert waren. Sie sind Freunde von Tony oder Albert, glaube ich. Sie brauchen dich in dieser Woche für ein großes Abendessen. Der Ehemann fliegt für fünf Tage nach Rio, und sie wollen ihn mit einer Gala verabschieden. Sie brauchen dich, weil ihr Koch, ein illegaler Einwanderer aus Sri Lanka, abgehauen ist.« Er bedachte mich mit einem breiten Grinsen. »Ich habe Mrs. Trotfield nicht gesagt, daß ich vom Büro des Sheriffs bin. Wollte deinen Auftrag nicht gefährden. Hier ist ihre Nummer.«

Ich nahm ihm das Blatt ab. »Ja, die kenne ich. Er war früher Pilot für Braniff, die Frau hat das Geld, jetzt fliegt er Charterflugzeuge. Tausend Dank. Was noch?«

»Der Frauenverein von Aspen Meadow. Treffen beim Abendessen zum Thema Heimverschönerung, morgen. Die Clubvorsitzende, Janelle Watkins, hat angerufen. Sie wollte dein billigstes Abendessen mit Huhn, unter zwanzig Dollar pro Kopf. Ich habe gesagt, ich glaube, du hast ein Standardmenü, und Ms. Watkins hat mich angefleht, es ihr samt Vertrag durchzufaxen. Nutze den Tag und so weiter. Ich habe nicht gewollt, daß sie einen anderen Partyservice in Denver anruft.« Er reichte mir zwei glatte Blätter aus dem Faxgerät. Auf einem stand mein Abendessen mit Huhn samt den Vertragsbedingungen – unterschrieben von Janelle Watkins –, das zweite war eine Fotokopie ihrer Visakarte.

Ich sagte bewundernd: »Sehr gut. Aber warum so kurzfristig?«

»Na ja, die stellvertretende Clubvorsitzende sollte das Essen zubereiten, aber offenbar hat sie sich gestern mit der Vorsitzenden Janelle gestritten. Die Stellvertreterin zieht ab und bemerkt, sie sehe die einzige Methode, ihr Heim zu verschönern, darin, daß Janelle den Club verläßt. Ich hätte ihr eine Stelle als Mitarbeiterin von Captain Shockley anbieten sollen. Wie auch immer, Madame Janelle, die Vorsitzende, zahlt das Essen aus eigener Tasche, sagt, das ist die Kosten wert, wenn sie die herrschsüchtige Stellvertreterin los wird, die sowieso alle zum Wahnsinn getrieben hat.«

Ich grinste. »Mach mir noch einen Espresso, Gesetzeshüter. Ich glaube, meine Pechsträhne geht zu Ende.«

Er lachte und mahlte weitere italienische Röstbohnen. »Okay, hör zu. Wir gehen heute morgen mit Jake auf Fährtensuche. Arch ist jetzt draußen und holt sich vom Fährtenleger ein mit Geruch präpariertes Kleidungsstück.«

»Ihr macht *was*?« fragte ich ungläubig. »Ihr geht auf Fährtensuche? Mit einem Bluthund, der rausgeflogen ist, weil er nicht mal sein Futter riechen konnte, und wenn sein

Leben davon abgehangen hätte? Und in diesem Regen?« jammerte ich.

»Die beste Zeit. Bei Feuchtigkeit ist der Geruch stärker. Archs Freund Todd ist schon hinauf zu einer Stelle gewandert, auf die wir uns geeinigt haben, hinter einem großen Felsen im Naturschutzgebiet von Aspen Meadow. Er wartet auf uns. Wir fangen an, wo der Weg für Fahrzeuge mit Vierradantrieb losgeht. Es ist nicht weiter als fünf Kilometer.«

»Du und mein Sohn, ihr habt vor, fünf Kilometer weit zu wandern, mit Jake, dem pensionierten Bluthund, und das im *strömenden Regen*? Weißt du, wieviel besser die Chancen stehen, daß ihr bei der ganzen Feuchtigkeit in einen Erdrutsch geratet?«

Der zweite Espresso zischte in das geblümte Limogestäßchen. Tom stellte es klirrend vor mir ab und beugte sich über mich, um mir einen Kuß auf die Wange zu geben. »Komm schon, verdirb uns nicht den Spaß, Miss G. Arch ist so versessen darauf.«

»Hör mir einfach zu, okay? Denk an eine Torte mit Guß. Der Guß, das sind der Boden und das lose Geröll bei uns in den Bergen. Darunter ist Bruchgestein – die Torte. Dieser ganze Regen hat den Guß aus Erde noch schwerer gemacht und könnte dazu führen, daß die Torte, das Gestein darunter, wegrutscht. Kapiert? Das Land ist dort besonders nachgiebig, wo Bergbäche fließen. So kommt es zu einem gewaltigen Erdrutsch. Und dann – « Ich erhaschte einen Blick auf seine nachdenkliche Miene und sagte: »Versprichst du mir wenigstens, vorsichtig zu sein?«

»Ja, Miss G. Und meinst du Buttercreme oder Meringuenguß?«

»Bei diesem Wetter kommt Arch krank nach Hause.«

Tom grinste. »Oh, erst kommt er also überhaupt nicht nach Hause, weil die Torte mit Guß einen Erdrutsch erleidet, und jetzt kommt er erkältet nach Hause. Die Lage bessert sich. Sonst noch was?«

Schön, großartig. Tom hatte nie Kinder gehabt und war unbelastet von der Sorge, die jeden Vorstoß in die Berge begleitete. Außerdem wußte er nicht, daß es zu zahllosen, in der Praxis eines Kinderarztes verbrachten Stunden führen konnte, wenn man mit einem Kind bei nassem, kaltem Wetter ins Freie geht. Diesen Stunden würden zahllose rosa Teelöffel voller Amoxicillin folgen. Halsentzündungen, Ohreninfektionen, Bronchitis, Nebenhöhlenentzündungen ... der Mann mußte noch viel lernen. Andererseits verfügte er selbst über ein kindliches Begeisterungsvermögen, wenn es um Abenteuer ging, und Arch war die Zeit kostbar, die sie zusammen verbrachten. Ich konnte Arch förmlich hören, wenn ich ein Veto gegen die Expedition einlegte. *Komm schon, Mom, ich werde mir schon keine Lungenentzündung holen!* Klar. Ich seufzte zum viertenmal, trank den Espresso und kostete dann einen Bissen von Toms Früchtekuchen, um mich daran zu hindern, mehr zu sagen. Der köstliche Geschmack nach Zitronen und die Süße eingelegter Kirschen tränkten den feuchten Sauerrahmkuchen. Ich sah Tom aus zusammengekniffenen Augen an, aber er lachte.

»Lecker, was? Sei nett zu deinem Lieblingscop, und er verrät dir das Rezept.«

Es klopfte an der Hintertür, und Arch schlurfte herein. »Hier bin ich!« verkündete er, als er zu uns stieß. Sein Poncho und sein Gesicht waren glitschig vom Regen. Ich unterdrückte ein Stöhnen. »Ich hab' Todds T-Shirt!« Er hob eine Plastiktüte hoch, die ein zerknülltes grauweißes Kleidungsstück enthielt.

Tom musterte die Tüte. »Es war nicht in der Wäscherei? Ist nicht mit anderen Gerüchen in Berührung gekommen? Hat es sonst niemand in der Familie angefaßt?«

Arch schüttelte heftig den Kopf; die nasse Baseballmütze rutschte ihm über die Stirn. Er rückte sie gerade. »Können wir los? Bitte. Ich mache mir allmählich Sorgen um Todd. Du weißt schon, da draußen im Regen. Er hat einen Poncho, der ihn trocken hält, aber er ist mein Freund.«

»Wir sind soweit.« Tom griff nach einer Thermosflasche und einem Rucksack, der überquoll von Sandwiches, wie ich vermutete, Fährtenmixtur und (natürlich) selbstgebakkenem Hundekuchen. Tom zeigte auf ein verheddertes Stück Leder auf dem Tresen. »Hey, Kumpel, kannst du die Tüte festhalten und außerdem das Arbeitsgeschirr zum Auto bringen? Du wirst über Jake staunen, Arch. Bluthunde sind berühmt für ihre Intelligenz.« Tom hob eine Hand zum Abschied, zwinkerte mir zu und machte die Hintertür auf. Der Regen prasselte. Jakes Geheul nahm an Lautstärke zu. »Du kennst das Wort, das wir nicht zu früh sagen dürfen? Erinnerst du dich daran, Arch? Das Wort, das du nicht mal im Gespräch erwähnen darfst?«

»S-u-c-h«, buchstabierte mein Sohn wissend, dann stürzte er hinter Tom hinaus.

»Kommt nicht in die Nähe eines Bachufers!« rief ich ihnen nach, aber ich bezweifle, daß sie mich hörten.

Augenblicke später verstummte Jake unvermittelt. Dem gepriesenen Aufhören der Bellerei folgte das dumpfe Dröhnen von Toms Chrysler. Ich schaute aus dem Eßzimmerfenster hinaus und sah, wie das dunkelblaue Auto langsam vorbeifuhr. Auf dem Rücksitz drückten Arch und Jake ihre Nasen gegen das vom Regen schlierige Fenster. Beide machten schadenfrohe Gesichter.

Als ich vom ersten Gottesdienst in der Episkopalkirche St. Luke's und einem kurzen Besuch im Gemischtwarenladen nach Hause kam, wo ich Zutaten für das Abendessen des Frauenclubs von Aspen Meadows besorgt hatte, entdeckte ich Macguire Perkins, der auf meiner Schwelle saß. Regen flutete immer noch durch meinen überschwemmten Vorgarten und floß in Strömen auf den Gehweg. Trotzdem trug Macguire keine Regenkleidung, und sein Haar triefte so wie sein Sweatshirt und seine zerfetzten Blue jeans.

»Macguire«, sagte ich ungeduldig, »warum ziehst du nicht...« Ach, vergiß es, dachte ich. Es war schon schwer genug, ein Kind zu bemuttern, das sich die allergrößte Mühe gab, mich zu ignorieren. Ich schloß die Tür auf, schaltete die Alarmanlage aus – nötig wegen der gelegentlichen Wutanfälle des Kotzbrockens – und scheuchte Macguire ins Haus.

Macguire schnüffelte, warf den Kopf zurück und schüttelte sich das Haar. Regentropfen spritzten durch den Raum. Offenbar nahm er Unterricht bei Jake. »Ich bin okay.« Er schnüffelte wieder. »Der Regen ist nicht allzu schlimm, eigentlich braucht man keinen Mantel.« Seine langen Schritte steuerten ihn wie ein Kamel Richtung Küche. »Außerdem habe ich meine Servieruniform im Auto mitgebracht. Dort ist es nicht naß. Im Auto, meine ich. Alles in bester Ordnung.«

Na schön. Wir mußten arbeiten. Ich stellte eimerweise dicke, stark mit Tomaten angereichterte Sauce Bolognese zum letzten Köcheln auf. Macguire wusch sich die Hände, rieb hügelweise goldene Parmesansträhnen und sahnigen, frischen Mozzarella, dann sah er sich nach weiterer Arbeit um. Der Pizzateig, den ich vor der Kirche zum Aufgehen herausgenommen hatte, war jetzt auf Zimmertemperatur. Er drückte ihn vorsichtig nach unten. Als die Sauce Bolognese blubberte, klingelte das Telefon. Zweifellos Mrs. Kirby-Jones. Kunden fühlen sich ausnahmslos dazu verpflichtet, an einem Sonntagmorgen anzurufen. Sie wollen sich vergewissern, daß man nicht verschlafen hat. Sie erwarten, daß man sich für ihre Abendgala in der Küche abschindet. Genau gesagt, sie erwarten, daß man seit dem Morgengrauen arbeitet.

»Goldilocks Partyservice«, sagte ich mit quälender Munterkeit, während ich nach einem Paket der tiefgefrorenen grünen Teigplatten griff, die ich letzte Woche zubereitet hatte. »Alles vom Feinsten!«

»Ich bin's«, sagte Marla mißmutig. »Ich bin in der Hölle. Ich habe so ein verdammt schlechtes Gewissen. Tony hat eben angerufen und ist auf dem Weg hierher. Vom *Feinsten* bin ich so weit entfernt, wie du dir das irgend vorstellen kannst. Ehrlich gesagt, ich sitze hier und denke darüber nach, was ich sagen soll, wenn Albert Lipscombs Anwalt mich anruft.«

Ich drückte mir den Hörer ans Ohr und versuchte die Lasagne auszupacken. Jedesmal wenn Marla sich zu überstürzten Handlungen hinreißen ließ, war übertriebene Reue die Folge. »Lieber Himmel«, beruhigte ich sie, »warum fühlst du dich so mies? Hat Tony nicht mit Albert gesprochen?«

»Oh, das bezweifle ich. Tony ist nach der Party sofort zur Aspen Branch Bar gefahren und hat sich die Nase begossen. Jetzt kuriert er einen Kater aus. Er hat morgen früh eine Konferenz, deshalb kann er bei unserer Besprechung nicht dabeisein.« Ich hörte, daß sie in etwas biß. Ich hoffte, es sei eins der fettarmen Zitronenmuffins, die ich ihr geschenkt hatte. Außerdem betete ich, die Formulierung *unsere Besprechung* bedeute nicht, daß sie bei der morgigen Konfrontation mit Limpscomb auf mich zählte. Sie fuhr fort: »Okay, ich sag' dir, weshalb ich mir Sorgen wegen Albert mache. Er schmeißt mit Begriffen um sich wie *Jahr für Jahr, beständige Ladenverkäufe* und *technische Unterstützung*. Jetzt ist er total sauer, also wird er mich vermutlich wie eine Vollidiotin behandeln.«

»Aber was sollen Daten über die Jahre weg und Ladenverkäufe mit der Wiederöffnung einer Mine zu tun haben?«

»Uh, Goldy«, winselte sie, »das weiß ich nicht. Ich nehme an, ich hätt's einfach mit Tony besprechen, meinen Anwalt oder den Verbraucherschutz oder sonst jemand anrufen sollen, statt so wie gestern auf Albert loszugehen. Das ist schlicht und einfach episkopalisches Schuldgefühl. Du weißt schon, man macht sich Sorgen darüber, wie man mit seinem Geld umgeht.«

»Moment, Moment«, sagte ich mit einem Blick auf die Uhr. Bis wir ihre Litanei aus Sorgen hinter uns hatten, konnten Stunden vergehen, und ich hatte nur noch anderthalb Stunden Zeit, die Vorbereitungen für die Kirby-Joneses abzuschließen. So sehr ich Marla liebte, ich hatte jetzt keine Zeit für die Anatomie einer Party. »Können wir später darüber sprechen?«

»Bitte, bitte, sag mir, daß wir es später tun werden, zum Beispiel morgen früh«, flehte sie zwischen Bissen. »Zum

Beispiel wenn du mit mir zum Büro von Prospect fährst?« Ich versuchte die Vision zu verdrängen, wie Marla und Albert in einem der plüschigen Büros von Prospekt Financial Partners sich heftig in die Haare gerieten. »Bitte, Goldy. Sag nicht nein.«

Ich machte einen Plastikbehälter mit frischen Basilikumblättern auf und atmete ihren blumigen Duft ein. »Oh, Marla. Ich habe morgen einen neuen Auftrag für ein Abendessen – «

»Komm schon, du kannst mir dabei helfen, ruhig zu bleiben. Es ist schlecht für meine Gesundheit, wenn ich mich aufrege. Es wird nicht mal eine Stunde dauern. Danach gehen wir zum Brunch – ich lade dich ein.«

»Aber warum willst du *mich* dabeihaben?« Ich maß Olivenöl ab, Parmesan und Pinienkerne und betete, daß ich mein Pestorezept aus dem Kopf zusammenbekam. »Ich verstehe von Geschäften nur eines – daß meine im Augenblick nicht besonders gutgehen.«

»Ich habe nur in das Vorhaben mit der Mine hunderttausend Dollar investiert, Goldy. Mit diesem Geld hätte ich meinem lieben Neffen Julian das Cornell College finanzieren können. Zweimal.« Ihre heisere Stimme brach.

»Du finanzierst es ihm doch schon«, rief ich ihr sanft ins Gedächtnis und schaltete den Mixer ein.

»Ja, aber trotzdem, hundert Riesen!« schäumte sie. »Ich hätte ... Moment mal, ich hätte ... in das kardiologische Rehazentrum ein paar Fenster einbauen lassen können. Dann hätte ich einen hübschen Blick auf die Krankenhausanlagen, während ich auf der verdammten Tretmühle hokke.«

Und wie begeistert wäre Lyle Gordon, Dr. med., darüber gewesen, dachte ich. Die Pestozutaten hatten sich in eine leuchtendgrüne, aromatische Paste verwandelt. »Marla, bitte. Ich muß kochen. Fühlst du dich okay?«

Sie ignorierte meine Frage und wollte wissen: »Weißt du noch, wie ich John Richards Schulter zugerichtet habe? Glaubst du, daß Albert darüber Bescheid weiß? Vielleicht habe ich ihn *eingeschüchtert.*«

Ich seufzte. Meine energische Art war ein Verhalten, das ich erst gelernt hatte, als meine katastrophale Ehe mit Dr. John Richard Korman zu Ende gegangen war. Aber Marla hatte sich gegen ihn gewehrt, und folglich war es ihr gelungen, viel kürzer als ich mit ihm verheiratet zu sein und mit viel weniger Kummer.

Ich sagte wahrheitsgemäß: »Du hast Albert gestern doch nicht geschlagen. Du hast ihn nur angeschrien und ihn übel beschimpft. Das ist ein Unterschied«, fügte ich hinzu, mit einem weiteren verstohlenen Blick auf die Uhr. Macguire war fast damit fertig, die Luftblasen aus dem Teig zu drücken.

»Okay, okay«, sagte sie widerstrebend. »Ich weiß, daß du zu tun hast. Ich möchte mich nicht nur an deiner Schulter ausweinen und dich anflehen, mich morgen zu begleiten, ich wollte dir auch sagen, daß Tony und ich am Freitag abend zu unserem Angelausflug aufbrechen und daß wir gehofft haben, du könntest uns vor der Abfahrt noch einen Gefallen tun.«

Ich fing damit an, dicke Strauchtomaten in dünne Scheiben zu schneiden und dabei die Samengehäuse zu entfernen. »Was für einen Gefallen?«

»Oh, hat er dir das nicht gesagt? Tony hat wirklich gehofft, daß du ein Testessen für Prospect übernimmst. Kannst du das einrichten? Ich glaube, er würde dir den Zeitaufwand bezahlen ...«

Ich vermied es mit knapper Not, mich in den Zeigefinger zu schneiden. »Das ist doch nicht dein Ernst, oder? Ich will nicht dafür bezahlt werden, daß ich das Essen anderer Leute teste. Außerdem habe ich geglaubt, ihr habt die Probeesserei in Restaurants aufgegeben. Wieso meint Tony, daß ich eine Hilfe sein könnte?«

»Frag mich nicht. Ich bin die blöde Schnalle, die nicht mal einen Laborbericht lesen kann«, sagte Marla munter. »Und was das Probeessen anlangt – na ja, Tony traut einfach seinen Geschmacksknospen nicht. Er übernimmt es, den Gästezustrom bei Sam's Soup draußen am See zu beobachten. Er redet mit Leuten, führt vielleicht sogar Gespräche, so in der Richtung. Albert analysiert die Zahlen. Du mußt nur die Suppen auf Sams Speisekarte kosten und Tony sagen, ob die Möglichkeit besteht, daß Suppen der nächste gastronomische Renner werden. Weißt du, das wird er zu schätzen wissen, er gibt dir den Auftrag für die nächste Großveranstaltung von Prospect. Bitte.«

»Am Freitag beim Mittagessen«, stimmte ich widerwillig zu. Ich bezweifelte sehr stark, daß mich Tony angesichts des gestrigen Fiaskos an der Mine für die nächste Großparty von Prospect engagieren würde. Aber Marla war meine engste Freundin, und ich konnte es nicht ertragen, sie zu enttäuschen. Außerdem war es die einzige Methode, sie vom Telefon wegzubringen. »Ich habe zwei unerwartete Aufträge bekommen, und vor Freitag schaffe ich es nicht. Bitte, jetzt muß ich – «

»Was mußt du, den Hund füttern? Wie kommt's denn, daß ich das Riesenvieh nicht hören kann? Meistens ist er im Hintergrund und heult vor sich hin.«

»Er ist mit Tom und Arch unterwegs.«

»Bei diesem Wetter?«

»Erinnere mich bloß nicht daran.« Ich wickelte mehrere Päckchen milchweißen Chèvre aus und schnitt ihn in kleine Würfel.

»Nein. Ich lege erst auf, wenn du mir versprichst, daß du morgen mit mir nach Cherry Creek fährst. Sei der Vermittler im Büro von Prospect.«

Ich atmete tief ein, wandte mich vom Chèvre ab und rührte die dunkle Sauce Bolognese um. »Wenn ich mitkomme, mußt du mir verprechen, daß du gegenüber Albert Lipscomb nicht wieder explodierst.«

»Ich werde die Liebenswürdigkeit in Person sein. Unter Librium«, fügte sie hinzu und machte Schluß. Als ehemalige Arztfrauen würzten Marla und ich unsere Vergleiche immer mit Medikamenten.

»Okay, paß auf«, sagte ich zu Macguire, hielt aber inne.

»Macguire, was machst du da?« Ich zuckte zusammen, als ein großer Teigklumpen knapp die Decke verfehlte. »Macguire!«

Macguire hielt die Hände nach dem Teig auf, der aber auf dem Tresen landete. »Huch.« Er bedachte mich mit einem verlegenen Blick. »Sie wissen schon, das sieht man doch immer bei diesen Pizzabäckern ...« Er ballte den Teig zusammen und drückte ihn in eine Backform. »Nicht so wichtig. Wie geht es Marla? Hat sie sich von dem Riesenkrach erholt? Hat der Typ erklärt, was er vorhat?«

»Nein, das macht er morgen.« Ich ließ Wasser in meinen Pastatopf laufen und stellte ihn auf den Herd. »Ich begleite sie ins Büro von Prospect und versuche, den Frieden zu wahren.«

Er stellte die Lektüre des Pizzarezepts ein und bedachte mich mit einem Blick. »Sie beide gehen gemeinsam dorthin? Allein? Ziehen Sie ein Schiedsrichtertrikot an und nehmen eine Pfeife mit? Darf ich mitkommen?« Offenbar erhoffte er sich Handgreiflichkeiten.

Das Telefon klingelte wieder, und ich bat Macguire, sich zu melden, damit ich mit dem Salat anfangen konnte. Statt meiner üblichen Begrüßungsfloskel kläffte mein stets hilfsbereiter Assistent jedoch: »Ja, hier ist Goldilocks Partyservice. Was wollen Sie?«

Sogar durch den Raum hinweg konnte ich Mrs. Kirby-

Jones' hysterische Stimme am anderen Ende der Leitung hören. Ich gestikulierte verzweifelt nach dem Hörer.

Macguire legte die Hand auf die Sprechmuschel und riß die Augen weit auf. »Ich werde nie lernen, mit Leuten umzugehen, wenn Sie es mir nicht erlauben. Machen Sie den Salat. Falls sie den Hörer aufknallt, können Sie sie zurückrufen und sagen, ein verrückter Teenager sei eben in Ihre Küche eingebrochen – *Wie* bitte? *Was?*« sagte er in den Hörer.

Ich hob spöttisch kapitulierend die Hände und kehrte zum Tresen zurück, um Radicchio in Streifen zu reißen. Wenn man eben meint, im persönlichen Leben alles im Griff zu haben, bricht im Geschäftsleben eine Krise aus. Oder vice versa.

»Oh, du meine Güte. Mm-hmm«, sagte Macguire mit beunruhigendem Mitgefühl. »Nein. Wie viele Leute waren das noch mal? Was? O ja, wir sind völlig mobil.« Ich spürte, daß mein Herz einen Satz machte. Was versprach er da? Macguire legte die Stirn in Falten und beobachtete, wie ich Rucola zerzupfte. »Wir können den afrikanischen Dekorationen in Ihrem Eßzimmer ausweichen, das ist überhaupt kein Problem. O nein, Sie wissen nicht, mit wem Sie sprechen. Hier ist Goldilocks Partyservice – «

Seine munteren Versicherungen wurden von weiteren hysterischen Einwänden unterbrochen, die drohten, sich zum Geschrei zu steigern.

»Was?« wollte er wissen, klemmte sich den Hörer unter das Ohr und griff wieder nach dem Pizzateig. Ich zuckte zusammen, stellte mir einen weiteren Versuch vor, ihn durch die Luft zu schleudern. »Oh, bitte, bitte! Was hat er gesagt?« Ich wedelte mit dem Rührlöffel, versuchte verzweifelt, Macguire auf mich aufmerksam zu machen. Aber er starrte meine Regale mit den Kochbüchern an. Wie ich ihn kannte, las er keinen der Titel. »Vegetarische Burritos? Für zwanzig Personen? In den nächsten zwei Stunden?« Er zögerte. »O nein. Ausgeschlossen. Es gibt grüne Lasagne al forno, wie Guido sie zubereitet hat, Lady! Ich meine, äh, Mrs. Kirby-Jones.«

Die Stimme am Telefon wurde gefährlich laut.

»Bitte, hören Sie mir zu, Mrs ... äh ...« Macguire stockte. Er umklammerte die Kehle mit der freien Hand und streckte die Zunge heraus. *Mrs. Kirby-Jones erwürgt mich!* Die schrillen Proteste hatten sich in ein Flehen verwandelt. »Bitte«, wiederholte er. »Hören Sie mir zu? Ich habe selbst recherchiert. Ich habe bei Guido on the Pike angerufen. Mir ist gleich, woran Ihr Mann sich erinnert ... Sie haben nicht bei Taco Tita's gegessen. Bei Guido können die sich sogar an Sie erinnern. Sie haben das hinreißende rosa Kleid mit dem wundervollen Blumengesteck getragen ... Nee, Sie waren bei Guido, nicht bei Taco Tita's, das steht fest. Das ganze Personal hat jedesmal, wenn es daran denkt, Tränen in den Augen. Sie waren die schönste Braut, die dort –« Ich winkte heftig. Macguire wandte sich mir schließlich zu. Und zwinkerte.

Oh, gütiger Gott, betete ich, *bitte, erlöse uns aus dieser Hölle.*

»Ja, Ma'am. Ich habe selbst mit denen gesprochen. Genau gesagt, mit Guido gesprochen. Wer, ich? Wer ich bin? Wieso, ich bin der Rechercheur bei Goldilocks. Macguire Perkins. Ja, genau der Perkins.« Macguire lächelte und verdrehte die Augen. »Ja, mein Vater ist der Rektor der Elk-Park-Schule. Was, ich? Ich habe den Schulabschluß schon hinter mir. Oh, Harvard. Nächstes Jahr.«

Ich stellte mir Macguires Vater in seinem riesigen, arroganten Büro mit den goldgerahmten Examensurkunden und sein riesiges, arrogantes Ego vor. Ich wollte mir nicht ausmalen, wie er auf diesen Haufen Lügen reagiert hätte, die jeden Augenblick phantasievoller wurden.

Aber Macguire lächelte nur. »O ja, wir können zeitig kommen, um alles aufzubauen. Werden Sie wieder Rosa tragen? Wunderbar. Rosa ist *eindeutig* Ihre Farbe. Ja, Ihr Mann irrt sich. Es ist ausgeschlossen, daß Sie damals bei Taco Tita's gegessen haben. Aber machen Sie keine große Affäre daraus«, riet Macguire ernst, der weiseste Eheberater der Welt. »Schließlich ist es Ihr Hochzeitstag.« Er legte auf.

»Das kann ich nicht fassen.« Ich legte die leuchtendroten Tomatenscheiben und die sahnigen Würfel aus Ziegenkäse auf den Pizzateig. »Was ist, wenn sie rauskriegt, daß Guido schon lange tot ist?«

»Hey«, sagte Macguire. Er langte herüber, um den Backofen für die Pizzas vorzuheizen, und zog sich dann einen Küchenstuhl heran. Er verfehlte die Sprossen, und der Stuhl kippte um. »Oh, Entschuldigung ... hören Sie, alles wird bestens laufen!«

»Was ist, wenn sie erfährt, daß das Restaurant schon seit zehn Jahren nicht mehr existiert?«

Macguire riß spöttisch erstaunt die Augen auf. »Oh, Mrs. Kirby-Jones«, kreischte er in einer gespenstischen Imitation des neurotischen Tons unserer Kundin, »Sie meinen bestimmt Guidos Restaurant an der Connecticut Avenue!« Er grinste. »Sehen Sie, ich hab' doch gewußt, daß sich unser Unterstufenausflug in die Nationalhauptstadt eines Tages mal auszahlt. Es klingt, als wüßte ich tatsächlich was über Washington.«

Ich streute Mozzarella über die Pizza. Gib auf, dachte ich. Offenbar verfügte Macguire über eine scharfe Wahrnehmung, konnte aber auch tricksen, je nachdem, was die Gelegenheit erforderte. Trotzdem hatte der Junge eine Art, die ihm einen Platz in meinem Herzen sicherte. Laut sagte ich milde: »Ich weiß nicht, wie ich je auf den Gedanken gekommen bin, daß du nicht mit Mrs. Kirby-Jones umgehen könntest.«

»Ja, die meisten Leute halten mich für ziemlich blöd, wenn sie mich kennenlernen«, pflichtete er mir fröhlich bei. »Eben erst von der Schule abgegangen, kein College. Aber wenn ich am Telefon mit ihnen rede, dann meinen sie, ich bin wie mein supergebildeter Vater, der Golfer, der Rektor einer Eliteschule – «

»Macguire! Ich wollte damit nicht sagen – «

»Oh, es ist okay.« Er stellte den Stuhl wieder auf und setzte sich. »Hey, hören Sie zu. Ich habe mich richtig wohl gefühlt, als ich für Marla wegen dem Golderz ermittelt habe. Das war wie auf 'nem Trip – ich meine, da sind sie auf dieser Riesenfinanzparty und kriegen einen lauten Mordskrach wegen etwas, was ich recherchiert habe!« Er sprang auf und schob die Pizzas in den Backofen. Dann verschränkte er die Arme, lehnte sich gegen den Herd und bedachte mich mit einem triumphierenden Blick. »Schließlich hab' ich was gefunden, was ich richtig gut kann. Ich bin ein großartiger Ermittler.« Er machte eine Pause. »Deshalb überlege ich mir, zur Polizei zu gehen. Sagen Sie Tom Schulz, daß ich mit ihm sprechen möchte. Ich will Cop werden.«

»Oh, komm schon. Ich bin mir nicht sicher, ob du darüber ernsthaft nachdenken willst...«

»Regen Sie sich ab, Goldy! Wem, glauben Sie, würde ich schon fehlen, wenn mich ein fieser Typ erschießt?«

»Macguire!«

»War doch nur Spaß.« Er setzte sich wieder und streckte die Beine aus. Seine Turnschuhe trieften vor Nässe.« Ich glaube bloß nicht, daß ich je so was wie 'ne Universität besuche. Deshalb denke ich über meine Zukunft nach. Ich glaube wirklich, daß ich gute Polizeiarbeit leisten könnte. Alle Welt hält mich für blöd, als würden mir die Leute trauen und alles mögliche erzählen.«

Ich hörte mit dem Zerzupfen des Salats auf und rührte die Sauce Bolognese um, dann kostete ich sie. Die dunkle,

Pizza provençale

1 Tütchen Trockenhefe
1/4 l warmes Wasser
1/2 Teelöffel Zucker
1/2 Teelöffel Salz
2 Teelöffel Olivenöl
325–375 g Weizenmehl Type 405
5 Eßlöffel Pesto
350 g reife Tomaten, in dünne Scheiben geschnitten und ohne Samengehäuse
100 g Chèvre
115 g frischer Mozzarella bester Qualität, gerieben

Die Hefe in einer großen Rührschüssel über das warme Wasser streuen. Den Zucker zugeben, umrühren und zehn Minuten beiseite stellen, bis die Mischung Blasen wirft. Salz und Olivenöl einrühren. 325 g Mehl daruntergeben, dann so viel zusätzliches Mehl hinzufügen, daß der Teig nicht zu klebrig zum Kneten ist. Auf einer bemehlten Oberfläche kneten, bis der Teig glatt und seidig ist. (Oder den Teig in die Rührschüssel einer Küchenschüssel geben und mit dem Knethaken bearbeiten, bis sich der Teig von den Schüsselwänden löst, ca. 5 Minuten.) Den Teig in eine mit Öl ausgestrichene Schüssel legen, umdrehen, damit die Oberfläche geölt wird, mit einem Küchentuch zudecken und an einem warmen Ort etwa eine Stunde lang bis zum doppelten Umfang gehen lassen.

Den Backofen auf 180 Grad vorheizen. Den Boden und die Ränder eines Backblechs (25 auf 38 cm) leicht mit Öl bestreichen. Den Teig nach unten und auf den Blechboden drükken. Den Pesto über den Teig streichen. Die Tomatenscheiben

in gleichmäßigen Reihen auf den Pesto legen. Den gewürfelten Chèvre darüber verteilen und die ganze Oberfläche mit Mozzarella bestreuen. 15 bis 25 Minuten backen, bis der Mozzarella Blasen wirft und der Teig durchgebacken ist.
Ergibt 6 Portionen

würzige Sauce war eine Aromaexplosion. Ich überlegte mir, wie ich sagen sollte, was meiner Meinung nach gesagt werden mußte. »Du weißt, daß deinen Vater der Schlag trifft, wenn du dich entschließt, Cop zu werden.«

Macguires Grinsen spaltete sein Gesicht. »Hey, das ist das Beste daran«, sagte er aus vollem Herzen.

Das Haus der Kirby-Joneses war ein massives Gebäude aus Balken und Glas, das mich an eine Skihütte erinnerte. Der Architekt hatte auf einer Seite des Erdgeschosses eine Küche angebaut, als wäre sie ihm erst nachträglich eingefallen. Zum Glück fanden wir den Hintereingang sofort. Als wir die Kisten hineinschleppten, konnte ich jenseits des Küchentresens nur einen Wald aus Tropenbäumen sehen, der den Innenraum überfüllte. Ein Transparent erläuterte die Dekoration des Abends: »Die Ehe ist eine Safari.« Italienisches Essen zu einem afrikanischen Motto. Na ja, ich hatte schon verrücktere Aufträge hinter mir.

In dem großen Raum eilten Macguire und ich zwischen falschen Palmen und riesigen Behältern mit Ziergräsern hin und her, um die Bar aufzubauen. Ich war dankbar, daß wir nicht aufgefordert worden waren, Safarihüte zu tragen oder zu erklären, wie man im Dschungel Lasagne zubereitet. Macguire, dem Himmel sei Dank, äußerte sich nicht weiter zu dem Thema seiner Karriere im Polizeidienst. Ein Segen, denn nach einer halben Stunde hatten wir alle Hände voll mit den Gästen zu tun. Macguire wendete den Salat in der Sauce, reichte Pizza herum und servierte perfekte, mit Käse überzogene Lasagnestücke. Ich jubelte, weil keiner der Gäste auf Diät war. Alle stürzten sich mit Genuß auf die Speisen. Am Ende der Mahlzeit schlängelten Macguire und ich uns vorsichtig um riesige Keramikelefanten herum, behängt mit Lichterketten, und boten auf Tabletts Kaffee in Goldrandtassen an. Während wir das Geschirr abräumten, machte Macguire Mrs. Kirby-Jones schüchtern ein Kompliment über das Strahlen ihrer Haut. Sie gab ihm fünfzig Dollar Trinkgeld. Er erbot sich freiwillig, es mit mir zu teilen, aber ich sagte ihm, er solle es behalten.

Der Regen hatte schließlich nachgelassen, als Macguire und ich uns gegen elf trennten. Müde, aber glücklich über den erfolgreichen Abend, vereinbarten wir, uns am nächsten Nachmittag um vier zur Zubereitung des einfachen Abendessens für den Frauenclub zu treffen. Mit etwas Glück, sagte ich mir, während ich mir zu Hause den Luxus einer heißen Dusche gönnte, konnte ich den Morgen damit verbringen, Marla bei der Lösung ihrer geschäftlichen Probleme zu helfen, sie zu einem späten Termin zum kardiologischen Rehaprogramm bringen und problemlos für den Frauenclub kochen. Tom hieß mich im Bett mit einer warmen Umarmung willkommen.

»Du siehst ja sehr zufrieden mit dir aus, Miss G.«, flüsterte er.

»Bin ich auch. Wenn ich morgen überstehe, bin ich in Hochform.« Ich schmiegte meinen Kopf an seine Schulter. »Mann, wie kommt's nur, daß du immer so gut riechst?«

»Vielleicht liegt's daran, daß diese Frau, die ich geheiratet habe, dauernd teure Herrenseife kauft, die sie im Büro des Sheriffs nicht auf Lager haben.« Er streichelte mir das Haar.

»Wie seid du und Arch mit Jake vorangekommen? Hat der selbstgebackene Hundekuchen sein Riechvermögen verbessert?«

Er stöhnte. »Nicht unbedingt. Todd ist auf einen Baum geklettert. Sein Geruch hing natürlich unten am Baum, aber sie bringen Hunden nicht bei, nach oben zu schauen. Deshalb konnte Jake ihn nicht finden.«

»Großartig.«

»Wenigstens haben wir den Jungen gefunden, bevor er sich eine Bronchitis geholt hat.«

»Ich sage lieber nicht, was ich von deiner Vorstellung von einem fröhlichen Ausflug halte.«

Er murrte unverbindlich. »Apropos, ich nehme an, du fährst morgen mit Marla zu Prospect Financial Partners.«

Ich zog ihm die Decke über die Schulter. »Tom, hör zu. Falls an dieser Investition wirklich was faul ist, könnte ihr Herz verrückt spielen. Es steht eine Riesenmenge Geld auf dem Spiel.«

»Ja, schon. Versuch, dir keinen Ärger einzuhandeln.«

Ich schmiegte mich in seine Arme und murmelte: »Falls die Ehe eine Safari wäre, was meinst du, was wärst du dann? Ein Jäger, ein Führer oder ein Löwe?«

»Was?«

Ich fand sein Ohr und flüsterte hinein. »Lassen wir das. Ich möchte bloß ein bißchen an der erstklassigen Seife schnuppern.«

»Du legst es darauf an, Partylieferantin. Das weißt du, nicht wahr?«

»Na ja, so muß es wohl sein.« Ich unterdrückte ein Kichern, als seine großen Hände nach meinem Körper griffen. Falls die Ehe eine Safari war, wollte ich nie mehr zurückkommen.

Am nächsten Morgen lag Nebel wie graue Wolle über den Gipfeln der kontinentalen Wasserscheide. Im Augenblick hatte der Regen aufgehört. Aber ein Wirbel aus dunklen Wolkenfetzen, der Richtung Aspen Meadow zog, versprach, das zu ändern. Ich sparte mir meinen doppelten Espresso auf, bis ich Marlas Jaguar auf der Interstate 70 folgte. Dadurch konnte das Koffein mein Gehirn nicht aufheizen, bis es zu spät zum Umkehren war. Ich erinnerte mich an Toms Worte: *Versuch, dir keinen Ärger einzuhandeln.* Kein Problem. Es war ausgeschlossen, daß ich mir an diesem Morgen Ärger einhandelte. Außer Marla und Tony kannte ich die Leute bei Prospect Financial nicht einmal. Ganz davon abgesehen, daß sie mir egal waren. Ich war nur als Schiedsrichter dabei.

Der Nebel schluckte Marlas Jaguar kurz unterhalb der Ausfahrt nach Genesee. Ich fuhr langsamer, kippte noch etwas Espresso und dachte noch einmal nach. Eigentlich war es mir nicht egal. Der plötzliche Tod von Victoria Lear in Idaho Springs, das Problem, das Marla auf der Party vorgetragen hatte, Alberts vehementes Leugnen – das alles hatte mein Interesse geweckt. Aber es hätte Tom nicht gefallen, wenn ich Albert Lipscomb oder sonst jemanden von der Geschäftsleitung bei Prospect verärgert hätte. Ich war schon in etliche von Toms Ermittlungen hineingestolpert – Captain Shockley hätte das *Einmischung* genannt. Auf keinen Fall wollte ich Shockley verärgern, indem ich jemanden bei der Investmentfirma auf die Palme brachte, die das Pensionskonto des Captain betreute. Trotzdem, angesichts von Marlas unberechenbaren Launen und so viel Geld, das auf dem Spiel stand, wollte ich ganz bestimmt nicht, daß meiner besten Freundin im Büro von Prospekt die Sicherung durchbrannte, ohne daß ich dabei war, um sie zu beruhigen, oder? Selbstverständlich wollte ich das nicht. Ich lächelte, trank den letzten Tropfen des starken, schwarzen Espressos und trat aufs Gaspedal. Augenblicke später fuhr der Lieferwagen parallel zum seifigen, angeschwollenen Cherry Creek.

Wir bogen in die Third Avenue ein und fuhren an Designerboutiquen entlang, superschicken Cafés, experimentierfreudigen Restaurants und einer Reihe von Bürogebäuden, die sich der Aufgabe verschrieben hatten, Geld zur Unterstützung der Leute zu verdienen, die Stammkunden in den teuren Läden und Lokalen waren. Nach mehreren Blocks parkte ich vor einem eleganten zweistöckigen Gebäude mit eckigen Goldbuchstaben, die es als das Büro von *Prospect Financial Partners* auswiesen. Die moderne Fassade aus poliertem blutrotem Granit war durchzogen von schwarzen und goldenen Adern, die im trüben Licht schimmerten.

Marla stieß auf dem nassen Trottoir zu mir. In ihrem dezenten marineblauen Kostüm mit der doppelreihigen Perlenkette hatte ich sie zum letzten Mal bei meiner Hochzeit gesehen. Ich kam mir fehl am Platz vor in den schwarzen Hosen, dem Pullover und in meinem alten Regenmantel. Marla tat das händewedelnd ab und setzte mich schnell darüber ins Bild, wie sie das Treffen mit Albert angehen wollte.

»Okay«, sagte sie. »Nehmen wir mal an, Albert sagt, Tests seien zu kompliziert, als daß Frauen sie verstehen könnten. Dann sagst du, er muß es erklären, sonst bekomme ich einen Herzinfarkt. Dann sagt er, er hat zuviel zu tun, kann sich keine Zeit für uns nehmen, also umklammere ich mir die Brust – «

»Nein«, riet ich streng, während ich über eine Schlammpfütze trat. »Wir wollen doch keinen echten Herzinfarkt auslösen.«

Sie schüttelte trotzig das wirre Kraushaar, sah die Straße entlang und änderte widerstrebend ihre Taktik. »Okay ... wenn ich ihn bitte, mir den Kepler-Test zu zeigen – « Sie packte mich am Arm. »Das Auto da kommt mir bekannt vor. Ist das nicht Macguires Subaru?«

Ich sah an den dicht an dicht geparkten Autos entlang. »Ich will's nicht hoffen.«

Aber es war sein Auto. Noch während ich sprach, hangelte sich Macguire Perkins aus dem ramponierten blauen Kombi und bedachte uns mit einem schüchternen Grinsen. »Hört mal«, rief er, ehe wir ein Wort sagen konnten, »ich bin hier, um Ihnen zu helfen.« Mit drei langen Schritten war er plötzlich neben uns. Er trug ein kragenloses, zugeknöpftes Hemd und schwarze Hosen, die Art von Aufmachung, in der sich Rockstars interviewen lassen. »Sie und Marla sollten wirklich nicht versuchen, das allein zu erledigen«, sagte er ernst. »Ich meine, ich bin derjenige, der den Testbericht zum Analysieren gebracht hat, und ich kenne sogar jemanden, der hier arbeitet. Sie wissen schon – eine Kontaktperson.« Er fuhr sich mit den Fingern durch das ständig feuchte Haar. »Sie ist vor ein paar Jahren auf die Elk-Park-Schule gegangen. Früher war sie ein Snob, aber jemand hat gesagt, daß sie jetzt ganz nett ist – «

Ich schüttelte den Kopf. »Nein, nein, nein. Fahr nach Aspen Meadow zurück, Macguire. Bitte. Was sollen wir denn machen, in Alberts Büro eindringen und sagen: ›Hey, da sind wir, eine Kundin mit zwei Leibwächtern?‹ Wir können doch nicht einfach – «

»Oh, sicher können wir das«, erklärte Marla und warf wieder den Kopf zurück. Sie hängte sich mit einem Arm bei mir ein und mit dem anderen bei Macguire. »Du kannst uns dabei helfen, Alberts Büro zu stürmen. Und, Macguire, stell mir deine Freundin vor, wenn du sie siehst. Ich liebe bekehrte Snobs. Es gibt so wenige davon.«

Grauen erfüllte mich, als wir uns durch die erste von zwei schweren Glastüren schoben. Ich konnte mir vorstellen, wie Tom mit einer hochgezogenen rotblonden Augenbraue sagte: *Das will ich ganz genau wissen. Ihr drei seid ohne Termin in eine Multimillionenfinanzfirma geplatzt, eine von euch hat einen Herzinfarkt vorgetäuscht, und dann sind die anderen beiden in das Büro des Partners eingedrungen?* Und ich hätte erwidert: *So in etwa.* Und er hätte gesagt: *Und ihr wart überrascht, als ihr hinausgeworfen worden seid?*

»Ich bin hier, weil ich Albert Lipscomb sprechen will«, erklärte Marla der Empfangsdame. »Er erwartet mich!« Ich musterte die Frau im dunklen Kostüm hinter dem hohen Schreibtisch aus Rosenholz. Sie schien das erste Hindernis in einer Reihe von Scharmützeln zu sein.

»Oh, Ms. Korman, wie nett, daß Sie hier sind«, erwiderte die Empfangsdame freundlich. Ihr schwarzes Haar war streng um ein mit ultrableichem Make-up geschminktes Gesicht geschnitten. Nachdem sie Marla mit einem Hundertwattlächeln bedacht hatte, eingerahmt von braunem Lippenstift, warf sie einen verächtlichen Blick auf Macguire und mich.

»Sie gehören zu mir«, sagte Marla zu ihr. »Freunde von Albert.«

Die Empfangsdame strahlte wieder. »Na dann. Gehen Sie doch einfach nach hinten durch.« Vermutlich waren Partylieferanten nicht die einzigen, denen beigebracht wurde, sich Reichen gegenüber kriecherisch zu verhalten.

Wir folgten einem Tweedteppich in gedämpftem Lila, Grün und Korallenrot einen korallenrot gestrichenen Flur entlang, unterteilt von Rosenholzpaneelen. Telefone klingelten, Geräusche drangen aus offenen Bürotüren, gehetzte, gutgekleidete Assistenten eilten hin und her. Ein auffällig ruhiger Ort war die Tür zu einem Büro, an der die Täfelung von der orangerosa Wand entfernt worden war. In Goldbuchstaben stand immer noch an der Tür: *Victoria Lear, LI, Leiterin der Investitionsabteilung.* Sie war im Orpheus Canyon gestorben, in der Nähe der Mine, an der Marla jetzt Zweifel hegte. Ich konnte nicht anders: ich griff verstohlen nach dem Türknauf. Als ich daran drehte, stellte ich mir Tom vor, wie er den Kopf schüttelte. Aber die Tür war abgeschlossen.

Albert Lipscombs Sekretärin war eine hinreißende Platinblondine, die uns mitteilte, sie heiße Lena Pescadero. Sie trug ein tief ausgeschnittenes rotes Kleid, bei dessen Anblick Macguire der Mund offen stehenblieb. Mich schlug ihr Haar in Bann, modisch zu einer voluminösen, wirren Mähne frisiert. Lena wandte sich von uns ab und sprach sachlich ins Telefon, Albert sei in einer Konferenz und werde sobald wie möglich zurückrufen.

»Albert erwartet mich«, sagte Marla kumpelhaft, als die Sekretärin den Hörer aufgelegt hatte. »Wir haben am Wochenende einen Termin für neun Uhr vereinbart.«

Lena Pescadero zog eine strichdünne Augenbraue hoch. »Ach ja?« Sie machte sich auf einem Block eine Notiz und drückte auf die Computertasten, um Albert Lipscombs Termine abzurufen.

»Hmm«, sagte Lena, während sie auf den Bildschirm schaute. »Wenn mir bloß jemand sagen würde, was hier los ist.«

Marla sah uns an, verdrehte die Augen, wandte sich dann wieder Lena zu. »Albert ist nicht in einer Konferenz?«

»Nein.«

»Wo ist er dann?«

»Ich weiß es nicht, aber es sind eine Menge Anrufe für ihn gekommen«, erwiderte Lena. Sie kaute auf ihrer Unterlippe herum und musterte Marla nachdenklich. »Was ist mit den Kunden los? Ist das virenbekämpfende Medikament von Medigen am Wochenende vom Gesundheitsamt abgelehnt worden, und niemand hat es mir gesagt?«

Entgeistert verstummten wir drei, bis Macguire herausbrachte: »Äh, ich glaube nicht, daß das Gesundheitsamt am Wochenende arbeitet.«

Marla seufzte. Das Telefon auf Lenas Schreibtisch klingelte wieder, und sie meldete sich.

»Nein, nein, noch nicht, Mr. Royce«, sagte sie. »Was ausdrucken?« Sie wandte sich dem Computerschirm zu. »Okay, Augenblick, bitte.« Sie drückte auf ein paar Tasten und senkte die Stimme. »Entschuldigung, aber da kriegen Sie nur eine Menge ... Nein, nein, tut mir leid, Sir. Die Diagramme von Sam's Soups, ja, sicher. Expansionschancen, und was war das zweite ... oh, die augenblicklichen Umsätze. Ja. Sofort. Nein, ich weiß nicht, ob sie die einzige war, die das in ihrer Datenbank gespeichert hatte, bevor sie ... vor dem ... ja, Sir. Sobald er kommt.«

Ich murmelte Macguire zu: »Schauen wir uns nach deiner Freundin um.« Zu Marla sagte ich: »Wir kommen wieder.« Sobald Macguire und ich auf dem Flur standen, sagte ich: »Wie heißt deine Freundin? Wie lange arbeitet sie schon hier bei Prospect?«

Macguire errötete. »Bitsy Roosevelt.« Seine aknenarbige Stirn legte sich in nachdenkliche Falten. »Ich glaube, sie ist etwa seit einem Jahr hier.«

»Könntest du Bitsy fragen, ob sie diese Victoria Lear gekannt hat? Rauskriegen, ob Victoria was mit der Goldmine Eurydice zu tun hatte?«

Macguire fing an: »Klar, aber warum wollen Sie – «, doch ich packte ihn am Arm und schüttelte den Kopf.

Fröhlich sagte ich: »Sieht danach aus, als ob wir hier heute nicht die einzigen Leute wären, die was mit Essen zu tun haben.«

Sam Perdue, der neben dem massiven Empfangsschreibtisch nervös das Gewicht verlagerte, schien völlig die gelassene Fassung eingebüßt zu haben, die er bei der Party an der Mine zur Schau getragen hatte. Dort war sein blondes Haar sauber über eine kahle Stelle gekämmt gewesen, die ich jetzt ausmachte, und sein bleiches Gesicht war emotionslos gewesen, fast ätherisch. Heute morgen stand ihm das dünne Haar von einer Art Mönchstonsur ab. Sein rot angelaufenes Gesicht wirkte jämmerlich. Seine Fliege saß schief, und ein Hemdzipfel hing ihm wie ein Spüllappen aus der Hose. Es war keine Überraschung, daß die Empfangsdame ihn nicht vorlassen wollte.

Ich hörte, wie er verlangte: »Ich muß sofort mit Tony Royce sprechen! Es geht um eine Firmenexpansion. Er weiß alles darüber.«

»Bitte, warten Sie«, intonierte die Empfangsdame und drückte auf Telefontasten.

Ichbegrüßte Sam mit den Worten: »Hallo. Geht es Ihnen auch gut?« Ich bedachte ihn mit einem mitfühlenden Blick. »Sie wirken aufgeregt.«

Er sah mich ungläubig an. »Goldy? Goldy Schulz? Richten Sie für die hier schon wieder eine Party aus?«

»Nein, wir sind nur ... mit einer Freundin hier.« Ich hörte hinter mir, wie sich Macguire mit seiner angenehmsten Stimme nach Bitsy Roosevelt erkundigte.

Sam zog den mageren Bauch ein und stopfte sich den Hemdzipfel in die Hose. »Wollen die in Ihren Partyservice investieren? Sie können mir die Wahrheit sagen, Goldy. Vielleicht vergeude ich hier nur meine Zeit.«

»Ich verspreche Ihnen, daß die nicht in mich investieren«, erwiderte ich aus vollem Herzen. Die Empfangsdame hatte den Hörer aufgelegt. Mit einem Papierstapel beladen, huschte Albert Lipscombs Sekretärin rechts von uns den Flur entlang. Eine kleine, birnenförmige junge Frau in einem beigen Kostüm kam in den Vorraum und kreischte bei Macguires Anblick begeistert. Zweifellos Bitsy Roosevelt.

»Sie sind mit einem Polizisten verheiratet, nicht wahr?« fragte Sam mich unbehaglich. Albert Lipscombs Frage. Sam rückte sich die Fliege gerade, aber sein Gesicht war immer noch rosiger als die Wände.

Ich nickte und sagte vorsichtig: »Sam, sind Sie sich sicher, daß Ihnen nichts fehlt?«

Er räusperte sich. »Um acht heute morgen ist eine Frau auf der Treppe zu meinem Restaurant gestürzt und hat sich den Knöchel gebrochen. Wir hatten noch nicht einmal geöffnet. Es ist ein schlimmer Bruch, und sie sollte mit dem Notarztwagen ins Lutheran Hospital gebracht werden. Ich wollte dem Notarztwagen natürlich nachfahren, um herauszubekommen, ob es ihr gutgeht. Aber ...« Er machte eine Pause und schaute den massiven Rosenholzschreibtisch an. Er schien den Faden verloren zu haben.

»Und?« soufflierte ich. »Ging es ihr gut?«

Sein Gesicht legte sich in schmerzliche Falten. »Das weiß ich nicht, weil da ein überfluteter Picknickplatz war ... Sie kennen den Platz kurz vor der Einfahrt nach Aspen Meadow?« Als ich nickte, fuhr er fort. »Heute morgen ist ein Kind ins Wasser gefallen und wäre fast ertrunken. Die Eltern haben den Notarztwagen gestoppt, und er hat angehalten. Die Sanitäter haben den Jungen von Mund zu Mund beatmet und ihm eine Herzmassage verabreicht.«

»Was?«

»Die Sanitäter ... ich nehme mal an, die müssen das machen, wenn es eine Frage von Leben und Tod ist, aber die Dame mit dem gebrochenen Knöchel war gar nicht begeistert ... Der Junge ist okay, aber sie mußten ihn auch ins Krankenhaus bringen ... und ich habe gewußt, daß ich zu spät hierherkomme ...« Er lief noch tiefer rot an und suchte nach Worten. »Und dann habe ich hier an der Straße keinen Parkplatz gefunden – «

Die Ankündigung der Empfangsdame, er könne nach hinten zu Mr. Royces Büro gehen, hinderte ihn daran, seine kummervolle Geschichte weiterzuerzählen. Sam entschuldigte sich und stürzte davon.

Bitsy teilte uns mit, sie müsse bei einer Besprechung Protokoll führen, »und zwar gleich«, deshalb gingen Macguire und ich zu Marla zurück.

»Bitsy sagt, daß sie nicht für die Lear gearbeitet hat«, berichtete mir Macguire leise. »Aber es gibt ein paar Leute, mit denen sie reden kann. Sie meint jedoch, sie muß diskret vorgehen.«

»Großartig.«

»Ich habe Ihnen doch gesagt, daß ich ein guter Ermittler wäre.«

Ich seufzte, als wir in Alberts Empfangsbereich zurückgingen. Dort saß Marla lässig am Schreibtisch der Sekretärin und schrieb Worte vom Computerschirm ab. Jetzt waren es schon zwei gute Ermittler.

»Gütiger Himmel«, rief ich, ohne nachzudenken, »was in aller Welt – «

»Phantastisch, ihr seid wieder da.« Sie kritzelte eifrig. »Haltet Ausschau nach Lena, ja?«

Macguire sah mit zusammengekniffenen Augen den Flur entlang, eindeutig begeistert über die Gelegenheit, eine Überwachung durchzuführen. Ich kam mir vor, als wäre ich von Irren umgeben. »Gehen wir«, sagte ich in der Hoffnung, den beiden ihre Verrücktheiten auszureden. »Es ist Viertel nach neun. Albert kommt nicht.«

Marla riß das oberste Blatt vom Block. »Ausgeschlossen. Ich wollte sehen, wer heute morgen unseren Freund Albert angerufen hat. Ratet mal, welche Kunden außer mir sich Sorgen machen? Es sind zwölf Anrufe für ihn gekommen, darunter einer von den Hardcastles und zwei von Sandy Trotfield.« Zorn ließ ihre heisere Stimme schrill klingen. »*Alle* Investoren in die Mine Eurydice. Ich habe ein paar Leuten Angst eingejagt, meint ihr nicht auch? Vielleicht hatte Albert mit diesem Testbericht mehr zu verbergen, als er rausgelassen hat. Deshalb stellt er sich krank, um allen auszuweichen.«

»Sie kommt«, meldete Macguire in einem leisen Knurren, von dem ich den Verdacht hatte, daß es stark von Humphrey Bogart beeinflußt war. Marla drückte auf ein paar Tasten, um einen anderen Bildschirmtext abzurufen.

»Alle auf die Couch«, flehte ich.

Lena kam herein und machte ein Gesicht, als hätte sie das sprichwörtliche Gespenst gesehen. »Wer hat eben gesprochen?« wollte sie wissen. »Wer hat gesagt: ›Auf die Couch‹?«

»Das war ich«, erwiderte ich. Hitze stieg mir den Hals hoch.

Lena erholte sich und starrte mich an. »Sie haben ja keine Ahnung, wie ähnlich Sie klingen wie... Oh, nicht so wichtig.«

Ich fragte sie nicht aus, setzte mich nur neben Macguire und Marla auf die Couch, wo die beide ernsthaft in Investitionszeitschriften blätterten. Lena rief bei Albert zu Hause an und hinterließ eine Nachricht auf seinem Anrufbeantworter. Eine Viertelstunde später wählte sie seine Handynummer. Er meldete sich nicht. Weiterhin kamen laufend Anrufe von Eurydice-Investoren; ich erkannte ihre Namen von der Gästeliste für Samstag abend. Um zehn versuchte ich, Marla dazu zu überreden, zu ihrem kardiologischen Rehaprogramm zu gehen. Statt dessen telefonierte sie mit dem Southwest Hospital und ließ sich einen neuen Termin geben.

Um elf stürzte Tony Royce, der so attraktiv aussah wie eh und je, in Alberts Vorzimmer. Heute trug er einen Kamelhaarblazer und dunkelbraune Hosen, die zu seinem perfekt gestutzten Schnurrbart paßten. »Er ist noch nicht hier?« Er sprach mit Lena. »Was zum Teufel ist los?«

»Für ihn sind zweiundzwanzig Anrufe gekommen«, fuhr sie ihn an. »Und nein – er hat nicht angerufen, geschrieben oder per E-Mail mitgeteilt, wo er sich aufhält.«

»Ja, informieren Sie mich über die Anrufe.« Tony senkte die Stimme. »Marla, alle Welt scheint Bescheid wissen zu wollen über dein kleines Problem mit dem Testbericht.«

Marla atmete laut aus, erwiderte aber nichts. Tonys dynamisch herumschweifende dunkle Augen erfaßten unsere verdrossene Gruppe. Er fragte, ob jemand zu Mittag essen wolle, und wir alle sagten, wir wichen nicht vom Fleck. Als er eine Stunde später zurückkehrte, hatte er Tüten dabei, in denen zwei kalte gegrillte Käsesandwiches für Macguire steckten und für Marla, Lena und mich gegrillter Thunfisch mit Polenta, dazu je ein Stück Himbeersahnetorte.

»Vermutlich sollte ich die Torte nicht essen, aber ich bin wirklich sehr aufgeregt«, maulte Marla, während sie einen Bissen aufgabelte, der von Beeren und Sahne troff. »Das ist alles Alberts Schuld.«

Lena sagte mitfühlend: »Wenn er in zwei Stunden nicht hier ist, fahre ich zu seinem Haus, um herauszufinden, ob er sich versteckt.«

»Ich komme mit«, sagte Marla energisch.

Unglücklicherweise waren wir um drei alle immer noch da. In einem Konvoi aus vier Fahrzeugen fuhren Marla, Lena, Macguire und ich den Berg hinauf Richtung Eagle Mountain Estates, eine protzige Siedlung westlich von Genesee und östlich von Aspen Meadow. Sobald wir von der Interstate abgebogen waren, dräuten die großen Häuser im Nebel. Ich verspürte einen Stich Sorge wegen des Abendessens für den Frauenclub. Ich gab dieser Expedition noch eine Dreiviertelstunde, nicht länger. Wir schlängelten uns durch die Straßen der Siedlung, bis Lenas Toyota vor einem übergroßen A-förmigen Gebäude der Gattung *moderne Bergarchitektur* hielt.

Wir klingelten. Wir klopften. Wir riefen. Die Vordertür war abgeschlossen, die Hintertür auch. Marla schlurfte um eine mit Fenstern durchbrochene Mauer herum.

»Albert! Albert Lipscomb!« rief sie. Je häufiger Marla rief, desto mehr sah Lena aus, als werde ihr gleich übel.

»Können wir sonst etwas tun?« fragte Macguire mich.

»Die Nachbarn rufen die Polizei, wenn Marla weiter so herumbrüllt.«

»Ich habe einen Schlüssel, Moment mal«, sagte Lena. Sie wühlte in ihrer Handtasche und zog einen Schlüssel heraus, der an einer mit einem roten Plastikherzen geschmückten Kette hing.

Innerhalb weniger Augenblicke waren wir alle durch die Vordertür im Haus. Macguire sprang die Treppe hinauf, als ob es ihm gehörte. Kurz darauf kam er zurück und lächelte unsicher.

»Ich glaube nicht, daß jemand da ist«, meldete er uns.

Als wir durch die Räume im Erdgeschoß gingen, versuchte ich Toms Stimme in meinem inneren Ohr zu beschwichtigen, etwas in der Richtung von *handle dir keinen Ärger ein.*

»Albert!« rief Lena. »Al! Ich bin's!«

Keine Antwort.

»Warten Sie alle hier«, sagte Lena. »Ich kenne dieses Haus und ich ... weiß, wo Al seine Sachen aufbewahrt. Falls jemand herumschnüffelt, dann ich.«

Marla und ich setzten uns in Wohnzimmer, das in Braun, Schwarz Beige gehalten war. An einer Wand entlang zogen sich Regale voller Bücher mit Titeln wie *Transfer von Risikokapital auf der Datenautobahn.*

»Faß nichts an«, warnte Marla.

»Wir haben schon Scherereien, bloß weil wir hier sind«, teilte ich ihr bitter mit. Nach dem ganzen Wirbel, für den sie in den letzten Tagen gesorgt hatte, wirkte es jetzt kaum als der richtige Zeitpunkt für sie, zur Vorsicht zu raten.

Macguire sah aus einem der bodenhohen Fenster hinaus. »Die Nachbarn sind sowieso schon herausgekommen. Sie sind alle versammelt, als wäre hier ein Unfall passiert. Mann, die Leute sind so neugierig«, sagte er ohne jede Spur Ironie.

Lena kam zurück und sah noch besorgter und aschfahler aus als draußen. Aus ihrer blonden Haarwolke schien die Luft gewichen zu sein. »Er ist fort.« Ihre Stimme war tonlos. »Sein Koffer, seine Kleider...« Ihr brach die Stimme. »Sein Paß. Wir... er und ich... Er ist fort.«

»*Was?*« rief Marla schrill.

Wortlos sank Lena in einen Sessel. Ich ging hinaus in die Küche, nahm ein Waterford-Glas aus einem Schrank und füllte es mit Wasser. Vielleicht hätte ich es mit Whiskey füllen sollen. Bei meiner Rückkehr schien Lena einer Ohnmacht näher zu sein als bei meinem Abgang. Sie trank geistesabwesend einen Schluck Wasser und sagte dann: »Seine Schränke sind leer. Seine Anzüge sind alle verschwunden. Seine Koffer auch.«

Macguire warf dazwischen: »O Mann, ist das zu fassen?«

»Moment mal«, sagte ich. »Was meinen Sie mit *fort*? Woher wissen Sie überhaupt, wo er seine Koffer aufbewahrt hat?«

»Wir... waren Schulkameraden an der Estes Park...« Lenas Stimme verebbte.

Marla wandte sich knapp an mich. »Ruf Tom an.«

Ich bedachte sie mit einem hilflosen Blick und versuchte zu denken. Alberts Kleidung und sein Paß waren fort? Wo war er? »Ich rufe Tom an«, sagte ich, »aber ich kann dir sagen, wie er reagieren wird. Die Cops nehmen jetzt noch keine offizielle Vermißtenmeldung auf. Sie müssen achtundvierzig Stunden warten.« Es war kurz vor vier. Falls Macguire und ich nicht sofort in meine Küche zurückeilten, hatte der Frauenclub von Aspen Meadow Pech gehabt.

Draußen hupte ein Auto, und Macguire sprang zum Fenster, um nachzuschauen.

»Es ist Mr. Royce.«

Marla begrüßte Tony an der Tür und überbrachte ihm

die schlechte Nachricht. Er würgte, dann brüllte er und behauptete hartnäckig, wir hätten einen Knall. Albert müsse irgendwo in der Nähe sein, sagte er energisch. Lena gelang es, mühsam auf die Beine zu kommen und zu bestätigen, daß Albert die Flucht ergriffen habe.

Tony sah sich wild im Zimmer um. »Es muß einen Grund dafür geben!« rief er. »Das ist doch absurd! Er muß einen Brief oder irgend etwas hinterlassen haben!«

»Wir sollten gehen«, sagte ich zu Macguire. »Wir haben einen Auftrag, Essen zu servieren.«

»Und«, protestierte mein stets ergebener Assistent, »wer ruft das Büro des Sheriffs an? Die sollten sich sofort auf den Fall stürzen.«

Ich atmete geduldig aus. Es gab keinen Zweifel daran, daß Macguire die Polizeiarbeit für romantisch hielt. Wenn er erst einmal ein paar Monate damit verbracht hatte, Führerscheinen und Berichten über die Fahrzeuge vermißter Personen nachzuspüren, würde er seine Meinung ändern.

Als wir hinaus in das Steinfoyer kamen, war Marla neben Tony auf dem Boden zusammengesackt. Beider Gesichter waren Studien in Jammer. Lena murmelte ständig in ein Handy, Albert sei verschwunden.

»Ich rufe dich an«, versprach Marla mir.

Aber sie rief nicht an. Jedenfalls nicht am restlichen Tag, dem Montag. Macguire und ich waren so beschäftigt mit dem Abendessen mit Huhn für den Frauenclub, daß ich sowieso keine Zeit zum Reden hatte. Am Dienstag rief Marla an und sagte, Lena sei Alberts Akten im Büro und im Haus durchgegangen. Sein Terminkalender enthielt keine außergewöhnlichen Verabredungen, bis auf das Partnertreffen mit Sam Perdue, bei dem Albert gefehlt hatte. Tony bestätigte, daß Alberts Paß und seine besten Kleidungsstükke tatsächlich verschwunden seien. Albert schien hastig gepackt zu haben und in aller Eile aufgebrochen zu sein.

Sein Explorer war fort. Keiner der Nachbarn hatte seine Abfahrt gesehen. Sie hatten auch nichts gehört, aber natürlich hatte es geregnet. Vermutlich wollte niemand auch nur einen Blick aus dem Fenster werfen.

Marla rief am Dienstag nicht wieder an. Ich hoffte, ihr Schweigen habe zu bedeuten, daß sie den größten Teil des Tages im Krankenhaus bei ihrem Rehaprogramm verbracht habe, wie es von ihr erwartet wurde. Wie auch immer, am Dienstag hatte ich alle Hände voll damit zu tun, ein im letzten Augenblick bestelltes vegetarisches Picknick für den Vorstand der Audubon Society vorzubereiten – wegen des Regens unter Verandadächern –, und kam so entkräftet nach Hause, daß ich volle zwölf Stunden schlief. Am Mittwoch morgen riß Jake sich los. Arch und ich verbrachten mehrere angenehme Stunden auf der Suche nach ihm damit, durch feuchte Kiefern und über triefnasses Gras zu trotten. Bei unserer Rückkehr zog ich in Erwägung, seinen Hundekuchen zerbröselt in den Abfall zu werfen.

Am späten Mittwoch nachmittag stand Marla auf meiner Schwelle. Ihr krauses Haar war ungekämmt, und sie war ungeschminkt. Sie trug einen Denimrock und ein geblümtes T-Shirt. Sowohl ihre Aufmachung als auch ihr Äußeres waren völlig untypisch. Ihre Haut, normalerweise wie Pfirsich mit Sahne, war bleich. Ich hatte Angst, danach zu fragen, ob sie wieder kurzatmig sei.

»Darf ich hereinkommen?« Anstelle ihrer üblichen Munterkeit klang sie beängstigend gedämpft.

Ich bat sie, sich zu setzen, und reichte ihr ein Glas Dry Sack. Die Hand, mit der sie es nahm, zitterte. Ausnahmsweise war es gut, daß ich keinen Auftrag hatte. Ich bat sie, zum Abendessen zu bleiben. Sie lehnte ab und trank schweigend den Sherry.

»Machen wir einen Spaziergang«, sagte sie schließlich.

Arch war im Nebenzimmer. Ich sagte ihm, daß wir das Haus verließen. Obwohl die Sonne endlich gelegentlich durch Türme aus weißen Cumuluswolken brach, zog ich eine Regenhaut über, legte Marla Toms Regenmantel um die Schultern und griff nach zwei Schirmen. Das Gehen würde Marla guttun. Wir traten hinaus in die kühle, feucht riechende Luft.

Ich winkte ein paar Nachbarn zu, als wir den Gehweg entlanggingen. Jetzt, nachdem der Regen für den Augenblick nachgelassen hatte, war die gesamte Nachbarschaft entweder draußen in den Gärten und pflanzte Blumen oder saß auf den Balkonen, im Versuch, etwas Sonne zu tanken; sollte die Dermatologen doch der Teufel holen.

»Ich fühle mich total deprimiert«, äußerte Marla düster, als wir um die Ecke bogen und einen gekiesten Fußweg erreichten, den ernsthafte Pfadfinder vor etwa zehn Jahren angelegt hatten. Den Weg säumten Kiefern und Espen mit weißer Rinde, deren Knospen wegen des späten Frühlings noch fest geschlossen waren. Jähe Sonnenstrahlen brachten die Regentropfen auf jeder Kiefernnadel grell zum Glitzern.

»Was ist denn los?« fragte ich. »Ist Albert Lipscomb wieder aufgetaucht?«

»Nein.« Sie lachte bitter. Ihre Finger streiften Kiefernnadeln und ergossen einen Tropfenschauer auf den Kies. »Nein und nochmals nein. Tony hat heute morgen die Vermißtenmeldung erstattet. Die Cops haben damit angefangen, nach Kreditkartenbenutzung zu suchen, das Übliche. Jetzt ist auch die Polizei von Denver eingeschaltet.« Sie holte tief Luft und stöhnte dann: »O Gott.«

Ich versuchte zu denken. Hatte Tom etwas Außergewöhnliches erwähnt, was sich im Büro tat? Er war mit der Aussage in einem Fälschungsfall beschäftigt gewesen, an dem er über ein Jahr lang gearbeitet hatte. Aber ich hatte überhaupt nichts darüber gehört, was sich im Büro abspielte, bis auf die üblichen Klagen über Captain Shockley.

»Die Polizei von Denver?« fragte ich. »Warum?«

Wir kamen zu einer Holzbank, ebenfalls von den Pfadfindern aufgestellt. Marla sagte: »Goldy, würdest du dich bitte setzen?«

Ich fegte Regentropfen von den Zedernbrettern und gehorchte. Die Sonne glitt hinter eine sich bauschende Wolke; der Himmel verfinsterte sich unheilverkündend. Neben mir fröstelte Marla, als ein Regentropfen fiel. Sie sagte: »Vor seinem Verschwinden hat Albert das Partnerschaftskonto abgeräumt. Dreieinhalb Millionen Dollar.«

»Der Schweinepriester ... Wie hat er das gemacht?«

»Na ja, er ist zur Bankzentrale gegangen. First of the Rokkies in der Innenstadt von Denver. Am Montag hat er angeordnet, das Geld in bar vom Konto abzuheben, am Dienstag hat er es abgeholt. Offenbar hat er die Kassiererin auch becirct.«

»Was für ein Charmeur.«

»Das muß wohl stimmen«, sagte Marla mit gespenstischer Ruhe, »denn sie ist mit ihm verschwunden.«

Marla äußerte sich nicht ausführlich über das Verschwinden Alberts und der Bankkassiererin, weil keine Einzelheiten bekannt waren. Sie berichtete, daß Tony unter Schock stehe. Er sage immer wieder: »Wir müssen dafür sorgen, daß alles normal wirkt. Das ist nur eine Panne. Die Arbeit ist ihm über den Kopf gewachsen. Er hat sich einfach mit der Frau in einem Motel verkrochen. Vielleicht sind sie auf den Cayman-Inseln.« Die Partnerschaft werde nicht sofort untergehen; sie hatten ein kleines Treuhandkonto und außerdem bescheidene Umsatzbeteiligungen an Medigen und anderen Firmen. Marla sagte, Tony wiederhole wie ein Mantra: »Es kommt in Ordnung. Wir müssen einfach glauben. daß es in Ordnung kommt.«

Dieser Glaube herrschte im Büro des Sheriffs von Furman County nicht.

»Ich weiß nicht, wie die Cops 1929 auf den Börsenkrach reagiert haben«, sagte Tom zu mir, während er an jenem Abend Jake tätschelte, der es zu schätzen wußte. Tom schüttelte den Kopf. »Aber es kann nicht viel schlimmer gewesen sein als Shockleys Verhalten in diesem Fall. Er ruft Prospect jede volle Stunde an. Er ruft jede volle halbe Stunde bei der

Polizei von Denver an, um rauszukriegen, ob sie die Kassiererin schon gefunden haben. Er leitet die Personenfahndung nach Lipscomb selbst.«

Ich sah von meiner Rezeptkartei auf. Ich hatte versprochen, General Farquhar am nächsten Tag ein Carepaket mit Schokolade zu bringen. »Der Captain leitet die Suche nach Lipscomb persönlich? Was passiert den vielen Vergewaltigern und Mördern auf freiem Fuß, während Shockley sein verschwundenes Geld sucht?«

Tom lächelte. »Nicht viel. Die Polizeiarbeit in diesem County ist zum Stillstand gekommen, darauf kannst du wetten.« Als ich ungläubige Geräusche ausstieß, wedelte Tom mit dem Finger nach mir. »In diesem Beruf mußt du Distanz wahren, Goldy, das ist die einzige Methode, bei Verstand zu bleiben. Außerdem will ich, daß bei Prospect alles wieder in Ordnung kommt. Falls Shockley nicht genug Geld hat, in Pension zu gehen, bekomme ich selbst einen Herzinfarkt.«

»Hat er etwas herausgefunden?«

Tom schüttelte den Kopf. »Als erstes hat er sein Team zur Orpheus Canyon Road geschickt, um rauszukriegen, ob Lipscomb es Victoria Lear nachgetan hat – du weißt schon, ob er vielleicht mit dem Auto verunglückt ist. Das war nicht der Fall. Warum sollte man eine Flucht auf der Orpheus Canyon Road riskieren, mit dem vielen Geld und einer niedlichen Bankkassiererin? Dann hat er Männer zu dieser verdammten Mine geschickt, wo, wenn du meine Ausdrucksweise entschuldigst, er bloß auf Scheiße gestoßen ist. Die Mine war total verlassen, und alles war abgeschlossen. Es ist sowieso nicht sein Zuständigkeitsgebiet. Dieser Lipscomb? Wenn er die Nummernschilder austauscht, seine Kreditkarte nicht benützt und nicht aus irgendeinem Grund angehalten wird, könnte es ewig dauern, ihn zu finden.« Er zerwuschelte Jakes Ohren und bedachte mich mit einem ernsten Blick. »Ich muß es dir sagen. Shockley hat mich zu sich gerufen und Fragen über Marla gestellt.«

»Über Marla? Warum?«

»Das weiß ich nicht«, erwiderte Tom langsam. »Shockley ist geheimnistuerisch und paranoid wie der Teufel. Er hat gefragt, wie lange ich Marla kenne, ob sie völlig gefestigt wirke, ob ich wüßte, wieviel sie zu verlieren habe, falls Prospect pleite geht. Er hat unterstellt, ihr kleiner Streit mit Lipscomb auf der Party könne später möglicherweise böse ausgegangen sein.«

»Gütiger Gott. Das ist lachhaft. Marla könnte keiner Seele was zuleide tun.« Wenn man den Kotzbrocken nicht mitzählte. Und er hatte es verdient.

»Ich habe ihn abgewimmelt, habe gesagt, Marla belle schlimmer, als sie beiße, sei dir seit vielen Jahren eine wunderbare Freundin gewesen und so weiter.« Er seufzte. »Aber ich muß es dir sagen, Miss G. Ich habe bei dem Gespräch kein gutes Gefühl gehabt. Überhaupt kein gutes Gefühl.«

Natürlich hatte ich auch kein gutes Gefühl.

Am nächsten Morgen schlug ich vor, daß Arch seinen Hund weit von den Geräuschen und Gerüchen in meiner Küche entfernte, während ich General Farquhars Schokoladenschmaus zubereitete. Wenn Jake Zimt liebte, war nicht auszudenken, wie er bei Produkten aus der Kakaobohne ausflippen mochte. Arch führte Jake überglücklich hinauf in sein Zimmer. Freudig gelobte er, er werde dem Hund den Unterschied zwischen falschem und echtem Blut beibringen. Obwohl ich nicht erpicht darauf war, die Einzelheiten dieser Lektion zu erfahren, versicherte mir Arch, er habe von seiner Halloweenverkleidung noch eine ganze Flasche Kunstblut übrig und werde als Gegensatz nur einen stecknadelgroßen Tropfen eigenes Blut verwenden. Wie tröstlich.

Während Arch und Jake oben mit Blut spielten, siebte ich also dunklen, in Europa hergestellten Kakao mit Mehl und dachte an die Zeit zurück, in der ich für General Bo Farquhar gearbeitet hatte. Vor zwei Jahren war er verheiratet, stark und äußerst selbstbewußt gewesen. Als Bataillonskommandeur seines Jahrgangs 1960 in West Point hatte er sich bei den Sondereinheiten in Vietnam ausgezeichnet und war früh in den Generalsrang befördert worden. Er war zum führenden Mann der Army bei der Terrorismusforschung aufgerückt. Zum späteren Leidwesen seiner Vorgesetzten hatte Bo jedoch eigene Vorstellungen davon entwickelt, wer es verdiente, sein militärisches Fachwissen zu teilen. Eine Gruppe Afghaner – konfrontiert mit Russen, die sich nicht zurückziehen wollten – hatte in General Bo Farquhar einen Freund gefunden. Während die Regierung Carter darauf bestand, daß sich die Russen zurückzogen, landeten die Afghaner mit plötzlich erworbenen modernen Waffen, die ihnen kein anderer als General Bo zugeschmuggelt hatte, ein paar Treffer. Als die Geschichte ruchbar wurde, war der General zum Rücktritt gezwungen. Unbeindruckt hatte er sich mit seiner Frau Adele, Marlas Schwester, in einem riesigen Haus an der Sam Snead Lane in der Meadowview-Gegend des Country Club von Aspen Meadow niedergelassen. Dort hatte er mit seinem Spielzeugversteck experimentiert, mit der unglücklichen Folge, daß, während ich dort arbeitete, Dinge und Menschen in die Luft flogen, darunter auch Adele. Obwohl er nicht angeklagt wurde, jemanden umgebracht zu haben, war der General wegen illegalen Sprengstoffbesitzes im Staatsgefängnis von Colorado gelandet.

Ich verschlug Süßrahmbutter mit braunem Zucker und erinnerte mich daran, wie ich Bo Schokoladeplätzchen gebracht hatte, während er im Gefängnis saß. Ich hatte ihn dort zweimal besucht. Jedesmal hatte er nach Arch gefragt;

er wollte alle Einzelheiten über das bewegte schulische Leben meines Sohnes in der Elk-Park-Schule hören. Bo hatte auch über Julian Bescheid wissen wollen. Aber am hartnäckigsten hatte mich der eingesperrte General nach Marla ausgefragt. Ich erwiderte immer, es gehe ihr bestens. Er hatte mich erwartungsvoll angeschaut: Ob Marla ihn je besuchen werde?

Leider hatte er da keine Chance. So unlogisch es war, Marla gab Bo immer noch die Schuld am Tod ihrer Schwester, trotz der Tatsache, daß er mit Adeles Ableben nichts zu tun gehabt hatte. Marla hatte das im letzten Herbst zu mir gesagt, als wir Bride's Creek einen Besuch abstatteten, der Stelle, an der Adele Farquhars Asche verstreut worden war. General Bo, stets heldenhaft, liebte selbst die verstorbene Adele noch immer. Die Tatsache, daß Marla sich weigerte, ihn zu besuchen, schmerzte den General tief.

Als ich dunkle Kugeln des üppigen, mit Schokoladechips gesprenkelten Plätzchenteigs ausstach, versuchte ich, mir die neuen Gastgeber des Generals vorzustellen. Welchen Handel hatte Bo Farquhar mit diesen Typen abgeschlossen, damit er umsonst Kost und Logis auf einer luxuriösen Ranch in Privatbesitz bekam? Allerdings nannten diese ehemaligen großen Tiere aus dem militärisch-industriellen Komplex das Gelände nicht Ranch. Bo hatte das Arch gesagt, als er anrief, um sich zurückzumelden. Sie nannten es ein *Lager.* Und ich hatte keinen Anhaltspunkt, was Bo dort tat und was ihm soviel Arbeit machte. Ich schmolz auf dem Herd köstliche cremigweiße Schokolade und beschloß, mir keine Sorgen zu machen. General Bo beherrschte das Überleben erstaunlich gut. Jedenfalls war es so gewesen, bevor er eingesperrt worden war.

Ich kostete eines der dreifach mit Schokolade angereicherten Plätzchen und bebte vor Wonne. Die warmen Chips in dem dunklen Schokoladenteig, überzogen mit weißer Schokolade, waren verführerisch klebrig. Wenn diese Plätzchen nicht für den Schokoladenkick sorgten, den General Bo ersehnte, war das mit nichts anderem zu schaffen.

Seltsamerweise freute ich mich darauf, General Bo wiederzusehen. Ich hatte bis zum Abend, wenn ich die Trotfields besuchte, die früher ihr Koch aus Sri Lanka bedient hatte, keinen Partyservicetermin. Das Essen für das üppige Gelage in Meadowview war zum größten Teil zubereitet. Ich lächelte; die Trotfields wohnten nicht weit entfernt vom alten Landsitz der Farquhars. Aber unsere Familie hatte keine emotionale Verbindung zu den Trotfields – nichts, was unserer Beziehung zu General Bo ähnelte. Ich hatte nicht nur in einer Zeit, in der ich dringend einen Job brauchte, um Arch zu unterstützen, für General Farquhar gearbeitet, sondern er hatte sich in unsere Herzen geschlichen: in das von Arch, das von Julian, in meines und sogar in das von Tom. Natürlich war Tom nicht begeistert über meine Besuche bei dem General, als er hinter Gittern saß. Trotzdem, überlegte ich, während ich mir gierig die mit Schokolade verschmierten Fingerspitzen ableckte, so exzentrisch er auch war, General Bo war ein Freund.

Tom war jedoch skeptisch gewesen, als wir über meine Pläne gesprochen hatten.

»Es ist nichts Ungewöhnliches, daß der General nicht die ganze Strafe verbüßen mußte«, erklärte Tom an jenem Morgen, bevor er zu seinem sechsten Tag hintereinander vor Gericht aufbrach. »Ich habe das bei seinem Bewährungshelfer überprüft. Bo muß nicht arbeiten, weil er ein Einkommen hat. Von der Army und aus dem Verkauf dessen, was von seinem Grundstück übrig war, weil das Land unter dem Haus, das in die Luft geflogen ist, wertvoll war. Vermutlich hat er den Verkaufserlös angelegt.« Er runzelte die Stirn. »Aber der Typ ist ein Irrer, Goldy, das weißt du.«

Plätzchen für Schokoladensüchtige

500 g zartbittere Schokoladenchips
340 g Süßrahmbutter, auf Zimmertemperatur gebracht
250 g brauner Zucker
100 g Zuckerraffinade
180 g Weizenmehl Type 405
$^1/_2$ Teelöffel Backpulver
$^1/_2$ Teelöffel Salz
100 g ungesüßter Kakao
2 große Eier, leicht geschlagen
1 Eßlöffel Milch
$1^1/_2$ Teelöffel Vanilleextrakt
250 g weiße Schokolade
$1^1/_2$ Eßlöffel festes Pflanzenfett, zum Beispiel Biskin

Den Backofen auf 180 Grad vorheizen. Zwei Backbleche mit Butter einfetten. Die Reihenfolge der Zutaten bei der Teigzubereitung nicht ändern. In einer großen Schüssel die Haferflocken mit den Schokoladenchips vermischen; beiseite stellen. In einer weiteren großen Schüssel die Butter mit den Zuckersorten schlagen. Mehl, Backpulver, Salz und Kakao gemeinsam sieben, dann zu der Buttermischung geben, umrühren, bis alles gut vermischt ist. Der Teig wird sehr fest. Milch und Vanille mit den Eiern verrühren; dann unter die Buttermischung rühren. Chips und Haferflocken hinzugeben, dann umrühren, bis alles gründlich vermischt ist.

Mit einem Kugelausstecher, der zwei Eßlöffel faßt, den Teig im Abstand von fünf Zentimetern auf die Backbleche geben. 9 bis 12 Minuten backen, bis die Plätzchen durchgebacken sind. 1 Minute auf dem Blech abkühlen las-

sen, dann bis zum völligen Abkühlen auf ein Gitter geben.

Die weiße Schokolade im Wasserbad mit dem Pflanzenfett schmelzen. Ein gebackenes Plätzchen zwischen Daumen und Zeigefinger halten und in die warme weiße Schokolade tauchen, bis das obere Drittel des Plätzchens überzogen ist. Zum Abtrocknen auf ein mit Wachspapier bedecktes Gitter legen. Zwischen Lagen aus Wachspapier in einem luftdichten Behälter an einem kühlen Ort lagern.

Ergibt 5 Dutzend

»Er ist bloß ... seltsam«, hatte ich fröhlich erwidert.

»Er durchdenkt die Dinge nicht, wie es die meisten Leute tun. Er wird ganz leidenschaftlich, fordert das Kommando, und das bringt ihn in Schwierigkeiten. Aber ich habe versprochen, ihn zu besuchen, und ich fahre hin. Wie auch immer, wer weiß, wie viele Freunde er noch hat, seit seine Frau tot ist und Marla sich weigert, ihn zu besuchen?«

»Oh, er hat jede Menge Freunde. Das habe ich auch überprüft.« Tom lachte. »Freunde, die sich um seine Finanzen gekümmert haben, während er im Gefängnis saß. Freunde, die bescheuerte Radioprogramme senden. Freunde, die eine Invasion auf dem Saturn planen würden, wenn sie der Meinung wären, daß sich das auszahlt.«

»Bitte keine Polizistenparanoia, in Ordnung? Ich bringe dem Mann nur ein paar Plätzchen. Das ist alles, was er will. Okay?«

Tom warf mir einen skeptischen Blick zu. »Ich hätte ein besseres Gefühl, wenn Macguire oder sonst jemand dich begleiten würde. Ich bin mir nicht sicher, ob mir die Vorstellung gefällt, daß du einem verurteilten Verbrecher, umgeben von paramilitärischen Spinnern, einen Hausbesuch abstattest.«

Ich seufzte, sagte aber nichts. Wer sollte mich begleiten? Marla nicht. Und falls ich Macguire, den Möchtegern-Gesetzeshüter, darum bat, in einem armeeähnlichen Lager als mein Leibwächter zu agieren, wäre er vermutlich in Kampfausrüstung aufgetaucht und hätte mit zwei Handgranaten jongliert. In dieses spezielle Feuer mußte nicht auch noch Öl gegossen werden, vielen herzlichen Dank.

Ich nahm die zweite Portion Schokoladenplätzchen aus dem Backofen, stellte die Backbleche zum Abkühlen beiseite und dachte darüber nach, was ich Tom nicht gesagt hatte: der General hatte mich angewiesen, allein zu kommen. Manchmal muß man einfach dem Instinkt aus dem Bauch heraus folgen. Ich hielt den Mund und fuhr ohne Begleitung hin. Wie bei den meisten Partylieferanten ist der Bauch sowieso der einzige Körperteil, dem ich vertraue.

Arch kam polternd die Treppe herunter und meldete, er bringe Jake zu seinem Freund Todd hinüber. Ich erkundigte mich nicht nach dem Bluttest. Eine Viertelstunde später hatte ich die Plätzchen eingepackt und ließ den Lieferwagen an. Es war an der Zeit, herauszubekommen, was ich auf diesem vierhundert Hektar großen Gelände tat, das keine Ranch war.

Trotz der Tatsache, daß es der zehnte Juni war, fielen dikke, mit Regen vermischte Schneeflocken auf meine Windschutzscheibe, als ich durch die nassen Straßen von Aspen Meadow fuhr. Das Wasser im Cottonwood Creek stand so hoch, daß es nicht mehr unter der Hauptbrücke der Stadt hindurchfloß, sondern statt dessen auf den Beton strömte und die Querstraße mit Schmutzwasser überspülte. Ich bog ab und fuhr auf die kleine Bergstadt Blue Spruce zu, hundertfünfzig Meter oberhalb und fünfundzwanzig Kilometer westlich von Aspen Meadow. Genau gesagt, waren es fünfundzwanzig Kilometer auf der Hauptstraße, hatte General Bo gesagt, dann fünfzehn Kilometer auf Feldwegen, die durch Schnee und Schlamm ganz bestimmt heimtückisch waren. Ich konnte es nicht erwarten.

Im Westen der Stadt war der Verkehr wegen einer weiteren überspülten Brücke umgeleitet worden. Sam Perdues aufgelöster Zustand wegen einer ähnlichen Krise am Wochenanfang brachte mich dazu, langsam zu fahren. Der Lieferwagen holperte bedenklich über die behelfsmäßige Brücke. Hier war der Bach besonders aufgewühlt wie schmutziges Wasser in einer tosenden Waschmaschine. Der Anblick der Abwassergräben, die offensichtlich nicht dazu gebaut worden waren, soviel Flüssigkeit zu schlucken, machte mich nervös. Jede Betonröhre, an der ich vorbeifuhr, war verstopft von Steinen und Gestrüpp. Über den Rändern der Abwassergräben ragten dicke, nasse Stöcke auf wie Skelette.

Der Lieferwagen schnaufte und kletterte bergauf, erreichte eine Anhöhe und fuhr dann hinunter in ein tiefes Tal. Ich kam vorbei an Carl's You-Snag-'Em, We-Bag-'Em, Trout Fishing Pond, High County Auto Repair, die allesamt unbenützt wirkten, dem gleichermaßen baufälligen Restaurant Aspen Grove und schließlich an dem winzigen Feuerwehrhaus von Blue Spruce und dem noch winzigeren Postamt. Ich steuerte den Lieferwagen nach rechts auf den ersten Feldweg, von dem ich hoffte, es sei der, den Bo beschrieben hatte. Eine weitere Straße und dann noch eine verschlechterten sich zu ausgefurchten Wegen, auf denen ich mit Mühe steinigen Fahrrinnen und Pfützen von der Größe kleiner Teiche auswich. Der schlammige Weg mit dem eisverkrusteten Mittelstreifen aus Gras wirkte nicht vielversprechend. Als ich schon davon überzeugt war, mich verfahren zu haben, endete die holprige Straße unvermittelt vor einem Tor und einem hohen Maschendrahtzaun, der sich in beiden Richtungen durch dichte Kiefern erstreckte. Am Tor stand ein frisch gestrichenes weißes Wachhäuschen. Augenblicke nach meiner Ankunft kam ein großer Mann in einem Regenumhang mit Kapuze heraus zum Lieferwagen. Er trug ein mit Plastikfolie überzogenes Klemmbrett.

»Ja?« Er war hellhäutig und dunkelhaarig, mit funkelnden espressofarbenen Augen.

Ich sagte ihm, wen ich besuchen wolle und warum. Der Wächter verlangte höflich, daß ich die Hintertür des Lieferwagens öffnete, damit er ihn inspizieren konnte. Er ging methodisch vor, benützte eine Taschenlampe, um alle Gestelle zu mustern und unter die Sitze und ins Handschuhfach zu schauen. Er verlangte sogar, daß ich die Platten mit Schokoladenplätzchen aufdeckte. Er klopfte gegen den Boden jeder Platte und beäugte den verlockenden Belag leidenschaftslos. So viel dazu, daß jeder tief im Innern süchtig nach Schokolade ist.

Er winkte mir, die Platten wieder abzudecken, dann öffnete er knarrend das Tor und winkte mich gleichgültig durch. Der Lieferwagen machte einen Satz, als sich der zerfurchte Feldweg ohne Vorahnung in glattes Pflaster verwandelte. Fünf Minuten später hielt ich vor einem massiven, stillosen, vergipsten Haus, das eher einer Kaserne ähnelte als einem Wohngebäude. Davor parkten drei mit Tarnfarbe gestrichene Lastwagen. Zwei Männer in Tarnanzügen begrüßten mich am Eingang aus schwerem Holz. Dahinter nahm eine Videokamera meine Bewegungen auf. Einer der Männer nahm mir wortlos die Lieferwagenschlüssel ab. Der zweite führte mich in einen Raum, den ein langer Konferenztisch aus Mahagoni und eine weitere Überwachungskamera schmückten.

Ein kleiner Mann in einem beigefarbenen Anzug betrat

lautlos den Raum. Er hatte eine bleiche Haut, weißes Haar und eine ruhige, selbstsichere Ausstrahlung. Ich wurde mir nicht schlüssig, ob er ein Generaldirektor oder ein Jogi sein mochte.

»Mrs. Schulz«, sagte er gelassen, als begrüße er mich nach einem Gottesdienst statt hier im paramilitärischen Fegefeuer. Er streckte die Hand aus, und ich schüttelte sie. Er stellte sich nicht vor. »Sie haben unserem Freund etwas zu essen gebracht. Die Art von Essen, auf das er heißhungrig ist, hat er mir gesagt.«

»Ja. Ich ... habe früher für ihn gearbeitet, und ... er liebt Schokolade. Wir ... sind seit mehreren Jahren befreundet«, fügte ich vorsichtig hinzu, als wollte ich erklären, daß ich mich normalerweise nicht unter solchen Umständen mit den Freunden des Generals traf.

»Aha.« Er gestikulierte, und wir setzten uns beide. Er legte die kurzen Finger steil zusammen. »Wir sind äußerst besorgt um General Farquhar. Einer unserer Ärzte behandelt ihn gegen Depressionen. Außerdem führt er hier ein für uns wichtiges Projekt zu Ende. Wir halten es nicht für klug, daß er das Lager verläßt.«

»Wie bedauerlich.«

Seine farblosen Augen musterten mich düster. »Es würde uns sehr glücklich machen, wenn Sie ihm bei allem, worum er bittet, behilflich sein könnten.«

Mir wurde immer unbehaglicher zumute, aber ich murmelte lediglich: »Ja, sicher.« Ich dachte, fügte es aber nicht hinzu: *Wir sprechen nicht über illegale oder amoralische Hilfe, oder?* Der bleiche Mann stand auf; ich war entlassen. Begrüßer Nummer zwei führte mich einen tristen, schmucklosen Flur entlang in einen langen Raum mit Fenstern, der dem Aufenthaltsraum in einem Krankenhaus ähnelte. Der Wächter machte die Tür auf, wartete, bis ich eingetreten war, und bezog dann wie ein Wachposten an einem Fenster Stellung.

In der rechten hinteren Ecke saß General Bo Farquhar zusammengesackt auf einem türkisfarbenenPlastikstuhl. Als er uns hereinkommen hörte, machte er langsam Anstalten aufzustehen. Er wandte sich mir zu, dann streckte er die Arme aus. Ich ging auf ihn zu und umarmte ihn. Er roch nach frischem Waschmittel und Stärke.

Er löste sich von mir und musterte mich. »Ich bin so glücklich, daß Sie da sind, Goldy.« Seine Stimme wirkte rauh, als hätte er sie lange nicht benützt. Tränen stiegen ihm in die Augen. »Es ist einfach zu lange her.«

In den Monaten seit meinem letzten Besuch in der Strafanstalt in Canon City waren General Bos falkenhafte Züge betrüblich erschlafft. Seine Haut war grau geworden, seine Miene war geistesabwesend. Nachdem er sich die blauen Augen mit einem Taschentuch abgetupft hatte, waren sie – Augen, die mich immer an gleiche Teile aus Eis und Himmel erinnert hatten – beschlagen. Als ich ihn kennenlernte, war sein Haar so knapp gestutzt gewesen, daß sich die Farbe nicht ausmachen ließ – aschblond oder weiß. Im Gefängnis hatte es ausgesehen wie eine ungleichmäßig gemähte Heuwiese. Jetzt war das Haar des Generals zu losen blaßgelben Wellen ausgewachsen. Ich ertappte mich dabei, daß ich mich fragte, wie es möglich war, daß es in diesem Lager einen Psychiater gab, aber keinen Friseur. Bos muskelharte Konstitution hatte mindestens fünfzehn Pfund an Gewicht zugelegt, seit ich ihn zum letztenmal gesehen hatte. Er sah immer noch fit aus, aber die olivgrüne Uniform, die er trug, schmiegte sich um die neuen Bauchfalten und fiel ihm weit über die Hüften wie eine Pyjamahose.

»Machen wir einen Spaziergang.« Wieder überraschte mich die stumpfe Stimme. Genau gesagt, alles an ihm – die mühsamen Bewegungen, die verwirrte Miene, der Konzentrationsmangel – ließ ihn zwanzig Jahre älter aussehen als fünfundfünfzig, was, wie ich wußte, sein Alter war.

»Erlauben sie uns das?« flüsterte ich. »Wir könnten einfach hierbleiben und Plätzchen essen.« Seine Miene wurde sofort niedergeschlagen, und es tat mir leid, daß ich vorgeschlagen hatte, den Raum nicht zu verlassen. Um die Wahrheit zu sagen, ich bekam hier drin schon nach knapp zehn Minuten eine Gänsehaut. Kein Wunder, daß Bo deprimiert war. »Dann machen wir doch einen Spaziergang«, sagte ich fröhlich. »Ich bin ganz wild auf die Sehenswürdigkeiten hier.«

Ihm gelang ein verkniffenes Lachen. »Dann besorge ich uns eine Eskorte«, sagte er. Er schlenderte zu dem Mann hinüber, der mich in den Raum gebracht hatte, und murmelte ihm etwas zu. Der Wächter verschwand. Als er zurückkam, nickte er schroff und zeigte auf eine Seitentür.

Das Wandern in den Bergen von Colorado hat einen Nachteil: wenn man den Weg nicht ganz genau kennt, ist es schwierig, dabei zu reden. Wenn man nicht so sicher auf den Beinen ist wie eine Bergziege – und es war fraglich, ob ich über ein solches Gleichgewichtsgefühl verfügte –, konzentriert man sich nur auf den Punkt, an dem die Wanderung endet. Gespräche kommen nicht in Frage. Während über uns immer noch Wolken dräuten und mit unserem Wächter dicht auf den Fersen, bogen wir in einen schmaleren, steileren Pfad ab und kamen in einen finsteren Wald. Ich war sehr froh, daß ich Arch und Jake nicht mitgebracht hatte.

Vor mir machte der General lange Schritte über das Geröll. Trotz seines zusätzlichen Gewichtes und seines ungesunden Aussehens stieg Bo mühelos bergauf. Hinter uns hielt unser dunkelhaariger Wächter, der ohne Anstrengung ein Langstreckenrennen nach Vail hätte gewinnen können, leichtfüßig mit uns Schritt. Nach etwa vierhundert Metern dieser Tortur entschloß sich der General zu fragen: »Und wie geht es allen, Goldy? Arch? Julian? Tom? Sie haben mich nicht zu Ihrer Hochzeit eingeladen«, sagte er vorwurfsvoll.

»Ja«, keuchte ich. »Ich habe ... geheiratet.« Was hätte ich tun sollen, ihm eine Einladung ins Gefängnis schicken? »Arch geht's bestens. Er hat einen neuen Hund.« Noch über einen Kilometer weiter so, dann wäre ich tot.

»Ich hab's gehört. Und Marla, wie geht's ihr? Ich habe ihr Blumen geschickt, als sie den Herzinfarkt hatte ...«

»Bestens.« Mein Herz schlug auch wild. Ob er mir Blumen schicken würde, wenn ich zusammenbrach? »Allen geht es großartig. Marla hat einen Freund. Er gehört zu der Firma, bei der Sie investiert haben – «

»Ich weiß, deshalb habe ich dort investiert, damit ich Marla manchmal zu sehen bekomme. Ich würde mich so gern mit Marla treffen, wenn Sie das arrangieren könnten, Goldy«, unterbrach mich der General in sehr ernstem Ton. »Als ich im Gefängnis war, konnte ich nur daran denken, wieder mit Marla zusammenzukommen. Sie ist meine einzige Verbindung zu meiner lieben Adele ...«

Meine Schienbeine standen in Flammen. Vor uns wurden die Bäume dünner und gaben den Blick auf ein grasüberwuchertes Gebiet frei. Links deutete die unvermittelte Aussicht auf bewölkten Himmel an, daß wir am Rand eines Aussichtspunktes waren. In der Ferne konnte ich tosendes Wasser hören.

»Bitte«, keuchte ich, »bleiben wir stehen.«

»Weitergehen«, lautete das kaum hörbare Kommando unseres dunkelhaarigen Begleiters.

Oh, wunderbar. Ich heftete den Blick auf den Boden, setzte einen Fuß vor den anderen, hinauf, hinauf, hinauf, und versuchte, an Energie zu denken, weißes Licht und das Gerenne zu den Malen beim Softball, als ich zehn gewesen war. Es half alles nichts.

»Machen wir eine Pause«, sagte der General schließlich.

Er blieb stehen und stemmte die Hände in die Hüften. »Das ist in Ordnung«, sagte er zu dem Wächter. »Gehen wir dorthin, wo wir den Bach sehen können. Das ist gegenüber der Stelle, wo wir etliche Versuche durchgeführt haben – «

»Keine gute Idee, Sir«, erwiderte der Wächter. »Wir haben Vollmond ...«

Bo bedachte ihn mit dem eisblauen Blick, den ich von früher kannte. »Ich glaube nicht, daß wir in Gefahr sind.« Der Wächter schaute weg. Ich nehme an, Bo bekam von allen, was auch immer er wollte. Und was hatte überhaupt der Vollmond damit zu tun?

Wir schlängelten uns durch die Bäume, bis wir den felsigen Aussichtspunkt erreichten. In der Nähe rauschte Wasser. Wo waren wir? Ich streckte beide Arme aus, während ich zwischen elefantengroßen Granitfelsen hindurchwankte. Versehentlich trat ich in eine Schlammpfütze und sprang schnell heraus. Der Abhang lag zehn Meter vor uns.

Über uns grollte Donner. Oder war es eine Explosion in der Nähe? Zu meiner Verblüffung schien sich die Erde zu bewegen und unter meinen Füßen wegzubröckeln. Die riesigen Felsen auf beiden Seiten kippten zur Seite.

»Felsrutsch!« rief der Wächter, als er einen Satz rückwärts machte.

Ich fuhr instinktiv herum und erhaschte einen Blick auf General Farquhars grimmiges Gesicht. Ich packte seine große Hand, und wir sprangen. Ich rief ihm etwas zu, aber meine Stimme ging im Lärm berstender Erde unter.

Gemeinsam kämpften wir uns in die Richtung, aus der wir gekommen waren. Der ohrenbetäubende Krach umgerissener Bäume erfüllte die Luft. Hinter uns donnerten Felsen bergab. *Bewegen, schnell bewegen*, befahl ich meinen Füßen. Statt dessen rutschte ich in tiefem Schlamm aus. Schlamm, überall Schlamm. Und Felsen. Meine Hand klammerte sich fest an die von General Bo. Wir beide sprangen auf, über Felsen und rissige Erde weg. Eine letzte, schnell überwundene Hürde brachte uns auf festen, aber dennoch bebenden Boden. Wir fielen hin und rangen nach Luft. Wie durch ein Wunder waren wir am Rand des Erdrutschs gewesen. Gott sei Dank. Anderthalb Meter weiter, und wir hätten beide tot sein können.

Wieviel Zeit war verstrichen? Zehn Sekunden? Ich zitterte unkontrollierbar. Neben mir zuckte der General zusammen und fluchte leise. Ich schaute zurück. Wo wir gestanden hatten, war Luft.

»General Farquhar, Sir!« rief unser Wächter.

Der General krächzte eine Antwort. Der Wächter tauchte hinter einer Kieferngruppe auf. Er hatte Schlamm im Gesicht und auf der Uniform. Er holte ein Funkgerät heraus und brüllte hinein. Wieder ein widerhallendes Dröhnen: ein letzter Felsen stürzte in den Bach. In den Bach, der zweifellos so heimtückisch das Ufer unterspült hatte, das wir hinaufgestiegen waren. Wieder verfluchte ich meinen Schwachsinn. Nach all den Warnungen Tom gegenüber, er solle auf dem Weg vorsichtig sein? Ich erschauderte. Das Funkgerät knisterte, und eine hohe, aufgeregte Stimme durchbrach die neugewonnene Stille mit verschlüsselten Fragen, die klangen wie *Alpha Bravo Charlie, und so weiter, zehn vier.*

Der Wächter sprach in sein Funkgerät, dann sagte er uns, wir sollten uns nicht vom Fleck rühren, das HQ bringe eine Bahre. Sehr, sehr vorsichtig faßte ich Bos linkes Bein an. Er schrie vor Schmerz auf.

»Es ist bloß verstaucht«, insistierte er. Er sah den Wächter anerkennend an. »Ich hätte auf Sie hören sollen.«

Der Wächter wandte seine glitzernden dunklen Augen mir zu. »Bei Vollmond«, erklärte er mir in einem knappen Ton, der andeutete, jeder Trottel wisse, wovon ich keine Ahnung hatte, »spielt die Lunargravitation der Erdoberfläche Streiche wie dem Ozean. Felsen steigen wie die Flut, bis zu dreißig Zentimetern. Dazu kommt noch, daß es so viel geregnet hat und daß wir in der Nähe mit Sprengstoffen arbeiten, was die ganze Gegend, vor allem über einem Bach, unsicher macht.« Er zuckte die Achseln.

Ich war klatschnaß vom Regen und glitschig vom Schlamm. Was ich brauchte, war ein langes heißes Bad – und dieser Typ gab mir Nachhilfe in Geologie. Ich murmelte: »Gütiger Himmel.«

»Der Vollmond trägt zur Brüchigkeit der Erde bei«, schloß unser Führer wissend.

Genau wie Sprengstofftests, fügte ich schweigend hinzu.

Ein Fahrzeug mit Vierradantrieb brach knackend durch das Unterholz. Die beiden Männer in Tarnanzügen, die ich vorhin gesehen hatten, zerrten eine Bahre heraus und luden den General Bo darauf. Dann stiegen wir alle in den geländegängigen behelfsmäßigen Notarztwagen.

Als wir zurück zum Lager kamen, bat Bo mich, nicht zu bleiben, was von mir aus in Ordnung ging. Er hatte starke Schmerzen und mußte behandelt werden. Und, wie gesagt, ich brauchte ein Bad.

»Rufen Sie uns an«, drängte ich. »Sagen Sie uns Bescheid, wie es Ihnen geht.«

»Der Knöchel kommt wieder in beste Ordnung«, sagte Bo mit einem reuevollen Lächeln. Seine Stimme wurde flehend. »Aber Goldy, könnten Sie bitte dafür sorgen, daß Marla mich anruft? Ich will mit ihr über die Goldmine Eurydice reden, über alte Umweltstudien, die über diese Gegend gemacht worden sind. Außerdem mache ich mir Gedanken über diesen Kerl, der die geologische Studie angefertigt hat, auf der die Schätzungen basieren. Ich bin zu beschäftigt, als daß ich mich selbst um diese Details kümmern könnte. Bringen Sie Marla dazu, daß sie anruft?«

»Ich versuch's.«

Er musterte mein besorgtes, schmutziges Gesicht. Schokoladenplätzchen, ein Militärlager, seltsame Leute, Sprengstoffe in der Nähe und ein Erdrutsch. Für ihn waren solche Aufregungen vielleicht normal, aber nicht für mich. Sein Blick wurde nachsichtig. »Arme Goldy. Bereit, zurück nach Aspen Meadow zu fahren, zu Ihrer Küche?«

Ich beschloß, nichts zu erwidern.

Während mein Lieferwagen nach Hause ruckelte, fiel es mir schwer, die Erinnerung daran zu verdrängen, wie der Boden unvermittelt unter meinen Füßen nachgegeben hatte, und an den Lärm beim Abstürzen von Felsen und Bäumen. Ich versuchte statt dessen, mich auf das Zischen der Scheibenwischer zu konzentrieren. Als ich das Lager verließ, hatte sich aus den dunklen, tiefhängenden Wolken eine wilde Flut aus eisigem Regen ergossen. Wenigstens war es kein Schnee. Ich rannte vom Lieferwagen zu unserer Veranda und schob mich mit pochendem Herzen ins Haus.

Arch war in der Küche und machte Pizza warm. Ich war so glücklich über seinen Anblick, daß ich hinüberstürzte und ihn in die Arme schloß. Jakes Schwanz schlug zur Begrüßung freudig gegen den Fußboden. Seine rotgeränderten Augen, seine faltige Sitrn und die langen Schlappohren brachten sogar eine alte Katzenliebhaberin wie mich zum Lächeln. Jake keuchte aufgeregt und erwiderte das Lächeln, wie mir schien. Vielleicht kamen wir einander doch noch näher.

»Mensch, Mom, wo bist du gewesen?« Arch beäugte meine verdreckten Jeans und meine schmutzige Jacke. »Ich habe gedacht, du verabscheust Bergwanderungen. War das da, wo du mit dem General unterwegs warst, wo ich nicht mitkommen durfte, weil du es erst ausprobieren wolltest? Eine Bergwanderung? Verflixt noch mal, Mom, du siehst aus, als wärst du in eine Schlammgrube gefallen.«

»Bin ich auch, sozusagen. Und du hast recht«, erwiderte ich. »Ich verabscheue Bergwanderungen. Leider mußte ich eine mit Bo Farquhar unternehmen. Eine Art Bergwanderung mit Bergsteigen.« *Und eine Art Kampf um unser Leben.*

»Bei diesem Wetter?« Es war schwer, sein freundliches Nachäffen meiner Stimme zu überhören, aber ich tat es. Oben zog ich schnell die schlammigen Kleider aus und ließ das Badewasser einlaufen. Ich gönnte mir den Luxus, die doppelte Menge parfümiertes Badesalz hineinzugeben.

Bald war ich wieder in der Küche, trank in Toms grünen Frotteebademantel gekuschelt dampfendheißen Oolong aus Formosa. Ich versuchte zu denken. Nach ein paar Augenblicken stellte ich die Teetasse ab und wählte Toms Nummer, bekam aber nur den Anrufbeantworter. Ich konnte mir irgendwie nicht vorstellen, heute abend allein zu meinem Partyserviceauftrag zu fahren. Nicht unmittelbar nachdem ich eine Naturkatastrophe überlebt hatte, die um ein Haar meinem Sohn (und seinem Hund) die Mutter geraubt hätte. Das brachte mich auf eine Idee.

»Arch«, sagte ich. »Macguire kann mir heute abend nicht helfen – «

Arch schluckte den letzten Bissen Pizza. »Warum?«

Es war nicht der richtige Zeitpunkt für eine Diskussion darüber, warum Macguire sich diesen Abend ausgesucht hatte, um sich alle *Stirb-langsam*-Filme anzuschauen, damit er lernte, wie man Polizist wurde. Ich sprach eilig weiter: »Könntest du bitte duschen und eine schwarzweiße Kluft anziehen, damit du mir heute abend helfen kannst? Ich zahle dir was dafür.«

Nachdem wir einen angemessenen Lohn ausgehandelt und Jake gefüttert hatten, packten wir schnell die Zutaten für das Garnelenpilaw ein, das ich für das Abendessen im Mammuthaus der Trotfields in der Meadowview-Gegend des Country Club von Aspen Meadow zubereiten wollte. Als wir aufbrachen, hatte sich der Regen wieder in Nebel verwandelt. Auf dem Hinweg fragte ich Arch, ob jemand angerufen habe, während ich fortgewesen sei. Er sagte nein und überlegte mißtrauisch, warum ich danach fragte. Natürlich hatte ich nicht vor, ihm zu sagen, daß ich mir Gedanken darüber machte, wie sich der General von seiner Verletzung durch den Erdrutsch erholte.

»Jake war nicht draußen und hat gebellt, wenn du darauf hinauswillst. Die Nachbarn haben sich nicht beschwert. Er ist ein guter Hund, Mom. Nach dem, was er durchgemacht hat, braucht er einfach jede Menge Zuwendung.«

»Ich weiß. Deshalb habe ich ihn ja auch auf deinem Bett gelassen, solange wir weg sind.«

»Vermutlich fehle ich ihm jetzt schon.«

»Wir bleiben nur ein paar Stunden weg.«

»Bei Kunden in Meadowview?« höhnte Arch. »Du machst wohl Witze. Kochen Sie das, machen Sie das sauber. Rufen Sie Sowieso an, und bestellen Sie noch mehr Chardonnay. Dann bringen Sie Mrs. Smith Aspirin, denn sie hat schreckliche Kopfschmerzen und hat sich oben hingelegt. Und du möchtest am liebsten sagen: ›Wenn sie nicht soviel Chardonnay getrunken hätte –‹«

»Arch! Das ist noch nie passiert.«

»In etwa schon.« Wir bogen in die elegante Steinzufahrt nach Meadowview ein. Große, helle Häuser segelten in der Dunkelheit vorbei. »Diese Leute haben *zu*viel Geld«, sagte Arch. »Die sind *zu* hochnäsig.«

»Die Farquhars haben auch hier gewohnt«, rief ich ihm ins Gedächtnis.

»Die waren anders. Der General hat coole Bombenexperimente gemacht und ausgebuffte Sicherheitsanlagen gehabt. Und er war nicht hochnäsig.«

Vielleicht verrückt, aber nicht hochnäsig. Gott sei gedankt für kleine Gaben. Ich steuerte den Lieferwagen in die Arnold Palmer Avenue. »In dem Haus, zu dem wir fahren, gibt es gute Sicherheitsanlagen.«

Arch warf mir einen wütenden Blick zu. »Wetten, daß die keine hochmodernen Sprengstoffe beschützen?«

»Nein, sie haben Gemälde. Du weißt schon, Kunst. Der Ehemann fliegt in der ganzen Welt herum, aber die Frau hat das Geld. Sie kauft damit Gemälde von berühmten Künstlern.«

Er schnaubte. »Siehst du, ich hab's dir ja gesagt. Die haben 'nen winzigen Garten, in dem ihre Kinder nicht mal spielen können. Und dann haben sie ein Riesenhaus voll mit schundigen Gemälden. Bilder von Leuten mit Pferden, Leuten mit Hunden, Pferden mit Hunden, Hunden mit – «

»Arch, *bitte*. Du hast Vorurteile gegen diese Leute, und du kennst sie nicht einmal. Außerdem kannst du dir von dem Geld, das du heute abend verdienst, eine Lederleine für Jake kaufen. Und wenn du ein Portrait von ihm willst, kannst du es selber malen.«

Er stieß einen abfälligen Laut aus. Aber er hatte recht über die Gegend, in der wir heute abend Essen servierten. Meadowview, noch keine zwanzig Jahre alt, ist eine Nobelsiedlung mit riesigen Häusern, die auf kleinen Grasgrundstücken verankerten Jachten ähneln. Vielleicht kann sich das Grundstück einer bis zwei Kiefern berühmen. Aber die starke Nachfrage nach den Anwesen in dieser teuren Villengegend stammte von Leuten von der Ostküste und aus Kalifornien, die vor hohen Verbrechensquoten und noch höheren Lebenshaltungskosten flohen. Diese Neubürger von Colorado konnten jetzt zwölf Meter weit über ihr

Grundstück in das Schlafzimmer ihrer Nachbarn schauen. Ob das ihnen ein Gefühl vollkommener Sicherheit gab? fragte ich mich. Vermutlich nicht.

»Mensch, das ist wertvoll?« fragte Arch eine halbe Stunde später, als wir das Büfett aufbauten. *»Deshalb* haben die diese ganzen Sicherheitsanlagen? Meinst du, daß jemand so malen *wollte*?« Er starrte eine große Leinwand von Motherwell an der Foyerwand der Trotfields an. Im Eßzimmer hatte Amanda Trotfield Zeichnungen von Giacometti und Henry Moore aufgehängt. Ein Franz Kline und ein de Kooning schmückten das Wohnzimmer. Der Motherwell, den Arch so skeptisch betrachtete, zeigte eine große blaue Fläche mit einer Zigarettenkippe in einer Ecke. Kein Gemälde, das ich mir für den Eingangsbereich eines Nichtraucherhauses ausgesucht hätte.

»Ich weiß es nicht, Schatz, aber ja, ich glaube, der Künstler wollte so malen. Wenigstens sind es keine Leute auf Pferden. Servieren wir die Appetithappen, dann können wir eine Pause machen.«

Während Arch Tabletts mit in Weinblättern eingewickelten Spinatdreiecken herumreichte, vermischte ich dicke, saftige Erdbeeren in einer leichten Vinaigrette mit gekühlten, gedämpften Zuckererbsenschoten. Es war ein delikater, ausgefallener Salat, der einen guten Gegensatz zum Plantagenpilaw bildete – einem aromatischen, fettarmen Gericht mit saftigen Garnelen, in Sherry und Tomatensaft eingelegt, als Hauptzutat. Marla hatte mir gesagt, sie sei heute abend eingeladen, und ich war erpicht darauf, wieder mit ihr zu sprechen. Sie hatte so schlecht ausgesehen, als sie mir die Nachricht überbrachte, Albert sei mit dem Geld verschwunden, daß ich mir große Sorgen um sie machte. Ich hoffte, daß sie heute abend Neuigkeiten über die Kassiererin oder das fehlende Geld wußte. Vielleicht wußte auch sonst jemand Neuigkeiten. Die Trotfields

Salat aus Zuckererbsenschoten und Erdbeeren

1 Eßlöffel Olivenöl extra vergine
2 Teelöffel Himbeeressig
1/4 Teelöffel Dijonsenf
125 g Zuckererbsenschoten, die Fäden abgezogen
500 g reife Erdbeeren, dick geschnitten
Öl, Essig und Senf in einer kleinen Schüssel vermischen; gründlich schlagen und beiseite stellen. Die Zuckererbsenschoten dreißig Sekunden lang dämpfen, bis sie leuchtendgrün, aber noch knackig sind. Abtropfen lassen, schnell mit kaltem Wasser abschrecken, um den Garvorgang zu beenden, wieder abtropfen lassen. Die Zuckererbsenschoten mit den geschnittenen Erdbeeren vermischen. Die Salatsauce noch einmal durchrühren und über die Zuckererbsenschoten und Erdbeeren gießen. Sofort servieren oder nicht länger als eine Stunde kühlstellen.
Ergibt vier Portionen

Plantagenpilaw

3 Eßlöffel Olivenöl
180 g Zwiebeln, halbiert und sehr dünn geschnitten
3 Knoblauchzehen, gepreßt
200 g Reis
1/2 l selbstgemachte fettarme Hühnerbrühe (Rezept s. Angriff der Killerpfannkuchen) oder *1/2 l Hühnerbrühe aus der Dose*
180 ml Tomatensaft

60 ml trockener Sherrry
1/4 Teelöffel Paprika
1/2 Teelöffel Salz
1 l Wasser
1 Teelöffel Old-Bay-Gewürzmischung
24 mittelgroße frische oder tiefgefrorene Garnelen
100 g Ananasstücke aus der Dose, gründlich abgetropft und mit Küchenpapier trockengetupft
100 g kleine Tiefkühlerbsen

In einer antihaftbeschichteten Pfanne 1 Eßlöffel Olivenöl bei mittlerer Hitze erwärmen. Die Zwiebeln hinzugeben und garen, bis sie durchsichtig sind. Knoblauch hinzugeben, umrühren und die Hitze herunterschalten. Ganz kurz köcheln, bis auch der Knoblauch durchsichtig ist. Die Zwiebeln oder den Knoblauch nicht braun werden lassen.

In einer zweiten breiten Pfanne die restlichen 2 Eßlöffel Olivenöl über mittlerer Hitze erwärmen. Reis hinzugeben und sautieren, bis er goldbraun ist. Die gegarten Zwiebeln und den Knoblauch, die Brühe, Tomatensaft, Sherry, Paprika und Salz hinzufügen. Die Pfanne zudecken und 20 bis 30 Minuten köcheln lassen, bis die Flüssigkeit aufgesaugt ist.

Während der Reis gart, den Liter Wasser zum Kochen bringen. Die Old-Bay-Gewürzmischung und die Garnelen hineingeben. Kochen, bis die Garnelen rosa werden. Sofort abtropfen lassen und das gewürzte Wasser weggießen. Die Garnelen nicht zu lange kochen. Schälen, die Därme entfernen und die Garnelen beiseite stellen, bis der Reis fertig ist. Den Deckel vom Reis nehmen, die Garnelen, die Ananasstücke und die Erbsen dazugeben. Bei mittlerer Hitze köcheln lassen und umrühren, bis die Erbsen gar sind und die Mischung durch und durch erwärmt ist. Sofort servieren.
Ergibt 4 Portionen

waren Investoren bei Prospect Financial; Sandy Trotfield hatte am Morgen, als der niederträchtige Partner nicht zur Arbeit erschienen war, in Albert Lipscombs Büro angerufen. Laut Tom waren die Trotfields mit Tony, Albert oder beiden befreundet. Tony Royce und die Hardcastles würden heute abend auch zugegen sein. Einer der Gäste mußte etwas wissen.

Ich belud ein Tablett mit Eis und Alkoholflaschen. Vielleicht konnte ich ein paar Fragen stellen, die Marla dabei halfen, herauszufinden, was mit der Mine los war. Andererseits war ich vielleicht nur neugierig.

Sobald alle mit Hors d'oeuvres und Drinks versorgt waren, riet ich Arch, eine Pause zu machen. Er hatte sich eben ein Glas Limonade eingeschenkt, als Marla in der Küche auftauchte.

»Hey, Leute!« Ihre Munterkeit wirkte gezwungen, und ihr Teint war fleckig. Sie trug ein glänzendes königsblaues Kleid im Stil von Prinzessin Di, sah aber eher wie eine junge Königinmutter aus. »Diese abstrakten Gemälde verderben mir den Appetit«, maulte sie. »Warum können sich die Trotfields nicht wenigstens ein paar Suppendosen von Warhol kaufen?«

»Oh, hör auf«, sagte ich. »Amüsiere dich mit den Gästen.«

Sie zog eine Grimasse. »Oh, sicher. Die Cops haben die Runde gemacht und alle Kunden von Prospect ausgefragt, und fast alle, die heute abend hier sind, haben bei Prospect investiert, wie du vermutlich weißt. Haben wir das über Albert Lipscomb gewußt, haben wir sonst etwas gewußt? Heute abend werden wir die Theorien aller darüber hören, was *wirklich* mit Albert passiert ist. Eine Art Neuauflage des letzten Monats, als ich die Theorien aller darüber ertragen mußte, was *Victoria* zugestoßen ist. Hatte sie Depressionen, war sie eine schlechte Fahrerin, wurde sie von der Straße abgedrängt, hatte sie Schwierigkeiten mit dem Auto?« Sie senkte die Stimme. »Tony sagt, die Kunden wissen nichts über die verschwundenen dreiundeinhalb Millionen, also lautet die Parole Mund halten, Goldy. Die Kunden haben jedoch den Verdacht, daß Albert einen Teil des Geldes geklaut hat. Und heute abend kein Wort über die Mine. Tony verhält sich, als wäre alles ganz normal. Es ist sterbenslangweilig.« Ich murmelte einen stillen Fluch. So viel dazu, daß ich die Gäste verstohlen ausfragte.

Marla zwinkerte Arch zu und sagte: »Hey, Junge, hast du Schokolade dabei? Ich bin verzweifelt.«

Arch lachte. »Du hast noch nicht mal zu Abend gegessen.«

Ich goß winzige Mengen schimmernden Olivenöls in zwei breite Bratpfannen. »Wie ist Tony, wenn er tut, als wäre alles ganz normal?«

Marla machte ein finsteres Gesicht. »Oh, bring mich nicht dazu, von Tony anzufangen und davon, wie er seine Hysterie unterdrückt. Früher habe ich geglaubt, er braucht mich. Jetzt glaube ich, er braucht einen Tropf voller Demerol, eine Zwangsjacke und eine Gummizelle. Lieber einen Tropf voller Thorazin. Ich habe den Mann so satt, daß ich spucken könnte.«

»Laß das lieber«, sagte ich und schüttelte die Pfanne mit den Zwiebeln, die ich sautierte. Sie zischten einladend. »Hör mal, Marla. Da ist was, wonach ich dich fragen muß ...« Aber was hatte der General gesagt? Ich atmete den starken Geruch köchelnder Zwiebeln ein und versuchte mich zu erinnern.

»Wann werde ich bloß Tony los? Je früher, desto besser.«

»Marla, bitte.« Ich streute Reiskörner in die restlichen Pfannen. Auf der anderen Seite der Küche knallte Arch Schranktüren auf und zu »O ja, General Farquhar hat sich gefragt, ob du den Typ kennst, der die geologischen Untersuchungen der Eurydice gemacht hat. Außerdem hat er gesagt, ich soll dich nach Umweltberichten fragen. Du weißt schon, nach Inspektionen der Mine.«

Marlas Gesicht legte sich vor Verblüffung in Falten. »Warum will *er* das wissen? Er ist ein Rechter, die Umwelt ist ihm piepegal.« Als ich die Achseln zuckte, atmete sie ungeduldig aus. »Sag ihm, sie stellen bei der Wiedereröffnung einer Mine keine Untersuchung über die Folgen für die Umwelt an. Und frag ihn, warum ihn das überhaupt interessiert, okay?«

»Geleebohnen mit Schokoladenüberzug«, kündigte Arch triumphierend an. Er hob ein Bonbonglas hoch, das er irgendwo in den Schränken der Trotfields entdeckt hatte. »Möchtest du welche? Moment mal, ich überprüfe erst, was drin ist.«

»Du hast deinen Sohn gut ausgebildet«, bemerkte Marla mit einem Zwinkern.

»Marla«, sagte ich, »iß keine Süßigkeiten. Bitte. Warum in aller Welt mache ich ein fettarmes Pilaw, wenn du schon vor dem Abendessen naschst?«

Arch runzelte die Stirn, während er auf dem Glasetikett die Inhaltsstoffe las. »Aha. Künstliche Lebensmittelfarbe. Moment, hier steht's. Gelb Nummer fünf.«

Marla zog die Augenbrauen hoch. »Vielleicht wäre Tony eher bereit, mit mir Schluß zu machen, wenn ich einen Ausschlag bekäme.«

Ich seufzte. Tony rief aus dem Nebenzimmer nach Marla, und sie verschwand. Aus dem Reis spritzten Knoblauch und Zwiebeln, als ich trockenen Sherry, Tomatensaft und selbstgemachte Hühnerbrühe darübergoß. Ich rührte die Zutaten sachte um und legte den Deckel auf die Pfanne. Zeit, die Cocktails nachzufüllen.

Während ich im Wohnzimmer Cocktails einschenkte,

erklärte Edna Hardcastle den anderen Gästen, Albert Lipscomb müsse in Argentinien sein. Dort landeten alle Kriminellen, behauptete sie. Whit Hardcastle überstimmte seine Frau. Sie müsse *Kolumbien* meinen. Dann teilte Tony Royce ihnen düster mit, die Polizei glaube, Albert sei in Kalifornien. Das veranlaßte Sandy Trotfield, einen schlanken rotblonden Mann, der ein kragenloses Baumwollhemd und Designerradlerhosen trug, zu der lauten Bemerkung, er glaube, es sei *Kalifornien,* wo alle Kriminellen landeten. Er brach in brüllendes Gelächter aus, während die Gäste betreten lachten. Marla sah mich an und verdrehte die Augen.

Ich ging zu Arch in die Küche. Der Freundschaft zum Trotz hatte Sandy Trotfield am letzten Montag morgen nicht nur einmal, sondern *zweimal* in Alberts Büro angerufen, vermutlich wegen möglicher Probleme mit den Testberichten über die Mine. Jetzt, nachdem Albert die Flucht ergriffen hatte, wirkte Sandy seltsam aufgekratzt. Warum geriet man an einem Tag in Panik und machte vier Tage später krampfhafte Witze über das Verschwinden seines Geldverwalters? Es ergab nicht viel Sinn. Andererseits war Sandy Trotfield vielleicht nur ein Schwachkopf.

Der Terminkalender der Trotfields klebte auf der Seite des Kühlschranks, und ich sah ihn mir verstohlen an, während ich ein Glas Sprudel trank. Sandy war vor einem Monat nach Johannesburg geflogen, fünf Tage geblieben und zurückgekommen. Vor drei Wochen war er nach Puerto Vallarta geflogen und vor seiner Rückkehr weitere fünf Tage dortgeblieben. Morgen brach er nach Rio auf und würde nächste Woche wiederkommen. Offenbar gelang es Piloten mit reichen Frauen, sich Sorgen um ihr Geld zu machen, sich zu erholen, bei einem Hors d'oeuvre mit Spinat darüber zu lachen und dann ohne mit der Wimper zu zucken ausgedehnte Weltreisen anzutreten.

Es klingelte leise an der Haustür. Mrs. Trotfield hatte ihre Gäste selbst begrüßt; deshalb hatte ich kein schlechtes Gewissen, weil ich nicht hinging. Arch hatte die Klingel nicht einmal gehört. Er lauschte dem Walkman, den er sich von Macguire geliehen hatte, und rockte unrhythmisch, aber begeistert vor den Kochbuchregalen. Plötzlich riß er sich die Kopfhörer von den Ohren.

»Rezepturen?« rief er, als er nach einem der Bücher griff. »Was hat ein Buch mit Rezepturen bei Julia Child und all den anderen verloren?«

Ich sagte: »Laß mich mal einen Blick drauf werfen«, als es wieder an der Haustür klingelte. Warum stand ein Arzneimittelbuch zwischen den Bänden mit Kochrezepten? Ich war jedoch enttäuscht, als Arch mir ein grünes Buch mit dem Titel *Rezepturen aus Charleston* reichte. »Oh, Schatz«, sagte ich, während ich in dem berühmten Kochbuch für höhere Töchter blätterte, »in diesem Fall bedeutet Rezeptur Rezept –« Ich verstummte, als ich das Buch auf der Titelseite aufklappte. Eine handschriftliche Widmung lautete: *Für meine neuen Freunde Sandy und Amanda Trotfield von einem Wahlbürger Charlestons! Mit besten Wünschen Albert Lipscomb.*

Hmm. Das Citadel College war, wie ich mich erinnerte, in Charleston, South Carolina. Bedeutsamer jedoch war die Tatsache, daß die Trotfields und Albert nicht nur Freunde, sondern neue Freunde waren. Wie neu? Und was hätten sie für einen neuen Freund getan?

Es klingelte wieder an der Haustür. Ich schlug das Kochbuch zu und sah über das Spülbecken weg aus dem Fenster. Es hatte wieder angefangen zu regnen. Durch den Nässevorhang konnte ich nur eine Reihe von Nobelautos und vier weitere Häuser in der Arnold Palmer Avenue sehen. Als es zum drittenmal klingelte, war ich aus der Küche gekommen, um die Platten auf dem Büfett nachzufüllen. Das schimmernde rubinrote Pilaw dampfte einladend, und die

Gäste stießen Oh-Rufe aus. *Ding-dong*, ein viertes ungeduldiges Klingeln durch die lauten Riffs von Dave Brubecks *Take Five*. Das Geprassel auf dem modischen blauen Zinndach war so laut, daß Mrs. Trotfield die Stereoanlage aufgedreht hatte.

Ich nahm die glatten rosa Torten mit Himbermousse aus dem Kühlschrank. Als ich damit anfing, die Sahne zu schlagen, klopfte ich mit dem Elektromixer gegen die Stahlschüssel, im Takt zu Gene Krupas von den Maori inspiriertem Trommelschlag, der durch die Lautsprecher hereindrang, die von den Trotfields über den maßgeschreinerten Ahornschränken installiert worden waren. Leider klingelte es wieder an der Haustür, als ich Sahneberge auf jede Torte häufte. Wer auch immer an der Tür sein mochte, wollte nicht weichen. Amanda Trotfield, eine schlanke Frau in den Vierzigern mit durchsichtiger Haut und schwarzem, zu einer modischen Punkfrisur gekämmten Haar, erschien in der Küche. Sie erklärte, alle, die sie erwartet habe, seien hier, eben schmelze das Eis, metaphorisch gesprochen, und ob ich bitte denjenigen abwimmeln könne, der an der Tür sei? Sie wollte, daß ihre Gäste das teure Essen genossen.

»Es ist vermutlich FedEx«, zischte sie mir ins Ohr, »mit noch mehr Sachen von Jeppesen für meinen Mann.« Als ich ein verwirrtes Gesicht machte, erklärte sie: »Karten. Aber er hat außerdem jede Menge Unterlagen über die Diamantenförderung in Südafrika bestellt. Wenn der Typ noch mal klingelt, könnten Sie dann hingehen? Die Alarmanlage ist ausgeschaltet.« Als es zum x-tenmal klingelte, marschierte ich also an die Tür.

Es war nicht der Eilzustelldienst Fed Ex. Es war die Polizei. Der eine Cop war ein Hüne, ein muskulöser Rotschopf. Der zweite war schmächtiger, hatte ein aknenarbiges Gesicht und rabenschwarzes Haar über einem zurückgehenden Haaransatz. Sie trugen Zivil, aber ihr Wagen vom

Büro des Sheriffs, der vom Küchenfenster aus unsichtbar gewesen war, parkte auffällig quer auf der überfüllten Zufahrt der Trotfields. Niemand auf dieser Party konnte ohne die Erlaubnis dieser Cops die Arnold Palmer Avenue erreichen.

»Mrs. Schulz?«

Ein vertrauter, eisiger Schauer der Angst durchlief mich.

»Tom. Es geht um Tom, nicht wahr? Etwas ist nicht in Ordnung. Was ist passiert?« Ich verfluchte mich, weil ich auf das beharrliche Klingeln nicht früher reagiert hatte.

Der Kleinere, dessen drahtiges schwarzes Haar heftig mit Pomade geglättet war, damit es an seinem raketenförmigen Kopf anlag, runzelte die Stirn. »Nein, alles ist in Ordnung, wir sind nur zum Reden hier. Um ein paar Fragen zu stellen über – «

»Über *was*?«

»Mrs. Schulz, bitte«, sagte der große Rotschopf und sah unbehaglich aus. Ich lachte, als mich Erleichterung überkam. Natürlich! Das hier hatte etwas mit den Trotfields zu tun. Vielleicht hatte sich einer der Nachbarn über die vielen Autos beschwert.

»Ja«, sagte ich zu den beiden Polizisten. »Entschuldigen Sie. Ich hole Mrs. Trotfield. »Dann zögerte ich. Schließlich war ich die Lieferantin: ich war beruflich dazu verpflichtet, diese Party zu schützen. »Ihre Gäste sind fast mit dem Entrée fertig ... ist es nicht möglich, daß Sie später wiederkommen?«

»Wir sind hier, um mit Ihnen zu sprechen«, krächzte der Rotschopf. Er hatte Glubschaugen. »Nur um ein paar Fragen zu stellen, Mrs. Schulz. Wäre es möglich, daß wir uns an irgendeinem ungestörten Ort unterhalten? Etwa zehn Minuten? Irgendwo, wo es nicht regnet?« Der Guß hatte seinen dunklen Anorak durchnäßt.

Meine Sorge um Tom verwandelte sich in Ungläubigkeit. Im Augenblick konnte ich eine weitere gestörte Party und eine verstimmte Kundin gerade noch brauchen.

»Ist das Ihr *Ernst*? Hat das nicht *Zeit*?« zischte ich entrüstet. »Bitte? Wissen Sie, wer mein Mann ist? Ich kann morgen ins Büro kommen. Dann beantworte ich alle Fragen, die Sie stellen wollen.«

»Wir wissen, wer Sie sind, und es kann nicht warten«, erwiderte der Schwarzhaarige grimmig. »Es geht um Albert Lipscomb.«

Toms Worte: *Shockley leitet die Ermittlung selbst.* Ich holte Luft, um mich zu beruhigen. »Dann gehen wir in die Küche.« Ich machte die Tür auf. »Bitte, kommen Sie schnell herein, bevor jemand von den Gästen Sie sieht.«

Sie folgten mir ins Foyer, wo sie zu meinem Ärger stehenblieben, um die Umgebung zu mustern. Ich empfand ein Prickeln der Ungeduld. Bevor ich Tom kennenlernte, hatte ich die Polizei aus tiefem Herzen verabscheut. Vielleicht rührten meine unguten Gefühle gegenüber dem Büro des Sheriffs daher, daß die Cops, als ich übel zugerichtet und noch übler deprimiert war, sich geweigert hatten oder nicht in der Lage gewesen waren, den Kotzbrokken einzusperren und den Schlüssel zu seiner Zelle über die Wasserscheide zu werfen. Nach der Scheidung hatte ich begriffen, daß die Gesetzeshüter bei häuslichen Auseinandersetzungen leider wenig Macht haben, falls nicht jemand zu Tode kommt. Als ich Tom heiratete und die quälende Erfahrung machte, daß er von einem Möchtegernkiller entführt worden war, hatte ich außerdem begriffen, wie gefährlich seine Arbeit für das Büro sein konnte und wie standhaft die meisten Cops ihre Verantwortung wahrnahmen. Deshalb hatte sich meine Einstellung völlig verändert. Trotzdem, in der Gegenwart dieser beiden Männer, die jetzt im mit Kunstwerken gefüllten Foyer der

Trotfields standen und sich Regentropfen von der Kleidung fegten, konnte ich mein früheres Unbehagen nicht abschütteln.

»Entschuldigung, aber dürfte ich Ihre Ausweise sehen, ehe wir weitergehen? Schnell?« fragte ich. Ich warf einen Blick ins Wohnzimmer. Niemand schaute in meine Richtung.

Wie ich erfuhr, war der korpulente Rotschopf mit den Glubschaugen Ermittler Hersey. Der Schwarzhaarige mit dem raketenförmigen Kopf hieß De Groot. Beide deuteten in keiner Weise an, daß sie Tom kannten, was ich für kein gutes Zeichen hielt. Ich gab ihnen die Ausweise zurück, dann winkte ich Richtung Küche.

Hersey blähte sich auf, als wollte er mir folgen, aber De Groot blieb mit den schlammigen Stiefeln wie festgenagelt auf dem Orientläufer der Trotfields stehen. Er strich sich über das fettige schwarze Haar und starrte durchdringend die tiefblaue Leinwand an, die Arch so verblüfft hatte. Nach ein paar Augenblicken beugte er sich vor und hielt das Gesicht nahe an die gemalte Zigarettenkippe.

»Das ist von Robert Motherwell«, sagte ich, immer noch ungeduldig. »Es ist – «

»Eins seiner *Gauloise*-Gemälde«, sagte De Groot, ohne den Blick von dem Bild zu wenden. Dann richtete er sich auf und bedachte mich mit einem todernsten Blick. »Die Serie, mit der er nach den *Elegien auf die spanische Republik* angefangen hat.«

»Haben Sie etwas dagegen, Sir?« flüsterte ich. »Könnten wir bitte in die Küche gehen? Ich versuche, hier meine Arbeit zu machen.« De Groot hob die zottigen schwarzen Augenbrauen. Als er sich nicht rührte, fuhr ich eilig fort: »Die Trotfields sind sehr wohlhabende Kunstsammler. Ich erzähle Ihnen *alles darüber,* wenn Sie in die Küche mitkommen und dort Ihre Zehnminutenfragen stellen.«

De Groot sah mir direkt in die Augen, als er sagte: »Sehr wohlhabend wie Ihre Freundin Marla Korman?«

Ich konnte spüren, wie mir das Blut in die Wangen stieg. Was war hier los? Hersey ging an mir vorbei in die Küche. De Groot reckte das spitze Kinn und stolzierte hinter ihm her. Ich warf einen kurzen Blick ins Wohnzimmer. Sandy Trotfield runzelte die Stirn und machte ein finsteres Gesicht. Verflixt noch mal. *Partylieferantin mit Cops ertappt.* Ich lächelte und hielt den Daumen nach oben, aber er sah verblüfft an mir vorbei ins Foyer. Falls dieser ungelegene Besuch vom Büro des Sheriffs diese Party ruinierte, wie Marlas Streit die Party an der Mine verdorben hatte, würde ich mir Captain Shockleys Kopf auf einem Silberteller servieren lassen.

Arch hatte die Kopfhörer abgenommen und sagte: »... Na ja, sie ist meine Mutter«, als ich durch die Küchentür platzte. Mein Sohn bedachte mich mit einem bestürzten Blick. Ich bat ihn, sich um die Büfettplatten zu kümmern, und sagte ihm, ich würde zehn Minuten lang mit diesen Männern sprechen, *oder kürzer.*

»Sie wissen, daß Sie einen Minderjährigen nur im Beisein eines Elternteils befragen dürfen. Was ist mit Ihnen beiden los?« wollte ich zornig wissen, sobald Arch wortlos abgegangen war. »Und was ist so wichtig, daß es nicht warten kann, bis ich zu Hause bin?« Neben der Arbeitsplatte, auf der die Himbeertorten halb dekoriert und ungeschnitten standen, baute sich De Groot in Habachtstellung auf. Ich vermutete, er habe nicht vor, sich mit dem Rothko über dem Küchentisch zu beschäftigen. Hersey lehnte den muskulösen Körper gegen einen Umluftherd. In einer seiner fleischigen Hände hielt er einen kleinen Notizblock. Für Typen, die es derart eilig gehabt hatten, schienen sie jetzt zu einer Verhörtaktik zurückgekehrt zu sein, die zur Wut aufstacheln sollte. Vielleicht warteten sie auch darauf, daß ich ihnen etwas zu essen anbot. *Dazu wird es nicht kommen, Jungs.*

Schließlich richtete Hersey sich auf. »Kein Grund zur Sorge, Mrs. Schulz. Wir müssen nur nach einem Ereignis fragen, bei dem Sie am vergangenen Samstag an der Mine Eurydice Essen geliefert haben. Haben Sie gewußt, daß das einer der letzten Zeitpunkte war, an denen Albert Lipscomb vor seinem Verschwinden gesehen wurde?«

»Nein, das habe ich nicht gewußt«, erwiderte ich. Ich funkelte die Cops böse an. Vielleicht konnte *ich* Informationen aus *ihnen* herausholen. »Was soll das heißen, *einer* der letzten Zeitpunkte?«

Sie ignorierten meine Frage. De Groot sagte: »Und welche Funktion hatten Sie auf der Party?«

»Ihnen ist sicher bekannt, daß ich nur die Lieferantin war, kein Gast. Die meisten dieser Leute habe ich vorher nicht gekannt.« Ich machte eine Pause, weil ich wußte, daß sie das klären wollten. »Entschuldigung. Von den Leuten auf der Party habe ich Marla Korman gekannt, Tony Royce, äh ... Eileen Tobey von der Bank und ... Moment mal, die Hardcastles kenne ich seit einer Weile und ... die Trotfields. O ja, und ich kenne Sam Perdue.«

»Haben Sie während der Party mit Albert Lipscomb gesprochen?« De Groots Narbengesicht war unergründlich.

Ich zuckte die Achseln. »Nicht viel. Er hat sich nach dem Essen erkundigt, das ich serviert habe. Er hat gesagt, Prospect Financial zieht in Erwägung, mich für ein Picknick zu beauftragen. Reine Höflichkeit, nehme ich an. Warum wollen Sie wissen, ob ich mit ihm gesprochen habe?«

»Bitte, Mrs. Schulz. Lassen Sie uns die Fragen stellen. Sie wollen also damit sagen ... daß er die Party genossen hat«, folgerte De Groot. »Jedenfalls eine Zeitlang. Bis er Streit mit Ihrer Freundin Marla bekommen hat.«

»Ich würde es eine Auseinandersetzung nennen. Keinen *Streit*«, sagte ich entschieden.

»Eine Auseinandersetzung worüber?« fragte De Groot. Sein Blick fiel schließlich auf den Rothko, aber dieses Mal blieben mir offenbar weitere Aufklärungen über die Geschichte des abstrakten Expressionismus erspart.

»Wer hat Sie geschickt?« wollte ich wissen. »Warum ist Tom nicht gekommen und hat mir die Fragen selbst gestellt?«

Hersey sagte: »Ermittler Schulz ist nicht mit diesem Fall befaßt.«

»Das ist nicht normal, oder?« fragte ich milde. »Tom ist nicht nur für Morde zuständig, und im allgemeinen leitet er Fälle wie diesen. Er beschäftigt sich mit Fälschung, mit Postdiebstahl. Und mit Vermißtenfahndung«, fügte ich nach einer Pause hinzu.

Hersey gab zurück: »Es ist normal, daß ein Ermittler von einem Fall abgezogen wird, wenn er Leute kennt, die von der Ermittlung betroffen sind. Wir stehen unter direkten Anweisungen von unserem Captain. Jetzt bitte, Mrs. Schulz. Erzählen Sie uns einfach von dem Streit zwischen Mr. Lipscomb und Ms. Korman am Samstag. Haben Sie die beiden gehört?«

Ich machte eine kurze Pause, ehe ich sagte: »Nicht richtig. Sie waren außerhalb des Zelts, in dem ich servierte, und es hat ziemlich heftig gehagelt.«

»Wer ist auf die Idee gekommen?« fragte De Groot. »Hinaus in den Hagel zu gehen? Ihre Freundin Marla? Wie hat Albert Lipscomb reagiert, als ihn eine Kundin hinaus in den Hagel gezerrt hat, um sich mit ihm zu streiten?«

»Hat Captain Shockley behauptet, Marla habe Albert hinaus in den Hagel *gezerrt*?« gab ich zurück. »Von *Zerren* kann keine Rede sein. Albert ist zuerst hinausgegangen, und Marla ist ihm gefolgt.« Wie sah ihr Schlachtplan aus? Wie auch immer, ich mußte die Himbeertorten fertig machen. Ich funkelte De Groot wütend an. »Ich muß arbeiten, falls es Ihnen nichts ausmacht.«

De Groot entfernte sich vom Tresen. Ich löffelte schnell die restliche Schlagsahne auf alle Torten und streute dann frische dicke Himbeeren darüber. Ich schnitt jede Torte in acht gleiche Teile und legte die großen Stücke dann auf Einzelteller.

Hersey fragte: »Worüber haben sich Albert und Marla gestritten?«

Marla hatte mir erzählt, daß die Cops bei ihr zu Hause gewesen waren und Fragen gestellt hatten, deshalb kannten diese Typen die Antwort darauf sicher schon. »Über das Labor, das die Testberichte über das Golderz in der Eurydice gemacht hat«, sagte ich ungeduldig. »Sie wissen, daß Marla Kundin bei Prospect ist. Ich glaube, daß sie sich darüber aufgeregt hat, wie Albert mit einer Investition umgeht. Ich kann nicht fassen, daß Sie nicht in der Lage waren, alles, was Sie darüber wissen müssen, von den anderen Leuten auf der Party zu erfahren. Alle haben zugehört.«

In jenem Augenblick schob sich Sandy Trotfield in die Küche. Als er die beiden Polizisten sah, wich er zurück.

»Was haben Sie beide wieder hier verloren? Hat ein Ermittlungsbesuch nicht gereicht?« wollte er wissen. »Wir versuchen, eine Party zu geben. Erst belästigen Sie uns, jetzt belästigen Sie unsere Lieferantin. Warum halten Sie sich nicht an die normale Dienstzeit?«

»Wir sind in paar Minuten fertig«, sagte De Groot mit einem knappen Nicken.

»Etliche Leute fragen nach Kaffee und Nachtisch«, teilte Sandy Trotfield mir mit, als wären die beiden Polizisten nicht da.

»Kommt sofort«, erwiderte ich. Sandy stürmte aus der Küche. Die beiden Polizisten hatten also die Trotfields schon besucht. Vielleicht hatte De Groot dabei den Nachhilfeunterricht in Kunst bekommen. Zu Hersey sagte ich: »Sie haben also mit allen gesprochen, die auf der Party waren?«

»Mit so gut wie allen.«

Ich schaltete die Kaffeemaschine ein. »Dann tun Sie mir einen Gefallen, und lassen Sie den Übereifer bleiben. Wenn Sie direkt unter Captain Shockley arbeiten, müßte er Ihnen sagen können, was passiert ist. Schließlich war er auch dort.«

Hersey sagte: »Shockley hat gesagt, Sie haben dabei geholfen, dem Streit ein Ende zu machen. Sie haben direkt neben Albert Lipscomb gestanden. Wie hat er auf sie gewirkt? Wie ein Mann, dessen Schwindel aufgeflogen ist? Als ob er jetzt, nachdem etwas über die Mine herausgekommen war, die Fliege machen müßte?«

»Warum interessiert sich Captain Shockley so sehr für Marlas Auseinandersetzung mit Albert Lipscomb?« wollte ich wissen.

Hersey wiederholte aalglatt: »Wie hat Albert Lipscomb auf Sie gewirkt?«

Ich schloß die Augen und sah Albert Lipscombs wütende schmale Lippen und seinen glänzenden, nassen Kahlkopf wieder vor mir. »Schwer zu sagen.« Ich machte die Augen auf und konzentrierte mich auf Hersey. »Marla hat zu Albert gesagt, daß sie ihn am Montag morgen im Büro von Prospect sprechen will. Nichts an seinem Verhalten hat *für mich* darauf hingedeutet, daß er die Flucht ergreifen will. Er war nur... gereizt. Das kommt auf Partys vor. Die Leute trinken zuviel. Sie bekommen Streit. Sie schlafen ihren Rausch aus, rufen mich am nächsten Morgen verkatert an und fragen, ob sie was richtig Blödes angestellt haben. Wenn ich mit ihnen im Geschäft bleiben will, sage ich immer nein.«

»Aber Albert hat nicht gesagt, daß er sich am Montag morgen mit Marla treffen will?« hakte Hersey nach. De Groot verschränkte die Arme und wartete, bis er an der Reihe war. Die Kaffeemaschine gurgelte und zischte, und der Weckgeruch nach Java erfüllte den Raum.

»Nein«, erwiderte ich gelassen.« Er hat nicht gesagt, daß er dort ist.«

»Was ist mit Tony Royce?« fragte De Groot. »Was hat er während des Streits gemacht?«

Ich bedachte De Groot mit der Andeutung eines Lächelns.

»Tony Royce hat dabei geholfen, der *Meinungsverschiedenheit* ein Ende zu machen. Er war so aufgeregt wie ich und machte sich wie ich Sorgen um Marla. Aber zwanzig Minuten später schien er sich erholt zu haben. Ich glaube, daß er nicht so viel getrunken hat wie Albert.«

Während ich Herseys Glubschaugen beobachtete, machte ich mir vage Gedanken über eine Behandlung mit Schilddrüsenhormonen. Jetzt war ich seit sechs Jahren die Exfrau eines Arztes, und immer noch stellte ich Diagnosen.

»Haben Sie Lipscomb vor der Party gekannt?« fragte Hersey.

»Überhaupt nicht.« Obwohl ich mir inzwischen verzweifelt wünschte, ich hätte ihn gekannt, weil er erfolgreich mit Millionen von Dollar durchgebrannt war, zu denen auch ein Teil des Geldes meiner besten Freundin gehörte. Ich versuchte, nach dem Ton ihrer Fragen einzuschätzen, wieviel die Cops über Lipscomb wußten. Nicht besonders viel, wie mir schien.

Ich fragte sie: »Was wissen Sie über die verschwundene Bankkassiererin?«

Ehe einer von beiden die Chance zu antworten hatte, suchte sich Amanda Trotfield diesen Augenblick aus, um in die Küche zu stürzen. Ihr Mann folgte ihr dicht auf den Fersen.

»Es reicht!« Amandas Stimme war wütend. »Mehr Einmischung in unser Leben lasse ich mir von euch zwei Polizisten nicht gefallen! Raus! Wenn Sie mit der Köchin reden wollen, gehen Sie doch in ihr mordsfeudales Haus, nicht in unseres!« Sie stach mit einem kastanienbraun lackierten Fingernagel in meine Richtung. Ihre Augen flammten. »Und Sie, bringen Sie die Torte und den Kaffee herein, sonst gibt es keinen Scheck.«

Ich deutete hilflos auf die Tortenstücke und die Kaffeemaschine mit dem glühenden roten Licht. Es gefiel mir überhaupt nicht, daß sie mir vor diesen Cops drohte.

Hersey sah Mrs. Trotfield an, die vor Entrüstung bebte, dann kritzelte er etwas auf seinen Notizblock. Er preßte die Lippen zusammen. »Okay, Mrs. Schulz, machen Sie weiter mit Ihrer Kocherei. Wir wissen zu schätzen, daß Sie sich etwas Zeit für uns genommen haben.« Er nickte De Groot zu.

Ich brachte die Polizisten nicht zur Tür. Die Trotfields taten es auch nicht, da war ich mir sicher.

Als Arch und ich nach Hause kamen, saß Tom im Wohnzimmer und sprach mit Jake. Genau gesagt, er murmelte Jake etwas zu. Er redete ihm gut zu. Der Mann gibt niemals auf. Weil unsere Ankunft ihn ablenkte, schlug Jake mit dem Schwanz gegen den Boden, während er lange Speichelfäden auf unseren Wohnzimmerteppich sabberte.

Tom musterte mich. »O ja. Sieht danach aus, als hätte sie wieder einen verunglückten Abend hinter sich. Komm und iß etwas. Du hast vermutlich den ganzen Tag lang keinen Bissen zu dir genommen.« Er deutete auf seine Gaben: englische Cracker, mit Portwein zum Brotaufstrich verrührter Chester, eine Limonade für Arch und eine Flasche trockenen Sherry. »Was ist schlimmer, kein Auftrag oder ein schlechter Auftrag?«

»Ich kann mir nicht schlüssig werden.« Ich sank neben ihm auf die Couch und strich einen Berg aus üppigem glattem Käse auf einen dicken Cracker. Ich biß hinein: himmlisch. »Danke für das alles.«

»Ja, das ist toll!« rief Arch. Er tätschelte Jake begeistert. »Was habt ihr zwei Jungs denn so gemacht?« Jake war jetzt ein Junge, nahm ich zur Kenntnis.

Toms grüne Augen leuchteten. »Wir können euch ein Kunststück vorführen. Arch, weißt du noch, wie wir über ein Spiel geredet haben, mit dem wir Jake resozialisieren? Damit er neue Situationen bewältigen kann?«

Arch nickte heftig.

Tom sagte: »Überlassen wir das deiner Mom.« Er wandte sich mir zu. »Wir tun folgendes. Ich verstecke mich. Du sagst das Wort s-u-c-h.«

Ich fragte spröde: »Hast du einen Hundekuchen in der Tasche, oder freut er sich einfach, wenn er dich sieht?«

Arch sagte: »Mom? Worüber redest du?«

Toms attraktives Gesicht blieb gelassen. »Bloß ein Scherz. Miss G., fang an. Laß mir ein paar Minuten Zeit, ehe du das Kommando gibst.«

Er ging aus dem Zimmer. Jakes trauervolle Augen folgten ihm besorgt.

Ich rief hinter Tom her: »Zwei Volltrottel, die für Shockley arbeiten, sind während des Abendessens gekommen, um mich zu verhören. Vielleicht könntest du die als nächstes resozialisieren.«

Als Tom nicht antwortete, wandte ich mich Jake zu und sagte skeptisch: »Such?«

Jake schlich davon, die Nase auf dem Teppich. Arch beobachtete ihn gebannt. Innerhalb von fünfzehn Sekunden schlenderte Tom triumphierend ins Zimmer zurück. Neben ihm tänzelte und jaulte Jake. Tom sagte Jake, was für großartige Arbeit er geleistet habe, und der Hund erklomm begeistert Toms Brust. Nach der obligatorischen Belohnung mit dem Hundekuchen verzogen sich Jake und mein Sohn in Archs Zimmer, und Tom setzte sich neben mich.

»Welche zwei Volltrottel? Seit Shockley die Einsätze verteilt, sind die Volltrottel überall.«

»De Groot und Hersey.«

Er stöhnte auf und goß sich ein Glas Sherry ein. »Das

bescheuerte Team. Shockleys Idiotentruppe. Diese beiden Typen haben einen Raubüberfall, den ich bearbeitet habe, so total verpfuscht, daß ich einer Zusammenarbeit mit ihnen aus dem Weg gehe, wann immer das möglich ist.«

»Ja, gut, ich wünsche mir, ich hätte ihnen auch aus dem Weg gehen können. Oh«, ich hob mein Glas und fügte sachlich hinzu, »noch was. Ich habe heute den General besucht, und du wirst nie erraten, was wir zwei gemeinsam erlebt haben.«

Tom lächelte boshaft. »Verrat's mir nicht. Eine Explosion. Wart mal, laß mich raten. C-vier, sein Lieblingssprengstoff. Es war eine Riesenexplosion, und ihr wart weit davon entfernt in Sicherheit.«

»Es hätte eine Explosion in einiger Entfernung sein können, die einen Riesenerdrutsch ausgelöst hat, und ich war genau am *Rand.*« Ich trank einen Schluck Sherry, erzählte die Ereignisse des Nachmittags und fragte Tom, als ich mich an die Erkundigungen Bos erinnerte, ob er je etwas von Umweltuntersuchungen einer Mine gehört habe.

»Du meinst die Claims?« Als ich die Achseln zuckte, sagte er: »Ich glaube, die sind im Grundbuchamt eingetragen und auch bei einer staatlichen Behörde in Denver. Und ich bin mir ziemlich sicher, daß Minen, in denen gefördert wird, regelmäßig auf Sicherheit inspiziert werden müssen. Apropos Sicherheit?« Er bedachte mich mit einem forschenden Blick. »Ein Erdrutsch? Was in aller Welt habt ihr gemacht?«

»Nichts«, protestierte ich. »Überhaupt nichts. Es ist nicht wie bei einer Lawine, bei der man die Auslösung planen kann. Ich meine, bei den richtigen Witterungsbedingungen und mit Sprengstoff. Aber in diesem Fall hatten wir nur Vollmond und die Tatsache, daß sie in der Gegend mit Sprengstoffen arbeiten«, fügte ich hinzu, als ich nach einem weiteren Cracker griff. Tom hatte recht: ich war heißhungrig.

Er schüttelte den Kopf. »Verflixt noch mal, Goldy, du handelst dir an einem Tag mehr Ärger ein als ich mir in einem Jahr.«

»Aber ich bin nicht auf Ärger aus«, protestierte ich mit vollem Mund.

»Oh, bitte. Weißt du, wie viele Verbrecher das schon zu mir gesagt haben?«

»Vielen herzlichen Dank.« Ich wedelte mit dem Finger nach ihm. »Ich kriege heraus, was sich in dieser Finanzfirma abspielt. Die Leiterin der Investitionsabteilung von Prospect stirbt in Idaho Springs, ein Partner verschwindet, das Geld meiner Freundin wird geklaut.« Ich leckte mir sahnigen Käse von den Fingern, dann fuhr ich mit meiner Litanei fort: »Ein Problem mit Testberichten. Idiotische Cops, die herumlungern und Leute beleidigen und einschüchtern.«

Toms Blick war finster. »Es ist eine Vermißtenfahndung, Miss G. Das ist alles. Es ist nicht mal eine Nadel in einem Heuhaufen. Es ist ein Kümmelkorn.«

Ich rutschte auf der Couch zu ihm hinüber und kniff ihn zärtlich. Ich liebe Männer, die kulinarische Vergleiche anstellen.

Am nächsten Morgen, am Freitag, klingelte das Telefon zeitig. Marla.

»Okay, hör zu«, fing sie ohne Einleitung an. »Tut mir leid, daß ich so früh anrufe oder so spät, wie sich herausgestellt hat, aber Tony hat gedacht, ich hätte das Essen für das Wochenende bestellt, und natürlich habe ich gedacht, er hätte das getan, und wir brauchen unverderbliche Sachen, falls du dir das vorstellen kannst. Also habe ich mir gedacht – «

»Tut mir leid, Ma'am, aber Sie haben sich verwählt. Und warum hast du mich nicht vor diesen idiotischen Cops gewarnt?«

»Ich hab's *versucht.«* Sie seufzte. »Die sind gräßlich, nicht wahr? Sie haben die Hardcastles beleidigt, ihnen unterstellt, daß sie Schwachköpfe sind, weil sie in eine aufgelassene Mine investieren. Und hör dir das an! Was ist als erstes im Haus der Trotfields passiert? Das errätst du nie. De Groot hat den Motherwell angeniest. Aber hör zu, ich muß mit dir über das Essen für unseren Angelausflug reden – «

»Ich habe gedacht, Tony und du kämen nicht miteinander aus.«

»Das stimmt, aber es ist ja nur vorübergehend. Und im Gegensatz zur vorherrschenden Meinung in Colorado glaube ich nicht, daß die Herumzieherei in den kalten, nassen Bergen uns in ein geheiltes Paar verwandeln wird. Aber Tony will unbedingt ein paar Tage weg, und er hat allen erzählt, daß er angeln fährt, deshalb verliert er das Gesicht, wenn er ohne Fische zurückkommt.«

Wir sagten unisono: *»Machismo.«*

»Aber«, protestierte ich, »brecht ihr nicht bald auf? Schon heute nachmittag? Ich kann zwar vielleicht schnell kochen, aber ich bin kein Übermensch – «

»Oh, Goldy, bitte, sag nicht nein, du kannst so gut kochen, und Tony ist wirklich ein Wrack – «

Ich seufzte. »Bleib dran.« Ich band mir einen Bademantel um die Taille und musterte das Schlafzimmer. Tom lag nicht unter der Decke. O ja, ich hatte seinen Aufbruch vor Morgengrauen schläfrig zur Kenntnis genommen. Was hatte er gesagt? Etwas über Fußballerinnen, die bei einem Hallenspiel gestern abend in eine Schlägerei geraten waren. Offenbar hatte es der Schiedsrichter bei jeder Menge Fouls versäumt, Strafstöße zu pfeifen, und das Spiel endete in einem allgemeinen Freistilringkampf. Die Cops nahmen eine Torhüterin fest, und Toms Anwesenheit heute morgen war erforderlich, um Ordnung in das Chaos zu bringen. Eins hatte ich im letzten Jahr gelernt: Polizisten arbeiten viel schwerer als Ärzte. Und zu seltsameren Tageszeiten. Ich schaute auf die Uhr: halb acht. Ich mußte mich beeilen, damit ich rechtzeitig fertig wurde für meinen wöchentlichen Auftrag, der Bank von Aspen Meadow Muffins und Früchtekuchen zu liefern. Aber zwischen diese Überlegungen schlichen sich Schuldgefühle ein. Marla hatte mir zu so vielen Empfehlungen verholfen, daß ich mich verpflichtet fühlte, Marla einzuschieben. Und natürlich war sie meine beste Freundin. Außerdem hätte sie fettstrotzenden Schund gegessen, wenn ich das nicht unterband.

»Hör mal, Marla, ich habe heute morgen einen Auftrag, und dann treffe ich mich mit dir und Tony zum Mittagessen bei Sam's Soups. Da könnte ich dir Essen mitbringen.«

»Mensch, könntest du das?«

Ich sah aus dem Fenster und glaubte, meine Augen täuschten mich, weil es *nicht* regnete. Es war nur sehr, sehr bewölkt und finster. »Ich versuche dir zu erklären«, sagte ich geduldig, »daß ich keinen ganzen frischen Truthahn mit Füllung für euch einpacken werde. Ihr würdet euch eine Leichenvergiftung holen. Ich mache etwas für ein gemütliches Abendessen am Lagerfeuer zurecht, und dann mußt du dich mit gefriergetrockneten Sachen behelfen. Okay? Übrigens, wie wollt ihr an frisches Wasser herankommen? Und an Brennholz? Der Boden ist durchnäßt.«

Sie sagte, Brennstoff, Wasser und Getränke seien Tonys Gebiet, sie brauchten nur ausreichend Essen und Knabbereien für das Wochenende, und sie treffe sich am Mittag zu meinem Probeessen bei Sam mit mir. Ich riß das Fenster im ersten Stock auf und atmete tief die feuchte Bergluft ein. Nebel wanderte gespenstisch durch die triefenden Kiefernzweige. *Ich* hätte an diesem Wochenende keine Lust auf einen Angelausflug gehabt.

Ich beeilte mich mit meinen Jogaübungen, zog mich an und nahm dann einen Anruf von Todd Druckmans Mutter

Kathleen entgegen. Feriennachbarn hatten ihr Karten für Spiele der Rockies am Wochenende geschenkt. Sie wollte Arch auf das Coors Field einladen, zu zwei Spielen in Folge gegen die Dodgers. Ich war überschwenglich dankbar dafür, daß Arch tagsüber etwas anderes zu tun hatte außer der Umerziehung Jakes.

Ich weckte Arch, der keineswegs überglücklich darüber war, vor elf an einem Sommermorgen zu Bewußtsein gebracht zu werden. Aber die Aussicht, einen wenn auch nebligen Tag damit zu verbringen, den Blake Street Bombers zuzuschauen – ein Quartett der besten Spieler der Rockies – und dem Rest des geliebten Baseballteams, hob seine Lebensgeister beträchtlich. Ich versprach, Jake ins Haus zu holen, falls es anfing zu regnen, und ja, der liebe Hund dürfe in Archs Zimmer bleiben, solange ich weg war. Dann machte ich meinem Sohn Frühstück und schaffte es, ihn dazu zu überreden, eine wasserdichte Jacke anzuziehen, bevor er durch die Hintertür hinausschlüpfte.

Ich rief im Computer meinen Vormittagsauftrag in der Bank ab. Das war eine meiner liebsten regelmäßigen Verpflichtungen, weil ich von Eileen Toby, der Geschäftsführerin der Bank, im allgemeinen so viel Klatsch zu hören bekam, daß es für einen vollen Monat reichte. Eileen schmückte alle ihre Geschichten mit großer Dramatik aus, was vielleicht erklärte, warum sie in ihrer Freizeit die Diva der Theatergruppe von Aspen Meadow war. Wenn sie nicht Blanche DuBois oder Lady Macbeth spielte, hing sie am Telefon und spürte allen neuesten Stadtgerüchten nach. Eileen war die Art von Frau, die einem zur engsten Freundin wurde, wenn man von einem Unglück betroffen war – eine Krebsdiagnose, eine Scheidung im Streit. Leider hielt die Vertrautheit nicht länger als eine Woche, sobald sie jede grausige Einzelheit der Krise erfahren hatte. Und weil sie die Details über *alle* herausfand, war sie das am verblüffendsten informierte Klatschmaul, das ich kannte. Sie hatte auf der Party an der Mine Eurydice mit Albert gesprochen. Bei ihrer Persönlichkeit wußte ich, daß ich heute Informationen aus ihr herausholen konnte, ohne daß sie je auch nur Mutmaßungen über den Grund meiner Neugier anstellen würde.

Ich mahlte italienische Röstbohnen und beobachtete, wie ein Doppelstrahl aus dunkler Flüssigkeit aus meiner Maschine zischte. Dann trank ich den Espresso und versuchte mich daran zu erinnern, was ich in letzter Zeit über Eileen gehört hatte. In diesem Januar hatte Eileens Exmann die Bankrotterklärung eingereicht, eine Woche nachdem Eileen zur neuen Zweigstellenleiterin der Bank von Aspen Meadow ernannt worden war. Ich schien mich an ein Gerücht zu erinnern, sie habe beide Ereignisse mit keinem anderen als Tony Royce gefeiert. Gehörte sie zu den Freundinnen, denen Tony den Laufpaß gegeben hatte, als er Marla in diesem Frühling unsterbliche Treue gelobte?

Bei der verschwenderischen Kaffeepause, mit deren Belieferung Eileen mich jeden Freitag beauftragte, servierte ich meistens diverses frisches Obst und Backwaren. Eileen nahm sich eine Stunde Zeit, wenn sie nicht zu beschäftigt war, um mit ihren Angestellten über alle Probleme zu sprechen, die sie haben mochten. Es überraschte mich immer, wie viele Probleme in sechzig Minuten vorgetragen werden konnten und wieviel Essen verzehrt wurde. An diesem Freitag hatte ich mich für Obstspieße mit frischen Erdbeeren, Ananas und Kiwis entschieden, Hörnchen mit Zitronencreme, Muffins mit Banane und Pekannüssen und Muffins mit Mandeln und Mohn. Am Ende derSpeisefolge im Computer hatte Tom eine Notiz für mich getippt: *Warum verwöhnst du die Angestellten nicht mit meinem Kirschkuchen mit Sauerrahm? Ich liebe Dich, T.* Der Notiz folgte sein Rezept. Ehrlich, dieser Mann!

Ich verschlug Butter mit Zucker und rief im Büro des Sheriffs an. Wieder einmal war Tom nicht am Schreibtisch. Ich sagte zu seinem Anrufbeantworter: »Hier ist deine Frau, die deinen leckeren Früchtekuchen zubereitet. Wie wär's mit einer Verabredung? An diesem Wochenende?«

Ich legte auf und verrührte Sauerrahm ohne Fett glatt mit dem goldenen Teig, dann mischte ich tintendunkle eingemachte Kirschen darunter. Die Mischung war butterig und duftete nach Zitrone und Vanille, und mir ging durch den Kopf, ich könne den Teig sogar ungebacken essen. Ich vertrieb diesen teuflischen Gedanken, schob das Blech in den Backofen und rief in der Elk-Park-Schule an.

»Ja, hier ist die Elk-Park-Schule, wir haben jetzt geschlossen«, sagte Macguires Stimme.

»Macguire? Bist das du oder ist es ein Band?«

»Hi, Goldy, ja, Sie sprechen live mit mir. Ich gehe hier nicht gern ans Telefon.« Er seufzte übertrieben. »Aber... ich nehme an, auch ein Privatdetektiv muß die Telefonate selbst übernehmen.«

Ich ließ ihm das durchgehen. »Ich wollte dir nur sagen, daß ich die Sache heute morgen allein übernehmen kann und daß ich dann zu diesem verflixten Probeessen für Tony Royce bei Sam's Soup gehe, ehe Tony und Marla zu ihrem Angelausflug aufbrechen. Ich hab' nur nicht gewußt, was du für Pläne hast – «

»Oh, ich habe jede Menge Pläne. Aber wollen Sie nicht mal hören, worauf ich gestoßen bin? Bei meinen Ermittlungen?« Ehe ich antworten konnte, sprudelte er los: »Victoria Lear war dabei, Papiere für die Börsenaufsicht zusammenzustellen, Zeug, das erledigt werden muß, bevor man mit Aktien an die Börse gehen will. Sie nennen das ein EO, ein Einführungsangebot. Sehen Sie, die dreieinhalb Millionen, die Prospect für die Mine Eurydice aufgebracht hat,

Kirschkuchen mit Sauerrahm

125 g Süßrahmbutter
200 g Zuckerraffinade
2 große Eier
1/4 l Sauerrahm ohne Fett
230 g Weizenmehl Type 405
2 Teelöffel Backpulver
1/4 Teelöffel Salz
1 Teelöffel Vanilleextrakt
1 Eßlöffel fein gehackte Zitronenschale
120 g eingelegte Kirschen bester Qualität

Den Backofen auf 180 Grad vorheizen. Zwei Kuchenbleche (20×20 cm) mit Butter einfetten. In einer großen Rührschüssel die Butter mit dem Zucker schlagen, bis sie gut vermischt sind. Ein Ei nach dem anderen hinzugeben und gut verschlagen. Den Sauerrahm hinzugeben und gründlich unterziehen. In einer kleinen Schüssel das Mehl, das Backpulver und das Salz vermischen. Die trockenen Zutaten zu der Buttermischung geben. Der Teig wird sehr fest. Vanille, Zitronenschale und die eingelegten Kirschen hineinrühren. Den Teig auf den Blechen verteilen. 20 bis 30 Minuten backen, bis ein in die Mitte gesteckter Zahnstocher sauber herauskommt.

Ergibt zwei Kuchen

wurden als *Privatanlage* bezeichnet. Fünfunddreißig Investoren hatten pro Kopf hunderttausend eingezahlt. Im Verlauf des nächsten Jahres wollten die Partner von Prospect eine Bergbaufirma damit beauftragen, in der Mine zu för-

Muffins mit Banane und Pekannüssen

500 g Weizenmehl Type 405
350 g Zucker
5 Teelöffel Backpulver
$1^3/_4$ Teelöffel Salz
2 zerdrückte reife Bananen
60 ml Keimöl
2 große Eier
330 ml Magermilch
200 g halbierte Pekannüsse (nicht hacken)

Den Backofen auf 180 Grad vorheizen. Zwei Muffinbleche mit zwölf Vertiefungen mit Papierförmchen auslegen.

In einer großen Schüssel Mehl, Zucker, Backpulver und Salz vermischen. Beiseite stellen. In einer zweiten großen Schüssel die Bananen, das Keimöl und die Eier verrühren. Nach und nach die trockenen Zutaten zur Bananenmischung geben, abwechselnd mit der Milch. Die Nüsse unterrühren.

Den Teig gleichmäßig in die Muffinförmchen verteilen, die Förmchen zu sieben Achteln füllen. 25 Minuten backen, bis die Muffins aufgegangen und goldbraun sind.

Mit einem Zahnstocher überprüfen, ob die Muffins durchgebacken sind. Warm servieren oder auf Gittern abkühlen lassen. Zum Lagern einfrieren.

Ergibt zwei Dutzend

Anmerkung: Die Muffins enthalten etwa fünfzehn Prozent Fett; wenn der Fettgehalt noch niedriger sein soll, die Pekannüsse weglassen.

dern, und gleichzeitig haben sie an dem EO für die Börse gearbeitet. Aber die Börsenaufsicht verlangt dafür alle möglichen Unterlagen, und dabei ist Victoria auf ein Problem gestoßen. Kurz bevor sie abgekratzt ist. Jedenfalls ist das alles, was Bitsy aus der Sekretärin herausbekommen konnte, die dort noch nicht lange arbeitet. Die Sekretärin hat sogar gesagt, daß Mr. Lipscomb gleich nach dem Unfall hereingekommen ist und alle Unterlagen Victorias über die Mine Eurydice aus ihrem Büro geholt hat.«

»Gütiger Gott.«

»Hey, mache ich meinen Job, oder was? Die Sekretärin hat es nervös gemacht, im Büro über Lear zu sprechen. Sie hat gesagt, sie und Bitsy sollten mal zum Mittagessen ausgehen. Soll ich Bitsy sagen, daß sie weiter herumstochert? Mit dieser Frau zu Mittag ißt?«

Jake fing an, den Müllmann wütend anzubellen, obwohl er noch mindestens sechs Häuser weit weg war. Ich sagte zu Macguire, ja, er sei fabelhaft, und ja, Bitsy solle mit Lears Sekretärin zum Mittagessen gehen und weiter soviel wie möglich herumstochern, ohne Verdacht zu erregen. Ich legte auf und rief Jake ins Haus. Als der Hund mit einer eindeutig schuldbewußten Miene auf mich zutrottete, schlang ich gegen den eisigen Wind die Arme um mich und überlegte. Victoria Lear hatte also daran gearbeitet, Unterlagen für die Börsenaufsicht zusammenzustellen. Das hing nicht mit ihrem Tod zusammen, aber man kam doch ins Grübeln. Was für Unterlagen waren für ein Einführungsangebot erforderlich? Ich brachte Jake in Archs Zimmer, wo er zweifellos auf das Bett sprang, sobald ich die Tür zumachte, dann kehrte ich in die Küche zurück, um das Backen für die Bankangestellten abzuschließen. Für die Muffins pürierte ich schwarz angelaufene Bananen im Mixer, bis sie breiig und glatt waren, gab abgewogene Pekanhälften in die Mehlmischung und löffelte den dicken Teig in die Papierförmchen.

Der duftende aufgegangene Kirschkuchen kam goldbraun und mit den dunklen Kirschen gesprenkelt aus dem Backofen. Ich schob das Blech mit den Bananenmuffins hinein, machte die Backofentür zu und nahm zwei Dutzend Mohnmuffins aus dem Tiefkühler. Dann schnitt ich das Obst und spießte es auf, buk auf Toms übergroßem Backrost einen Stapel schottische Hörnchen und zog mir eine frische Kochjacke über. Innerhalb einer Dreiviertelstunde hatte ich Obst, Muffins, Hörnchen und den Kuchen eingepackt und fuhr zielstrebig Richtung Bank.

»*Oh, Goldy*!« rief Eileen mit ihrer üblichen Melodramatik, als ich meine üppig duftenden Leckereien an ihrem Büro vorbeitrug. Sie sprang auf, um mich zu begrüßen. Eileen trieb Aerobic und ein Muskelaufbauprogramm, das Arnold Schwarzenegger beschämt hätte. Sie empfing außerdem Kunden, während sie mit Riesenhanteln trainierte; sie behauptete, sie sei ein lebendes Symbol der Stärke der Bank. Alles, was Eindruck machte. »Ich bin so froh, daß Sie hier sind!« rief sie. Ihr blauen Augen leuchteten unter schwarzen Wimpern, und ihr langes schwarzes Haar war zu einem Zopf geflochten. Sie trug eine rosa Seidenbluse, die schmeichelhaft über ihre muskulösen Schultern glitt. Ein kurzer schwarzer Rock schmiegte sich um ihre kräftigen Hüften. Ich wußte nicht, wie stark die Bank war, aber auf Eileen hätte ich Geld gesetzt. »Hier herrscht ein Riesenchaos, das kann ich Ihnen sagen«, fuhr sie fort. »Das haben wir zu einem nicht geringen Teil Prospect Financial Partners zu verdanken. Diese fiesen Typen!«

»Schön, erzählen Sie mir alles darüber«, sagte ich, als wir in das leere Konferenzzimmer gingen. Ich deckte das erste Tablett auf und bot es ihr an. »Essen Sie etwas. Nahrung ist ein Heilmittel gegen jede Form von Chaos.«

Eileen griff sich ein Bananenmuffin von der Platte. »Fettarm?«

Ich nickte. »Sogar besonders fettarm, wenn man die Pekannüsse nicht mitzählt.«

Sie zuckte die Achseln und biß gierig in das Muffin. »Mmmm, lecker. Das erste, was ich heute zu essen bekomme.«

»Wo liegt das Problem mit Prospect Financial Partners?« fragte ich beiläufig. »Sie sind doch keine Kunden bei der Bank von Aspen Meadow, oder?«

»Nein, aber *unsere* Fusion mit der First of the Rockies wird ab heute wirksam. Ein ganzer Haufen unserer Kontonummern werden geändert, um Duplikate zu vermeiden. Kunden, die keine Schecks vorbestellt haben, kommen *völlig* aufgebracht vorbei. Ganz zu schweigen von dem Durcheinander mit den verflixten Karten für den Geldautomaten. Und natürlich hänge ich jeden zweiten Augenblick am Telefon, weil dieser Lipscomb verschwunden ist.« Sie legte das Muffin weg und sah wehmütig aus dem Fenster. »Ich habe Dottie Quentin gekannt, die Kassiererin, mit der Albert Lipscomb durchgebrannt ist.« Sie seufzte und knabberte wieder an dem Muffin. »Dottie war auf der Suche nach einem Mann wie Albert. Sie hatte sogar ein Exemplar dieses infernalischen Buches *Wie lerne ich einen Millionär kennen und heirate ihn.* In diesem Fall hat er ein bißchen mehr als eine Million«, schloß sie finster.

»Ich weiß, ich hab's gehört«, sagte ich mitfühlend.« Ein dreieinhalbfacher Millionär. Läuft die Bank Gefahr, Geld zu verlieren?«

»Oh, Sie haben die Summe gehört. Angeblich ist sie streng geheim. Nein, die Bank hat nichts Unrechtes getan. Wir haben uns regelgerecht verhalten. Woher sollten wir wissen, daß der Typ Geld geklaut hat? Außerdem hatte Prospect ausnahmsweise mal ein Guthaben auf dem Konto. Aber ich mache mir Sorgen um Dottie.« Um sich zu trösten, schnitt sie sich eine dicke Scheibe Früchtekuchen ab.

Prospect hatte *ausnahmsweise* Geld gehabt? Hmm. Zwei Angestellte kamen herein und jammerten Eileen etwas über die neuen Geldautomatenkarten vor. Ich beschäftigte mich damit, den restlichen Kirschkuchen in Stücke zu schneiden.

Als die Angestellten gingen und Eileen wieder die verdrossene Miene annahm, wagte ich mich mit dem Muffintablett zu ihr hinüber. »Wie alt war diese Bankkassiererin – haben Sie gesagt, daß sie Dottie Quentin hieß?«

»Vierundzwanzig. Dottie war während eines Austauschprogramms zwischen den Filialen mein Schützling. Das blöde Ding, verdammt noch mal. Wenn ich bloß mit ihr reden könnte.«

Ich nickte mitfühlend. »So attraktiv war Albert nun auch wieder nicht, und auf mich hat er nicht den Eindruck gemacht, ein Typ zu sein, der mit Worten verführen kann. Ist er Ihnen so vorgekommen?«

»O nein.« Vielleicht steckte sie mitten in einer Bankfusionskrise, vielleicht war ihr Schützling mit einem reichen Mann durchgebrannt, der Geld unterschlagen hatte, aber Eileens blaue Augen mit den dunklen Wimpern, die sie niederschlug, schimmerten vor Triumph. Vielleicht war sie doch keine so gute Schauspielerin.

»Es ist niemand hier«, versuchte ich es, stets darauf erpicht, mir eine Gelegenheit zum weiteren Herumschnüffeln zunutze zu machen. »Wollen Sie sich nicht setzen, auf einen kleinen Plausch?« Sie nickte, und ich schenkte zwei Tassen Kaffee ein. »Ich frage mich«, sagte ich vorsichtig, »*warum* er es getan hat. Lipscomb, meine ich. So viel sollten dreieinhalb Millionen für einen Geldhai nun auch wieder nicht sein, oder?«

»Falls das alles ist, was das Konto hergibt«, erwiderte Eileen verschlagen. »Außerdem hat Albert das Geld vielleicht gar nicht so sehr motiviert. Vielleicht wollte er Tony Royce im Grunde nur etwas heimzahlen.«

»Rache? Aber was hätte er ihm heimzahlen wollen?« fragte ich unschuldig.

Sie zuckte die Achseln. »Die wenigsten Leute wissen, daß die Mine genauso Tonys Projekt wie das von Albert war. Meistens hat Albert ihre Investitionen analysiert, während Tony die Kunden aufgegabelt hat. So haben sie die Lage bei Medigen bereinigt. Aber Albert hatte die Mine geerbt, deshalb hat er offiziell die Werbetrommel gerührt und nach Investoren gesucht. Tony war versessen darauf, sein eigenes Projekt zu analysieren. Das hat er mir selbst gesagt. Erst wollte er bei Alberts Mine abkassieren, dann wollte er zu Restaurants hier in der Region übergehen.« Sie wedelte wegwerfend mit der Hand. »Aber zunächst mußte Prospect beweisen, daß die Eurydike noch Gold hergab; zweitens mußten sie mit ihrem kleinen Unternehmen an die Börse gehen und drittens einen Haufen Geld verdienen. Vielleicht ist die Sache schiefgelaufen. Vielleicht hat sich Albert entschlossen, das Partnerschaftskonto abzuräumen und Tony« – sie lächelte – »auf dem trockenen sitzenzulassen.«

»Aber … was könnte möglicherweise schiefgelaufen sein, Eileen? Ich meine, Marla hat nur einen Wutanfall bekommen, weil sie etwas in dem Testbericht nicht verstanden hat. Meines Wissens werden jede Menge Tests gemacht, um sich zu vergewissern, daß eine Mine Gold, Silber oder was auch immer enthält. Ein schlechter Testbericht hätte doch bestimmt nicht dazu ausgereicht, das ganze Projekt zu ruinieren?«

Sie zuckte wieder die Achseln. »Wer weiß? Denn jetzt werden sie dort oben eine Zeitlang keine Forschungsarbeiten mehr durchführen. Nicht ohne Geld. Dafür hat Albert Lipscomb jedenfalls gesorgt«, fügte sie boshaft hinzu.

Ich lächelte sie an und trank einen Schluck Kaffee. »Es ist klar, daß Ihnen das keine Kopfschmerzen bereitet. Sie sind wohl keine Kundin bei Prospect.«

»*Ich* würde niemals in eins ihrer Vorhaben investieren.« Ihre Stimme war wieder essigsauer geworden. »Gott *behüte.*«

»Wie kommt das?«

Drei Angestellte tauchten auf der Schwelle auf. »Darüber kann ich nicht reden«, erwiderte sie knapp und ging weg, um ihre Mitarbeiter zu begrüßen. Ich stand auf und bot den Neuankömmlingen Obst, Kaffee und Backwerk an. Sie schlugen glücklich zu. Als sie zwanzig Minuten später gingen, satt und zufrieden, blieb Eileen da und schenkte sich Kaffee nach. Sie sah immer noch gesprächshungrig aus; deshalb beschloß ich dieses Mal, einen anderen Kurs einzuschlagen.

»Wissen Sie, *ich* frage mich«, sagte ich verschwörerisch, »wie heutzutage und im Zeitalter der Sicherheitsvorkehrungen bei Banken ein Typ wie Albert Lipscomb es schaffen konnte, mit schönen Reden zu einem Haufen Bargeld und einer entgegenkommenden Kassiererin zu kommen.«

Eileen schaute nervös zur Tür des Konferenzzimmers, blies in ihren Kaffee und gestikulierte mit dem Muffin in ihrer Hand. »Oh, darüber wissen wir Bescheid. Lipscomb ist am Montag morgen, am siebten Juli, in die Innenstadtfiliale der First of the Rockies gegangen. Er hatte einen dikken, auf sich selbst ausgestellten Scheck dabei, über dreieinhalb Millionen. Ich wüßte gern, was sie ihm beim Betriebswirtschaftsstudium über das Bankwesen beigebracht haben. Man kann nicht damit rechnen, daß eine Transaktion in dieser Höhe noch am selben Tag erledigt wird. Deshalb hat die Kassiererin – meine idiotische Freundin Dottie – gesagt: ›Bargeld in dieser Höhe müssen Sie vorbestellen, wir können es Ihnen nicht sofort besorgen.‹ Sie alarmierte den Abteilungsleiter, aber der hatte alle Hände voll mit der Fusion zu tun. Der Abteilungsleiter hat zu Dottie gesagt, er komme gleich zu ihr, um den Transaktionsbericht über hohe Summen zu erledigen. Eine Bestimmung der Bundesregierung, vielen herzlichen Dank, wegen der vielen Drogengeschäfte«, sagte sie, um meiner Frage zuvorzukommen. Sie biß ein großes Stück Muffin ab und verstreute Krümel auf dem Konferenztisch. Sie schien sie nicht zu bemerken. »Jedesmal wenn man Bargeld über zehntausend Dollar einzahlt oder abhebt, muß man einen Transaktionsbericht über hohe Summen ausfüllen.«

Ich schüttete meinen kalten Kaffee weg und schenkte mir eine frische Tasse ein. »Und was hat Albert zu dem allen gesagt? Ich meine, es klingt, als hätte er damit gerechnet, daß er am selben Tag mit zwei Aktenkoffern voller Bargeld abziehen könne.«

»Offenbar hatte er alle erforderlichen Legitimationen für den Transaktionsbericht.« Eileen seufzte. »Albert ging, dann kam er am nächsten Morgen wieder, lächelnd und charmant, mit glitzernden Augen und schimmerndem Kahlkopf. Er packte die dreieinhalb Millionen in einen großen Rucksack, sagte vielen herzlichen Dank und ging hinaus. Nach der Transaktion sprudelte Dottie über und erzählte allen ihren Mitarbeitern, wie reizend ihr reicher Kunde sei und wie gelegen es ihr komme, daß er sich für sie zu interessieren scheine! Sie hat ausgeplaudert, daß sie mit ihm zum Mittagessen ausgehe. Das tat sie auch. Und kehrte nicht zurück. Am Mittwoch morgen hat Tony Royce wegen eines Überziehungskredits für mehrere hohe Schecks an sein Forschungsteam bei der Bank angerufen. Sie können mir glauben, daß daraufhin der Teufel los war. Auf dem Konto war nicht genug Geld, um das Forschungsteam zu bezahlen, von einer Überziehung ganz zu schweigen. Royce schrie und brüllte und bekam einen Tobsuchtsanfall. Er hätte nie eine Abhebung in dieser Höhe gegengezeichnet! Albert Lipscomb müsse seine Unterschrift auf dem Scheck gefälscht haben! Tony hat geschworen, den Geschäftsführer der Bank einen Kopf kürzer zu machen! Und falls ein Wort darüber herauskomme, hat er gesagt, sprenge er die verdammte Bank mit Brandbomben in die Luft!«

»Was hat der Geschäftsführer gesagt?«

»Oh, meine Liebe, hier liegt das Problem. Der Geschäftsführer sagt, sie müssen Dottie verhören, aber sie trinkt Gott weiß wo Piña coladas. Jetzt behaupten sie, daß Dottie von Anfang an mit Albert unter einer Decke gesteckt hat.« Sie verdrehte die Augen. »Ich warte nur noch darauf, daß mich jemand zu sich bestellt und sagt: ›Sie haben diese Frau *angelernt*? Was um Himmels willen haben Sie ihr beigebracht?‹«

Ich ließ meinen Kaffee in der Tasse kreisen, kaum in der Lage, meine Neugier zu verhehlen. »Ich frage mich, was die Leute auf den Gedanken bringt, sie könnten unter einer Decke gesteckt haben?«

Eileen wedelte munter mit der Hand und verstreute noch mehr Krümel. »Weil sie an jenem Tag nicht bei Prospect angerufen hat, um sich bestätigen zu lassen, daß der Scheck gültig ist. Trotzdem glaube ich, daß die Verschwörungstheorie von der *Bank* in Umlauf gebracht worden ist, damit die Kassiererin nicht ganz so *blöd* wirkt. Die Leute entschuldigen eher ein Verbrechen, als daß sie auch nur im Traum daran denken, *Schwachsinn* hinzunehmen. Natürlich sind meine Kassiererinnen alle fasziniert. Sie spielen *Was würdest du mit einem reichen Fremden machen,* bis es mir zum Hals raushängt.« Sie runzelte die Stirn. Dann aß sie das Muffin auf.

»Ich frage mich, ob Tony versichert war«, sagte ich müßig.

»Für diese Art von Konto? Ausgeschlossen. Ich meine, für den Fall, daß die Bank pleite geht, ist er bis zu hunderttausend Dollar versichert, aber darüber reden wir hier nicht. Wir reden über einen Bargeldverlust, Punkt. Vielleicht über eine Fälschung. Geschieht Prospect Financial recht, sage ich.«

Wieder ertappte ich mich dabei, daß ich mich nach dem Ursprung von Eileens Bitterkeit fragte. Triumphierte sie so, *weil* Prospect das Geld der Privatanleger verloren hatte? Oder weil Tony ihr den Laufpaß gegeben hatte? Als uns die Ankunft der zweiten Schar aus aufgeregten Angestellten unterbrach, stellte ich unsere Kaffeetassen weg, während Eileen mit ihren Leuten plauderte. Nach ein paar Augenblicken schlenderte sie zu mir zurück und sagte, sie müsse sich nach Nachrichten für sie erkundigen. Ich fragte, ob sie zurückkommen werde, um den Auftrag für nächsten Freitag abzuklären. Natürlich scherte mich der Job in der nächsten Woche nicht im geringsten; ich wollte erfahren, was sie sonst noch über Albert und die verschwundenen Millionen wußte. Aber während ich erst den Kassierern, dann den Kreditsachbearbeitern Kaffee und Leckereien servierte, wurde ich auf ihre Gespräche aufmerksam. Niemand glaubt je, daß ein Partylieferant zuhört. Und man braucht gar nicht absichtlich zu lauschen, man ist nur der unsichtbare Dienstbote, der Leute reden hört.

– *Ich jedenfalls würde mit einem Fremden zum Mittagessen ausgehen, wenn er eben dreieinhalb Millionen in bar abgehoben hätte. Sogar dann, wenn er das Citadel College besucht hätte.*

– *Ich nicht! Vergiß nicht, sie hat sich am ersten Tag geweigert, ihm das Bargeld zu geben, und du weißt, daß sie in der Filiale in der Innenstadt viel mehr als das vorrätig haben.*

– *Vielleicht war er stocksauer.*

– *Vielleicht hat er sie gefragt, wie er an die dreieinhalb Millionen herankommt, ohne daß sein Partner es erfährt.*

Während ich aufräumte, kam Eileen wieder herein. Sie sah noch gehetzter aus als bei meiner Ankunft. »In einer Stunde halten sie eine Mammutbesprechung ab, wegen diesem Dilemma mit Lipscomb und Dottie. Mammutbesprechungen sind *lange* Besprechungen, und ich verhungere schon, wenn ich bloß daran denke. Könnten Sie mir einen Teller zurechtmachen?« Als ich nickte, fuhr sie fort: »Die Geschäftsführer aus der ganzen Gegend bestehen auf einer internen Ermittlung. Und Schadensbegrenzung kommt jetzt nicht mehr in Frage. So viele Leute wissen, wieviel Geld verschwunden ist; es ist nur noch eine Frage der Zeit, bis die Investoren versuchen, sich an Prospect schadlos zu halten, und das ganze Unternehmen vor die Hunde geht.« Ich rechnete damit, daß sie wieder die Stirn runzelte, aber sie kicherte boshaft.

Ich reichte ihr den eingewickelten Teller. »Klingt, als ob Ihnen nicht gerade das Herz bricht.«

Ihre Antwort war trotzig. »Stimmt.« Sie machte eine Pause, fuhr mit den Fingern unter die Folie auf dem Teller und zog ein Stück Kirschkuchen heraus. Sie biß hinein und stieß Mm-mm-Laute aus.

Ich sagte: »Ihnen bricht nicht das Herz, weil Ihnen Tony vielleicht schon das Herz gebrochen hat?«

Sie zuckte die Achseln. »Tony und ich sind miteinander ausgegangen, ja. Hin und wieder. Er hat sich immer benommen, als ob ihm drei Viertel von Denver gehörten. Außerdem schien er alle Welt zu kennen.« Sie aß das Stück Kuchen auf, leckte sich die Finger ab und stellte den Teller auf den Tisch. Dann nahm sie einen Spiegel aus ihrer Handtasche, sah sich an, zog eine Grimasse und holte eine silberne Lippenstifthülse heraus.

»Sie kennen auch alle Welt«, bemerkte ich.

»Nein, nicht in der Geschäftswelt von Denver. Albert, Tony und ich haben einem Netz angehört, sehr professionell, WorkNet genannt. Die Mitgliedschaft kostet einen Haufen Geld, einen Tausender im Jahr. Aber sie dient Geschäftsbeziehungen. Sie tun mir einen Gefallen, *et cetera.* Sehr gut organisiert. Sehr produktiv. Sie sollten Mitglied werden.«

»Ein Tausender pro Jahr für Geschäftsbeziehungen? Das müssen ja unglaubliche Beziehungen sein.«

»Aber Goldy, das sind sie auch. Sagen wir mal, ein Typ im WorkNet verpachtet Geschäftsräume. Er weiß Monate vor allen anderen, daß eine Firma sich in der Stadt niederlassen will. Jetzt braucht die neue Firma alles, von Telekommunikation über Inneneinrichtung bis zu einer Zweimilliionendollarbleibe für ihren Generaldirektor. Zum WorkNet gehören natürlich Innenarchitekten, Experten für Telekommunikation, Immobilienmakler, sogar Partylieferanten. Das Geschäft besteht darin, daß wir uns alle gegenseitig helfen. Sagen wir mal, der Immobilienmakler, der dem Generaldirektor die Villa verkauft, kriegt raus, daß die Tochter des Generaldirektors im nächsten Sommer heiratet. Unser Makler bemerkt: ›Ich kenne einen großartigen Partylieferanten, den absolut perfekten Ausrichter für den Hochzeitsempfang Ihrer Tochter.‹ Und natürlich handelt es sich um einen Auftrag im Wert von fünfundzwanzigtausend Dollar.«

»Tony und Albert gehörten zum WorkNet?«

»Oh, Tony und Albert steckten bis zum Hals drin, Liebling. Das war vor etwa fünf Jahren«, sagte sie träumerisch. »Ich bin einfach liebend gern zu den Sitzungen mit diesen Leuten gegangen. Sie haben sich links und rechts nach reichen Investoren umgeschaut, und ich habe mich in dieser ganzen Macht geaalt, das muß ich sagen. Sie wollten, daß ich für sie nach reichen Leuten suche. Sie sind Marlas Freundin. Macht Tony das mit Ihnen nicht auch?«

Ich nickte. »Das tut er dauernd. Er hat mich danach gefragt, ob ich reiche Witwen mit Essen beliefere. Letzten Monat wollte er wissen, ob ich reiche Ärzte kenne.«

Eileen griff unter die Plastikfolie und holte noch ein Muffin heraus. »Ach, herrje. Weiß er über Ihre Vorgeschichte Bescheid? Ich meine, über Ihren Exmann? Ich hoffe, Sie haben ihm die Meinung gesagt.«

»Nein«, erwiderte ich sachlich. »Ich habe ihm gesagt,

daß ich versuche, reichen Ärzten soweit wie möglich aus dem Weg zu gehen. Deshalb hat er mich gefragt, ob ich reiche *Zahnärzte* kenne. Ich habe nein gesagt. Anwälte? Piloten? Installateure? Er hat gesagt, reiche Leute *bräuchten* ihn.«

»Haben Sie ihm geholfen?«

Ich lächelte breit. »Ich habe ihm ein paar Namen genannt, bin mir aber nicht sicher, ob jemand davon das Geld hatte, auf das er aus war.«

Eileen nahm noch einen Bissen von dem Muffin und nickte anerkennend. »Ich habe Albert oder Tony auch keine Kunden gebracht. Und keine Alarmklingel ist losgegangen, als sie wollten, daß ich meine Scheidungsabfindung von zweihunderttausend Dollar investiere. Daraus machen wir in zwei Jahren eine Million, haben sie versprochen. Ich habe ihnen vierzigtausend gegeben.« Sie machte eine Pause. »Sagen Sie mir, als Fachfrau für Essen, hätten Sie Ihre Scheidungsabfindung in Ziegen investiert?«

»In was? Ziegen? Farmnutztiere?«

Sie leckte sich den kleinen Finger ab. »Farmnutztiere. Tony und Albert sind nicht erwischt worden, also war es vielleicht ein ehrliches Geschäft. Jedenfalls haben sie behauptet, sie bräuchten nur etwa fünfhunderttausend als Startkapital. Nachdem sie meine Vierzigtausend genommen hatten, haben sie sich an Kirchenmitglieder herangemacht. Ich wette mit Ihnen, daß Tony und Albert mein Geld für ihren Sonntagsstaat ausgegeben haben. Diese Typen sind in so viele Kirchen gegangen, verdammt, sie waren wie Apostel der ökumenischen Bewegungen. Die beiden haben zahllose fromme Leute davon überzeugt, daß das Klima in Morrison das gleiche ist wie in Kaschmir in Pakistan. Dort halten sie die Ziegen, die das Haar für Kaschmirwolle liefern, falls Sie das interessiert. Eine gebirgige Gegend, kommt Ihnen das bekannt vor?«

»Vage.«

»Zum kulinarischen Teil bin ich noch nicht gekommen.« Sie zog sich die Lippen nach und riß die Augen weit auf. »Ziegenkäse. Oder *chèvre,* wenn Ihnen das lieber ist. Die Kaschmirziegen in Morrison sollten Ziegenkäse und Wolle liefern. Eine Investition, bei der sich zwei Fliegen mit einer Klappe schlagen ließen. Außerdem hat Albert gesagt, mit den geschlachteten Ziegen würden die Hungrigen von Denver gespeist werden, und das Leder werde verkauft, um Geld für Obdachlosenheime aufzubringen. So haben sie die Kirchgänger rumgekriegt. Wie ich mich erinnere«, sie schaute an die Decke, »haben sie für das Projekt vierhunderttausend Dollar aufgetrieben. Ohne auch nur eine Strähne Ziegenhaar oder einer Käseplatte als Beweis.«

»Und was ist passiert?«

»Oh, meine Liebe, das ist so schmerzlich. Die beiden haben tatsächlich Land und ein paar Ziegen gekauft, haben die Investoren hingebracht und ließen sie Kaschmirpullover anprobieren und ein bißchen Montrachet kosten. Aber die Proben stammten aus einem Feinkostgeschäft, und die Kaschmirpullover waren aus Schottland. *Ihre* Ziegen sind alle eingegangen. Sie haben das Land abgestoßen. Die Investoren, meine Wenigkeit eingeschlossen, haben weniger als zehn Cent pro Dollar zurückbekommen.«

Kein Wunder, daß sie sich über die gegenwärtige katastrophale Pechsträhne von Prospect so freute. »Klingt, als ob es vielleicht eine schlechte Investition gewesen wäre«, murmelte ich.

Sie bedachte mich mit einem ungläubigen Blick. »In diesem Jahr habe ich mir den Grundbucheintrag für das Land angesehen, obwohl ich damals nicht so schlau war. Prospect hat beim Verkauf das *Doppelte* dafür bekommen. Vielleicht waren sie ehrlich, vielleicht war alles ein Mißverständnis, wie sollte ich das schon beurteilen. Wie auch immer, in diesem Winter habe ich das Betrugsdezernat für Verbraucher alarmiert.«

Ich hielt den Atem an. »Was haben die dort gesagt?«

»Nichts. Sie haben gesagt, es gebe ein Statut, das ihnen Einschränkungen auferlege, und ihr Personal sei eben radikal abgebaut worden. Außerdem war ich die einzige, die Krach geschlagen hat.«

Ich rückte die letzten Obstspieße zurecht und überlegte, was ich als nächstes fragen sollte. »Haben Sie sich ... während jener Zeit weiter mit Tony getroffen?«

»Was sollte ich denn machen, als seine ganzen verdammten Ziegen eingegangen sind? Ich habe nie einen so traurigen Mann gesehen. Er hat es als Verlust abgeschrieben, und er und Albert sind in aller Stille aus dem Ziegengeschäft ausgestiegen. Ich bin erst im Jahr darauf mißtrauisch geworden, als die beiden im WorkNet herumgequatscht haben, sie hätten vor, an alle Möchtegern-Straußenfarmer Straußeneier zu verkaufen. Eines Tages habe ich mir ein Herz gefaßt und Albert in die Enge getrieben. Ich habe ihm in deutlichen Worten gesagt, falls er und sein Partner nicht die Finger von der Tierzucht ließen, würde ich im Rundschreiben von WorkNet das Ziegenfiasko schildern. Albert hat Tony erzählt, ich sei außer mir. Tony hat gesagt: ›O Schatz, können wir nicht zum Abendessen ausgehen?‹ Ich bin also mit ihm ausgegangen, aber ich hätte ihnen keine zehn Cent für Straußeneier gegeben. Ich weiß nicht, wann die beiden angefangen haben, in Firmen aus der Gegend zu investieren. Prospect Financial Partners hat einen hervorragenden Schnitt gemacht, als Medigen an die Börse gegangen ist. Und vielleicht hätte die Firma auch beim Goldabbau hervorragend abgeschnitten, wer weiß?«

»Kann schon sein. Aber«, ich versuchte, nachdenklich zu klingen, »haben Sie nicht wieder damit angefangen, sich mit Tony zu treffen? In diesem Jahr?«

Ihre Wangen liefen rot an. »Ein paarmal, warum? Warum sollte ich nicht versuchen, mit Tony befreundet zu bleiben? Er gehört zur Finanzwelt, ob mir das gefällt oder nicht.«

»Ich will bloß sagen, daß es nicht danach klingt, als ob Sie Freunde wären.«

»Na ja, ich ... ich meine, Marla muß wohl der eifersüchtige Typ sein oder so.« Sie zog die Plastikfolie über dem Teller fest. »Tony und ich haben uns seit einer Ewigkeit nicht mehr gesehen.«

»Sie haben ihn auf der Party auf der Mine gesehen, nicht wahr? Natürlich hatte ich zu tun, aber mir war so, als hätte ich gesehen, daß Sie mit Albert gesprochen haben – «

Eileen sah aus dem Fenster, und ich hatte plötzlich das Gefühl, sie wolle über dieses bestimmte Gespräch nicht reden. »Ganz zwanglos, das versichere ich Ihnen, Goldy. Ich habe versucht, das Kriegsbeil zu begraben. Ich habe nicht in die Mine investiert – sie haben mich, glaube ich, nur ... aus gesellschaftlichen Gründen eingeladen.« Sie wandte den Blick vom Fenster ab und zwinkerte mir zu. Das bösartige Funkeln war wieder in ihren Augen. »Ich hoffe jedenfalls, daß Marla keinem von beiden Geld geliehen hat. Ich würde keinem dieser beiden Typen jemals wieder mein Geld anvertrauen. Niemals. Aber hören Sie, ich muß gehen. Rufen Sie mich doch einfach wegen nächster Woche an.«

Ich spürte, daß ich Kopfschmerzen bekam, und seufzte. »Okay. Aber ... mir macht Sorgen, daß ich glaube, Marla möchte eine feste Beziehung zu Tony eingehen. Ich meine, es gibt Streitereien zwischen ihnen, aber – «

»Vielleicht überlegt sie es sich jetzt anders, nachdem Tony um dreieinhalb Millionen erleichtert worden ist. Eins kann ich Ihnen versprechen, Goldy. Diese Typen von Prospect Financial sind schlechtes Karma. Ich esse nie einen Bissen Ziegenkäse, ohne an sie zu denken.«

Ich raste nach Hause, um ein Abendessen für Marla und Tony draußen auf der grünen Wiese zuzubereiten. Genauer gesagt, am Bergbach, in dem es von Forellen wimmelte. Im Gedanken an das Probeessen, das ich später vor mir hatte, und weil das bei Regenwetter ein Trost sein konnte, entschied ich mich für eine hausgemachte Hühnersuppe. Ich hackte Hügel aus Lauchstangen, Zwiebeln, Karotten und Sellerie, dann rührte ich sie sacht zusammen mit den Hühnerbrüsten in eine goldene Pfütze aus Olivenöl. Hätte ich die Suppe nicht für die Herzpatientin Marla gekocht, dann hätte ich statt Öl natürlich Süßrahmbutter genommen.

Ich nahm die Hühnerbrüste heraus, als sie zart und milchigweiß waren, dann rührte ich Mehl hinein, Weißwein und fettarme Hühnerbrühe. Der heimelige Geruch nach gekochtem Gemüse trieb nach oben. Mir drehte sich alles im Kopf. Als ich die Hühnerbrüste in Scheiben schnitt, fragte ich mich, wieviel Marla wirklich über Tonys Charakter wußte. Oder wissen wollte. Aber andererseits war Eileen Tobey als ehemalige Freundin, noch dazu eine, die den Laufpaß bekommen hatte, nicht die zuverlässigste Quelle. Und außerdem hatte mein Tom sich im Zusammenhang mit den Ziegen und dem Ziegenkäse an *Albert* erinnert, nicht an Tony und Albert gemeinsam. Vielleicht genoß Eileen einen rufmörderischen Rachefeldzug, indem sie die Namen und die Akteure austauschte.

Als die Suppe abgekühlt war, packte ich sie in Plastiktüten mit Reißverschluß und schob in einer großen Pappschachtel Eispackungen zwischen die Tüten. Dazu kamen Obst, Müsliflocken, Joghurt, rohes Gemüse, Sauerrahmdip ohne Fett und selbstgebackenes Brot. Als ich den Lieferwagen anließ, fragte ich mich, ob ich Tony wegen der Ziegengeschichte zur Rede stellen sollte. Andererseits hatte Eileen in ihrer Erzählung ein paar bedeutsame Fakten ausgelassen, unter anderem, daß sie mehrere Jahre nach dem Schwindel mit den Ziegen wieder angefangen hatte, sich mit Tony zu treffen. Und sie hatte, wie sie sagte, die Leute vom Verbraucherbetrugsdezernat auch erst alarmiert, nachdem sie und Tony sich in *diesem* Jahr getrennt hatten. Vielleicht war Albert der wahre Schwindler; das schien auf alle Fälle dazu zu passen, wie er sich jetzt verhielt. Wie auch immer, dachte ich, als ich vor Sam's Soups hielt, ich bezweifelte, ob das für heute mittag geplante Probeessen mir die Gelegenheit für ein geschäftliches Tête-à-tête mit Tony bot.

»Da sind Sie ja endlich«, sagte er, als er mich durch die Tische an der Fensterreihe mit Blick auf den Aspen Meadow Lake führte. Das Innere von Sam's Soups in Marineblau und Weiß sollte wohl kulinarische Erinnerungen an Neuengland heraufbeschwören, vermutete ich, während ich Kellner und Kellnerinnen in Matrosenanzügen beobachtete, die sich zwischen den Tischen hindurchschlängelten. An einer Wand hing ein langes Fischernetz, ein weiteres baumelte von der Decke. Gerahmte Plakate mit Abbildungen von Meeresmuscheln schmückten die andere Wand. Und was bekam ich zu hören? Ich trat näher an einen Wandlautsprecher heran. Ja: es waren Möwenschreie vom Band. Tony grinste stolz, während ich das alles in mich aufnahm. Er war sein übliches adrettes Selbst: weißes Hemd mit Monogramm, marineblaue Hosen, frisch gestutzter Schnurrbart, das Haar zu einer weichen Welle gefönt. »Wir haben auf Sie gewartet, Goldy. Sams Küchenchef hat eigens für Sie ein ganzes Suppenbüfett zubereitet.«

Ich sah mich in dem vollen Restaurant um. Als einzige Partylieferantin in einer Kleinstadt hatte ich gelernt, daß es keine gute Idee ist, die einheimischen Lokale zu frequentieren. Dann sagen alle Leute, die einen sehen: »Warum sie wohl hier ißt? Glaubt sie, das ist besser als das, was sie selber kocht? Ist sie zum Spionieren hier? Oder will sie die Küche kritisieren?« Aus Erfahrung bezweifelte ich, daß Sam Perdue sich uns beim Probeessen anschließen würde. Und wie hätte ich in seiner Gegenwart auch seine Suppen ehrlich beurteilen können? Aber leider winkte er Tony und mir von seinem Platz neben Marla aus zu. Sie saßen an dem Tisch in der Mitte des Restaurants. Wenigstens sah Sam gefaßter aus als vor vier Tagen im Büro von Prospect. Sein babydünnes blondes Haar war sauber über die kahle Stelle gekämmt. Sein schmächtiger Körperbau ließ ihn jünger wirken als zweiunddreißig, was, wie mir jemand einmal erzählt hatte, sein Alter war. Wenn ich sein Essen kritisierte, würde ich mir vorkommen wie jemand, der einem Kind weh tut. Mich verließ der Mut.

Als ich mich eben neben Marla setzte, die mich mit einem dankbaren Lächeln begrüßte, flatterte Edna Hardcastle an den Tisch heran. »Oh, Sie sind hier, Sie sind hier«, rief Edna. Sie trug einen beigen Strickzweiteiler mit Fischgrätmuster. Ihr hennarotes Haar war zu einem komplizierten Knoten hochgesteckt.

»Machen Sie sich nicht die geringsten Sorgen, Goldy«, ermahnte sie mich, ehe ich auch nur ein Wort sagen konnte. »Ich weiß, daß Sie vermutlich denken: Oh, was kann ich schon tun? Ich bin ja bloß eine Einheimische. Aber tatsächlich haben wir alle großes Vertrauen zu Ihnen, meine Liebe, und *viel* hängt von Ihrer Meinung ab. Natürlich, wenn wir nur von Anfang an in Essen investiert hätten ...« Ihre Stimme verlor sich. »Aber das macht nichts, hier sind Sie, und wir alle interessieren uns für Ihre Meinung, sie gibt uns die Chance, von Anfang an einzusteigen ...«

Während sie weiterplapperte, schlenderte Tony zu seinem Platz hinüber und bedeutete mir, ich solle zu einem Löffel greifen und in eine der blauen Porzellanschalen tauchen, die mitten auf dem Tisch standen. Auf hilfreichen Klebeetiketten auf dem Tablett mit den Suppenschalen stand: *Tomatensuppe Tom Terrapin, Hühnersuppe Moby Dick, Schokoladensuppe Cocoa Beach, Krebssuppe nach Art des Hauses, Fischsuppe mit Käse.* Moment mal. *Schokoladensuppe Cocoa Beach?* Meiner Meinung nach hätte ich nicht einmal den schokoladensüchtigen General Farquhar dazu bewegen können, davon zu kosten. Mrs. Hardcastle plauderte über den Koch, den sie in Wisconsin gehabt hatte. Dort bekam man einfach den besten Käse, und ob Tony je Chester aus dem Norden gekostet habe?

Sam murmelte Mrs. Hardcastle beschwichtigende Laute zu, während sich Marla und Tony über Suppen unterhielten, die sie in französischen Restaurants gekostet hatten. Ich erinnerte mich plötzlich an die verstorbene Victoria Lear, die Sam's Soups nicht gemocht hatte, trotz der hübschen Namen. Ich hätte lächeln und Mrs. Hardcastle Aufmerksamkeit schenken sollen oder eine spitze Bemerkung machen müssen, daß der einzige Käse, den Tony kenne, von Ziegen stamme, aber unglücklicherweise ging mir nur durch den Kopf, als ich den blauen Teller musterte: *Beim Probeessen kann man sterben.* Ich füllte einen Löffel mit Krebssuppe nach Art des Hauses. Ich stellte das Risiko zur Schau und führte den Löffel zum Mund. Plötzlich schienen alle Augen im Restaurant auf meinen offenen Mund gerichtet zu sein. Ich zögerte. Bilder von mittelalterlichen Vorkostern gingen mir durch den Kopf. Ein Bissen, und es könnte mein letzter sein.

»Das darf doch wohl nicht wahr sein, Goldy«, ermahnte mich Marla, als der Löffel mit Krebsmischung in meinen Fingern bebte. Sie schüttelte vorwurfsvoll den Kopf. »Wenn ich Essen koste, macht es Spaß. Das sind doch nur Schalentiere. Denk nicht an *Suppe.* Denk an einen *Eintopf.* Das bringt dich nicht um.« War es möglich, daß Marla in eine Restaurantkette investieren wollte, in der es nur Suppen gab, nach allem, was bei Prospect Financial passiert war? Offenbar war das der Fall. Aber nicht bevor ich das Krebsgebräu mit dem Daumen nach oben bedacht hatte. Mir fiel jedoch auf, daß sie weder Suppe noch Eintopf zu sich nahm. Im Versuch, auf ihre Diät zu achten.

»Laß Goldy doch das Essen probieren, ja?« riet Tony Royce, als er das Gewicht im Stuhl verlagerte und sich an den anderen Tischen umsah. »Wir müssen dafür sorgen, daß alles normal wirkt«, fügte er hinzu. *Normal,* sein Lieblingswort. »Wir betreiben unser Geschäft weiter wie üblich. Wir kosten. Wir investieren. Hier sind jede Menge Leute, die Suppe mögen. Okay, fangen wir an, Goldy. Essen Sie.«

Auch vor Tony stand kein Suppenteller, wie mir auffiel. Kein gutes Zeichen. Sam Perdue fuhr sich mit den Fingern durch das dünne blonde Haar. Seine Augen bekamen vor Sorge Fältchen.

Über meine Schulter weg quasselte Mrs. Hardcastle pausenlos weiter. »... Das ist keine gewöhnliche Suppe, wissen Sie. Sam wird von Denver und Aspen Meadow aus expandieren, weil das wirklich eine *einzigartige* Kreation ist, meinen Sie nicht auch, Tony?«

Tony wedelte überschwenglich mit den Händen. »Sie verwenden nur ganz frische Zutaten. Alle Restaurantkritiker schwärmen von diesem ... was, Mrs. Hardcastle?«

»Leichtschmeckenden Zauberelixier«, erwiderte sie verzückt, die Hand an der Kehle. »Oh, wie sehr ich mir wünsche, daß Victoria das Gefühl gehabt hätte ... oh, aber das tut nichts zur Sache. Und dieser gräßliche Albert! Oh, Tony, Tony, ich habe gewußt, daß er Sie damals mit diesem *Ziegen*käse hereingelegt hat – «

Ich stockte und legte den Löffel auf das Tablett.

»Vielleicht sollte ich an meinen Tisch zurückgehen«, murmelte Mrs. Hardcastle.

»Vermutlich wäre das wirklich das beste«, sagte Marla mit einem frostigen Lächeln.

Ich schaute hinunter auf den Suppenteller. Gegenüber am Tisch wand sich Sam Perdue im Stuhl.

»Hören Sie, Goldy«, beruhigte mich Tony. »Das könnte eine wunderbare Gelegenheit für Sie sein. Wir könnten mit diesem Lokal an die Börse gehen und einen Knüller landen. Der Umsatz ist stabil, was heißt, daß die Leute wiederkommen, weil es ein Erlebnis für sie war, hier Suppe zu essen. Außerdem bestellen die Leute Brot, Salate und Plätzchen. Wohlbehagen in breitem Rahmen. Das Konzept hat sich an anderen Orten hervorragend bewährt, ausgenommen Wyoming. Meine Gästebefragungen bei Sam's in Denver waren phantastisch. Ergibt das einen Sinn für Sie?«

Ich sah ihn an und sagte gelassen: »Tony, ich wäre eine viel umgänglichere Probeesserin, wenn Sie mich nicht wie eine Vollidiotin behandeln würden.«

»Oh, Schätzchen, das tut mir ja so leid«, sagte er mit einem riesigen unechten Lächeln unter seinem gepflegten Schnurrbart. »Okay, hören Sie zu. Sam plant neue Restaurants auf kosmopolitischeren Märkten – Colorado Springs und Boulder. Sie wissen, was ein Einführungsangebot ist?« Er musterte mich geduldig.

»Warum setzen Sie mir nicht einfach eine Narrenkappe auf, Tony?«

Marla brüllte vor Lachen.

Aber Tony setzte uneingeschüchtert seine Finanzlektion fort. »Das Unternehmen plant, das Management zu erweitern, um neue Märkte zu erproben. Das stimmt doch, Sam?«

Sam, der zunehmend katatonischer wirkte, nickte ängstlich.

Tony fuhr fort: »Nachdem er Lokale in Colorado Springs und Boulder eröffnet hat, will Sam sich im Norden umschauen, ein Restaurant in Fort Collins aufmachen, aber Wyoming ganz überspringen. Will sein Glück damit versuchen, in Montana Suppen zu verkaufen – erst in Missoula, dann in Bozeman. Ich möchte Ihnen sagen, Goldy, daß ich damit rechne, daß wir dadurch alle *reich* werden.«

Oder wenigstens eine bis zwei Millionen zur Entschädigung hereinbekommen, überlegte ich.

Ich griff zum Löffel, beladen mit Krebssuppe nach Art des Hauses. Ich roch daran; das Aroma war nichtssagend – wie das einer Muschelsuppe aus der Dose. Ich nahm eine eifrige Miene an. Tony und Marla wechselten einen gespannten Blick und beugten sich vor. Würde ich die Krebssuppe unbeschreiblich nennen? Köstlich? Einzigartig? Zum Glück weilte der Koch in der Küche. Zu den Dingen, die Mrs. Hardcastle mir unbedingt hatte mitteilen müssen, gehörte, daß der arme Koch die Spannung nicht aushalten konnte. Angeblich wartete er ängstlich auf meinen Befund. Ich ließ die Suppe über die Zunge rollen. Sam, Tony und Marla legten die Köpfe schief. Was würde ich sagen? *Die Konsistenz ist himmlisch! Der Geschmack unvergleichlich! Ich nehme zwei – nein, drei Teller voll!*

»Hmm«, sagte ich. *Ihr Leute habt ernsthafte Schwierigkeiten.*

Außerhalb von Sams Lokal war wieder unablässiger Regen über uns hinweggefegt. Regentropfen peitschten den Aspen Meadow Lake. Ich schluckte das geschmacklose dünne Gebräu, versuchte mir zu überlegen, wie ich meine Einschätzung formulieren sollte, und schaute auf die Landzunge hinaus, die in den See hineinragte. Eine Gruppe abgehärteter Mitglieder der Audobon Society stand im Wolkenbruch und schaute durch Ferngläser. Laut dem *Mountain Journal* wanderten die Vogelliebhaber auch beim miesesten Wetter täglich um den See herum, in der Hoffnung, zum zweiten Mal einen Brachvogel mit Sichelschnabel zu sehen zu bekommen.

Sam räusperte sich mit einem schreckhaften Krächzen und rutschte auf dem imitierten Adirondackstuhl herum. Tony musterte seine manikürten Fingernägel, nagte auf seiner Unterlippe herum, fegte nicht vorhandenen Staub von seinem weißen Hemd und warf mir dann einen weiteren fragenden Blick zu. Marla war eindeutig keine so pingelige Probeesserin gewesen wie die, als die ich mich erwies.

»Goldy?« sagte Tom. »Ich höre gern auf einfache Leute. Ein neunjähriger Junge von nebenan hat mir gesagt, ich soll Clearly Canadian kaufen. Das habe ich getan, und aromatisiertes Wasser hat sich als eine Goldgrube erwiesen. Einen anderen Tip habe ich von Zane Smith bekommen. Wissen Sie, wer das ist?«

Ich nickte. Zane ist ein einheimischer Fischer, der Unterricht im Fliegenfischen gibt und Angelartikel für das *Mountain Journal* schreibt.

»Zane hat mir den Tip gegeben, bei Timberland einzusteigen. Ich habe auf lange Sicht gutes Geld mit Rucksäkken und Wasser verdient.« Tom senkte die Stimme. »Im Augenblick läuft es nicht so großartig, wie Sie wissen. Und zu allem anderen kommt noch, daß meine Geschmacksknospen taub sind.«

Sam murmelte: »Ihre und die aller anderen in dieser Firma.« Das waren die ersten Worte, die er gesprochen hatte.

Marla legte Tom freundlich die Hand auf den Ellbogen. »Schatz, wenn ich in den letzten zehn Jahren jeden Morgen englische Muffins mit Gelee aus Jalapeño-Pfeffer zu mir genommen hätte, wären meine Geschmacksknospen auch hinüber. Das gehört zu den Gesetzen der Ernährung.«

Tony nahm Marlas Hand von seinem Ellbogen. »Könntest du damit aufhören?« Jetzt bedachte er mich mit der ganzen Strahlkraft seiner dunkelbraunen Augen. »Es ist nötig für mich, daß Sie *ehrlich* sind, Goldy. Wenn Sie Sams Angebote zu schätzen wissen, treibe ich das Geld auf, damit er zwei weitere Lokale aufmachen kann.« Er machte eine Pause. »Eigentlich sollten Sie die Suppen mehr als nur zu schätzen wissen ...«

Marla wedelte mit der Hand in meine Richtung. »Du mußt *hin und weg* davon sein, Goldy. Du mußt sagen, daß sie der nächste nationale Renner werden, stimmt's, Tony?« Tony zuckte die Achseln.

Ich wagte nicht, Sam anzusehen. Draußen fiel Regen. Die Vogelliebhaber trotteten vorsichtig durch den triefnassen Sumpf. Ich hob den Löffel und nahm noch einen Mundvoll. Nicht besser. Ich versuchte die Fischsuppe mit Käse; sie war klumpig, und falls Chester darin war, ließ er sich kaum herausschmecken. Ich ging zur Tomatensuppe Tom Terrapin über. Meine selbstgemachte Tomatensuppe kann sich des starken, süßen Geruchs nach frischen Tomaten berühmen. Sams Tomatensuppe war dünn und undefinierbar gewürzt. Schön, ich hatte meine Integrität gewahrt. Ich hatte endlich gekostet und die Suppen als mangelhaft befunden. Ich spürte Tonys Blick, sagte aber nichts. Und wenn ich auch Marlas beste Freundin war, ich hatte nicht vor, die Schokoladensuppe zu probieren.

Ich warf einen Blick zurück Richtung Küche, aber der Koch war nirgends zu sehen. Genau in diesem Augenblick konzentrierte er sich wahrscheinlich darauf, mit seinem Mixer in Profigröße literweise Sahnesauce mit Brühe in Suppen zu rühren, von denen er inbrünstig hoffte, sie würden ihn zum Multimillionär machen. Vielleicht glaubte er, Geld könne ihn aus der Küche freikaufen. Ich bezweifelte beides.

Tony spreizte ungeduldig die Finger auf dem Rand des leeren Tellers vor ihm. »Hören Sie, Goldy. Sagen Sie es mir. Alle Welt sagt, daß diese Suppen großartig sind. Daß sie der nächste Knüller werden. Fettarm, Diätkost, aber …« Er kaute innen an seiner Wange herum, um das richtige Wort zu finden, dann wurde er fröhlicher. »Fettarm, Diätkost, aber ein *Genuß*. In den Lokalzeitungen sind Artikel erschienen. Bald werden allen Risikokapitalanlegern die Finger danach jucken, sich daran zu beteiligen. Sobald das losgeht, ist es zu spät. Ich will von Anfang an einsteigen. Wissen Sie, was ich meine? Kapiert? *Comprende?*«

»Ich glaube nein«, sagte ich ehrlich. Sam Perdue preßte die schmalen Lippen zusammen. Seine erschrockene Miene drückte jetzt Abneigung aus.

»Vielleicht ist mir Boston Chicken entgangen«, fuhr Tony fort, als hätte ich nichts gesagt. Er griff nach einer Gabel mit drei Zinken und schlug im Takt zu seinen nächsten Worten auf den Tisch. »Und vielleicht ist mir Outback Steakhouse entgangen. Aber Sam's Soups lasse ich mir nicht entgehen. Also sagen Sie es mir. Sagen Sie mir, daß diese Journalisten recht haben.« Er musterte mein Gesicht mit bebendem schwarzem Schnurrbart. Ich nahm noch einen Löffel von der Fischsuppe mit Käse und schloß die Augen. Ich ließ mir die lauwarme Zutatenmischung über die Zunge rollen. Eine Andeutung von Käse, ja, aber die Mixtur war nicht glatt, sahnig oder leicht, ganz zu schweigen davon, daß sie nach Käse geduftet hätte, ob es nun milder Schweizer Käse oder scharfer Chester war. Sogar *ich* hatte ein besseres Rezept für Suppen mit Käse als dieses hier. Ich schluckte und seufzte. Jeder Muskel in Tonys angespanntem, erwartungsvollem Gesicht bewegte sich, wurde steif, bewegte sich wieder wie die Kabel eines Skilifts mit hoher Geschwindigkeit. Ob ich noch einen Löffel Tomatensuppen nehmen, lächeln, die Augen schließen und schlucken solle, fragte ich mich. Sollte ich einen vierten Versuch riskieren? Was würde passieren, wenn ich die Stirn runzelte und den Löffel sanft beiseite legte? Würde er mich wirklich anbrüllen?

»Na ja – «, fing ich an.

»Es schmeckt ihr nicht«, unterbrach Marla mit flatternden juwelengeschmückten Fingern. Sie legte eine mollige Hand auf Tonys Unterarm. Er ruckte weg. »Laß die Sache ruhen, Tony. Komm schon.«

Sam Perdue, dessen Gesicht eine fleckige Studie des Zorns war, schob scharrend seinen Stuhl zurück, stand auf und marschierte schweigend weg. Marlas Bemühungen, Tony zu besänftigen, waren erfolglos. Als er kurz und heftig den Kopf schüttelte, ließ sie den Blick voller Hoffnung durch das Restaurant schweifen.

»Ich möchte Geld verlieren«, sagte sie munter. »Ich weiß, wie wir noch mehr wegwerfen, als uns schon durch die Lappen gegangen ist. Hey, Tony! Wir müssen nur in ein Restaurant investieren, in dem Essen serviert wird, das Goldy für Müll hält.«

»Verdammt noch mal, Marla!« fuhr Tony sie an. Dann wurde er milder und rieb ihr die Hand. »Misch dich hier nicht ein, Liebling. Wenn es nichts taugt, investieren wir nicht. Okay?«

Mir war, als könnte ich sie bei seinen saccharinsüßen Aufmerksamkeiten schnurren hören. *Närrin!* hätte ich am liebsten gerufen, aber ich tat es nicht. Tony seufzte geräuschvoll und tauchte einen sauberen Löffel in die Schokoladensuppe. Er sah mich nicht an, als er den mit dunklem Gebräu beladenen Löffel auf meinen Teller legte.

»Hey, Tony, was bin ich denn, ein Kind?« wollte ich wissen. »Meinen Sie, daß ich gefüttert werden muß?«

»Nein, Sie sind kein Kind«, sagte er ruhig und begegnete meinem Blick immer noch nicht. »Wie ich gehört habe, sind Sie in Wahrheit die rechte Hand des Ermittlers, der im County die Nummer eins ist.«

»Ja, jammerschade, daß er nicht gegen Suppen ermittelt«, erwiderte ich. Ich beäugte die Schokolade, die dunkel war und samtig aussah. Als die Azteken die Schokolade die »Speise der Götter« nannten, waren sie auf dem richtigen Weg gewesen. Ich wollte mir nicht vorstellen und schon gar nicht schmecken, wie Sams Koch sie ruiniert hatte.

»Essen Sie die verdammte Suppe, Goldy, und sagen Sie mir, ob sie etwas taugt.« Er warf wieder einen Blick durch das Restaurant und sprach vertraulich. »Sam hat eine schwere Zeit mit Prospect durchgemacht, und er ist entschlossen, sich mit der Geschichte, wie grausam wir zu ihm gewesen sind, an die Presse zu wenden. Ich will auf keinen Fall noch mehr schlechte Publicity, okay? Victoria hat die Suppen nicht gemocht, Albert ist mit einem Haufen Geld abgehauen, und Sam wird mich bis aufs Blut hassen, wenn wir ein Veto gegen seine Pläne einlegen. Ich will diesem Mann beim Expandieren helfen, falls ich es kann.« Er deutete auf die Schokoladensuppe. »Sagen Sie mir, ob irgend etwas hier über Potential verfügt.« Er atmete aus, dann sprach er durch zusammengebissene Zähne. »Wegen der Vorgänge in der Firma brauche ich jetzt eine erfolgreiche Investition.«

»Du bist ein Kotzbrocken, Tony«, intonierte Marla in einem Singsang, zwinkerte Freunden zu und hob den Zeigefinger, um anzudeuten, sie komme gleich zu ihnen.

Tonys Stimme war schneidend. »Oh, *ich* bin ein Kotzbrocken? Ich habe gedacht, ihr zwei reserviert den Ausdruck *Kotzbrocken* für euren gemeinsamen Exmann.«

Marla stand auf und stolzierte davon. Sie schlängelte sich durch etliche Tische, schenkte sich verbotenen Kaffee ein und trug ihn weg, um ihre Bekannten zu begrüßen.

Tony strich sich mit dem Zeigefinger den Schnurrbart glatt und bedachte mich mit einem ausdruckslosen Blick. »Essen Sie die Schokoladensuppe, Goldy«, sagte er kalt.

Ich beobachtete Marlas Rücken, während sie aus der Kaffeetasse trank und mit ihren Bekannten plauderte, Frauen, die wegen ihrer teuren Kleidung aussahen, als gehörten auch sie wie Marla zum nicht arbeitenden Teil der Bevölkerung. Vielleicht hatten sie ebenfalls die Kunstreise nach Italien gebucht. Es sollte eine ausschließlich Frauen vorbehaltene Exkursion sein, aber vielleicht stachen das Schwänzen der Bildungslektionen und Männer Botticelli und Bernini aus. Im Grunde wäre das gut für Marla gewesen, sinnierte ich. So sehr ich mir Sorgen um Marlas Gesundheit machte, ihr gesellschaftliches Leben machte mir größere Sorgen. Nicht das, was sich im Country Club abspielte, sondern intensive Beziehungen zu Männern. Zu Männern wie Tony. Tony, der mich jetzt mit dem bösen Blick bedachte, damit ich Suppe aß.

Ich nahm einen winzigen Löffel von dem Schokoladengebräu. Es war zu dünn. Und zu süß. »Es reicht«, sagte ich.

»Oh, um Himmels willen!« rief Tony. »Können Sie mir nicht wenigstens klarere Informationen geben als das?« wollte er in einem unangenehmen Ton wissen, den ich als *besorgt* zu deuten versuchte. Er wollte direkt aus dem Mund der Partylieferantin eine Geschmacksanalyse oder zumindest Gründe für die kulinarische Verweigerung hören. »Ihnen ist doch klar, daß wir hier über eine Menge Geld sprechen, das wir verdienen könnten?« fügte er mit einer leiseren, überheblichen Stimme hinzu.

Schön. Das gab den Ausschlag. Wenn der Mann eine Bona-fide-Geschmackseinschätzung wollte, sollte er sie bekommen.

»Sie sind *alle* langweilig. Ihnen fehlt die sahnige Konsistenz und der nachhaltige Geschmack. Sie sind zu dünn. Was noch schlimmer ist, sie sind für die amerikanische Zunge nicht würzig genug. Sie sind nicht grauenhaft«, sagte ich wehmütig. »Nur nicht... ungewöhnlich. Und eins sollte ich Ihnen sagen, Tony, gute Suppen können extrem arbeitsaufwendig sein. Arbeitsaufwendig heißt jede Menge Geld. Außerdem sind Suppen empfindlich. Wenn man sie zu lange kocht, werden sie wie Bibliotheksleim. Wenn man sie zu kurz kocht, schmecken sie wie Pfützenwasser.«

Er atmete laut aus und legte den Kopf in die Hände.

Außerhalb des Restaurants löste sich die Audobon-Gruppe auf. Ein großer Typ hob zögernd den Kopf wie ein Spion und richtete sein Fernglas auf Sams Lokal. Hier gibt es keinen Brachvogel mit Sichelschnabel, hätte ich ihm am liebsten zugerufen, nur ein paar komische Vögel. Der Mann beobachtete das Restaurant zu lang, als daß er ein glaubwürdiges Mitglied der Vogelliebhaber hätte sein können. Ich sah ihn an, bis er neben einem zerbeulten Subaru in die Hocke ging. Gütiger Gott, Macguire. Beim Versuch, als Ermittler zu arbeiten. Was dachte er sich dabei? Beschattete er jemanden? Und wen? Der Teenager verlieh dem Begriff wandelnde *Zeitbombe* eine neue Bedeutung.

Tony fing Sam Perdues Blick auf und bedachte ihn mit einer mitfühlenden, kummervollen Miene. Sam reckte das Kinn und wandte ihm den Rücken zu. *Er* wollte ganz bestimmt keine Analyse seiner Suppen von einer einheimischen Partylieferantin hören.

»Das war ein Fehler«, sagte ich und meinte es auch so. Armer Sam.

»Na gut.« Tony erholte sich schon wieder, genau wie nach der Szene auf der Party an der Mine. Offenbar liefen die Dinge in der Welt des Risikokapitals ziemlich häufig schief. »Haben Sie das Essen für unseren Campingausflug mitgebracht?«

»Ja. Es ist im Lieferwagen.«

Er lächelte schelmisch. »Marla sagt, Ihr Mann ist ein begeisterter Angler. Ist er neidisch auf das, was wir vorhaben?«

»Falls Sie tatsächlich Forellen fangen, wird er hinterher neidisch sein.«

Wieder beugte sich Tony über den Tisch und sprach in vertraulichem Ton mit mir. »Hat er meinen Partner schon gefunden? Hat er irgendwelche Anhaltspunkte?«

»Ich habe keine Ahnung. Tom ist von dem Fall abgezogen worden.«

Er legte die Stirn in Falten und flüsterte weiter. »Warum?«

Ich zuckte die Achseln. »Shockley ist der Captain, und wie Sie zweifellos wissen, verwaltet Prospect seinen Pensionsfonds. Er will seine eigenen Leute auf die Suche nach Albert Lipscomb ansetzen.«

»Aber ... aber ... Ich habe gedacht, Ihr Mann sei der Beste. Marla sagt das. ›Tom Schulz ist der Beste.‹« Tonys Gesicht verzerrte sich vor Schreck. »Herrgott. Sie werden Albert niemals finden, wenn Schulz den Fall nicht bearbeitet. Was ist mit Shockley los? Will er Albert *nicht* finden? Was ist mit *meinem* Geld?«

Ich war so perplex, daß mir kein Wort einfiel, das ich hätte sagen können. An diese Möglichkeit hatte ich überhaupt noch nicht gedacht. Tony sah ängstlich in Marlas Richtung und sagte: »Hören Sie, Goldy, apropos Ehemänner, es gibt etwas Wichtigeres, über das ich mit Ihnen sprechen muß.« Er zögerte. »Ich will Marla an diesem Wochenende, wenn wir oben am Grizzly Creek sind, fragen, ob sie mich heiraten will. Meinen Sie, daß sie mich nimmt?«

Mir wurde schwer ums Herz. *Ich will es auf keinen Fall hoffen.* »Sie wollen ihr bei einem Angelausflug einen Heiratsantrag machen? Warum fahren Sie nicht einfach mit ihr ins Brown-Palasthotel und lassen die Angelei weg? Ich glaube, dann wäre es wahrscheinlicher, daß sie ja sagt. Auf alle Fälle würden Sie nicht so naß.«

»Nein, nein, nein«, sagte er verzweifelt. »Das ist wichtig, Goldy. Ich habe Marla erzählt, daß dieser Angelausflug eine ganz große Sache wird. Sie glaubt, daß wir versuchen wollen, riesige Forellen zu fangen. Am Wasser ist es sehr romantisch.« Er schnaubte. »Also«, sagte er, als spräche er über eine Fusion, über die er eben in *Forbes* gelesen hatte, »meinen Sie, daß sie heiraten will?«

»Ich weiß es nicht«, sagte ich wahrheitsgemäß, wurde aber durch Marlas Näherkommen daran gehindert, mehr zu sagen. Ich hatte plötzlich eine Vision, wie ich aufstand und schrie: *Marla, besorg dir einen gußeisernen Ehevertrag!* Aber natürlich tat ich das nicht.

»Ich spreche mit Ihnen, wenn wir zurückkommen«, flüsterte Tony hastig. »Halten Sie sich das erste Wochenende im August für uns frei. Sie können den Empfang ausrichten.«

Ich seufzte und wurde durch Marlas Ankunft davon abgehalten zu sagen: *Oh, danke, Eure Hoheit.*

»Ich sehe, daß ihr alle eure Meinungsverschiedenheiten beigelegt habt«, sagte sie ungeduldig. »Ich habe mich eben mit Nan und Liz unterhalten und ... oho, da ist Sam!« zischte sie. »Hast du ihm gesagt, daß dir seine Suppen nicht schmecken, Goldy? Er sieht jedenfalls nicht sehr glücklich aus.«

Das war eine Untertreibung. Der Mann sah aus, als hätte er mich am liebsten in seiner kostbaren Suppe ertränkt.

»Wir müssen gehen«, sagte Tony knapp. »Wir müssen noch die ganze Ausrüstung einpacken. Ist Ihr Lieferwagen abgeschlossen, Goldy?«

»Kommt schon, Leute«, flehte ich sie an, »könnt ihr nicht an einem anderen Wochenende zum Angeln fahren?«

Tony starrte die Decke an. Über die Möwenschreie hinweg sagte er: »Wir müssen los. Ist das Essen wirklich in Ihrem Lieferwagen, oder haben Sie es vergessen?«

»Ich habe an das Essen gedacht, kühlen Sie sich ab. Oh, apropos, legen Sie die« – ich senkte die Stimme – »*Suppe* bis zur Abfahrt in den Kühlschrank.« Ich richtete meine flehentliche Bitte an Marla. »Es regnet. Du wirst klatschnaß, auch wenn es aufhört – «

»Sie scheinen nicht zu wissen, mit wem Sie reden.« Tonys Stimme war nicht mehr beleidigend, sondern kehrte wieder zu seiner normalen Arroganz zurück. »Meine ganze Ausrüstung ist wasserdicht, Goldy. Erstklassig. Und wir kommen dort hinauf, wenn alle anderen Angler zu zimperlich sind. Wir werden eine Menge fangen.«

»Das bezweifle ich«, sagte Marla mit einem parfümierten Achselzucken.

»Das wirst du nicht mehr sagen, wenn ich dir in der Pfanne gebratene Forellen serviere«, schimpfte er mit ihr, während er ihr in ihren glänzenden weißen Regenmantel half. »Vielleicht brauchen wir Goldys Suppe gar nicht.«

Als wir gingen, kondolierte Edna Hardcastle Sam Perdue, der sich weigerte, unseren Aufbruch zur Kenntnis zu nehmen.

Draußen war Macguire nirgends zu sehen. Ich hoffte, ohne es recht zu glauben, er habe seine Ermittlungsphantasien aufgegeben.

Ich wandte mich Marla zu. Aber sie scherzte mit Tony, sagte etwas darüber, wie schlau Fische seien, etwas über Schulen. Der alte Witz.

Ich sagte nicht, was ich auf dem Herzen hatte. *Bleib zu Hause, Marla,* hätte ich gern gefleht, aber ich konnte es nicht aussprechen. Sie sah herüber, wollte, daß ich mich ihrem Gelächter anschloß. Wieder versuchte ich zu sprechen, aber die Warnung blieb mir ungesagt im Hals stekken.

Sag nicht ja.

Es war wieder ein ruhiges Wochenende ohne Aufträge und mit unablässigem Regen. Am Freitag und am Samstag experimentierte ich mit Garnelencurry und gegrilltem Thunfisch mit japanischen Nudeln. Nachdem ich den Thunfisch in Zitronensaft und zerstoßenen Lorbeerblättern mariniert hatte, war er köstlich, aber das Curry war so scharf, daß es sogar Jake in die Nase stach. Ein ungewöhnlich heftiges, stürmisches Gewitter in der Samstagnacht legte sowohl unsere Telefone als auch den Strom lahm. Wir fuhren durch dichten Nebel zur Kirche und beschlossen dann, mit Arch und Todd Druckman zu einem Spiel der Rockies zu gehen. Die Karten hatten wir den Feriennachbarn der Druckmans zu verdanken.

Die Rockies spielten gegen die Mets. Nach dem achten Durchgang führten die Rockies mit einem Punkt. Mitten im neunten Durchgang, als zwei Spieler aus waren und ein Läufer am zweiten Mal stand, traf der Fänger der Mets einen Schlag an der Linie des linken Felds entlang. Ellis Burks schlug den Ball beim ersten Aufprall zurück und schleuderte ihn mit solcher Wucht Richtung Schlagmal, daß ich glaubte, Jayhawk Owens werde beim Versuch, ihn zu erreichen, ein Rad schlagen. Es gelang Owens, den Ball zu fangen, sich zu drehen und den Läufer ins Aus zu befördern, was das Spiel beendete. Das Publikam raste.

Die Erinnerung an dieses Spiel flackerte mir am Montag morgen durch den Kopf, als sich auf der linken Spielfeldhälfte etwas tat, was mich nicht weniger schockierte, als hätte ich versucht, Burks' Wurf mit bloßen Händen zu fangen.

Das Klingeln des Telefons zerriß die Stille, als die Digitaluhr genau 7.30 Uhr zeigte. Offenbar funktionierten das Telefon und der Strom wieder. Ich nahm an, Tom habe vor seinem Aufbruch die Uhren gestellt. Arch schlief noch, da war ich mir ziemlich sicher. Weil ich keine Aufträge hatte, nahm ich an, es müsse meine Mutter sein, die aus New Jersey anrief, um das Spiel zu analysieren. Sie ist ein großer Fan der Mets.

Es war nicht meine Mutter. Es war Macguire Perkins. Er krächzte, und sein Atem rasselte so schlimm, daß ich zunächst seine Stimme nicht erkannte.

»Oh, Goldy. Es tut mir so leid. Ich bin im Lutheran Hospital. In Denver. Ich habe so schlechte Nachrichten. Ich bin wirklich total kaputt.«

Ich warf die Decke weg, fuhr im Bett hoch und ließ meinen Verstand mühselig von Baseball zu Macguire wandern. Macguire *im Krankenhaus*? »Macguire, was ist los?«

»Ich habe sie beschattet. Aber ich habe sie verloren. Marla und ihren Freund. Etwas ist passiert. Jemand . . . jemand hat mir einen Schlag auf den Kopf versetzt« – rasselnder Atem –, »und ich nehme an, ich habe mich gewehrt, aber dann muß mich der Täter wieder geschlagen haben, denn ich habe das Bewußtsein verloren oder so.«

»Jemand hat dich geschlagen? Wann? Wo? Macguire, fang von vorn an, bitte. Bist du okay?«

»Draußen im Wald, in der Nähe vom Grizzly Creek. Es

war Nacht. Und da war das Riesengewitter, wissen Sie? Als ich zu mir gekommen bin, ist literweise Blut aus der Platzwunde an meinem Schädel gelaufen. Ich meine, das Blut ist überall, auf meinem Hemd, auf meiner Hose. Es war *fies.*« Wieder rasselnder Atem. »Ich habe gedacht, ich sterbe. Ich habe geglaubt, mich hat ein Stein getroffen, ein Erdrutsch oder herrje, ich weiß es nicht, denn ich kann mich nicht daran erinnern, was *gehört* zu haben. Aber manchmal, wissen Sie, kann man sich nicht daran erinnern, einen Erdrutsch gehört zu haben. Der Verstand verdrängt ihn. Jedenfalls hat mir das dieser Typ in der Schule erzählt.« Husten zerhackte seine Stimme. »Jedenfalls habe ich mir mein Hemd um den Kopf gebunden und versucht, mein Auto wegzufahren, aber die Vorderreifen waren platt. Ich habe gedacht, das ist komisch, wie können *beide* platt sein? Und ich habe in der Nähe keine großen Steine oder Felsen sehen können, deshalb war ich total durcheinander. Und ich habe Angst gehabt. Obwohl niemand in der Nähe war und ich bloß Regen hören konnte.« Im Hintergrund wurde gemurmelt. »Ja, okay«, hörte ich Macguire sagen. »Ich lege gleich auf.« Er seufzte, was einen weiteren Hustenanfall auslöste. »Das war die Schwester. Ich mußte mit sechs Stichen genäht werden. Meine Schädeldecke ist gerissen. Ich hab' nicht mal gewußt, daß der Schädel eine Decke hat. Ich meine, Sie wissen schon, außer Haut. Und natürlich Haar«, fügte er pflichtbewußt hinzu.

»Macguire, es tut mir so leid ... aber warum ... warum hast du das gemacht? Was hast du dir dabei gedacht?«

Er seufzte lautstark, im weltmüden Ton von Sam Spade. »Ich weiß, es ist blöd. Aber ich war mit euch Leuten in Albert Lipscombs Haus, und es war alles so komisch, als er abgehauen ist. Deshalb habe ich mir gedacht, wenn ich Tony folge, dann führt er mich zu Albert. Ich meine, irgendwann. Dann wäre ich der Held gewesen. Ich hätt's besser wissen müssen, das weiß ich. Sie brauchen es mir nicht zu sagen, ich komme mir jetzt schon total bescheuert vor.«

Ich war aus dem Bett heraus und zog einen Sweatsuit über, den Hörer unter das Ohr geklemmt. »Um Himmels willen, Macguire, wie bist du in die Stadt zurückgekommen? Konnten Marla und Tony dir nicht helfen? Hast du die Polizei gerufen?«

»Ich habe Marla und Tony nicht *finden* können«, winselte er hilflos, und ich wurde schmerzlich daran erinnert, wie jung er war. »Deshalb habe ich angerufen, um es Ihnen zu sagen. Nachdem ich zu mir gekommen war, bin ich dort hinübergegangen, wo ich sie dabei beobachtet habe, wie sie sich das Abendessen gemacht haben. Ich habe auf Blitze warten müssen, damit ich was sehen konnte. Sie würden nicht glauben, wie finster es war. Und es hat wirklich geschüttet. Jedenfalls hab ich gerufen, aber sie waren nicht mehr am Lagerplatz. Marlas Auto war dort, der neue Mercedes, ganz abgeschlossen. Ich weiß nicht, wohin sie gegangen sind, das schwöre ich. Aber es war richtig dunkel, wissen Sie. Der Wind hat wie wahnsinnig geweht, es hat so stark geregnet... Und es war wirklich kalt.«

Er hustete wieder, dann sprach er mit jemandem, vermutlich mit der Schwester. Ich betete, er möge eine Ahnung haben, wo Tony und Marla waren, irgendeine Ahnung, daß ihnen nichts passiert war.

»Hast du Marla und Tony irgendwann gesehen? Ich meine, nachdem du niedergeschlagen worden bist?«

»Nein, das habe ich Ihnen doch gesagt. Ich habe sie nicht finden können. Und ich habe gerufen und gerufen. Sie müssen zu Fuß weggegangen sein, denn sie waren mit nur einem Auto dort oben. Goldy, es hat ausgesehen, als ob ein Bär oder so ihren Lagerplatz verwüstet hätte, es war so ein beschissenes – entschuldigen Sie – Chaos. Ich bin zurückgestolpert, bis ich zum Feldweg gekommen bin, dann bin ich zum State Highway gegangen. Ein Typ in einem Lastwagen hat mich mitgenommen. Er hat mich hierhergebracht. Und dann muß ich wohl wieder bewußtlos geworden sein, denn meine Erinnerung ist ganz verschwommen. O ja, der Typ in dem Lastwagen hat gesagt, daß er die Polizei anruft. Sie haben mich operiert, die Platzwunde genäht, irgendwann gestern. Mensch, ich fühle mich höllisch mies. Und die Schwester sagt, ich soll nicht mehr telefonieren. Ich rufe die Schulsekretärin zu Hause an, falls mein Vater sich fragt, wo ich bin.«

»Oh, Macguire, du armer – «

»Keine Sorge, morgen soll ich entlassen werden. Das ist gut, weil sie mich in ein Zimmer mit diesem Kerl gelegt haben, der schnarcht, es ist so laut, daß es klingt, als ob jemand versucht, in einer Höhle ein Flugzeug zu starten. Verflixt noch mal, ich muß nach Hause, damit ich schlafen kann.«

»Ich frage bei der Polizei nach und rufe dich später wieder an. Ich versprech's.« Ich legte auf und fummelte an meinen Schnürsenkeln herum. Meine Finger waren wie Eis. *Ein Bär oder so.* Was wußte ich über Grizzlies in unserer Gegend? Angeblich kamen sie nicht so weit nach Süden. Aber es hatte Berichte über Pumas in Idaho Springs gegeben, und es ließ sich unmöglich erraten, wie sich das schlechte Wetter in letzter Zeit auf die Wandergewohnheiten und die Nahrungssuche der wilden Tiere in den Rocky Mountains ausgewirkt haben mochte. *Oh, Marla, wo bist du?*

Ich wandte mich wieder dem Telefon zu. *Ruf Tom sofort an,* befahl eine Stimme in meinem Kopf. Aber trotz dessen, was ich zu Macguire gesagt hatte, fürchtete ich mich davor, mich bei meinem Mann zu melden. Und ich wußte, das lag daran, daß ich mir tief im Innersten sicher war, er habe schlechte Nachrichten für mich. Während ich überlegte, klingelte das Telefon wieder.

»Goldilocks Partyservice. Alles ... vom ... «

Eine junge Frauenstimme erkundigte sich zögernd: »Äh, ist da Goldy, die Partylieferantin?«

»Ja.« Ich fuhr mir mit den Fingern durch das Haar. »Ich kann leider über nichts Geschäftliches sprechen, weil ich im Augenblick alle Hände voll zu tun habe.«

»Hier ist Kiki Belknap; ich rufe von Prospect Financial aus an. Ich bin die Sekretärin von Tony Royce. Ist er da? Weil – «

»Natürlich ist er nicht hier, es ist noch nicht mal acht Uhr morgens! Warum in aller Welt sollte Tony hier sein?«

»Entschuldigen Sie, aber es steht in seinem Terminkalender. Ich weiß bloß nicht, treffen Sie sich mit ihm oder wollen Sie nur mit ihm telefonieren? Hier steht: *Goldy, acht Uhr morgens, nach Menüs für den Empfang im August fragen,* mit Ihrer Telefonnummer – «

»Hören Sie, lassen Sie mich bitte zurückrufen, Kiki. Ich muß herausbekommen, was mit meiner Freundin ist. Marla Korman – Sie kennen sie, nicht wahr? Sie sollte mit Tony zusammensein – «

»Aber verstehen Sie, eben hat die Polizei bei uns im Büro angerufen – «

»Was hat die Polizei gesagt?« unterbrach ich scharf.

»Sie wollten wissen, wo Tony ist! Und ich, ich meine, nach der Geschichte mit Mr. *Lipscomb letzte* Woche, ich meine, ich habe gesagt, worüber *reden* Sie, weshalb fragen Sie, wo Mr. *Royce* ist – «

»Ich muß auflegen«, sagte ich schroff. »Tony ist nicht hier.«

Ich drückte ungeduldig auf den Knopf, bis ich den Wählton bekam, dann tippte ich Marlas Nummer ein. Ihr Anrufbeantworter schaltete sich ein; ich knallte den Hörer auf.

Ich ging schnell auf Zehenspitzen in Archs Zimmer. Sein Bett war leer. Wohin er auch gegangen sein mochte, er hatte Jake mitgenommen. Ich stürzte in die Küche hinunter. Wo war Arch? Auf dem Tisch klebte ein schiefer Zettel.

Mom, ich mache mit Jake einen Spaziergang um den See herum. Mach dir keine Sorgen. Ich ziehe für alle Fälle meine Regenjacke an. Ich gehe durch die Hintertür hinaus. Alles Liebe, Arch.

Ich war so aufgeregt, daß ich Toms Nummer vergaß und die Nummer der Zentrale im Büro des Sheriffs im Telefonbuch nachschlagen mußte. Der Telefonist stellte mich zu Toms Nebenanschluß durch, wo ich wiederum mit einem Anrufbeantworter verbunden wurde. Ich drängte Tom, mich sofort zurückzurufen. Ich machte das Wasser in der Espressomaschine heiß, ohne gemahlenen Kaffee hineinzugeben. Alles wurde noch schlimmer, als heißes Wasser auf die Arbeitsfläche spritzte, ich nach einem trockenen Schwamm griff und es schaffte, mir die heiße Flüssigkeit auf die Hände und auf den Boden zu schütten. »Fang von vorn an«, murmelte ich. Ich legte Küchenpapier auf den dampfenden Tresen und tastete nach den Kaffeebohnen.

Ich seufzte und sah durch das Fenster einen so dichten Nebel, daß ich nicht einmal das Haus meiner Nachbarn erkennen konnte. Würde dieses elende Wetter nie ein Ende nehmen? Ich mahlte Kaffeebohnen, maß das Wasser sorgfältig ab und drückte dann auf den Espressoknopf. Als die dunkle Flüssigkeit herausströmte, tastete ich wieder die Nummer von Marlas Haus ein. Dieses Mal bekam ich das Besetztzeichen. Mein Herz machte einen Sprung; ich versuchte es wieder. Besetzt. Als ich das nächstemal ihre Nummer eintastete, bekam ich den Anrufbeantworter. Diesmal wartete ich und sagte: »Ich bin's, nimm ab! Hier ist Goldy! Wenn du da bist, verdammt noch mal, nimm ab!«

Keine Antwort. Vielleicht hatte jemand anders den Anrufbeantworter angerufen, als ich gewählt und das Besetztzeichen bekommen hatte. Ich schüttelte den Kopf und versuchte es dann wieder bei Tom.

Er meldete sich nach dem ersten Klingeln. »Schulz.« Seine Stimme klang reserviert, als ob ihm jemand über die Schulter schaute.

»Kannst du reden?«

»Moment.« Er ließ mich in der Leitung warten, dann meldete er sich wieder. »Fang an.«

»Eben hat Macguire angerufen. Er liegt im Krankenhaus. Tom, hat du etwas über einen Unfall gehört? Ist Marla etwas zugestoßen?«

»Augenblick, Augenblick.« Er senkte die Stimme. »Wie kommst du dadurch, daß Macguire im Krankenhaus liegt, auf die Idee, daß Marla etwas zugestoßen sein könnte?«

»Laß mich etwas weiter ausholen«, wimmerte ich. »Ich hätte dir sagen müssen, daß Macguire sich jetzt einbildet, er sei ein Ermittler. Er ist entschlossen, Cop zu werden, statt aufs College zu gehen. Ich hab's dir nicht gesagt, weil ich befürchtet habe, daß du das für blöd hältst. Jedenfalls habe ich ihn am Freitag vor dem Suppenrestaurant gesehen, und ich nehme an, er hat sie beschattet – Marla und Tony. Ich wäre nie auf den Gedanken gekommen, daß er ihnen bei ihrem Angelausflug an diesem Wochenende folgt.« Ich berichtete ihm das Wesentliche aus meinem Gespräch mit Macguire im Krankenhaus. Er hörte geduldig zu, ohne mich ein einziges Mal zu unterbrechen.

»Als allererstes, Miss G., ich halte niemanden für blöd, der ein Ziel vor Augen hat, okay? Marla ist seine Freundin. Er hat sich Sorgen um sie gemacht. Und jetzt, wo ist Rektor Perkins? Hat ihm jemand gesagt, daß sein Sohn im Krankenhaus liegt?«

»Ich weiß nicht, wo Perkins ist. In Vermont, glaube ich. Wegen einer Lehrerkonferenz, die einen Monat lang dauert? Ich bin mir nicht sicher. Macguire ruft die Schulsekretärin an, und er soll morgen aus dem Krankenhaus entlassen werden. Aber, Tom, wo könnte Marla sein? Ich meine, wenn Macguire ihnen gefolgt ist, verletzt wurde und dann Marla und Tony in dem Gewitter nicht finden konnte ... wo sind sie dann? Hast du etwas über Leute gehört, denen oben am Grizzly Creek etwas zugestoßen ist? Eben hat das Büro von Tony Royce angerufen – «

»Bleib dran.« Er ließ mich in einer telefonischen Schwebe hängen, die eine Ewigkeit zu dauern schien. Als er sich wieder meldete, klang seine Stimme grimmig. »Okay, gestern vormittag haben sie einen Anruf bekommen, ein Lastwagenfahrer hat gesagt, er habe einen Anhalter mitgenommen, der behauptet habe, ein Bär habe einen Lagerplatz verwüstet, auf dem Tony Royce und Marla Korman gecampt haben. Von Marla oder Tony haben wir nichts gehört, aber du weißt ja, daß die Telefone in Aspen Meadow gestern fast den ganzen Tag lang nicht funktioniert haben.«

»Der Anhalter war Macguire.«

»Ein Team ist schon zum Grizzly Creek gefahren. Weil es um Tony und Marla geht, hat Captain Shockley persönlich die Leitung übernommen.« Sein Ton drückte sehr deutlich aus: *Und du weißt, was das bedeutet.* »Goldy, laß mich versuchen, dich zurückzurufen.«

»Gibt es irgendwelche ...« Ich konnte den Rest nicht aussprechen.

»Keine Todesmeldungen, keine Leichen, die im Bergbach treiben oder ans Ufer gespült worden sind«, sagte er knapp und legte auf.

Ich griff nach meinem Kaffeebecher und meinen Schlüsseln und rannte durch die Hintertür hinaus.

Sobald ich im Lieferwagen war, saß ich jedoch verwirrt da. Was genau hatte ich vor? Ich trank einen Schluck Espresso und dachte: Was gibt es für eine logische Erklärung für diese Sache? Okay, Tony und Marla fühlten sich miserabel beim Campen in diesem grauenhaften Gewitter. Marlas Mercedes hatte irgendeine Panne, deshalb ließen sie sich wegfahren. Macguire hatte gesagt, sie hätten nur ein Auto dabeigehabt und er habe von ihrem Aufbruch nichts mitbekommen. Dann war irgendein Tier auf ihren Lagerplatz eingedrungen, während Macguire in seinem Auto schlief. Danach hatte ein Stein Macguire getroffen ... Nein.

Ich inhalierte mehr Koffein und kämpfte darum, meinen Verstand einzuschalten. Okay. Sagen wir mal, sie seien zeitig zurückgekommen, aus welchem Grund auch immer – sie konnten jetzt bei Tony oder Marla sein, ausschlafen, sich amüsieren und aus Übermut die Termine für Montag morgen schwänzen. Vielleicht war Marlas Anrufbeantworter an, aber stumm geschaltet – sie stellte ihr Telefon oft so ein. Vielleicht hatte sie heute morgen, als ich das Besetztzeichen bekam, jemanden angerufen, aber nicht gehört, wie ich sie später anflehte, abzunehmen. Also ... sollte ich hinüber zu Marlas Haus fahren, falls sie dort waren, und sie stören?

War ich im Begriff, mich zum Narren zu machen? Schön, es wäre nicht das erste Mal gewesen. Und außerdem, was war, wenn Marla und Tony gar nicht dort waren, wenn sie irgendwo in einem Hotel waren? Ich schaltete die Zündung ein, dann aus.

Was war mit Macguire? Wie sahen die Vorgänge im schlimmsten Fall aus? Ich machte mir Gedanken über Albert Lipscomb. Falls stimmte, was Eileen Tobey gesagt hatte, war die Mine Eurydice genauso Tonys wie Alberts Projekt. Falls es ein Reinfall wurde, würde sich Prospect möglicherweise nicht erholen. Vielleicht, fragte ich mich wild, vielleicht hatte Albert die Stadt überhaupt nicht verlassen. Tony hatte aller Welt erzählt, daß er und Marla an diesem Wochenende zum Angeln an den Grizzly Creek fuhren. Es wäre leicht für Albert gewesen, zurückzukommen und sich an seinem Partner zu rächen, nachdem Marla auf Probleme in den Testberichten gestoßen war. Rache wofür? Weil die Mine nicht gründlich analysiert worden war? Weil der Zugewinn der ganzen Firma auf dem Spiel stand? Riesenfragen mit einem Vielleicht davor. Dann, nachdem Albert Tony und Marla etwas angetan hatte, hatte er der Abrundung halber Macguire niedergeschlagen und seine Reifen aufgeschlitzt, damit er mit dem vielen Geld entkommen konnte, bevor jemand nach Aspen Meadow zurückkehrte ...

Aber wo waren dann *Marla und Tony? Bei Albert Lipscomb? Tot im Regen in der Nähe des Grizzly Creek?* Plötzlich wußte ich, was ich zu tun hatte.

Nebel klebte an der Windschutzscheibe, als sich der Lieferwagen langsam Richtung Main Street schob. Wattiger Nebel trieb durch Espenzweige am Straßenrand. Der Lieferwagen knirschte über zerfurchten Kies, den das Kielwasser des starken Regens hinterlassen hatte. Wieder mußte ich hinter einer Verkehrsschlange langsamer fahren. Zehn Autolängen vor mir entfernten Straßenarbeiter mit zwei Bulldozern die Reste des Erdrutsches. Ich trank den lauwarmen Espresso aus und klopfte frustriert gegen das Lenkrad. An Erdrutsche wollte ich nicht denken.

Wo war Marla?

Zwanzig Minuten später hielt ich vor ihrem Haus. Ein großer Kiefernast, vom Sturm weggerissen, lag wie ein knorriger schwarzer Knochen in ihrem gepflegten Blumenbeet. Die Einfahrt war leer, die Vorhänge waren zugezogen. In Marlas Straße rührte sich nichts. Ich sprang die Steinstufen hinauf. Falls Tony hier war, würde ich empfehlen, daß sie mit ihm brach. Sofort. Der Umgang mit Anlageberatern, zwielichtig oder nicht, wurde eine zu große Belastung für die Gesundheit *meines* Herzens.

Das Dingdong der Klingel ertönte im stillen Haus. Ich starrte mein verschwommenes Spiegelbild in dem Messingschild mit der Prägung *Chez Marla* an und wartete. Ich klingelte wieder.

Zeit, eine Entscheidung zu treffen. Sie hatte im letzten Sommer einen Herzinfarkt gehabt. Ich hatte heute morgen zweimal ein Besetzt-Zeichen gehört und sonst nichts. Was war, wenn sie im Haus war und nicht rufen konnte, weil sie wieder einen Herzinfarkt hatte? Was war, wenn sie mich für eine Wiederbelebung brauchte? *Typisch Mom,* hörte ich Archs spöttische Stimme. *Sie stellt sich immer das Schlimmste vor, und dann muß man für ihre Phantasie büßen.*

Zum meinem Glück sperrte Marla sich häufig selbst aus. Ich eilte zu dem abgeschlossenen Kasten unter den Installationsrohren, in dem sie, wie ich wußte, mindestens zwei Nachschlüssel aufbewahrte. Ich stemmte den Kasten auf, packte den einen Nachschlüssel, der darin war, und sprintete zurück zur Vorderseite des Hauses.

Der kalte Schlüssel bohrte sich in meine Handfläche, als ich wieder auf den Klingelknopf drückte und hörte, wie das Läuten innen widerhallte. Der Schlüssel rutschte mir aus der Hand und fiel scheppernd auf die Fliesen vor dem Eingang. Ich hob den Schlüssel auf und steckte ihn sacht ins Schloß. Im Gegensatz zu mir hatte Marla keine ausgeklügelte Alarmanlage, die sie vor dem Kotzbrocken oder sonst jemand schützen sollte. Sie behauptete immer, ihre grimmige Persönlichkeit halte Feinde fern. Das Schloß klickte, der Knauf drehte sich, und ich stieß die Tür auf.

Als ich eintrat, bereitete ich mich auf das Schlimmste vor. Wenn ich nur gewußt hätte, was das Schlimmste war, dachte ich zornig. Es war seltsam ermutigend, in der Luft einen Hauch von Marlas Parfüm zu wittern. Tatsächlich war die Luft im Haus überraschenderweise nicht seit drei Tagen abgestanden. Ich ging vorsichtig über den hellblauen Kirmanläufer in die Diele und schnüffelte wieder. Marlas Duft schien stärker zu werden. Genau wie das Aroma von Kaffee.

Kaffee? Was zum Teufel hatte ich getan? fragte ich mich. Sie ist mit Tony hier und geht einfach nicht ans Telefon. Ich bin in ein romantisches Zwischenspiel hineingeplatzt. Danach wird sie nie wieder ein Wort mit mir sprechen.

»Marla?« wagte ich mich vor. »Hey, Leute! Wo seid ihr? Hier ist Goldy. Ich mache mich hier zum Narren, weil jemand behauptet hat, daß ein Bär auf euren Lagerplatz eingedrungen ist! Seid ihr hier?«

Ich war voll darauf gefaßt, Marlas vertraute Stimme eine sarkastische Bemerkung trillern zu hören. Vielleicht würde auch ihr schelmisches Gesicht auftauchen, ihr zerzaustes Haar, und sie würde hänselnd eine Erklärung für mein panisches Verhalten verlangen. Statt dessen hörte ich ein winziges Geräusch. Etwas zischte am Ende des Flurs. Ich ging schnell darauf zu. Seltsamerweise verdreckte getrockneter Schlamm den Küchenboden. Das rote Licht der Kaffeemaschine blinkte spöttisch. Bläschen in der Kanne blubberten und spritzten, bewirkten den Geruch und das Geräusch, das ich gehört hatte. Ich zog den Stecker aus der Wand und sah mich trostlos im Raum um.

Plötzlich erinnerte ich mich an etwas, was meine Mutter getan hatte, wenn sie nach Hause kam und mein Bruder und ich schuldbewußte Gesichter machten, weil die Küche unordentlich war. Sie schaute sofort in den Abfalleimer. Was für einen Unfug wir auch angestellt haben mochten, ob wir verbotene Pizza oder Eiskrem genascht hatten, ihrer Meinung nach mußten die verräterischen Reste im Müll landen. Ich zerrte den weißen Schrank auf und schaute in den Abfallsack aus Plastik. Er war voller zusammengeknüllter Küchenpapiertücher. Ich zog eins heraus. Auf dem Küchenpapier war getrocknetes Blut.

»Marla!« rief ich. Ich warf das Küchenpapier weg und wühlte im Müll. Keine Fleischverpackung, die das mit Blut verfleckte Küchenpapier hätte erklären können. Ich verließ türenknallend die Küche und lief die Hintertreppe am Ende des Flurs hinauf, in ihr Schlafzimmer.

Es war ein Katastrophenschauplatz. Zerstreute Kleidungsstücke auf dem gelben Teppichboden. Über Polstersessel drapierte Handtücher. Auf ihrem Bett bildeten die geblümten Bezüge einen Hügel.

»Marla – « krächzte ich, ganz auf eine Leiche unter den Decken gefaßt.

Die Decken bewegten sich. Falls zwei Menschen darunter steckten, würde ich die Peinlichkeit nie überwinden. Das heißt, falls Marla mich nicht umbrachte, weil ich eine so paranoide Idiotin war. Aber es wäre ihnen recht geschehen, weil sie nicht auf die Klingel und meine Anrufe reagiert hatten.

Eine halbvolle Tasse Kaffee und ein offenes Tablettenröhrchen standen auf dem Frisiertisch. Die Nachttischlampe war an. Ich ging linkisch zum Bett, als Marlas wirrer Haarschopf unter einem zerknüllten Laken zum Vorschein kam. Ich atmete laut aus.

»Marla? Was ist los?«

Ein schauerliches Stöhnen, voller Scham und Schmerz, drang aus dem zerwühlten Bett. Dann kamen besudelte Handtücher zum Vorschein, danach das Gesicht meiner besten Freundin. Ich atmete wieder laut aus. Ein blaues Auge, das zweite zugeschwollen. Eine Wange voller Blutergüsse. Ein dunkler, blutiger Streifen auf ihrer Stirn. Sie brachte sich vorsichtig in eine Sitzhaltung. Sie trug ein mit Blut bespritztes Sweatshirt, das sie befangen nach unten zog, ehe sie den Kopf hob und versuchte, mich anzuschauen.

»Nein«, stöhnte ich und ging neben ihr in die Knie. »O Gott, du brauchst einen Arzt. Was ist passiert – «

»Ich wollte dich anrufen, aber das verdammte Telefon hat nicht funktioniert.« Ihr angestrengtes Flüstern drückte mir das Herz ab. »Tut mir leid, daß du mich so ... sehen mußt. Ich – «

Ich streckte eine Hand nach ihrem mitgenommenen Gesicht aus, aber sie wich zurück. »Marla, bitte«, sagte ich energisch. »Ich rufe deinen Kardiologen an. Willst du mir nicht sagen, was passiert ist? Wir *müssen* die Polizei anrufen.« Die Worte brachen aus mir heraus. Zorn brauste mir in den Ohren.

Sie stöhnte. »Ich wollte die Polizei sowieso bald anrufen, falls ich Tony nicht erreiche. Ich weiß nicht, ob er auch entkommen ist. Ich glaube nicht, daß er mich gesehen hat ... Ich habe versucht, ihn zu erreichen, aber er hört seinen Anrufbeantworter nicht ab. Er wird *so* sauer sein, wenn wir die Cops anrufen. Noch mehr schlechte Publicity für Prospect. Laß mir nur noch eine halbe Stunde Zeit«, bettelte sie. Sie erstickte einen Schluchzer und griff nach einem Papiertaschentuch.

»Marla, bitte sag mir, was passiert ist.«

»Jemand ... ich ... ich ... glaube, es könnte Albert gewesen sein ...« Ein Schluchzer durchlief sie erschaudernd. Ich legte meine Hand auf ihren Unterarm und wartete darauf, daß sie weitersprach. Sie fuhr fort: »Eigentlich hat es am Freitag abend angefangen. Tony und ich hatten einen schrecklichen Krach.«

»O nein.«

Sie stöhnte wieder, sah sich unsicher im Zimmer um, dann heftete sie den Blick auf den Kaffee und die Tabletten neben ihrem Bett. Sie tastete nach dem Tablettenröhrchen. Ich beugte mich nahe heran, um zu sehen, was es war. Auf dem Etikett stand: *Royce, Tony. Gegen Schmerzen alle vier Stunden eine Tablette oral einnehmen. Acetaminophen mit Codein.*

»Oh, Marla, nimm sein rezeptpflichtiges Medikament nicht. Wozu hast du es überhaupt?«

»Er läßt seine Sachen dauernd hier herumstehen. Und er neigt zu Kopfschmerzen. Ehrlich gesagt, manchmal glaube ich, daß er ein Typ ist, von dem man Kopfschmerzen bekommt.«

»Marla – «

»Laß mich was einnehmen«, insistierte sie, »und dann erzähle ich dir, was passiert ist.« Zu meinem Entsetzen schüttelte sie nicht eine, sondern drei Tabletten heraus, steckte sie in den Mund und spülte sie mit kaltem Kaffee hinunter. Sie zog eine Grimasse. Dann stöhnte sie und sank auf das Kissen zurück.

»Moment«, sagte ich zu ihr. »Laß mich einen Waschlappen für das Auge holen.« Als ich zurückkam, hatte sie das Gesicht in die Kissen gedrückt und weigerte sich, mich anzuschauen. »Marla«, flehte ich, »sprich nicht. Du *mußt* mir erlauben, Dr. Gordon anzurufen. Er wird dich sofort sehen wollen. Es geht um deine *Gesundheit,* Marla. Es geht um dein *Leben.*«

Sie ächzte. Dann streckte sie die Hand aus und nahm zu meiner Erleichterung den kalten Waschlappen, den ich ihr hinhielt. Als sie sich langsam wieder aufgesetzt hatte, fand ich das Schlafzimmertelefon, einen vergoldeten Apparat mit Wählscheibe, der zur Inneneinrichtung im französischen Landhausstil passen sollte. Mir tat ihretwegen das Herz weh. Sie versuchte immer, alles schön zu machen. Wie durch ein Wunder erinnerte ich mich an Dr. Gordons Nummer. Das Telefon klingelte einmal, zweimal. Es sei ein Notfall, sagte ich zum Auftragsdienst. Ob ich einen Notarztwagen bräuchte, wollte die Frau wissen. Ich wußte, daß für medizinische Notfälle eine Privatfirma namens Fort Range Ambulance zuständig war. Sie hatte nur zwei Fahrzeuge im Einsatz, und nach fast vierundzwanzig Stunden ohne Telefon in den Bergen würde der Notarztwagen lange brauchen, sich verfahren oder, was noch schlimmer gewesen wäre, überhaupt nicht zur Verfügung stehen. Ich konnte Marla schneller in das Krankenhaus bringen. Nein, antwortete ich der Telefonistin, es sei nötig, daß der Arzt mich anrufe. Dr. Gordon sei im OP, und ein Dr. Yang werde mich zurückrufen, teilte sie mir ruhig mit. Nach zwei Minuten rief Dr. Yang an. Ich sagte ihm, eine Herzpatientin von Dr. Gordon sei übel zusammengeschlagen worden. Er sagte, ich solle sie sofort ins Southwest Hospital bringen.

»Du mußt hin«, sagte ich sanft zu Marla. »Sobald wir dort sind, rufe ich Tom an, um ihm zu sagen, daß du in Ordnung bist, und bitte ihn, daß er Albert Lipscomb steckbrieflich suchen läßt. Hör zu«, platzte ich heraus, »Macguire Perkins ist euch gefolgt, weil er Cop werden will ...« Ganz gleich, was Tom sagte, es klang immer noch blöd. »Jedenfalls liegt Macguire im Lutheran Hospital. Draußen am Lagerplatz hat ihn auch jemand niedergeschlagen. Du, Macguire, vermutlich auch Tony – alle überfallen. Marla, wir *müssen* die Polizei anrufen, sobald du medizinisch versorgt bist.«

»Oh, Tony, Tony.« Marla stöhnte seinen Namen, während sie sich zentimeterweise aus dem Bett schob. Ihre Beine waren so voller Blutergüsse und schlimmer Platzwunden, daß ich mir einen bestürzten Aufschrei verkniff. Ohne weiteren Protest ließ sie zu, daß ich ihr in ein weites marineblaues Kleid half, das vorn durchgeknöpft war. Ich fand ein Paar rote Sandalen für sie. Sie zog sie an, dann sackte sie wieder auf das Bett, erschöpft von der Anstrengung des Anziehens.

»Meinst du, Tony ist zu Hause, meldet sich aber nicht?« fragte sie. »Was sollen wir machen, Goldy? Ich weiß nicht, ob es ihm gefällt, daß ich auf den Alarmknopf drücke, ehe wir wenigstens miteinander gesprochen haben – «

»Meinst du, du könntest mir erzählen, was passiert ist?«

Sie seufzte. Aber die Schmerztabletten mußten wirken, denn sie begann zu sprechen, sehr leise. »Am Freitag abend war es zu kalt zum Campen, und ich habe zu Tony gesagt, daß ich nicht im Freien schlafen kann. Ich habe gebettelt, daß wir erst am nächsten Tag hinauffahren. Er ist wütend geworden, und wir haben uns gestritten. Aber wir sind hierher zurückgekommen, haben etwas von der Suppe aufgewärmt, die du uns gebracht hast, und dann haben wir uns weiter darüber gestritten, an jenem Abend zum Lagerplatz zu fahren. Wir sind zu Bett gegangen – Tony im Gästezimmer, wohlgemerkt. Aber dann ist er hereingekommen und hat mich geweckt. Er hat gesagt, er glaubt, daß er einen Eindringling gehört hat. Du weißt, daß ich schlafe wie ein Stein, ich habe überhaupt nichts gehört. Er hat darauf bestanden, auf Zehenspitzen durch das Haus zu gehen, nach einem nicht vorhandenen Einbrecher zu suchen. Schließlich hat er sich beruhigt. Als ich am nächsten Morgen aufgewacht bin, lag ich hier und habe gedacht, wir wollen uns ein Zelt in der Wildnis teilen, und er übersteht nicht einmal eine Nacht, ohne zum Nervenbündel zu werden?« Ihr gelang ein klägliches Lachen.

»Aber warum seid ihr überhaupt dorthin gefahren? Am Samstag, meine ich? Da war dieses schreckliche Gewitter ...«

Sie seufzte, faßte einen Bluterguß auf ihrer Wange an und zuckte zusammen. »Ich wollte nicht fahren, aber er hat darauf bestanden. Das Wetter war etwas wärmer, der Nebel hatte sich aufgelöst, es war nur windig. Als wir das Auto beladen hatten, drohte jedoch wieder Regen. Tony hatte eine miserable Laune. Am liebsten hätte ich ihm gesagt, er soll allein fahren. Es war bloß so, daß wir mein Auto nehmen wollten, sein Miate kommt nicht immer mit den holprigen

Feldwegen zurecht. Ich hätte ihm sagen sollen, daß er einen Range Rover mieten muß. Ich hätte ihm eine Menge Dinge sagen müssen.« Sie runzelte die Stirn.

»Meinst du, es ist zu früh, noch eine Schmerztablette zu nehmen?«

»Absolut zu früh. Warten wir ab, was Yang sagt. Hast du am Lagerplatz Macguire oder einen Subaru gesehen?«

Sogar das Kopfschütteln schien ihr Schmerzen zu bereiten. »Nein. Wir sind zu dem Platz am Grizzy Creek hinaufgefahren, und Tom ist so nervös geworden wie ein tollwütiges Eichhörnchen. Er hat dauernd über Albert gesprochen, hat gesagt, das sei ihr Lieblingsplatz zum Angeln. Wir haben das Zelt aufgestellt, und natürlich fing es an zu gießen. Wir haben Propangas benützt und noch mehr von deiner Suppe aufgewärmt. Er hat immer wieder gesagt: ›Hast du etwas gehört? Glaubst du, daß jemand hier draußen bei uns ist?‹ Ich habe fünfzigmal nein gesagt, und dann habe ich ihm erklärt, daß seine Paranoia mich zum Wahnsinn treibt und daß ich schlafen will. Ich war so müde, daß ich einen Hurrikan verschlafen hätte. Jedenfalls habe ich das geglaubt, bis mich jemand gepackt und aus dem Zelt gezerrt hat.«

»Was? Wer?«

»Das weiß ich nicht. Jemand hat einfach damit angefangen, auf mich einzuschlagen. Ich habe geschrien und nach Tony gerufen. Ich habe versucht, Halt auf den Beinen zu bekommen, aber es war schlammig, finster, es hat gedonnert und geregnet wie verrückt... Es war wie ein Alptraum. Und alles ging so schnell. Ich hatte tief geschlafen, und dann schrie ich mir urplötzlich die Seele aus dem Leib. Aber dem, der mich geschlagen hat, wer auch immer es war, dem war das gleich. Schließlich habe ich es geschafft, aus dem verdammten Schlafsack herauszukommen. Ich habe versucht, zurückzuschlagen, alles gepackt, was ich als Waffe benützen konnte. Aber der Kerl war stark. Erst habe ich gedacht, es ist ein Bär, aber er hat gestöhnt wie ein Mensch. Und welcher Bär schlägt mit einem Stück Brennholz auf einen ein? Er hat mich geschlagen, immer wieder geschlagen. Als ich zu Boden ging, kam ein Blitz, und ich habe gesehen, wie der Kerl von mir weggeht, und ... er hatte keine Haare. Es ging alles so schnell. Ich habe gedacht: Wo bin ich, wo soll ich hin, was soll ich machen? Ich war mir sicher, daß ich sterbe.« Tränen bildeten sich in ihren von Blutergüssen umrundeten Augen.

»Du bist ohnmächtig geworden?«

»Ich war ... ich war ... ich hatte Sand im Mund und in den Haaren. Der Lärm des Wassers war unglaublich ... Ich habe schließlich angenommen, daß ich am sandigen Ufer des Bergbachs bin. Bei dem prasselnden Regen und dem warmen Blut, das mir über das Gesicht gesickert ist, habe ich gedacht: *Endlich, endlich komme ich zur Ruhe.* Ich war mir sicher, daß ich tot war oder nahe dran. Später, in der Nacht, bin ich zu mir gekommen, und das Gewitter war noch heftiger geworden, Donner, Blitze, Regen. Ich habe gedacht, ich höre jemand nach mir rufen. ›Marla! Sind Sie hier? Marla!‹«

»Das war vermutlich Macguire.«

Ihre Schultern sackten durch. »Ich habe gekeucht: ›Hier! Hier!‹ Aber über den Bergbach und das Gewitter hinweg hätte mich niemand hören können. Außerdem habe ich geglaubt, daß ich Halluzinationen habe. Mein Kopf war so ... breiig. Sogar albern. Mein Verstand hat hysterisch gelacht, gesagt: *Niemand ruft nach dir, blöde Kuh, es ist Rochester, der hinter Jane Eyre her ist!* So habe ich auf dem Bachufer gelegen, jeder Körperteil hat mir weh getan, und ich habe mich gefragt, wer nach mir schreit, wenn ich dabei bin, den Löffel abzugeben. Ich habe gewußt, daß ich tot bin.«

»Oh, Marla, es tut mir so leid – «

Sie hob eine Hand, um mich zu unterbrechen. »Als ich aufgewacht bin, war es kurz nach dem Morgengrauen, glaube ich. Wie auch immer, unser Lagerplatz war ein Chaos. Ich bin zu meinem Auto gehumpelt, aber es war abgeschlossen. Ich muß die Schlüssel verloren haben, als der Kerl – Albert – mich überfallen hat. Schließlich bin ich zur Hauptstraße gehinkt. Eine Familie auf dem Weg zur Kirche hat mich nach Hause gefahren. Ich habe versucht, Tony anzurufen, aber die Leitung war tot.« Die Tränen liefen über. Durch die Schmerztabletten sprach sie undeutlich. »Ich wollte dich unbedingt anrufen... oder zu dir fahren... wenn es in diesem hoffnungslosen Kaff bloß Taxis gäbe...«

»Hör auf«, sagte ich energisch. »Jetzt wird alles gut. Ich bin hier bei dir.« Ich stützte sie, als sie wacklig aufstand und stockend und mit eindeutigen Schmerzen auf die Treppe zuging. »Mein Lieferwagen parkt vor dem Haus. Soll ich ihn nach hinten fahren, oder schaffst du es die Treppe hinunter?«

»Laß mich versuchen, zu deinem Auto zu gehen. Es wird mir guttun, ich bin so verkrampft.«

Wir gingen zentimeterweise die Treppe hinunter, über den Läufer, dann zur Haustür. Ich sagte Marla, sie solle sich an einem Beistelltisch festhalten. Ich machte die Tür auf, und wir beide schnappten nach Luft.

Auf den Eingangsfliesen standen zwei Ermittler in Zivil: Hersey und De Groot.

»Aha!« sagte De Groot. Er musterte uns beide mit theatralischer Verblüffung, die dichten schwarzen Augenbrauen nach oben gezogen. »Wo wollen die Damen denn hin?«

»Was ist, was haben Sie hier verloren?« fragte ich. Die Frage kam mir so blöd vor. Andererseits hatten diese Typen schon bewiesen, daß sie mich dazu bringen konnten, mich idiotisch zu fühlen. Das Duo musterte uns mit einer unverhohlenen Mischung aus Feindseligkeit und Verdacht, unter der ich mich wand.

»Wollen Sie uns nicht nach Schulz fragen?« erkundigte sich De Groot. Ehe ich mir eine Antwort zurechtlegen konnte, hob er die Hand und grinste dreckig. »Ihm geht's bestens. Jedenfalls war das so, als wir ihn das letztemal gesehen haben.« Er zog die Augenbrauen zusammen, als wollte er mehr sagen, schien es sich dann aber anders zu überlegen. Er nahm Marlas zusammengeschlagenes Gesicht ausdruckslos zur Kenntnis. »Ms. Korman?«

Mit einem untypischen Mangel an Entschlußkraft, bei dem ich mir wünschte, die Arme um sie zu legen, erwiderte Marla: »Ja? Was ist?«

»Können wir hineinkommen?«

Ich trat zwischen die Cops und Marla. »Nein, tut mir leid, das geht nicht«, erwiderte ich knapp, ehe Marla die Chance zu antworten hatte. »Wie Sie sehen, hat meine Freundin

Schmerzen. Ihr Arzt will, daß ich sie sofort zu ihm bringe. Wir sprechen später mit Ihnen.«

Hersey ignorierte mich. Er trat zur Seite und wandte sich an Marla. »Haben wir wieder mal Krach bekommen, Ms. Korman?«

Marla sagte tonlos: »Es ist eine lange Geschichte.«

Ich konnte ihr die Peinlichkeit schmerzlich nachfühlen. Keine Frau wird gern voller Blutergüsse und Platzwunden gesehen; ich wußte das nur allzugut aus meiner persönlichen Erfahrung mit dem Kotzbrocken. Mein Ton den beiden Ermittlern gegenüber war eisig. »Würden Sie bitte gehen? Wir stehen unter ärztlichen Anweisungen, sind auf dem Weg ins Krankenhaus. Meine Freundin ist verletzt.«

»Das tut mir leid«, sagte De Groot. Aber es tat ihm nicht leid. Kalte, feuchte Luft wehte ins Foyer. De Groot fuhr sich mit den Fingern durch das glatte schwarze Haar. »Leider stehen wir unter Zeitdruck, Mrs. Schulz. Wenn Sie Ms. Korman zum Arzt bringen, müssen wir Ihnen folgen und dort mit ihr sprechen.«

»Das soll wohl ein Witz sein«, sagte ich. Aber es war keiner.

»Oh, laß sie rein«, sagte Marla niedergeschlagen. »Bringen wir es hinter uns und fahren dann zum Arzt.« Sie wandte sich von der Tür ab und humpelte Richtung Küche. Über die Schulter weg sagte sie: »Es macht mir nichts aus, wenn Sie mit mir sprechen, solange Goldy bei mir bleiben darf.« Sie ging unter Schmerzen und befangen, und ich verabscheute Hersey und De Groot wegen ihres unsensiblen Eindringens, während ich die Haustür aufriß, damit sie hereinkommen konnten.

Sie zogen die tropfenden Regenmäntel nicht aus, und ich hielt das für eine Art von psychologischem Trick: Wir wollen in diesem Haus nicht ungeschützt sein. Mir war es gleich. Ich wollte nur, daß sie ihre Fragen stellten und gingen. Hersey verrenkte sich den dicken Hals, damit er die üppig mit Teppichfliesen belegte Treppe sehen konnte. Hielt er nach jemandem Ausschau? Schwer zu sagen. De Groot schaute ein gerahmtes Bild an. Es war in kühnen Strichen ausgeführt und zeigte eine Frau mit einer Tasse Kaffee in der Hand.

»Das hier werden Sie nicht kennen«, sagte ich trotzig. »Es ist von einer Frau, einer Künstlerin aus Colorado, die Marla fördert.«

De Groot sagte: »Ja. Ich sehe, daß sie jede Menge Geld hat und Leute dafür bezahlen kann, zu tun, was sie will. Bilder zu malen. Sie ins Krankenhaus zu fahren. Bei ihr zu bleiben, während sie vernommen wird.«

De Groot sah auf das Kirschholzbüfett unter dem Gemälde hinunter, auf dem eine große Steuben-Vase stand, gefüllt mit getrockneten, erlesenen Rosen. Ich wollte Marla folgen, als Hersey einen fleischigen Finger in meine Richtung krümmte.

»Wir wissen, daß sie Sie bei sich haben will. Aber wenn wir mit ihr sprechen« – sein Ton war voller Bedrohung –, »gehen Sie hinaus, wenn Sie etwas sagen – wenn Sie blinzeln, zwinkern, sich räuspern. Verstanden?«

»Warum sind Sie hier?« entgegnete ich. »Weiß Captain Shockley, daß Sie ein solches Verhör durchführen, wenn eine Frau im Krankenhaus sein sollte?«

Er grinste. »Shockley hat uns geschickt.«

»Ich *bestehe* darauf, daß Sie mit dem Verhör warten, bis ich Tom angerufen habe.«

Hersey zog eine finstere Miene. »Sie wollen mit jemandem sprechen? Gehen Sie nach Hause und rufen Sie Shockley an. Er interessiert sich ausgesprochen für Ihre Freundin Marla Korman.«

Wortlos stolzierte ich in die Küche. De Groot und Hersey schlenderten hinter mir hinein.

De Groot hatte sich eindeutig zum Leiter dieser Vernehmung ernannt. Und daraus, wie sich die beiden Polizisten verhielten – die Notizblöcke gezückt, Blicke, die jede Einzelheit im Raum registrierten –, ging klar hervor, daß sie eine Vernehmung im Sinn hatten. Ich hoffte nur, daß die mit Codein ruhiggestellte Marla die Bedrohung erkannte, die darin lag.

De Groot lächelte sie ohne Heiterkeit an. »Wir sind hier, um Sie nach Tony Royce zu fragen.«

Marla sank auf einen Stuhl und musterte De Groot trübselig. »Geht es ihm gut?« fragte sie traurig. »Haben Sie ihn gefunden?«

»Nein, das nicht. Wann haben Sie ihn zum letztenmal gesehen?«

Marla schüttelte den Kopf und schaute weg. Wieder stiegen ihr Tränen der Peinlichkeit in die Augen. »Das muß ... Samstag nacht gewesen sein.«

»Und wo war das?«

Zu meinem Entsetzen fing Marla an zu schluchzen. Sie stolperte durch den Raum zu dem Schrank, an dem die Rolle mit Küchenpapier hing. Sie hielt sich an der Arbeitsfläche im Gleichgewicht, riß ein Papiertuch ab und betupfte sich die Blutergüsse um die Augen. *Wirf das Küchenpapier nicht in den Abfall zu den anderen verbluteten Tüchern,* flehte ich sie stumm an. Sie tat es nicht.

Sie sah hinaus in den wirbelnden Nebel und kämpfte um Fassung. Schließlich murmelte sie: »Wir waren ... oben auf einem Lagerplatz. Am Grizzly Creek.«

De Groot fragte: »Und wie sahen die Umstände aus, unter denen Sie ihn zum letztenmal gesehen haben?«

»Es ist zu einem Kampf gekommen. Jemand hat mich aus unserem Zelt gezerrt und mich zusammengeschlagen. Ich glaube, es war Albert Lipscomb.«

»Es ist also zu einem Kampf gekommen?« wiederholte De

Groot mit einem Blick zu seinem Partner, der kaum wahrnehmbar nickte. »Okay, Ms. Korman. Ich muß Ihnen sagen, daß Sie das Recht haben, die Aussage zu verweigern.« Eine Gänsehaut lief mir über die Arme. »Außerdem«, fuhr De Groot mit freundlicher Stimme fort, als trüge er ein Rezept vor, »kann alles, was Sie sagen, gegen Sie verwendet werden. Sie haben das Recht auf einen Anwalt und darauf, daß der Anwalt während des Verhörs anwesend ist. Falls Sie sich keinen Anwalt leisten können, wird Ihnen einer gestellt.«

»Ich kann mir einen *Anwalt* leisten – «, stieß Marla aus. »Wozu zum Teufel brauche ich einen – «

»Hey!« rief ich. »Hey! Sag kein Wort mehr, Marla! Was ist hier los? Weshalb wird sie verdächtigt? Jetzt ist sofort Schluß. Ich rufe meinen Mann an.«

Hersey stach mit dem Finger nach mir. »Was habe ich Ihnen gesagt? Jetzt halten Sie den Mund, sonst können Sie mit Ihrem kleinen Lieferwagen gleich wieder zu Ihrer Küche zurückfahren, kapiert? Tom Schulz hat mit diesem Fall nichts zu tun.«

Ich wandte mich Marla zu. »Sag nichts. Wir fahren jetzt zum Arzt.«

»Sie fährt zu keinem Arzt«, warf Hersey unheilverkündend dazwischen. »Sie kann entweder hierbleiben und unsere Fragen beantworten, oder sie kann mit aufs Revier kommen und unsere Fragen beantworten.«

»Entschuldigen Sie mich!« schrie Marla. Ihre blutunterlaufenen Augen waren wild. »Ich habe nichts zu verbergen! Ich habe *nichts* getan, ich habe mich nur gegen einen Angreifer verteidigt! Warum suchen Sie nicht nach *ihm*?«

»Genau danach wollen wir Sie fragen, falls Mrs. Schulz schweigt«, sagte De Groot sanft.

Marla preßte die Augen zu. Warum hatten die Cops ihr ihre Rechte verlesen, ohne sie festzunehmen? Falls sie eine

Verdächtige war, trug ihre geistige Verfassung nicht dazu bei, sie zu entlasten. Unglücklicherweise setzte die Wirkung des Codeins gewaltig ein. Ich verfluchte mich, weil ich zugelassen hatte, daß sie drei Tabletten nahm. Schließlich sagte sie: »Okay, hören Sie. Ich beantworte Ihre Fragen, und *dann* fahre ich zum Arzt, kapiert? Was genau wollen Sie wissen? Ich versuche, Ihnen zu erzählen, was passiert ist. Ich bin überfallen worden. Im einen Augenblick war ich im Schlafsack, im nächsten hat jemand auf mich eingeprügelt.«

De Groot dachte einen Augenblick nach, als wolle er das Thema wechseln und ärgere sich darüber, daß Marla die Gesprächsführung übernommen hatte. »Können Sie den Angreifer beschreiben?«

Marla sagte zögernd: »Na ja, es war so wenig Zeit... aber es kam mir vor... als ob es ein Mann wäre, sehr stark. Mittelgroß, mittelschwer gebaut. Ich habe in einem Blitz seinen kahlen Hinterkopf gesehen, als ich zu Boden ging...«

»Wo sind Sie zu Boden gegangen?«

»Am Bachufer, nachdem er mich mehrmals geschlagen hatte. Ich bin gestürzt, und ich nehme an, ich bin ohnmächtig geworden. Am Morgen bin ich zu mir gekommen und habe mich in die Stadt mitnehmen lassen.«

De Groot fuhr fort: »Als Sie in die Stadt zurückgekommen sind, haben Sie da den Überfall gemeldet?«

»Nein, Officer, weil die Telefonleitungen tot waren. Ist daran etwas Illegales?«

De Groot beantwortete ihre Frage nicht. »Sie haben kein Handy?«

Sie seufzte. »Das ist im Mercedes.«

»Wo war Royce, als dieser Fremde Sie niedergeschlagen hat?«

Marla umklammerte das Blatt Küchenpapier und ließ sich vorsichtig wieder auf dem Stuhl nieder. »Das weiß ich nicht. Ich habe geglaubt, er ist auf dem Lagerplatz, aber es war so finster, und ich habe nur versucht, diesen Kerl abzuwehren ...«

»Wie ist der Kampf zu Ende gegangen?«

Marla stockte. »Ich habe Ihnen doch gesagt, es ging alles sehr schnell, und dann bin ich am Bach ohnmächtig geworden. So ist der Kampf zu Ende gegangen. Als ich zu mir gekommen bin, da bin ich weggestolpert und über einen Feldweg zur gepflasterten Straße gegangen. Ich habe ein vorbeikommendes Auto angehalten.«

»Ihr Mercedes war dort. Warum sind Sie nicht einfach nach Hause gefahren?«

»Weil ich die Autoschlüssel nicht finden konnte, deshalb! Der Schlüsselring muß während des Kampfs verlorengegangen sein. Jedenfalls, als ich aufgewacht bin, es muß am Sonntag morgen gewesen sein, nehme ich an, war ich benommen und schrecklich desorientiert und konnte die Schlüssel nicht finden. Als ich es schließlich zur Straße geschafft hatte, hat diese nette junge Familie mich nach Hause gefahren.«

De Groot sagte: »Wissen Sie zufällig den Namen dieser netten jungen Familie?«

Marla schnappte ein. »Was sollte ich denn machen, ihnen einen Dankbrief schreiben? Nein, den Namen habe ich nicht mitbekommen. Ich hätte mich in dem Zustand, in dem ich war, sowieso nicht daran erinnert.«

»Na, dann ... wie alt waren sie?«

»Das weiß ich nicht. . Jung.«

»Wie haben sie ausgesehen?«

Marla erforschte ihre Erinnerung, aber die Schmerztabletten versperrten den Zugang. Sie schüttelte den Kopf. »Ich kann mich wirklich nicht daran erinnern.«

»Erinnern Sie sich daran, was für ein Auto diese nette junge Familie fuhr?«

»Ich hatte Schmerzen«, sagte Marla durch zusammengebissene Zähne. »Ich weiß nicht, was für ein verdammtes Auto das war. Sie haben mich nach Hause gefahren, sie waren auf dem Weg zur Kirche.«

»Haben sie angeboten, uns anzurufen?«

Marla seufzte. »O ja. Aber ich habe gesagt, ich mache das.« Sie zitterte und wischte sich das Gesicht mit dem Küchenpapier ab. »Dann bin ich in mein Haus gekommen, wo das Telefon nicht funktioniert hat.« Sie sah De Groot wütend an. »Mir war schwindlig, Officer! Ich hatte Schmerzen. Ich habe geblutet. Ich habe das Blut abgewischt, geduscht und eine unbestimmte Anzahl Schmerztabletten genommen. Als das Telefon heute morgen wieder funktioniert hat, habe ich zweimal versucht, Tony anzurufen. Wenn Sie wollen, können Sie seinen Anrufbeantworter überprüfen. Ich würde jetzt nicht einmal zum Arzt gehen, wenn Goldy nicht heute morgen hier aufgetaucht wäre.« Sie zog eine Grimasse.

Einen Augenblick lang sagten beide Polizisten nichts. Dann ergriff De Groot das Wort.

»Vor der Rückfahrt in dem Auto. Kommen wir darauf zurück, ja? Sie und Tony«, soufflierte er, »hatten am Samstag abend ... was gemacht?«

Marla erwiderte: »Wir haben das Zelt auf einer Anhöhe aufgebaut, für den Fall, daß es regnet, und das hat es dann auch. Also haben wir auf einem Campingherd Essen aufgewärmt, das Goldy für uns zubereitet hatte. Daran kann ich mich erinnern«, sagte sie mit einem Lächeln für mich. »Es war Hühnersuppe, und sie war phantastisch. Nach dem Essen haben wir unseren Abfall in den Kofferraum meines Autos gepackt, Sie wissen schon, wegen der Bedrohung durch Bären oder andere wilde Tiere – «

Hersey unterbrach mit den Worten: »Was war sonst noch im Kofferraum Ihres Autos?«

»Was sonst noch?« wiederholte Marla verdutzt. »Moment mal, Tony hatte eine Schußwaffe – «

»Was für eine?« wollte De Groot wissen.

Marla zog die Nase kraus. »Oh, daran erinnere ich mich nicht. Ich glaube, es war eine Pistole. Wie auch immer, sie war nicht geladen, aber er hat gesagt, wegen der wilden Tiere muß man sie mitnehmen. Pumas oder so. Was sonst noch ... Tony und ich haben unsere Rucksäcke hineingepackt, Kleidung und so weiter – «

»Zwei Rucksäcke?«

»Ich glaube schon, zwei, vielleicht auch drei. Es hat heftig geregnet, und wir haben die Laterne ins Zelt gebracht. Wir haben die Klappen zugemacht und die Reißverschlüsse zugezogen. Dann haben wir zusammen etwas Wein getrunken, und schließlich haben wir beschlossen ... schlafen zu gehen.« Sie stieß ein kleines, verlegenes Lachen aus. »Wir hatten eine Zeitlang geschlafen, jedenfalls ich, als jemand uns überfallen hat.« Ein verwirrter Ausdruck verfinsterte ihr Gesicht. »Ich glaube jedenfalls, derjenige, wer auch immer es gewesen sein mag, hat uns beide überfallen.«

De Groot beugte sich aufmerksam vor. »Und wo war Royce? Während dieses Überfalls?« Er klang immer noch skeptisch, bezweifelte, daß überhaupt ein Überfall stattgefunden hatte.

»Das kann ich Ihnen nicht sagen. Ich konnte überhaupt nichts *sehen.* Ich habe immer wieder nach ihm gerufen, aber er hat kein Wort gesagt. Und dann habe ich gedacht, es ist Albert, er ist zurückgekommen und ... er will etwas ... oder ... er ist wütend auf mich, weil wir auf der Party diese Auseinandersetzung hatten, und jetzt sind alle Investoren mißtrauisch ...«

»Albert Lipscomb«, echote De Groot und machte sich eine Notiz. »Sie haben geglaubt, daß er Sie überfällt, schon bevor Sie in einem Blitz seinen Kahlkopf gesehen haben.

Lipscomb war zurückgekommen, um Sie und Tony Royce zu überfallen, bloß daß Sie keinen Anhaltspunkt dafür haben, wo Royce zu diesem Zeitpunkt war.«

»Na ja, ich ... nein. Officers«, flehte Marla, »ich will wirklich zu meinem Arzt.«

»Um welche Zeit war dieser Überfall?« warf Hersey dazwischen.

Marla war erschrocken, was Hersey vermutlich beabsichtigt hatte. »Das weiß ich nicht. Ich hatte meine Uhr abgenommen. Tony hat gesagt, beim Campen soll man nicht auf die Zeit achten.«

Beide Kriminalpolizisten richteten den Blick auf ihr Handgelenk, an dem zwischen den Blutergüssen und Platzwunden eine goldene Uhr funkelte. »Die habe ich angezogen, als ich nach Hause gekommen bin«, sagte sie mit einem defensiven Kopfschütteln. Aber sogar mir kam es so vor, als wäre der Schaden angerichtet. Log sie, oder war sie lediglich verwirrt? Verheimlichte sie etwas? Ich nehme an, es war gegen zwei Uhr morgens. Vielleicht später. Sagen wir mal, vier. Es war dunkel, und das Gewitter war unglaublich.«

Hersey sagte: »Und vor dem Überfall, vor dem Campingausflug, würden Sie sagen, daß Royce da Ihr fester Freund war?«

Sie atmete unter Schmerzen aus. »So ähnlich.«

Hersey insistierte. »Und wie lange haben Sie Royce vor dem kleinen Campingausflug gekannt, den Sie gemeinsam unternommen haben?«

Marla sackte erschöpft zusammen. »Ich habe mich seit etwa fünfzehn Monaten mit ihm getroffen. Ungefähr.«
De Groot machte sich eine weitere Notiz auf seinem Block. »Könnten Sie sich etwas genauer ausdrücken, Ms. Korman?«

»Das müßte ich in meinem Kalender nachschlagen.«

»Sie führen einen Kalender?« fragte Hersey. »Wie ein Tagebuch?«

Marla nickte. »Mehr oder weniger. Bevorstehende Ereignisse, solche Sachen.«

»Könnten wir den Kalender sehen?«

Nein, nein, nein! schrie ich im Geist. Aber Marla hatte sich schon gehorsam hochgezogen und schlurfte hinüber zum Regal. Warum war sie so fügsam? Es mußte an dem Schmerzmittel liegen. Ich wollte ihr unbedingt sagen, daß eine Regel gleichermaßen für eine kriminalistische Ermittlung wie für eine Steuerprüfung gilt: *Tu niemals etwas freiwillig.* Marla runzelte die Stirn, als sie erst ein dickes Notizbuch, dann ein zweites vom Regal zog. »Okay, hier haben wir's. März, im vorletzten Jahr. Moment mal: *Einkaufen, einkaufen, Mittagessen,* okay ... hier steht es. *Asti spumante und Nachtisch in Eileens Haus.«* Mir wurde bang ums Herz, als sie De Groot das Notizbuch reichte. »Damals habe ich Tony kennengelernt. In Eileens Haus. Er hat eine Stunde damit verbracht, mich davon zu überzeugen, daß ich Aktien von Intel kaufen soll. Wie sich herausgestellt hat, hätte ich das tun sollen.«

In einem beiläufigen Ton sag te De Groot: »Und dieses Jahr? Mit dem Datum des Campingausflugs?«

Marla tastete auf dem Regal herum. Sie ignorierte meinen Blick, brachte ein weiteres dickes Notizbuch zum Vorschein und blätterte es durch. »Oh, Bruderherz.« Ihre Stimme klang extrem müde. »Okay, hier ist es. Montag, der vierzehnte Juni, das ist heute, das sind fast genau fünfzehn Monate, nicht wahr? Was ist, wollen Sie überprüfen, ob ich rechnen kann?«

De Groot starrte in den Kalender, dann machte er sich eine Notiz. Sein Mund zuckte. Er klopfte gegen den Kalender. »Hmm. Sie reisen nächste Woche nach Europa? Sie? Allein?«

»Mit einer Gruppe, falls ich es je ins Krankenhaus schaffe und diese Platzwunden und Blutergüsse versorgen lassen kann«

De Groot blickte sehnsüchtig in die Richtung der Kaffeemaschine, dann warf er mir einen Blick zu. Ich rührte mich nicht. Ich hatte nicht vor, ihn zu verwöhnen.

»Sie haben also keine Ahnung, wo Tony Royce ist?« fragte er Marla mit überraschender Milde.

»Nein«, erwiderte Marla. »Ich habe gehofft, daß er mich anruft, jetzt wo die Telefone wieder funktionieren.« Mich verlangte dringend danach, sie wieder vor dem Weiterreden zu warnen. Marla wußte nicht soviel über Verhöre wie ich; deshalb forderte sie die beiden nicht heraus. Das war außerdem der Grund, aus dem diese beiden Tölpel so viele Fragen stellten und damit durchkamen.

Ein peinliches Schweigen entstand. Hersey brach es. »Ms. Korman, ist Ihnen bekannt, daß Tony Royce verschwunden ist?«

Sie seufzte. »Nein.«

»Und Sie sind mit Tony Royce ausgekommen?«

»Ja, selbstverständlich bin ich mit ihm ausgekommen«, fuhr Marla ihn an.

Hersey sagte: »Haben Sie sich in jener Nacht im Zelt mit ihm gestritten? War es Royce, der Sie geschlagen hat?«

»Das weiß ich nicht!« rief Marla wütend. »Ich weiß nicht, wer es war! Ich habe geglaubt, es ist Albert Lipscomb! Das habe ich Ihnen doch gesagt, bloß ging alles so unglaublich schnell und war so ... gewalttätig.«

»Waren Sie, Tony und Albert Komplizen bei einem Betrugsmanöver mit der Mine? Was ist schiefgegangen? Haben Sie und Tony sich zerstritten, und Tony ist mit Albert weggegangen?«

»Machen Sie sich nicht lächerlich.« Unter den Blutergüssen wurde Marla bleich.

»Haben Sie eine Waffe gefunden, die Sie gegen Ihren Angreifer benützen konnten?« insistierte Hersey.

Marla seufzte. »Nein. Obwohl ich die Pistole aus dem Auto holen wollte – «

»Hatte Royce weitere Waffen mitgebracht?« unterbrach Hersey.

Marla verzog das Gesicht und schloß die Augen. »Sein Angelmesser«, sagte sie leise.

»Haben *Sie* das Angelmesser als Waffe benützt? Das heißt, Tonys Angelmesser«, fragte De Groot mit derselben milden Stimme.

»Nein«, sagte Marla mit einem Stöhnen. »Selbstverständlich nicht.«

»Haben Sie Royce erstochen?« Seine Augen bohrten sich bösartig in die Marlas. »Haben Sie ihn in den Bach gestoßen, nachdem Sie ihn erstochen hatten?«

»Nein, nein, nein!« rief Marla entrüstet und zitternd. »Selbstverständlich nicht.«

»In Ordnung.« Hersey warf seinem Partner einen Blick zu, der mir nicht gefiel. »Wir haben uns das nur gefragt.«

De Groot zog ein Blatt aus seinem Notizblock und lächelte dann unangenehm. »Wir denken außerdem über die Tatsache nach, daß wir unserem Chef Rechenschaft schuldig sind, Ms. Korman. Wir wissen, daß Sie zum Arzt wollen, und wir haben es auch eilig. Das hier ist nur ein Einwilligungsformular zur Hausdurchsuchung, damit wir uns umsehen können. Hätten Sie etwas dagegen, es zu unterschreiben?«

Ich konnte mich nicht länger zurückhalten. »Tu's nicht, Marla!«

Aber zu meinem Verdruß überflog Marla das Blatt Papier, nahm den Stift, den De Groot ihr reichte, und kritzelte ihre Unterschrift. »Keine Sorge, Goldy, sie werden Tony nicht finden. Er ist nicht hier.«

»Was ist hier los?« tobte ich. Sie wissen verdammt genau, daß Sie ihr Haus nicht durchwühlen dürfen, bloß für den Fall, daß Ihnen etwas ins Auge sticht.«

Aber De Groot nahm Marla das Einwilligungsformular aus der Hand und grinste dreckig, als sie aus der Küche schlenderten. Bei Marlas niedergeschlagener Miene wurde mir bang ums Herz. »Laß sie doch einfach gehen, Goldy«, murmelte sie. »Sie werden überhaupt nichts finden. Auf keinen Fall werden sie Tony finden. Ich schwöre dir, ich weiß ehrlich nicht, wo er sein könnte, und glaube mir, das ist eine Frage, die ich mir seit Samstag nacht immer wieder gestellt habe.«

Ich schüttelte den Kopf. Wie Marla sich diese Behandlung durch diese Polizisten gefallen ließ, war furchterregend, vor allem, weil ich den Verdacht hatte, daß sie nach einem unbekannten Plan vorgingen, diktiert von Captain Shockley. Ihre Sorglosigkeit überstieg mein Begriffsvermögen. »Du brauchst einen Anwalt, so schnell wie möglich«, zischte ich. »Du hast nicht einmal an Tonys rezeptpflichtiges Medikament auf deinem Tisch gedacht!«

»Das ist doch belanglos. Ich brauche einen Arzt und ein *stärkeres* Schmerzmittel. Ich habe gehört, Vicodin soll ziemlich gut sein ... leise, hier kommen sie.«

De Groot und Hersey kamen türenknallend in die Küche zurück. Es war nicht schwer, ihnen anzusehen, daß sie äußerst unzufrieden waren.

»Keine Leichen in meinem Keller«, witzelte Marla, und ich unterdrückte den Impuls, De Groot boshaft anzugrinsen. Er ignorierte mich und zog an der Schranktür, verbrachte eine Weile damit, darin herumzustöbern. Dann machte er die oberen Schränke auf, während Hersey in die unteren schaute. Schließlich riß De Groot knarrend die Tür zum Badezimmer zwischen der Küche und dem finsteren Flur auf. Er schaltete das Licht an und schaute hinein.

Mit einem Triumphgeheul tauchte er wieder auf, ein Schmuckstück in der Hand.

»Was ist das?« krähte er.

»Das ist Tonys Uhr«, sagte Marla trocken. »Er vergißt sie dauernd hier.«

De Groot musterte die goldene Rolex. »Er läßt häufig eine Armbanduhr für zwanzigtausend Dollar in Ihrem Badezimmerschrank liegen?« sagte er schneidend.

Marla zuckte die Achseln. »Ich glaube, sie kosten etwa zwanzigtausendfünfhundert, falls Sie die Wahrheit wissen wollen. Er hat hier einen eigenen Schrank. Na und?«

De Groot starrte mich an, vielleicht weil ich vor Überraschung unwillkürlich den Mund aufgerissen hatte. »Aber Ihre Freundin Goldy glaubt im Grunde nicht, daß Tony Royce seine wertvolle Uhr im Bad seiner Freundin liegenläßt, oder?«

Marla sah mich mit offenem Mund an.

Unklugerweise sagte ich: »Wenn ich etwas über diese Uhr wüßte, Deputy, würde ich es Ihnen nicht sagen. Und warum tragen Sie keine Gummihandschuhe? Haben Sie nie etwas von der Vernichtung von Beweismaterial gehört?«

De Groots Gesicht verzerrte sich zu dem vertrauten, erbitternden Grinsen. »Das nenne ich Kooperation mit der Polizei. Wir haben von unserem Captain etwas über diese Uhr gehört. Er hat gefragt, ob wir die Rolex auf dem Lagerplatz gefunden haben, weil sie Royces am meisten geschätzter Besitz war und er sich nie, *niemals* von ihr getrennt hat.«

»Hühner*kacke*!« kreischte Marla. Mir wurde von ihren Umschwüngen von passivem Verhalten zur Wut schwindlig.

De Groot schrie sie seinerseits an. »Hey! Warum sagen Sie mir nicht die Wahrheit?«

»Ich habe Ihnen die Wahrheit gesagt!«

»Dann wollen Sie mir vielleicht erzählen, welches Kleidungsstück mit wessen Blut überall darauf im Kofferraum Ihres Mercedes liegt?«

»Ich weiß nicht, worüber Sie sprechen!«

»Marla Korman«, sagte De Groot, »Sie sind wegen des Mordes an Anthony Royce festgenommen.«

»Nein, Nein!« rief Marla. Sie stürzte auf mich zu, und ich schloß sie fest in die Arme.

»Sie nehmen sie tatsächlich fest!« protestierte ich. »Haben Sie Royces Leiche? Aus welchen Gründen können Sie – «

Hersey stieß mich gegen den Tresen. Ich schnappte nach Luft und wirbelte herum. De Groot hatte Marla gepackt. Hersey langte mit einer stämmigen Hand in die Hintertasche seiner Hose und zog Handschellen heraus. Marla schrie protestierend auf.

Ich machte einen Satz auf meine Freundin zu. Die Cops waren zu schnell. Hersey versetzte mir einen Stoß gegen die Schulter, und ich fiel auf den Boden. De Groot hielt beide Arme meiner Freundin auf ihrem Rücken fest und ließ die Handschellen zuschnappen. Marla schrie vor Schmerz auf und verstummte dann.

»Mrs. Schulz.« Herseys kleine Augen waren voller Verachtung, als er auf mich hinunterschaute. Ich rieb mir die Schulter und bedachte ihn mit einem haßerfüllten Blick. »Gehen Sie uns aus dem Weg, und halten Sie den Mund. Sonst müssen wir Sie auch festnehmen.«

»Aber Sie dürfen, Sie dürfen das einfach nicht *tun* – «

»Sie tun mir weh!« schrie Marla. »Officer, Sie werden sich noch so leid tun, wenn mein Anwalt mit Ihnen fertig ist, das können Sie sich gar nicht vorstellen – «

»Ja, ja, ja«, sagte De Groot, »die Frau mit den heftigen Drohungen. Wir haben alles über Sie gehört.«

»Goldy!« Marla schluchzte. »Hilf mir! Ich brauche die Tabletten in meiner Handtasche! Ich brauche – « Hersey und De Groot stießen sie zur Tür.

»Ich folge dir«, rief ich. Ich rappelte mich auf und packte Marlas Tasche, die auf dem Tresen lag. »Ich bleibe im Lieferwagen direkt hinter dir! Wir werden das klären!«

»Goldy! Laß nicht zu, daß sie mir das antun!« rief Marlas Stimme wieder. »Hilf mir!«

»Ich helfe dir!« rief ich zurück, als sie Marla in die Limousine vom Büro des Sheriffs steckten.

Aber ich war mir nicht sicher, ob sie mich gehört hatte. Meine Besorgnis wuchs, als die Limousine in den Nebel eintauchte. Wie in aller Welt konnten sie Marla unter Mordanklage stellen? Warum wollten sie mir nicht sagen, ob sie die Leiche von Tony Royce draußen auf dem Lagerplatz am Grizzly Creek gefunden hatten? Welche Worte, die Marla gesagt hatten, rechtfertigten die Mordanklage? Konnte die Polizei sie einfach festnehmen, weil ein blutiges Kleidungsstück in ihrem Kofferraum gewesen war? *Und warum hatte Tom mich nicht angerufen, um mich vor dem allen zu warnen?*

Als ich mit dem Lieferwagen die I-70 entlang in die Richtung des Büros des Sheriffs raste, wuchs eine Gewißheit in mir: Shockley steckte hinter dem ganzen Unternehmen. Shockley, der große Ermittler. Shockley, der paronoide Cop. Shockley, der alles über Tonys goldene Uhr wußte und sich erkundigt hatte, woher Marlas Geld für ihr teures Auto stammte. Ich bremste abrupt, als der Lieferwagen auf einen dichten Nebelstreifen stieß. Es war vermutlich ein Gefühl tiefer Befriedigung für den Boß, daß Tom nichts von einer Mordermittlung gegen die engste Freundin seiner Frau erfuhr. Ich hätte alles darauf gewettet, daß er deshalb seine beiden Rottweiler geschickt hatte, um Marla zu verhören.

Der Nebel löste sich etwas auf, als ich zur Garageneinfahrt zum Gefängnis kam. Das neue zehnstöckige Gebäude ragte über dem Parkplatz auf. Die Sicht reichte aus, einen Wagen auszumachen, der durch die sich schließende automatische Tür verschwand. Ich fluchte schweigend und fuhr den Lieferwagen zu der Videokamera. Die Objektive waren auf Fahrer gerichtet, die durch die Polizeieinfahrt in die Garage wollten.

Statik drang aus dem Lautsprecher unter den Objektiven. »Tragen Sie Ihr Anliegen vor«, forderte eine sachliche Männerstimme. Jedenfalls glaube ich, daß sie das sagte.

Ich atmete frustriert aus. Jetzt würden sie mich auf keinen Fall hineinlassen. Ich sagte: »Tut nichts zur Sache. Ich benütze den öffentlichen Eingang.«

Ich weiß nicht, was ich erwartete, als ich mich durch die Eingangstür zum Gefängnis schob. Trotz meiner gelegentlichen Beteiligung an Verbrechensermittlungen war ich noch nie hier gewesen. Überraschenderweise ähnelte der Empfangsbereich dem, womit man in einem kleinen Hotel rechnet, obwohl er schmuckloser war. Drei schlichte beigefarbene Sofas standen präzise angeordnet auf einem makellos sauberen beigefarbenen Teppichboden. Ein geschwungener Tresen ragte aus einer beigefarbenen Wand vor wie eine Seerose aus Beton. Die Wände lockerten riesige Flächen aus gewellten Glasbausteinen auf, zusammengehalten von zentimeterdickem weißem Mörtel. Das dicke Glas war zweifellos dazu bestimmt, Sonnenschein in die Halle eindringen zu lassen, während es dem Blick – und den Kugeln rachsüchtiger Angehöriger, wie ich mir vorstellte – den Zugang verwehrte. Ich preßte Marlas Handtasche an meine Brust und trat vor.

»Ich brauche Hilfe«, sagte ich stockend zu der kleinen Polizistin hinter dem einschüchternden Tresen. Die dunkelgrüne Uniform der Frau im Rang eines Deputy spannte über ihrer molligen Figur, und sie trug das gesträhnte blonde Haar in einem so fest geflochtenen Knoten, daß ich davon Kopfschmerzen bekommen hätte. »Ich bin hier, um eine Freundin zu besuchen, Marla… Marla Korman. Sie ist… eben ins Gefängnis eingeliefert worden« Ich räusperte mich und zwang mich zur Selbstbeherrschung. »Verstehen Sie, es handelt sich um einen schrecklichen, schrecklichen Irrtum«, sagte ich energisch, »weil sie niemals – «

»Moment«, sagte die Polizistin. Sie bat mich, Marlas Namen zu buchstabieren, und tippte auf einer Computertastatur. Sie sah einen Augenblick lang verwirrt auf den Bildschirm, dann wandte sie sich mir zu und schüttelte den Kopf. »Ich weiß nicht, wie die Anklage lautet, und werde es vermutlich eine Weile lang nicht erfahren – «

»Bitte«, flehte ich, jetzt schamlos, «*bitte.* Ich bin Mrs. Schulz. Mrs. *Tom* Schulz. Könnten Sie nicht bitte den diensthabenden Officer im Gefängnis anrufen und herausfinden, was mit meiner Freundin geschieht? Ihr Gesundheitszustand ist schlecht, und sie ist übel zusammengeschlagen worden, und die Cops haben ihr bei der Festnahme weh getan…«

Die Polizistin beugte sich vor. »Es gibt niemanden, den ich anrufen könnte, Mrs. Schulz. Ich bekomme von niemandem Auskunft, bevor die Einlieferungsformalitäten abgeschlossen sind. Ich bedaure, das sagen zu müssen, aber falls Sie nicht ihre Anwältin sind, werden Sie Ihre Freundin nicht vor dem *Besuchstag* am Freitag sehen können – «

»Am Freitag! Bis zum Freitag könnte sie einen Herzinfarkt bekommen! Sie hat nicht einmal ihre Medikamente!«

Ich riß Marlas Handtasche auf. »Das Mittel heißt Inderal. Es ist hier drin, und sie wollten nicht erlauben – « Die Polizistin nahm mir in einer fließenden Bewegung die Handtasche ab und verstaute sie unter dem Tresen.

»Sie sollten folgendes tun«, tadelte sie mich in einem ruhigen, gelassenen Ton, der andeutete, sie habe schon mit weit mehr Hysterikern zu tun gehabt, als ihr lieb war. »Sie sollten nach Hause fahren. Darauf warten, daß Ihre Freundin anruft.«

Ich erreichte nichts. Ich mußte mir etwas anderes ausdenken, um Marla zu helfen. Ich rannte zum Parkplatz zurück und dachte über meine Möglichkeiten nach. Eins wußte ich: ich würde nicht nach Hause fahren und darauf warten, daß Marla anrief. Ihr klagender Ruf nach mir, als sie weggeschleppt wurde, hallte mir noch im Kopf wider. Ich trabte die Treppe zum Haupteingang zum Büro des Sheriffs hinunter.

»Tom Schulz, bitte«, sagte ich zu dem Deputy am Tresen. Sein Tisch war eine kleinere Ausführung des Tresens in der Gefängnishalle. Der junge Deputy war so mager, daß die Uniform an ihm herunterhing; er sah wie eine Vogelscheuche aus. Er konnte keinen Tag älter als zwanzig sein. »Deputy...?« Ich warf einen Blick auf sein Namensschild. »Carson? Würden Sie bitte Tom Schulz sagen, daß seine Frau hier ist?«

Deputy Carlson nahm einen Hörer ab und drückte auf Knöpfe, dann sprach er leise. Ich konnte nicht ausmachen, was er sagte, bekam nicht heraus, ob er Tom anrief, den diensthabenden Officer ein Stockwerk höher oder, Gott behüte, Captain Shockley. Diesen letzten Gedanken schüttelte ich heftig ab. So weit reichte meine Paranoia nicht. Nach einem Augenblick legte der Deputy auf und sagte, Tom komme gleich nach unten.

Fünf Minuten später schlenderte Tom mit seinem ganzen üblichen Selbstvertrauen auf mich zu. Es kam mir wie eine Ewigkeit vor, seit ich ihn zum letzten Mal gesehen hatte, obwohl es erst letzte Nacht gewesen war. Seine grünen Augen suchten meine, und er schien meine Verfassung sofort einzuschätzen.

»Gehen wir nach oben und trinken eine Tasse Kaffee«, sagte er freundlich, als ob ich gekommen wäre, um die Einkaufsliste durchzugehen.

Er lächelte und winkte dem Cop am Tresen zu. *Ich habe hier alles im Griff. Kein Grund zur Sorge.*

Sicher.

»Komm mit«, sagte er laut in dem Ton, der warnte: *Wir sind in der Öffentlichkeit; tu, als wäre nichts geschehen.* »Nehmen wir etwas Koffein zu uns. Ein alter Freund von dir möchte gern mit uns reden.« Als ich nach Luft schnappte und etwas munterer wurde, senkte er die Stimme, behielt aber dasselbe Lächeln bei.

»Es ist Armstrong. Er war oben am Grizzly Creek. Er war in der Nähe, um eine Meldung über einen Puma nachzuprüfen, und hat über Funk den Anruf des Lastwagenfahrers gehört.«

Ich nahm seinen Arm und ging an seiner Seite, als käme ich dauernd in das Büro des Sheriffs, um mit meinem Mann bitteren Kaffee aus dem Automaten zu trinken.

Drei uniformierte Officers verließen, als wir hereinkamen, den Aufenthaltsraum. Sie nickten und sagten: »Schulz«, warfen aber verstohlene Blicke in meine Richtung. Zweifellos machten meine wilden Augen und fleckigen Wangen keinen guten Eindruck. Ich konnte mir vorstellen, wie sie dachten: *Armer Kerl. Sie hat ein Problem und erwartet von ihm, daß er es löst.*

»Wissen denn alle, was los ist?« murmelte ich, sobald Tom mir dampfendheißen Kaffee gebracht hatte. Ich starrte verdrossen in das Gebräu.

»Schwer zu sagen.« Er hatte kaum etwas gesagt, als Deputy Armstrong hereinkam. Ich kannte Armstrong – einen Mann mit blassem Gesicht und dünnem braunen Haar – seit ein paar Jahren. Er bedachte mich mit einem mitfühlenden Blick und kam zu uns.

»Sie stecken ihre Freundin bis zur Anklageerhebung in Untersuchungshaft«, fing er an, ohne den Schlag zu dämpfen.

»Wann kann ich sie besuchen?« fragte ich. Ich klang auf absurde Weise ruhig. »Kann ich irgend etwas tun?«

Armstrong runzelte die Stirn. »Es gibt Besuchstage. Und nein, Sie können nichts tun, um ihr zu helfen. Sie wird den Anwalt anrufen, den sie will. Sie haben sie heute festgenommen, weil sie herausgefunden hatten, daß sie geplant hat, das Land zu verlassen.«

Marlas Kalender. »Aber sie braucht das Medikament, das ich der Polizistin am Gefängnistresen gegeben habe. Das wird doch in dem ganzen Papierkrieg nicht verlorengehen, oder? Außerdem braucht sie einen Arzt.«

Tom faßte mich an der Schulter. »Die Gefängnisschwester kümmert sich um sie. Marla bekommt ihre Tabletten. Sie wollen auf keinen Fall einen Rechtsstreit, weil jemand aus Fahrlässigkeit zu Tode gekommen ist, glaube mir. Ist Marla verletzt? Oder machst du dir nur Sorgen um ihre Gesundheit?«

»Jemand hat sie auf dem Lagerplatz zusammengeschlagen und liegenlassen, damit sie stirbt. Und wer auch immer das war, hat Macguire dasselbe angetan, da bin ich mir sicher. Tom, Tony Royce ist *verschwunden,* und diese beiden Cops behaupten, Marla hat ihn *umgebracht.* Das ist einfach absurd. Marla könnte niemandem etwas tun.« Bis auf den Kotzbrocken, und der hatte es darauf angelegt.

»Glauben sie, daß sie miteinander gekämpft haben und sie ihn in Notwehr getötet hat?« fragte Tom.

»Das weiß ich nicht! Diese Cops haben sie ausgetrickst«, sagte ich grimmig zu ihm. »Dieser grauenhafte De Groot hat ihr die Rechte verlesen, als sie nicht die leiseste Ahnung hatte, was sich abspielt. Hat sie ein Papier unterschreiben lassen, das ihnen die Erlaubnis gab, ihr Haus zu durchsuchen. *Sie* hat geglaubt, sie suchen nach *Tony*. Ich habe versucht, die Cops daran zu hindern, aber sie wollten nicht auf mich hören. Sie haben mich herumgestoßen, Tom. Aber sie haben ihr weh getan.« Ich verstummte.

»Sie hat ihnen gesagt, daß ein Kampf stattgefunden hat, stimmt's?« fragte Tony sanft. Als ich nickte, fügte er hinzu: »Von da an wurde sie in ihren Augen eine Verdächtige.«

»Aber ist Tony Royce tot? Haben sie seine Leiche? Wie ist er gestorben? Und was ist mit seinem verschwundenen Partner, Lipscomb? Marla hat gesagt, daß ein Kahlkopf sie zusammengeschlagen hat! Habt ihr irgendeine Ahnung, wo er ist? Warum steht nicht *er* unter Verdacht?«

»Miss G., weshalb? Glaubst du, daß Lipscomb dort gecampt hat und sie ihn überrascht haben?« Tonys Blick stellte mir Fragen. Ich zuckte die Achseln, und er fuhr fort: »Vielleicht hat ein Kahlkopf sie überfallen. Aber ich wette darauf, daß der verschwundene Partner schon lange fort ist. Er hat das Geld genommen und ist abgehauen. Die einzige Theorie von Shockley, die ich gehört habe, lautet so: Albert Lipscomb, Tony Royce und Marla waren gemeinsam in ein Betrugsmanöver verwickelt. Als es danebengegangen ist, hat sie Royce ermordet.«

»O ja«, sagte ich ungeduldig. »Das haben sie an uns auch schon ausprobiert. Und welcher böse Bube hat dann Marla überfallen?«

Tom klopfte mit der Kaffeetasse auf den Tisch und schüttelte den Kopf. »Wer weiß? Falls die Tatsache, daß Lipscomb mit dem ganzen Geld durchgebrannt ist, das Ende von Prospect Financial bedeutet, sollten wir uns die Investoren ansehen. Mir kommt es so vor, als wären sie ziemlich wütend auf den übriggebliebenen Partner, meinst du nicht auch?«

Duputy Armstrong zuckte die Achseln. »Mir kommt das ziemlich weit hergeholt vor«, sagte er leise.

Ich trank den bitteren Kaffee und dachte über eine noch bitterere Vorstellung nach: Marla im Gefängnis, wegen des Mordes an Tony Royce *und* weil sie dreieinhalb Millionen Dollar gestohlen hatte.

Deputy Armstrong bedachte mich mit einem trauervollen Blick. »Wir haben Royces Leiche nicht, und es wird lange dauern, bis wir im Bergbach suchen und sie bergen können.«

Ich stellte die Tasse ab. Plötzlich sehnte ich mich danach, wieder in meiner Küche zu sein, wo Mord, Festnahmen und verschwundene Partner, die riesige Summen Geld anderer Leute unterschlagen hatten, mir nichts anhaben konnten. »Fangen wir von vorn an. Wie ist der Stand der Ermittlungen im Fall Royce?«

»Okay«, sagte Armstrong grimmig. Er wußte, daß er mir schreckliche Nachrichten zu überbringen hatte. »De Groot und Hersey waren als erste dort oben. Shockley hat sie geschickt, weil es in der Meldung, die wir bekommen haben, hieß, die beiden Menschen, die möglicherweise verletzt seien, hätten etwas mit Prospect Financial zu tun. Es ist hier schon ein Witz geworden, wie hysterisch der Captain wegen seines Pensionskontos ist. Der Lastwagenfahrer hat jedenfalls einen zusammengeschlagenen Jungen namens Perkins ins Krankenhaus gefahren. Offenbar kennen Sie ihn auch?«

Ich nickte. »Macguire ist mein Assistent. Er will Cop werden, deshalb hat er damit angefangen, Marla und Tony zu beschatten, als Tonys Partner verschwunden ist.«

Armstrong zog eine Augenbraue hoch, machte aber keine Bemerkung über Macguires kriminalistische Ambitionen. »Wie auch immer«, fuhr Armstrong fort, »es gab eine Meldung, ein Puma habe am Bride's Creek, nicht allzuweit von den Lagerplätzen am Grizzly Creek, einen Hund zerfleischt. Die Raubtierexperten waren schon da, deshalb bin ich, als ich die Funkmeldung über das möglicherweise verletzte Paar gehört habe, zum Lagerplatz gefahren. De Groot und Hersey waren schon eingetroffen.« Er schürzte die Lippen. »Ich habe den Grizzly Creek nie mit solchem Hochwasser gesehen. *Ich* würde bestimmt nicht dort campen wollen. Wer hineinfällt, beim Angeln das Gleichgewicht verliert, könnte das niemals überleben. Und etwas war eindeutig faul auf dem Platz. Überall Brennholz. Töpfe und Pfannen. Kleidungsstücke. Schlafsäcke. In dem ganzen Schlamm hätten es zwei bis drei Fußspuren sein können. Schwer zu sagen. Eine Fußspur stammte von Männerstiefeln.« Er sah mich an. »Die Stiefel gehörten Royce, das wissen wir. Teures Leder, handgefertigt. Wir haben einen Stiefel am Bachufer gefunden. Der zweite ist verschwunden.«

Ich stöhnte auf. Die Spur führte zum Bergbach. Bis jetzt schienen die Beweise darauf hinzudeuten, daß Tony Royce – lebendig oder tot – ins Wasser geworfen worden war. Nicht zum ersten Mal fragte ich mich, ob Marla die ganze Wahrheit gesagt hatte. Vielleicht *hatte* sie mit Tony gekämpft. Vielleicht *hatte* sie ihn in Notwehr ins Wasser gestoßen. Aber weshalb könnte es zu einem Kampf zwischen den beiden gekommen sein? Ich schloß die Augen, machte sie dann wieder auf und sagte resolut, während ich das Schlimmste befürchtete: »Wie kann man jemanden unter Mordanklage stellen, wenn man keine Leiche hat?«

»Man kann«, antwortete Armstrong sachlich.

Tom nickte. »Leute bringen Leute um und entledigen

sich der Leiche. Wenn wir genug Indizienbewise haben, können wir eine Verurteilung erreichen, Miss G., auch ohne Leiche. Und bei diesem Hochwasser – im Frühling verschwinden dauernd Fischer, und wir finden ihre Leichen sechs Wochen oder drei Monate später, sobald das Wasser zurückgeht...«

Geh davon aus, daß Marla die Wahrheit sagt, befahl ich mir. Nimm das als Ausgangspunkt. »Marla hat gesagt, daß sie in jener Nacht zusammengeschlagen worden ist«, insistierte ich. »Ich glaube nicht, daß jemand geangelt hat. Außerdem war und ist Marla körperlich in einem schlechten Zustand. Ich bezweifle, daß sie die Kraft gehabt hätte, jemanden ins Wasser zu stoßen. Oder eine Leiche vom Lagerplatz zum Bach zu schleppen.«

Armstrong bedachte mich mit dem Copblick, der besagt: ich habe schon alles erlebt, und der mich immer zum Wahnsinn treibt. »Vielleicht war es finster. Es ist eine Tatsache, daß der Bach Hochwasser führt und daß ein Kampf stattgefunden hat, und *es sieht danach aus,* als hätte Korman Royce hineingestoßen. Wo könnte er sonst sein? Wir werden ihn vermutlich nicht finden, bis seine Leiche an einem Felsen vor irgendeinem Haus am Bachufer hängenbleibt.« Er stand auf und ließ sich eine Tasse heißen Kakao aus dem Münzautomaten.

»Aber das ist schlicht und einfach nicht möglich«, behauptete ich. »Denken Sie darüber nach. Marla hatte ihr Auto dabei. Falls sie eine Auseinandersetzung hatten, warum ist sie dann nicht einfach weggefahren?«

Armstrong fing mit einer geduldigen Erklärung an. »Tom hat von der Theorie über das Betrugsmanöver gehört. Ich sage Ihnen, was ich gehört habe. Der Captain hat dem Kollegen, der neben mir sitzt, erzählt, daß Tony Royce bei einer Investition eine Menge von Kormans Geld verloren hat. Der Captain hat sogar gesehen, wie sie sich erst letzte Woche mit Royces Partner Lipscomb deshalb gestritten hat. Und deshalb lautet eine weitere Theorie unseres Captain, daß Royce vielleicht nicht genug Interesse daran zeigte, Ms. Kormans große Investition wiederzubeschaffen. Sie war wütend. Hat sich auf dem Lagerplatz mit Royce gestritten. Aber vorher hat sie ihm etwas weggenommen. Vielleicht haben sie darum gekämpft. Sie wollte eine Entschädigung, und er war nicht bereit, sie ihr zu geben. Offenbar hatte Royce diese goldene Uhr, die er immer getragen hat. Nicht soviel wert, wie er ihr schuldete, aber immerhin wertvoll. Und dann haben sie die Uhr in ihrem Haus gefunden, stimmt's?«

»Sie meinen, bei der kleinen Durchsuchung? Ja, sie haben eine Uhr im Badezimmer gefunden. Aber sie sagt, er hätte sie dauernd dort liegenlassen.«

Armstrong zuckte die Achseln. Er trank seine Tasse leer und warf sie in den Abfalleimer.

Ich sagte: »Eine Uhr, ein Stiefel und mehrere nicht identifizierte Fußabdrücke rechtfertigen keine Festnahme wegen Mord. Tut mir leid. Shockleys Theorien sind lahm.«

Armstrong verschränkte die Arme. »Okay, dann ist da noch das blutverschmierte Hemd. Haben Sie Tony Royce je in einem weißen Hemd gesehen, mit einem Monogramm auf der Tasche? Es war im abgeschlossenen Kofferraum von Kormans Auto.« Er warf Tom einen Blick zu. »Sie wissen ja, wie Hersey mit Dietrichen umgehen kann – «

»Moment«, sagte ich. »Sie haben ihren *Kofferraum* ohne Durchsuchungsbefehl durchwühlt? Ich kann einfach nicht glauben – «

»Dringende Verdachtsmomente, Goldy«, erklärte Tom mir.

»Die Ermittler finden einen verwüsteten Lagerplatz vor, hören eine Meldung über einen zusammengeschlagenen

Teenager, und zwei Menschen sind verschwunden. Da denken sie natürlich: *Vielleicht liegt jemand sterbend im Kofferraum, und wir müssen ihn herausholen.* Wenn es eine Frage von Leben oder Tod ist, dürfen wir einen Kofferraum aufbrechen. Und bevor du fragst, sie können mit einem chemischen Test feststellen, ob Blut auf dem Hemd ist. Sie brauchen mindestens eine Woche zum Ermitteln der Blutgruppe und zum Anstellen von Vergleichen, bis sie wissen, ob es das Blut von Tony Royce ist.«

»Das ist nicht alles, was sie im Kofferraum gefunden haben«, fügte Armstrong hinzu. »Sie haben ihre Schlüssel gefunden, was erklären würde, warum sie zu Fuß gehen und per Anhalter fahren mußte. Also wie auch immer, sie sind da oben mit diesen ganzen Sachen und beschließen, einen Hausbesuch zu machen und dieser Marla Korman auf den Zahn zu fühlen. Und als sie diesen Entschluß fassen, stellt sich heraus, daß vor ein paar Jahren eine Beschwerde gegen sie eingereicht worden ist, von dem Typen, mit dem sie verheiratet war. Da ging es auch um Geld. Ein Nachbar hat angerufen und einen Ehekrach gemeldet, und als die Cops hinkamen, hatte dieser Doktor Korman eine ausgerenkte Schulter. Nehmen Sie das zur Kenntnis – Shockley hat Korman heute morgen in Honolulu angerufen. Der Doc hat gesagt: ›Ja, meine Exfrau ist stark wie ein Ochse, jähzornig, droht immer mit Gewalt, wenn sie nicht bekommt, was sie will, und im Gegensatz zu vielen Frauen hat sie keine Angst davor, Männern gegenüber gewalttätig zu werden.‹«

Ich trank mehr von dem Kaffee, erschauerte und versuchte zu denken. »Es tut mir leid, aber ich kann das alles wirklich nicht glauben. Ich meine, das soll nicht heißen, daß Sie lügen, aber das ist ein so unglaublicher Haufen Schwachsinn, daß es lachhaft ist. Unser Exmann hat uns körperlich mißhandelt, und Sie haben Fotos von mir voller Blutergüsse in den Akten, die das beweisen.«

»Gibt es auch solche Fotos von Marla?« fragte Armstrong.

»Nein«, erwiderte ich. »Sie hat nach dem Vorfall mit der ausgerenkten Schulter die Scheidung eingereicht. Sie hat sich viel besser gegen ihn wehren können, als mir das gelungen ist. Und hat die Ehe viel schneller beendet.«

Armstrong seufzte, und wir schwiegen alle einen Augenblick lang. Schließlich fragte Tom: »Hast du eine Theorie darüber, was passiert ist, Miss G.?«

»Ja.« Ich versuchte, meine Entrüstung zu mildern und ernsthaft zu sein. »Ich glaube, die Person, die ihr sucht, ist Albert Lipscomb. Er ist verschwunden, nachdem ihn Marla beschuldigt hat, er habe Testberichte aus einem Labor mit schlechtem Ruf benützt. Die Testberichte sind entscheidend für den Erfolg einer Mine, weil sie den Erzgehalt der Mine analysieren. Sie zeigen Ihnen, wieviel Gold in Ihrem Erz ist. Ohne zuverlässige Testberichte haben Sie keine Mine, aus der Gold gefördert werden kann, so einfach ist das. Als Marla herausgefunden hat, was er vorhatte, ist Lipscomb in Panik geraten. Er hat über dreieinhalb Millionen Dollar vom Partnerschaftskonto gestohlen, und jetzt hat er Tony ermordet und es Marla irgendwie anzuhängen versucht. Um Himmels willen, sie hat ihn oder jemand, der genauso aussah wie er, oben am Lagerplatz *gesehen.*«

Tom rieb sich die Stirn, während er darüber nachdachte. »Warum sollte jemand auf der Flucht, mit einem Vermögen aus gestohlenem Geld, das Risiko eingehen, nachts mitten in der Wildnis zwei Menschen zu überfallen – das heißt drei, einschließlich Macguire?«

»Rache wegen einer schlechten Investition«, erwiderte ich. »Ich weiß es nicht: Rache wegen des Ruins einer perfekten Firma für die Anlage von Risikokapital?« Ich machte eine Pause. »Vielleicht hatte Tony oder *hat* Tony sonst noch etwas, was Albert will. Vielleicht mußte Albert Tony beseitigen, weil er etwas *wußte*, oder Tony hätte herausbekommen können, wohin sein Partner mit dem Geld verschwunden war...«

Tom sagte sanft: »Ich will dir bloß sagen, daß das noch weit hergeholter klingt als die Theorie mit der gestohlenen Rolex.«

»Und ich will *dir* bloß sagen, es ist völlig ausgeschlossen, daß Marla jemanden verletzen und in den Bach werfen könnte.«

»Es gibt viele Ungereimtheiten in ihrer Geschichte, Goldy«, warf Armstrong dazwischen. Er zählte die Punkte an den Fingern ab. »Erstens die Zeitangaben. Die Familie, die sie mitgenommen hat, sagt, sie sei gegen neun in ihr Auto gestiegen, nicht um sieben, wie sie behauptet. Und falls Tony verschwunden war und sie zusammengeschlagen worden ist, warum hat sie dann diese Leute nicht darum gebeten, die Polizei anzurufen? Okay, ihr Telefon hat nicht funktioniert. Aber falls sie am Sonntag morgen nach einem heftigen Kampf mit einem unbekannten Angreifer nach Hause gekommen ist, hätte sie dann nicht zu einem Nachbarn gehen können, der ihr hilft? Hätten Sie das nicht getan?«

»Ich weiß es nicht«, sagte ich jämmerlich. Er ließ alles so plausibel klingen. *Log Marla?*

»Ich bin noch nicht fertig«, fuhr Armstrong fort. »Was sie über den Kofferrauminhalt des Mercedes sagt und was tatsächlich drin war. Es sieht danach aus, als ob derjenige, der das Hemd in den Kofferraum gelegt hat – und Shockley glaubt, daß sie das war –, dabei versehentlich die Autoschlüssel hineingeworfen hat. Deshalb mußte sie zu Fuß zur Straße gehen. Sie hat sich aus ihrem Auto ausgesperrt. Und... außerdem war ein Angelmesser im Kofferraum. Voller Blut.«

Ich sagte: »War eine Schußwaffe im Auto?«

Armstrong schüttelte den Kopf. »Nein.«

Ich wandte mich an meinen Mann. »Tom, du *kennst* Marla. Du weißt, daß das nicht wahr sein kann. Bitte, sag mir, daß du ihr helfen kannst. Du kannst dir nicht vorstellen, wie grob diese Cops mit ihr umgesprungen sind.«

Er sagte ernst: »Shockley läßt nicht zu, daß ich diesen Fall anrühre. Goldy, glaubst du Marlas Geschichte wirklich?« Sein Blick forderte mich heraus. »Warum hat sie die Familie nicht gebeten, sie zu unserem Haus zu bringen, wo wir uns um sie hätten kümmern können? Sie will *immer*, daß *du* bei ihren Krisen für sie da bist. Wie könnte sie es möglicherweise erklären, daß sie an jenem Morgen nicht zu uns gekommen ist, wenn ihre Geschichte wahr ist?«

Ich starrte auf den schmutzigen Linoleumboden. Tom hatte recht. Marla beteiligte mich an jedem Aspekt ihres Lebens. Das stimmte seit ihrer Scheidung von dem Kotzbrocken, als wir Freundinnen geworden waren. Aber am Sonntag hatte sie vielleicht allein sein wollen. Sie legte großen Wert auf ihr Äußeres, und vielleicht hatte es sie zu sehr gedemütigt, wie sie aussah. Andererseits hatte ich sie nach dem Herzinfarkt häufig besucht. Sie hatte im Krankenhaus nie großartig ausgesehen, aber sie war kein einziges Mal meiner Gesellschaft ausgewichen. Ich schüttelte den Kopf. Es schien keine Antwort auf Toms Frage zu geben.

»Ich hoffe, sie hat einen sehr guten Anwalt«, sagte Tom ruhig. Er nahm meine Hand. »Denn ich werde ihr nicht helfen können und du auch nicht.«

Ich sah ihn lange an, so lange, daß Armstrong aus dem Raum trottete, so lange, daß ein Quartett aus lauten Kriminalpolizisten hereinkam, sich Zimtbrötchen aus dem Münzautomaten zog und in der Mikrowelle warm machte, während die vier über eine Diebesbande redeten, die Kreditkarten stahl.

»Ich muß gehen«, erklärte ich steif. Ich löste meine Hand aus Tony.

»Goldy, eins sag ich dir«, warnte Tom mit leiser Stimme. »Shockley suspendiert mich, wenn ich mich in seine Ermittlung einmische. Falls Lipscomb, einer der Investoren oder ein Feind von Royce Marla etwas anhängen wollte, werden wir ihn finden. Habe bitte Geduld. Die Spurensicherung ist jetzt draußen auf dem Platz. Vielleicht finden sie etwas, was sie entlastet. Ich bezweifle, daß irgendein Geschworenengericht in diesem County verurteilen würde. Es sind einfach nicht genug Beweise.« Er zögerte. »Kannst du mit mir über ein Motiv sprechen, das sie möglicherweise für einen Streit mit Royce gehabt haben könnte? Sind sie miteinander ausgekommen?«

Ich kaute an der Innenseite meiner Wange. »Ehrlich gesagt, ich glaube nicht, daß sie miteinander ausgekommen sind. Er hat mir erzählt, er werde sie fragen, ob sie ihn heiraten wolle, aber es klingt auf keinen Fall so, als ob er ihr einen Antrag gemacht hätte.«

Aus seinem Gesicht ließ sich nichts ablesen. Schließlich sagte er: »Ich habe erlebt, wie Tausende von hirnrissigen Fällen sich in nichts aufgelöst haben. Wenn dir wirklich etwas an Marla liegt, dann bringe dich wegen Behinderung der Justiz nicht selbst ins Gefängnis. Gehe nicht in deine Küche und denke beim Kochen: Oh, oh, ich laß mir was einfallen. Bitte.«

Ich sagte gelassen: »Du hast keine Ahnung, wie mies De Groot und Hersey sie behandelt haben. Sie hat nach mir gerufen, damit ich ihr helfe, und ich konnte es nicht. Shockley führt etwas im Schild, das kann ich dir sagen. Zum Beispiel diese Theorie mit der gestohlenen Uhr. Was kann man sich noch aus den Fingern saugen? Er ist auf ihr Blut aus, und er wird es bekommen.«

»Sie wird sich einen guten Anwalt nehmen, der sie herauspaukt«, versicherte er mir.

Ich erlaube mir, anderer Meinung zu sein. Etwas, was Tom

über den Mercedes gesagt hatte, zündete den Funken zum Schimmer einer Idee: *Eine Frage von Leben oder Tod.* Deshalb hatten die Cops den Kofferraum aufgebrochen. Und etwas, was Sam Perdue mir erzählt hatte, verband sich damit: *Wenn es eine Frage von Leben oder Tod ist, müssen sie das tun.* Was ich dachte, war so grotesk, daß es sich nicht in Worte fassen ließ, aber es stellte wenigstens einen Hoffnungsschimmer dar. Und ich mußte Marla Shockleys Klauen entreißen. »Würdest du etwas für mich tun? Genaugenommen für Marla? Bitte?«

Er machte ein skeptisches Gesicht. »Ich kann mir nicht vorstellen, was das sein soll.«

»Du weißt, was ich mir für Sorgen darüber mache ... was sie ißt. Ihre Diät. Könntest du einfach den Gefängnisspeiseplan auf deinem Computer abrufen? Für das heutige Mittag- und Abendessen? Es wäre einfach ein besseres Gefühl für mich ... wenn ich wüßte, daß sie etwas Gesundes bekommt.«

Er zog eine Augenbraue hoch, nickte aber. Ich folgte ihm an seinen Schreibtisch, wo er auf einer Tastatur tippte und schließlich den Tagesspeiseplan im Gefängnis von Furman County abrief.

Zum Mittagessen um zwölf bekamen die Häftlinge Thunfischsalat-Sandwiches, Maischips und Plätzchen. Nichts Hilfreiches dabei.

Zum Abendessen um sechs bekamen sie Rinderhaschee mit Nudeln, grüne Bohnen, Brötchen und zum Nachtisch Zitronenwackelpeter.

Bingo.

Ich sagte Tom, ich müsse Macguire besuchen, ein paar Besorgungen machen, nach Arch sehen und versuchen, Marla anzurufen. Er sagte, er komme möglicherweise spät nach Hause. Er bearbeitete immer noch die Festnahmen der Fußballerinnen. Ich drückte ihm die Hand und ging schnell. Ich versuchte, einen Stich der Reue mit Gewalt zu verdrängen. Noch täuschte ich ihn nicht, sagte ich mir. Ich mußte nur Marla helfen.

Ich fuhr in dichtem Nebel vom Büro des Sheriffs weg. Als ich die orangefarbenen und grünen Lichter eines Gemischtwarenladens sah, parkte ich. An dem Tag, an dem Marla ihren Herzinfarkt bekommen hatte, war ich unterwegs gewesen und hatte eine Party beliefert. Ich hatte mich wegen meiner Abwesenheit immer schuldig gefühlt, als wären ihre einsame körperliche Tortur, der Flug im Rettungshubschrauber und die Operation Ereignisse, bei denen ich an ihrer Seite hätte sein müssen. Jetzt, fast ein Jahr später, war sie brutal zusammengeschlagen worden, stand unter Mordverdacht und war im Gefängnis. Weder fettarme Küche noch fröhliche Gesellschaft konnten ihr jetzt helfen.

Ich stöberte in meiner Brieftasche, fand die Nummer, nach der ich suchte, und benützte dann das Münztelefon.

Eine schroffe Stimme meldete sich, und ich sagte, wer ich war. »Ich muß General Bo Farquhar sprechen. Sofort.«

Die Stimme erwiderte kategorisch: »Der General ist draußen und schließt die Erprobung von Ausrüstungsmaterial ab. Sie müssen später zurückrufen. Sagen wir mal« – ich stellte mir einen gelangweilten Blick auf eine blinkende, hochmoderne Digitaluhr vor – »um vierzehn Uhr?«

»Hören Sie«, gab ich unheilverkündend zurück, »kommen Sie mir nicht mit diesem Schwachsinn. Bo wird nicht erfahren wollen, daß *Sie* es waren, der ihn daran gehindert hat, davon zu erfahren, daß es für ein Familienmitglied um Leben oder Tod geht. Denn genau das muß ich ihm *auf der Stelle* melden – «

Sofort kam so viel Statik, daß ich glaubte, ich sei in Marconis Version von *Go to hell* geraten, dann knackte es in der Leitung.

»Hier Farquhar.«

»Ich bin's, Goldy«, fing ich an. Von der Ungeheuerlichkeit dessen, was ich ihm sagen wollte, wurde mir fast schwindlig im Kopf. Ich kam zur Sache. »Ich habe schlechte Nachrichten über Marla. Sie, ich, wir ... brauchen Ihre Hilfe. Wir müssen sie aus der Gefahrenzone bringen und ihren Ruf retten.« Dann umriß ich schnell, durch die knisternde Statik, was geschehen war. Oder was meiner Meinung nach geschehen war. Wie Marla zu einem Angelausflug mit ihrem Freund gefahren war. Wie sie nachts überfallen worden war und per Anhalter hatte nach Hause fahren müssen. Daß es danach aussah, als hätte der Angreifer auch Marlas Freund, Tony Royce, überfallen. Jetzt sei Tony verschwunden, die Polizei habe sowohl in Marlas Auto als auch auf dem Lagerplatz verstreut absurde Beweise entdeckt, und Marla werde beschuldigt, Tony Royce ermordet zu haben. Ich erzählte ihm von dem Hochwasser im Grizzly Creek, von den Anzeichen eines Kampfes, dem Messer und dem blutigen Hemd in Marlas Auto. »In zwei Tagen«, schloß ich, »wird offiziell Anklage eingereicht.«

General Bo verarbeitete das alles schnell. »Meine Liebe«, sagte er prompt, »was könnten wir da tun?«

»Meine Idee ist illegal«, sagte ich unverblümt. »Aber ich brauche Sie, ein Fahrzeug mit Vierradantrieb, Campingausrüstung und Essen für« – ich zählte im Geist – »fünf Personen für zwei bis drei Tage. Und eine gute Karte der Nebenstraßen und der Wege am Grizzly Creek.«

»Wird erledigt«, sagte Bo Farquhar.

Ich sah auf meine Uhr: elf Uhr. »Können Sie mit dem allen heute nachmittag um fünf bei mir zu Hause sein?«

»Wissen Sie«, bemerkte er wehmütig, »ich habe mir immer gewünscht, meiner Schwägerin zu helfen. Ich habe Marla sehr gern.«

»Sie sind also bereit zu helfen?«

»Wir sind hier eben mit unseren Erprobungen fertig geworden. Mein Knöchel ist verheilt. Ich bin um siebzehn Uhr bei Ihnen zu Hause«, sagte er forsch. In seiner Stimme sprühte die Autorität, die mir vertraut geworden war, als ich für ihn gearbeitet hatte. »Ich bringe die Vorräte mit.«

Ich legte auf. Mein Magen knurrte heftig. Das Banale – in diesem Fall, daß ich den ganzen Tag lang nichts gegessen hatte – mischt sich unweigerlich ein, wenn man sich am wenigsten darum kümmern will. Ich würde Arch anrufen und dann zum Krankenhaus fahren. Am Weg lag ein Lokal, das wunderbare Frühlingsrollen zubereitete. Ich würde Macguire auch welche mitbringen. Jedesmal, wenn ich im Krankenhaus gewesen war, hatte ich eine Menge Zeit mit Phantasien über das Essen verbracht.

Ich warf eine weitere Münze ein, um zu Hause anzurufen, und hörte Jake jaulen, bevor Arch sagen konnte: »*Goldilocks Partyservice* ... Jake! Sei still! *Alles vom* ...

»Ich bin's. Hör zu, du mußt etwas für mich tun.«

»Jake, still! Wo bist du, Mom?«

»Oh, Schatz, das ist eine lange Geschichte, aber Marla hat Probleme.« Eine milde Untertreibung. »Sie ist doch nicht wieder im Krankenhaus?«

»Nein.« Ich holte tief Luft. »Sie ist im Gefängnis.«

»Im *Gefängnis*? Warum?«

»Ihr wird ein Mord vorgeworfen, den sie nicht begangen hat. Aber hör zu, ich muß nach Wheat Ridge fahren und Macguire besuchen – «

»Ich mag Macguire! Darf ich ihn auch besuchen? Was macht er in Wheat Ridge?«

»Schatz, er liegt im Krankenhaus. Er ... ist von derselben Person zusammengeschlagen worden, die Marla in Schwierigkeiten gebracht hat.«

»Darf ich nicht mitkommen? Was ist denn los?«

»Ich verspreche dir, daß ich es dir erzähle, wenn ich nach Hause komme, aber tu mir einen Gefallen. Bitte ruf die Zentrale im Büro des Sheriffs an und laß dich mit dem Frauengefängnis verbinden. Bitte darum, daß Marla dich so bald wie möglich zu Hause anruft.«

»Ich soll im Gefängnis anrufen? Marla dazu bringen, daß sie mich aus dem *Gefängnis* anruft? Worüber soll ich mit ihr reden? Ich werde mir total blöd vorkommen.«

»Du brauchst ihr nur eins zu sagen. Es ist sehr wichtig, Arch. Sag ihr, die Nachricht kommt von mir, und sie soll heute abend soviel Wackelpeter wie möglich essen. Hast du das verstanden?«

Er machte eine Pause. »Das ist die *blödeste* Nachricht, die ich je gehört habe. Außerdem, wenn du nicht überprüft hast – «

»Wackelpeter, Arch«, unterbrach ich ihn, »hast du das verstanden?«

Seine Stimme klang resigniert. »Okay! Darf ich bei dem, was du planst, mitmachen?«

»Arch!« Dann entspannte ich mich. »Bitte, ruf nur im Gefängnis an.«

Ich legte auf, während Jake melancholisch heulte.

Ich schlängelte mich auf der Interstate 70 zum Saigon Carry-Out, bestellte einen Haufen Frühlingsrollen, bog dann in die Thirty-eighth Avenue ein und fuhr zum Lutheran Hospital. *Hilf mir, Goldy, hilf mir!* Das war der gequälte Aufschrei der besten Freundin gewesen, die ich je gehabt hatte, während sie von zwei Sturmtruppensoldaten abgeführt wurde. Ich versuchte, nicht an Marla zu denken, versuchte, mir nicht jede Situation vorzustellen, die sie im Gefängnis durchmachte. Trotzdem schlichen sich Sorgen in meinen Kopf. *Oh, Marla, was haben sie zu dir gesagt? Versorgen sie deine Blutergüsse und Platzwunden? Nimmst du deine Tabletten? Glaubst du, daß ich versuche, dir zu helfen?*

Als ich erst einmal im richtigen Stockwerk des Krankenhauses war, dauerte es nicht lange, Macguire zu finden. Ein Werbespot für Kettensägen schien aus einem Zimmer zu dringen, dessen Tür halb offen stand. Aber es war nicht der Fernseher; Macguires Zimmergenosse schnarchte. Als ich auf Zehenspitzen in das Zimmer kam, hob Macguire den Kopf vom Kissen und sah mich aus zusammengekniffenen Augen an. Sein Gesicht hellte sich so begeistert auf, daß ich es unterließ, angesichts des dicken Verbandes um seinen Kopf und der Wunde, die quer über eine seiner aknenarbigen Wangen verlief, nach Luft zu schnappen.

Ich flüsterte: »Oh, Macguire! Schau dich nur an!« Ich warf einen Blick auf seinen dösenden Zimmergenossen. »Wie kannst du bei diesem Lärm schlafen?«

Macguire zog die Nase kraus. »Jetzt habe ich mich daran

gewöhnt. Ich habe schon Angst, daß ich nicht mehr schlafen kann, wenn ich erst wieder in Elk Park bin, weil es dort so ruhig ist. Hören Sie mal, haben Sie Marla gefunden? Wie geht es ihr? Was ist mit Tony?« Er schnüffelte. »Ist das was zu essen? Ich bin am Verhungern. Mir kommt es vor, als ob ich hier nur Haferflocken kriege. Sogar Rindergulasch schmeckt wie Haferflocken.«

Ich rollte seinen Bettisch hinüber und machte die Tüten mit Frühlingsrollen auf. Mich hatte rätselhafterweise der Appetit verlassen, aber der Macguires war eindeutig gesund. Als ich scharrend einen Metallstuhl an das Bett zog, knurrte der Schnarcher, regte sich und drehte sich auf die andere Seite. »Es steht ziemlich schlecht«, fing ich an, als Macguire über die zweite Frühlingsrolle herfiel. Ich erzählte ihm, was Marla zugestoßen war.

»Mord? Soll das ein *Witz* sein?« rief Macguire, als ich fertig war. Er fiel auf das Kissen zurück und kreischte dann: *»Autsch!«* Er starrte mit offenem Mund an die Decke. »Das ist einfach zu weit hergeholt. Aber Marla ist zusammengeschlagen worden? Sie ... glauben also, daß dieselbe Person mich geschlagen hat? Aber die Cops glauben, es war Marla? Marla hätte mir nie etwas getan. Ich meine, sie mag mich! Mann, ich habe wohl Glück gehabt, daß ich am Leben bin.«

»Kann schon sein. Bitte, Macguire, du mußt *versuchen,* ob du dich daran erinnern kannst, in jener Nacht noch etwas anderes gesehen zu haben. Marla braucht dich.«

Macguire schob das Essen beiseite und sah aus dem Fenster, an das sich Nebel schmiegte wie grauer Pelz. Seine Gesicht legte sich nachdenklich in Falten. »Okay«, sagte er, »es gibt ein paar Dinge, über die ich nachgedacht hatte, Sachen, die ich Ihnen am Telefon nicht sagen konnte, weil ich keine Zeit hatte. Es ist alles ziemlich zusammenhanglos, aber vielleicht werden Sie oder Tom schlau daraus. Könnten Sie mir meinen Rucksack aus dem Schrank dort bringen?«

Ich zerrte den ramponierten kastanienbraunen Rucksack heraus, während Macguire nach einem Block auf seinem Nachttisch griff. Dann warf ich einen Blick auf meine Uhr: kurz nach zwölf. Die Zeit verstrich zu schnell. Ich fragte mich, ob Marla ihren Anwalt schon erreicht hatte.

»Erinnerst du dich von der Party her an Albert Lipscomb?« fragte ich Macguire. »Ist es möglich, daß du ihn am Lagerplatz gesehen hast?«

»Ja, ich kann mich an ihn auf der Party erinnern. Ein Kahlkopf«, erwiderte Macguire, während er in seiner Brieftasche stöberte. »Nee, ich habe ihn nicht gesehen. Ich habe bloß Marla und Royce gesehen. Aber ich habe Fotos gemacht, bevor es dort oben dunkel wurde. Ich hätt's vermutlich nicht tun dürfen, niemand hat mich mit einer Beschattung beauftragt. Aber ich hab's für eine großartige Idee gehalten – «

»Du hast Fotos gemacht?« fragte ich scharf. »Wo ist die Kamera? Wo ist der Film?«

»Sie werden's nicht glauben.« Er hievte sich wieder hoch und befühlte sich vorsichtig die geschwollene Wange. »Aber auf dem ersten Teil des Films habe ich Aufnahmen von der Abschlußfeier in der Elk-Park-Schule gemacht. Deshalb habe ich eine Reihe von Fotos gemacht, damit der Film voll wurde. Als ich einen neuen Film eingelegt hatte, habe ich den ersten in meinen Rucksack gesteckt und alles in meinen Kofferraum eingeschlossen. Als auf mich eingeschlagen wurde, habe ich die blöde Kamera verloren! Jedenfalls bin ich mit dem Rucksack zur Straße gestolpert, und ich war überall verletzt und habe geblutet und so, und der Typ in dem Lastwagen hat mich mitgenommen und mich hierhergefahren – «

Ich erinnerte mich an De Groots Schnellfeuerfragen an

Marla zu diesem Punkt. Ich wollte wissen: »Was für ein Typ? Erinnerst du dich an seinen Namen? Was für einen Lastwagen hat er gefahren?«

Macguire zog den kleinen Teil der Stirn, der unter dem Verband sichtbar war, in Falten. »Herrje, Goldy, beruhigen Sie sich! Er hat mir gesagt, daß er Wilbur Webster heißt. Wilbur fuhr einen roten Pritschenwagen von Toyota. Ich habe ihm gesagt, daß ich meinen Film in den Kasten an der Kreuzung zwischen der Thirty-second und der Youngsfield Street einwerfen muß. Ich hab sogar *›eilt‹* auf den Umschlag geschrieben. Wilbur hat mich mich für einen Irren gehalten. Er hat gefragt, ob ich ein Spion bin.« Macguire bedachte mich mit einem selbstzufriedenen, bescheuerten Lächeln. Ich habe gesagt: ›Ja, Mann, ich brauche ganz dringend die Fotos von dieser High-School-Abschlußfeier.‹ Und Wilburg hat gesagt: ›Dann paß lieber auf, daß du den Umschlag nicht verblutest, sonst ruft das Fotolabor die Cops. Macguire wühlte in seinem Rucksack und reichte mir einen zerknitterten gelben Zettel. »Hier ist der Beleg. Die Bilder müßten inzwischen fertig sein. Schauen Sie sich die letzten Fotos ganz genau an, vielleicht sehen Sie dann, ob noch jemand am Lagerplatz war. Vielleicht bin ich gar kein so schlechter Ermittler. Vielleicht will Tom mich doch noch einstellen.«

Ich nahm den Beleg und steckte ihn vorsichtig in die Tasche. Es lohnte sich, den Film abzuholen, obwohl ich bezweifelte, daß auf den Fotos etwas zu sehen war. »Aber ... du hast sonst niemanden gesehen. Nur Tony und Marla. Und sie haben sich nicht gestritten.«

»Nein. Nicht gestritten. Und sie haben nichts Seltsames getrieben.« Er lief rot an. »Ich meine, ich hätte nicht dabei zugeschaut, aber ich habe paar Sachen von Bitsy gehört, auch ein paar perverse Sachen über Tony Royce.«

»Macguire, still!« zischte ich. Dann: »Worüber redest du? Hast du etwas über die Stripperin aus Las Vegas gehört?«

Er setzte sich im Bett zurecht, um es sich bequem zu machen. »Dazu komme ich noch. Sie haben mir gesagt, ich soll Bitsy fragen, ob sonst noch was gewesen ist. Bitsy ist mit der Sekretärin von Victoria Lear zum Mittagessen gegangen, und sie haben sich noch etwas länger über das Eröffnungsangebot für die Mine Eurydice unterhalten. Die Sekretärin hat gesagt, daß Victoria echt zielstrebig war, bestens organisiert, daß sie eine Akte über alle Termine angelegt hatte und so weiter. Nach dem, was die Sekretärin gesagt hat, wollte sich jemand in Victorias Fall einmischen und ein voreiliges Eröffnungsangebot für die Goldmine Eurydice machen.«

»Sprich weiter.«

»Gut. Sie wissen, daß Prospect bei der Börseneinführung von Medigen eine Menge Geld verdient hat? Victoria hat ihrer Sekretärin erklärt, daß Prospect in der Broschüre für die Privatanleger behauptet hat, daß sie später mit dem Eurydiceprojekt an die Börse gehen wollen. Damit haben sie unterstellt, daß sie dadurch haufenweise Geld für ihre Kunden verdienen werden. Victoria hatte also eben mit dem Papierkram angefangen, und dann hatten Victoria und irgendein Mann einen Riesenkrach. Die beiden haben geschrien. Victoria Lear ist aus ihrem Büro gestürmt, hat zu ihrer Sekretärin gesagt, daß sie eine Spazierfahrt über Nebenstraßen macht, um sich zu beruhigen. Die Sekretärin ist an die Rezeption gerufen worden, deshalb hat sie den Mann nicht gesehen, der Lears Büro verlassen hat. Das war das letzte Mal, daß jemand Victoria Lear lebendig gesehen hat.«

»Oh, Macguire, hat die Sekretärin gesagt, worüber sie sich gestritten haben? Hatte Victoria etwas herausgefunden? Hatte es etwas mit Testberichten zu tun?«

Macguire schüttelte den Kopf. »Die Sekretärin kann sich nur daran erinnern, daß Victoria etwas über den zweiten Weltkrieg geschrien hat.«

»Großartig.« Ich lauschte dem heftigen Schnarchen des Zimmergenossen, dann seufzte ich. »Du hast gesagt, da war noch etwas.«

Macguire lief rot an. »Das sind eher Gerüchte. Hörensagen. Ich meine, es ist ziemlich widerlich.«

»Ich glaube, ich kann's verkraften.«

Macguires Wangen wurden noch röter. »Na ja, eines Tages um Ostern herum hat Mr. Royce Bitsy eingeladen, mit ihm zum Kaffeetrinken auszugehen, aber Bitsy steht echt auf Gesundheitskost, deshalb sind sie zu Alfalfa gegangen und haben Tee getrunken –« Er warf einen Blick auf mein ungeduldiges Gesicht und sprach schnell weiter. »Jedenfalls hat Bitsy gesagt, daß Royce irgendwie hinter ihr her war, und sie hat gesagt, sie hat das ganz toll gefunden, wo er doch ein Firmenpartner war und wo weiter. Sie hat geglaubt, daß sie von ihm vielleicht eine *Gehaltserhöhung* bekommt, wenn sie Sex machen. Ich meine, sie *wollte* sexuell belästigt werden. Können Sie das fassen, heutzutage, in unserer Zeit?«

»Macguire, heutzutage, in unserer Zeit halte ich alles für möglich.«

»Es hat also nicht lange gedauert, bis sie darüber gesprochen haben, ob es an der Spitze nicht einsam ist. Ziemlich bald ist er fast jeden zweiten Tag mit ihr ausgegangen, und sie haben Kräutertee getrunken. Bitsy hat geglaubt, sie sind nur noch zwei Schritte vom Bett entfernt. Aber dann hat Royce ihr gestanden, daß er nach einer ganz bestimmten Sorte Mädchen sucht. Die Sorte Mädchen, die er gesucht hat, na ja, er wollte mit einer Krankenschwester ausgehen, und ob Bitsy Freundinnen auf der Schwesternschule hat.«

»Und hatte sie welche?«

Macguire richtete sich unter der Bettdecke auf. »Es kam sogar noch besser. Bitsy hat für ihn eine Medizinstudentin aufgetrieben. Eine Frau namens Elissa, die nach der Elk-Park-Schule an der University of Colorado studiert hat. Es war Elissas erstes Jahr an der medizinischen Fakultät. Bitsy hat gesagt, Elissa und Royce haben mit dieser perversen Beziehung angefangen.«

»Das alles hat Bitsy dir erzählt?«

»Ja. Wissen Sie, warum sie es mir erzählt hat? Weil sie so sauer darüber war, daß Tony ihr nie was gegeben hat, zum Beispiel einen Finderlohn oder so. Ich meine, sie hat sie überhaupt erst zusammengebracht; so hat sie das gesehen.«

Ich fragte Macguire nicht, warum Bitsy nicht bei Prospect kündigte und Zuhälter wurde, aber ich wollte ihn nicht wieder von seiner Geschichte ablenken. »Tony hat Marla also hintergangen und ist mit dieser Medizinstudentin herumgezogen. Marla hat gewußt, daß er andere Freundinnen hatte.« Ob Eileen Toby es gewußt hatte, fragte ich mich.

Macguire stieß einen entnervten Seufzer aus. »Wenn ich darüber Bescheid gewußt hätte und seine Freundin gewesen wäre, dann hätte ich ihn in den Bach gestoßen.«

»Marla hat gewußt, daß er eine Zeitlang andere Frauenbekanntschaften hatte, Macguire. Das ist Schnee von gestern. Ich verstehe bloß nicht, warum er eine Krankenschwester oder eine Medizinstudentin wollte.«

Er trank einen Schluck Wasser. »Das ist ja das Seltsame. Sie hat medizinische Untersuchungen an ihm durchgeführt, bevor sie ... Sie wissen schon, es gemacht haben.«

Ich schloß die Augen, machte sie dann wieder auf. »Was für medizinische Untersuchungen?« fragte ich mit ruhiger Stimme.

»Laut Elissa wollte Tony seinen Blutdruck messen lassen, seinen Puls und seine Temperatur – Sie wissen schon, Lebenszeichen. Dann hat sie seine Brust abgehorcht, seine Reflexe überprüft – «

»Macguire, bitte. Das ist widerlich.«

Er faßte sich an den Verband. »Sie haben sich jeden Mittwoch getroffen. Royce hatte in einem Zimmer in seinem Haus alles vorbereitet. Ich meine, Untersuchungstisch, Stethoskop, Gummihandschuhe, Wattebälle, Alkohol, sterile Nadeln, Blutdruckmanschette. Teströhrchen, Thermometer und so weiter. Bitsy war echt angewidert, als Elissa ihr das alles erzählt hat. Bitsy hat gesagt, sie hätte ihm zuliebe eine Krankenschwester gespielt, aber er wollte was Echtes.«

»Er war also ein Medizinfetischist.«

»Als letztes, bevor sie Sex hatten, hat die Medizinstudentin seine Temperatur gemessen. Tony wollte wissen, ob er richtig heiß ist.«

»Macguire, es reicht!«

»Ich habe Ihnen doch gesagt, daß es pervers ist.«

»Jedenfalls werde ich versuchen, der Sache mit dem Eröffnungsangebot nachzugehen.«

Uns war beiden bewußt, daß im Zimmer eine Veränderung stattgefunden hatte. Es war, als ob eine Sirene neben dem Auto hinter einem hält. Erst heult einem die Sirene in die Ohren, dann gewöhnt man sich daran, dann fragt man sich, wo sie geblieben ist. In einer Bewegung wandten Macguire und ich die Köpfe zum Bett des Zimmergenossen.

Ein grauhaariger Mann in einem blauen Pyjama stützte sich mit dem Ellbogen auf das Bett. Er machte große Augen, und sein Mund stand offen. Schweißperlen standen auf seiner Stirn.

»Sind Sie okay?« fragte ich besorgt.

Er krächzte: »Hat sie ihm die Temperatur oral oder anal gemessen?«

Zehn Minuten später hatte ich mich von Macguire verabschiedet und ging auf ein Münztelefon im Krankenhaus zu. Ich hatte weniger als fünf Stunden Zeit, bis der General bei mir zu Hause eintraf. Weniger als fünf Stunden, um herauszubekommen, was gespielt wurde, weniger als fünf Stunden, bevor ich gegen das Gesetz verstieß und versuchte, Marla zu helfen. Vor diesem Zeitpunkt brauchte ich so viele Informationen wie möglich. Ich setzte mich in eine Telefonzelle in der Halle und versuchte zu denken.

Bis auf den Ziegenschwindel vor ein paar Jahren war bei Prospect Financial alles gut gelaufen. Das heißt, gut gelaufen, bis die Firma beschloß, Geld in die Eurydice zu stekken. Und warum hatte die Firma beschlossen, dreieinhalb Millionen in eine Mine zu stecken, die seit Jahrzehnten aufgelassen war? Weil Albert sowohl die Mine als auch den inbrünstigen Glauben geerbt hatte, sie stecke randvoll mit Golderz. Er war in seiner Begeisterung durch die Geologie und die Testberichte bestätigt worden, die er und Tony in Auftrag gegeben hatten. Es war nicht schwierig gewesen, gleichzeitig als Promoter und als Investmentgesellschaft aufzutreten. Bei Medigen hatten Prospect Financial Partners schon bewiesen, daß sie ein Händchen wie Midas hatten, und fünfunddreißig Kunden waren mehr als erpicht darauf gewesen, hunderttausend Dollar zu investieren, um einen weiteren Coup zu landen.

Aber dann war Victoria Lear, die Leiterin der Investitionsabteilung, plötzlich gestorben, während sie an dem Eröffnungsangebot für die Eurydice arbeitete. Marla hatte einen Widerspruch in den Testberichten entdeckt. Albert war mit dem Geld der Investoren geflohen. Jetzt war auch Tony unter verdächtigen Umständen verschwunden. Und Marla wurde zum Sündenbock gemacht.

Fang ganz am Anfang an, dachte ich. Vor einem Monat hatte Victoria Lear an einem Eröffnungsangebot für Aktien des Minenprojekts gearbeitet. Ich tippte die Nummer der Bank von Aspen Meadow ein und bat darum, in einer dringenden Angelegenheit mit Eileen Toby zu sprechen.

»Hier ist Ihre Partylieferantin«, sagte ich atemlos, als Eileen endlich in der Leitung war. »Ich habe nur eine kurze Frage, aber es ist wirklich, wirklich wichtig. Was wissen Sie über ein Einführungsangebot für die Börse? Was muß man tun, um es einzureichen?«

»Oh, um Himmels willen, Goldy, ich habe zu tun!« fuhr Eileen mich an. Dann veränderte sich ihre Stimme. »Hören Sie, ich habe in fünf Minuten eine wichtige Besprechung. Aber ... ich habe ein böses Gerücht über unsere gemeinsame Freundin Marla gehört.«

»Wirklich.« Mein Herz verhärtete sich; schlechte Nachrichten machten im Hochland eindeutig schnell die Runde. Offenbar konnten Besprechungen, ganz gleich, wieviel man zu tun hatte, nicht in Gang kommen, bis die Leute über den Klatsch auf dem laufenden waren.

Eileens Stimme war wie Sirup. »Ich sage Ihnen, was Sie wissen wollen, wenn Sie mir sagen, ob es wahr ist, daß sie Tony Royce erstochen hat.«

»Es ist nicht wahr«, sagte ich mit Nachdruck. »Aber sie ist im Gefängnis. Jetzt hören Sie«, sprach ich schnell weiter, bevor sie weitere Fragen stellen konnte, »ich will Sie nicht aufhalten, Eileen. Falls ich eine Risikokapitalfirma wäre, Privatanleger gefunden und einen Haufen Geld für die Wiedereröffnung einer Mine aufgetrieben hätte, was müßte ich dann tun, um mit dem Projekt an die Börse zu gehen?«

»Hmm. Ich nehme doch an, daß das nichts mit einer gewissen Risikokapitalfirma zu tun hat, die wir alle kennen und lieben?«

»Sagen Sie mir nur, was ich für ein Einführungsangebot brauchen würde. Bitte«, fügte ich hinzu.

Sie holte tief Luft und nahm einen autoritären Ton an. »Ganz einfach, die Firma würde das Ganze einer Investmentbank übergeben, die unter anderem einen unabhängigen Prüfer damit beauftragen würde, allen in der Broschüre aufgelisteten Fakten nachzugehen.«

»Zum Beispiel was für Fakten?«

»Oh, daß Sie tatsächlich sind, was Sie behaupten. Im Fall einer Mine müßten Sie die Testberichte von einem renommierten Testlabor anfertigen lassen. Sie würden eine unabhängige Beraterfirma für Erzabbau damit beauftragen, Ihre geologischen Berichte zu überprüfen. Zum Beispiel. Es erfordert viel Zeit und eine Menge Papierkram, Goldy. Sie müßten *Monate* für ein Einführungsangebot aufwenden. Worauf wollen Sie hinaus?«

»Oh, nichts«, sagte ich niedergeschlagen. »Es war nur ein Versuchsballon.«

Ich legte auf und musterte die schmalen, schmierigen Fenster der Telefonzelle. Ich hatte kein Exemplar der Broschüre, deshalb hatte ich keine Ahnung, von welchem Geologen die Berichte stammten oder davon, wie zuverlässig seine Berichte waren. *Dann geh zum nächsten Schritt über.* Was hatte Victoria Lear herausgefunden? Falls bewiesen werden konnte, daß die Testberichte betrügerisch waren, wie Marla behauptet hatte, dann konnte es zu etwas Greifbarem führen, herauszufinden, *wer* diese glühenden Analysen des Erzgehaltes der Eurydice in Auftrag gegeben und bezahlt hatte. Vielleicht war es das, was Victoria herausgefunden hatte. Ich hatte keinen kompletten Satz der Testberichte, und ich glaubte auch nicht, daß jemand außerhalb des Büros von Prospect Financial ihn hatte. Aber ich konnte herausfinden, wer sie in Auftrag gegeben hatte... es war tatsächlich ein Versuchsballon. Ich holte meine Telefonkarte heraus, rief die Auskunft in Nevada an und dann das Testlabor Kepler in Henderson.

»Ah, hier ist Kiki Belknap«, sagte ich, als die Laborzentrale sich meldete. »Ich bin die Sekretärin von Tony Royce bei Prospect Financial. Mr. Royce ist im Augenblick nicht im

Büro. Aber ich muß die Person sprechen, mit der er in Ihrem Labor zuerst geredet hat – «

»Miss Belknap«, erwiderte die Stimme steif. »Wie Ihnen bekannt sein dürfte, sind Gespräche über Testberichte vertraulich. Informationen dürfen nur an die Person weitergegeben werden, die den Test angefordert hat.«

»Und wer genau war das«, sagte ich atemlos, »bei der Goldmine Eurydice in Idaho Springs? Wir scheinen es nicht in den Akten zu haben.«

Das Testlabor Kepler hatte aufgelegt. Ich knallte den Hörer auf. So viel zu Versuchsballons. Das Büro des Sheriffs konnte die Information bekommen, aber dafür waren eine gerichtliche Vorladung und jede Menge Zeit erforderlich. Ich sah auf die Uhr: 12.15 Uhr. Ich hatte nicht jede Menge Zeit. Und dann erinnerte ich mich daran, was Marla mir vor einer Woche gesagt hatte: *Im zweiten Weltkrieg ist in der Mine Gold abgebaut worden, und Franklin Delano Roosevelt hat sie durch dieses Gesetz schließen lassen, L-zwei-null-acht*... Ich ließ mir das durch den Kopf gehen. L-208. Ich dachte an Gesetze, schob den Gedanken hin und her wie beim Kneten von Brotteig. Dann wiederholte ich im Geist, was Macguire über einen Mann bei Prospect und dessen letztes Gespräch mit Victoria Lear erfahren hatte: *Sie hatten sich über den zweiten Weltkrieg gestritten.*

Müßte es darüber nicht irgendwo öffentliche Akten geben? Wieder ein Versuchsballon.

Ich blätterte im Telefonbuch und rief erst beim Amt für Bodenschätze in Colorado an, wo ich zur Abteilung für Geologie durchgestellt wurde, die mich schließlich mit dem Büro für fördernde und aufgelassene Minen verband, wo eine sehr hilfsbereite Person mir sagte, ich könne über die Geschichte einer Mine nur beim Staatsarchiv etwas herausfinden – gebührenpflichtig. Ich stellte mir einen bürokratischen Hürdenlauf vor und rief beim Staatsarchiv an.

»Hallo«, sagte ich mit freundlicher Stimme, als die Archivarin sich meldete. »Ich frage mich, ob ich einen kurzen Blick in die Akte über die Mine Eurydice in Clear Creek County werfen könnte. Es muß noch heute nachmittag sein.«

»Oh, sind das Sie, Ms. Lear?« sagte die Archivarin lachend. »Ich erkenne Ihre Stimme. Aber als Sie letztes Mal einen kurzen Blick in die Akte werfen wollten, waren Sie eine Stunde lang hier!«

Meine Haut wurde kalt bis auf die Knochen. Jetzt wußte ich, wessen Stimme meiner so stark ähnelte, daß Alberts Sekretärin Angst bekommen hatte. Ich erwiderte: »Ich bin in einer Dreiviertelstunde da.«

Ich sprintete auf den Parkplatz und gab Gas in Richtung von Macguires Fotolabor. Während sie nach dem Film suchten, rief ich Tom an.

»Hast du irgend etwas herausgefunden?« fragte ich.

Er seufzte. »Dieser Albert Lipscomb ist ein fieser Typ. Willst du wissen, wie fies? Wir haben eben die Leiche der Bankkassiererin gefunden, die er letzte Woche eingewickelt hat. Dottie Quentin. Sie sollte auf das Haus ihrer Nachbarn aufpassen. Die Nachbarn hatten einen Badezuber. Die Kassiererin wurde erwürgt, dann wurde ihre Leiche in den Zuber gesteckt, mit dem Deckel darauf. Die Nachbarn haben sie gefunden, als sie aus dem Urlaub zurückkamen.«

»Gütiger Himmel.« Der Mann war mit den Bildern zurückgekommen. Ich sagte ins Telefon: »Und was hat das alles zu bedeuten?«

»Es hat zu bedeuten, Marla hat Glück gehabt, daß Albert, falls er es war, *sie* nicht umgebracht hat. Bis jetzt scheinen jedoch nur wenige Leute hier zu glauben, daß Lipscomb zurückgekommen wäre, um eine Rechnung mit Tony und Marla zu begleichen. Daß er die Kassiererin umgebracht hat, das begreifen sie. Er wollte nicht, daß sie redet. Aber warum hätte er zurückkommen sollen?«

Ich sagte: »Ich weiß es nicht. Vielleicht sind Albert und Tony gemeinsam in etwas verwickelt und versuchen – erfolgreich, wie sich herausstellt –, die Polizei von ihrer Spur abzulenken. Hast du etwas über *Marla* herausgefunden?«

»Nur daß du recht gehabt hast. Shockley will Blut sehen. Ihres.«

Ich sagte, das überrasche mich nicht, und legte auf. Ich bezahlte die Bilder und eilte zu meinem Lieferwagen zurück, wo ich den Umschlag aufschlitzte.

Macguires Fotos von der Abschlußfeier zeigten fröhliche, alberne, dümmliche Teenagergesichter, untypisch gekleidet in Blusen über langen Chiffonröcken und in makellose weiße Hemden mit gestreiften Krawatten. Auf dem ersten Bild nach der Serie von der Abschlußfeier war Macguires verbeulter Subaru auf einem Feldweg zu sehen, mit Kiefern im Hintergrund. Ich war bereit, darauf zu wetten, daß das oben in der Nähe des Lagerplatzes am Grizzly Creek war. Dann hatte Macguire die Kamera von sich weggehalten, um ein Bild von sich aufzunehmen, eingehüllt in einen Poncho aus Tarnstoff. Die restlichen Fotos zeigten Tony und Marla im Regen, auf dem Lagerplatz beschäftigt. Sie hatten das Zelt auf einer Anhöhe aufgestellt. Sie hatten den Propangasherd angezündet, die Suppe aufgewärmt und dann gegessen. Dann hatten sie Wasser aus dem Bach heraufgeschleppt, das Geschirr gespült und die Abfälle im Kofferraum des Mercedes verstaut. Das war alles so, wie Marla berichtet hatte.

Das vorletzte Foto war eine Nahaufnahme der Gesichter von Marla und Tony. Tony schien über etwas zu lachen, und Marla, mit einer Miene starker Gereiztheit, schaute direkt in die Kamera. Auf dem letzten Bild streckte Tony die Arme nach Marla aus, eine Geste, die seinen Unterarm und sein Handgelenk entblößte. Ein Lichtschimmer hatte die Bewegung auf dem Film eingefangen.

Er trug eine goldene Uhr.

Während ich unterwegs zum Staatsarchiv die Geschwindigkeitsbeschränkungen überschritt, versuchte ich mir einzureden, Tony sei so reich, daß er sich zwei Uhren leisten könne. Aber warum hatte er dann zu Marla gesagt, sie solle ihre Uhr nicht tragen? Vielleicht ging es nur um psychologische Kontrolle. Er wollte derjenige sein, der die Zeitangaben machte. Weil ich mit einem von psychologischer Kontrolle besessenen Arzt verheiratet gewesen war, kannte ich die verräterischen Zeichen.

Trotzdem, dachte ich, während ich den Lieferwagen auf der Fahrt in die Innenstadt von Denver beschleunigte, sah der Fall für Marla durch die Tatsache, daß Tony auf dem Lagerplatz eine goldene Uhr getragen hatte, doppelt schlimm aus. Ich war froh, daß ich Macguires Fotos hatte, und nicht die Polizei.

Ich parkte vor dem tristen Regierungsgebäude und schob mich durch die gewölbeähnliche Tür in das Archiv im Keller, bog um eine Ecke und kam in einen großen, hell erleuchteten Raum mit zwei Schreibtischen, mehreren langen Tischen, zwei Nischen mit Mikrofilmapparaten und reihenweise gestapelten Akten. Die lächelnde kraushaarige Frau gab sich als die Archivarin zu erkennen. Sie verlangte von mir drei Dollar für die Einsicht in die Akten über die Goldmine Eurydice in Clear Creek County und bedachte mich dann mit einem verwirrten Blick.

»Du meine Güte«, trillerte sie, »Sie sind nicht diejenige, für die ich Sie gehalten habe. Sie haben am Telefon genau wie jemand anders geklungen. So freundlich! Aber so in Eile!«

»Victoria Lear ist eine Freundin von mir«, log ich. »Ich weiß, daß sie sehr gründlich ist, aber immer unter Zeitdruck steht. Sie ist jedoch eine gute Geschäftsfrau, meinen Sie nicht auch?«

»Kann schon sein«, erwiderte die Archivarin unverbindlich, weil ein weiterer Benutzer am Tresen aufgetaucht war. Ich wußte, daß Fragen nach Victoria Lear zwecklos gewesen wären. Bibliothekare in Colorado nehmen die vertrauliche Nutzung so ernst wie Priester das Beichtgeheimnis. Die kraushaarige Archivarin wies mich an, mich an einen der langen Tische zu setzen, und ich tat wie geheißen. Wenigstens hatte ich eine entscheidend wichtige Information bekommen: Victoria Lear war hier gewesen.

Als die Archivarin mir die dicke Akte mit dem getippten Etikett EURYDICE – CLEAR CREEK brachte, überkam mich eine Welle der Panik. Wonach suchte ich, und woher sollte ich wissen, ob ich es gefunden hatte? Eine alte Standuhr an einer nahen Wand zeigte 14.00 Uhr. Ich befahl mir, mich an die Arbeit zu machen.

Etwas im Zusammenhang mit dem zweiten Weltkrieg. Darüber hatten sich Victoria und jemand von Prospect gestritten. Ich blätterte zurück zum Anfang der Akte und überflog einen Inspektionsbericht aus dem Jahr 1915: *Im Augenblick beschränken sich die Arbeiten darauf, einen Quertunnel zur Ader Jack zu schlagen.* Ich las einen weiteren Bericht aus dem Jahr 1918. *Ich habe die erbetenen Proben sichergestellt und bringe sie morgen nach Denver.* 1922 förderte die Mine 161,8 Tonnen Golderz und beschäftigte zehn Leute. 1930 schätzte ein Inspektor das Erz als *Gold, Silber, Blei, Zink* ein. 1931 stellte ein neuer Inspektor fest, es gebe *keinen Brandschutz* und die Mine fördere nichts. *Das Ziel besteht darin, den Schacht zu vertiefen und unter das Erz zu gelangen.* 1937 notierte derselbe Inspektor: *Das Gold und das Silber sind abgebaut worden. Es ist eine große Menge an Blei- und Zinkerz vorhanden, und das gegenwärtige Ziel besteht darin, dieses Erz in einem geringen Ausmaß zu fördern.* Aber 1944 war in der Eurydice die Förderung von Blei in vollem Gange, was an dem Bedarf für Kugeln lag und hohe Preise für Blei zur Folge hatte. Dann wurde die Mine inspiziert, und sie wurde für aufgelassen erklärt, *wegen der sinkenden Bleipreise seit Kriegsende. Vorräte sind nicht vorhanden. Im letzten Jahr ist kein Erz an eine Raffinerie geschickt oder verkauft worden. Kein Personal bis auf einen Nachtwächter.*

Moment mal. Ich blätterte zum Anfang zurück und las den ganzen Stapel der Inspektionsberichte. In den zwanziger Jahren war in der Mine reichlich Gold gefördert worden. Dann war das kostbare Erz abgebaut, und die Mine förderte Blei. Das Gesetz L-208 wurde nicht erwähnt. *Die Mine war während des zweiten Weltkriegs nicht geschlossen worden, weil das Gold in der Eurydice in den dreißiger Jahren ausgegangen war.*

Victoria Lear hatte voller Eifer damit angefangen, ein Einführungsangebot der Aktien für die Mine Eurydice zu erstellen. Sie hatte Einblick in Unterlagen genommen, die nicht für ihre Augen bestimmt gewesen waren. Die Informationen vor mir waren ihr Todesurteil gewesen.

Leichter Regen beschlug die Windschutzscheibe, als ich dem Lieferwagen gut zuredete, damit er die Steigung auf der Interstate 70 nahm. Rote Funken – die Bremslichter der Fahrzeuge vor mir – tauchten im Dunst auf und verschwanden. Es war wie die Fahrt durch einen Traum. Ich verlangsamte den Lieferwagen und versuchte, mit meinen rasenden Gedanken dasselbe zu tun.

Als das Gold ausgegangen war, hatte das Erz darunter, voller Blei und Zink, Albert Lipscombs Großvater Gold scheffeln lassen, bis der Krieg zu Ende war. Der enthusiastische Glaube, es gebe noch Gold in der Mine, den Alberts Großvater gehegt haben mochte, beruhte mehr auf Hoffnungen als auf der Wirklichkeit. Diese Hoffnungen, ein weitverbreiteter Wunschtraum in Colorado, waren von Albert, Tony oder beiden genährt worden, indem sie fragwürdige Testberichte beschafft und, darauf war ich jetzt bereit zu wetten, einen zweifelhaften Geologen bestochen hatten. Aber die Partner hatten nicht damit gerechnet, daß Victoria Lear dem Staatsarchiv einen Besuch abstattete.

Trotzdem – was führte von dort aus zu Alberts Verschwinden mit dem ganzen Geld? Und warum hatte er das Gefühl gehabt, er müsse die Kassiererin umbringen? Und was spielte Tony Royce bei dem allen für eine Rolle?

Ich beschleunigte den Lieferwagen. Marla konnte Tony nicht ermordet haben, sagte ich zu mir. Sie war impulsiv, ja. Sie war jähzornig. Aber soweit ich wußte, hatte sie keine weiteren Ermittlungen über die Eurydice angestellt, bis darauf, daß sie Macguire beauftragt hatte, einen der Kepler-Testberichte einem Studenten an der Bergbauschule zu zeigen. Es war einfach ausgeschlossen, daß sie mit ihrem Freund gekämpft, ihn erstochen, seine Uhr gestohlen, ihn in den Bach gestoßen hatte und dann hinübermarschiert war, um die Person zu überfallen, die ihre Anwesenheit auf dem Lagerplatz fotografiert hatte. Und anschließend per Anhalter in die Stadt zurückgefahren war und sich dann versteckt hatte, bis sie behaupten konnte, sie sei von einem unbekannten Angreifer überfallen worden? Ausgeschlossen.

Es *war* jedoch möglich, daß Marla äußerst wütend auf Tony gewesen war. Sie hätte reichlich Grund dazu gehabt, überlegte ich, als ich hastig hinter einem Lebensmittellieferwagen bremste. Tony hatte sie hintergangen. Zweifach hintergangen, wenn man an die Existenz der Stripperin glaubte. Oder dreifach, falls Eileen gelogen hatte, was den Bruch zwischen ihnen anlangte. Tony hatte sich zweifellos mit allen möglichen Frauen eingelassen, bis er Marla zum Schein Treue gelobt hatte. Und falls Marla über seine Spielchen mit der Medizinstudentin Bescheid wußte... ich wollte nicht darüber nachdenken. Von der Untreue abgesehen, hätte sie sich über Alberts Flucht mit ihrem Geld aufregen können. Tony hatte sie nicht davor gewarnt, daß Albert möglicherweise mit einem schlecht beleumundeten Testlabor arbeitete. Und vielleicht hatte Tony den Verdacht gehabt, daß Albert Geld vom Partnerschaftskonto von Prospect stehlen würde, wenn eines ihrer Geschäfte danebenging.

Vielleicht hatten sich Marla und Tony also gestritten. Vielleicht hatte sie ihn sogar geschlagen. Aber Marla hätte Macguire nicht geschlagen, hätte es nicht tun können. Natürlich war es möglich, daß sie in dem Gewitter und durch seinen Regenponcho nicht hätte wissen können, daß es Macguire war. Andererseits war es vielleicht Tony gewesen, der Marla und Macguire zusammengeschlagen, die Beweise hinterlassen hatte und mit der Pistole weggelaufen war. Aber *Tony* war nicht *kahl.* Und obwohl Tony eine Uhr getragen hatte, war es nicht seine superteure gewesen. Die Rolex, ich war bereit, Geld darauf zu setzen, war kein Billigklunker, den man geistesabwesend im Haus seiner Freundin liegenließ, wenn man zu unbekannten Zielen aufbrach.

»Ich kapier's einfach nicht«, sagte ich laut. An der Ausfahrt zur gehobenen Wohngegend Genesee fragte ich mich, ob das Ermittlerteam De Groot und Hersey auch Zeit in Tony Royces Haus in den Eagle Mountain Estates verbrachte. Er wohnte in Alberts Nähe. Vielleicht waren die Cops noch oben am Lagerplatz oder in Marlas Haus. Ehrlich gesagt, mir war der Gedanke lieber, daß sie draußen im Regen waren.

Als ich in die Ausfahrt nach Aspen Meadow einbog, kam ich an einem beliebten Picknickplatz am Bachufer vorbei, den jetzt der überschwemmte Cottonwood mit Beschlag belegte. Das war vermutlich der Ort, an dem Sam Perdue und sein weiblicher Gast mit dem verstauchten Knöchel auf das fast ertrunkene Kind gestoßen waren. Ich erschauerte. Wasser war über die Ufer des Bachbetts geschäumt und strömte jetzt unbehindert über eine weite, plattgedrückte Grasfläche. Es strudelte an den Seiten eines Picknicktisches und an einer Bank empor. Auf der gegenüberliegenden Seite des Platzes ragte der Grill nur noch eine Handbreit über das hinaus, was jetzt wie ein Fluß mit starker Strömung wirkte.

Ich fragte mich, wo Albert Lipscomb eben jetzt sein mochte. Ich hoffte, auch er sei klatschnaß und leide. Leide *entsetzlich.*

Ich fuhr den neuen, kürzlich verbreiterten Highway entlang, der zur dreizehn Kilometer entfernten Main Street von Aspen Meadow führte. Bergbewohner hatten erbittert gegen die Verbreiterung dieser Nebenstraße gekämpft, die früher kurvig und zweispurig gewesen war. Eine breitere Straße bringe mehr unerwünschte Leute, deren Probleme ein Schandfleck seien, in unser kleines Kaff, hatten die Gegner behauptet. Diese Eindringlinge würden die wilden Tiere verjagen, Wildtiere, in denen die überwiegende Mehrheit der Einwohner von Aspen Mcadow eine höhere Lebensform sah als in der menschlichen. Jetzt, während sich die Wolken bis knapp über die Baumwipfel hoben, sahen die gelbbraunen Wiesen zu beiden Seiten der Straße verlassen aus. Plötzlich schien eine Wiese jedoch zu erbeben. Ich fuhr langsamer und brachte den Lieferwagen auf einem schlammigen Seitenstreifen zum Halten. Über das durchnäßte Gras bewegte sich bedächtig ein Rudel Elche, etwa vierzig an der Zahl. Ein halbes Dutzend Kälber stakste stockend auf unglaublich dünnen, zarten Beinen neben den Müttern her. Weil wir von der Ostküste kamen, wußten Marla und ich einen solchen Anblick besonders zu schätzen. Lieber Gott, wie sehr ich sie mir zurückwünschte.

Ich ließ den Lieferwagen wieder an und fuhr nach Hause. Ohne Marla, mit der ich reden und Pläne schmieden konnte, und ohne Tom, der mich aufs laufende brachte, fühlte ich mich vollkommen ohne Halt.

An etlichen Fällen Toms war ich schon am Rand beteiligt gewesen. Von Zeit zu Zeit hatte ich mich sogar stärker eingemischt, als ihm lieb war. Aber seit meine Freundin unter Arrest stand, waren die Aussichten dafür, daß ich den Fall lediglich mit wohlwollendem Interesse verfolgte, nicht vielversprechend. Ich seufzte. Vielleicht ließ sich meine Idee nicht in die Tat umsetzen. Auf alle Fälle war sie nicht legal. Aber was war die Alternative? *Geh nach Hause und warte darauf, daß deine Freundin dich anruft.* Es hätte genausogut heißen können: *Geh nach Hause und warte darauf, daß deine Freundin einen Herzinfarkt bekommt. Geh nach Hause und warte darauf, daß wir sie mißhandeln. Geh nach Hause und warte darauf, daß unser Captain ihr einen Mord anhängt.*

Ich lief auf die Haustür zu. Ich mußte etwas für Marla tun, weil es sonst niemand tun wollte.

»Mensch, Mom, wo bist du gewesen?« wollte Arch wissen, als er die Treppe heruntersprang, mit Jakes auf den Fersen.

»Hast du Marla erreicht?« erkundigte ich mich. Jake bedachte mich mit seinem üblichen klagenden, sabbernden Blick.

»Ja, und ich habe ihr gesagt, sie soll Wackelpeter essen«, sagte Arch. »Sie hat gesagt, du solltest ihr lieber Epipen ins Gefängnis bringen. Sie hat gesagt, du weißt, was das ist.« Er zog ein langes Gesicht. »Mom, sie hat gesagt, daß es ihr miserabel geht.«

Meine Last aus Schuldgefühlen verdoppelte sich. »Sonst noch Nachrichten?«

»General Bo hat angerufen. Wir haben uns nett unterhalten. Er hat sich nach allem erkundigt, was ich mache, und nach Jake.« Er machte eine Pause und tätschelte den Hund. »Jedenfalls hat Bo immer wieder gesagt, daß er dringend mit dir sprechen muß. Er ist auf dem Weg hierher.«

»Wirklich?« Es war erst kurz nach drei. Ich hatte eine Menge zu tun, aber ich mußte mit Arch sprechen. »Hör zu, Schatz, ich will, daß du das von mir erfährst statt von deinen Freunden. Tony Royce ist auf dem Angelausflug verschwunden, den er mit Marla unternommen hat. Die Polizei glaubt, daß Marla ihm etwas getan hat. Sie haben sie heute morgen festgenommen, und deshalb ist sie im Gefängnis – «

»Ja «, unterbrach er mich. »Marla hat es mir gesagt. Ich habe die Nachrichten eingeschaltet, aber da kam nichts. Meinst du, daß das *Mountain Journal* diese Woche über die Festnahme berichtet?«

Ich hatte keine Ahnung, ob Marla so bedeutend war, daß über sie berichtet werden mußte, auch wenn es sich nur um unser wöchentliches Käseblatt handelte.

»Vermutlich nicht, Schatz. Arch, äh, darf ich mir Jake ausleihen?«

Sein Gesicht verfinsterte sich. Er packte Jake am Halsband, und die beiden wichen linkisch vor mir zurück. »Warum?« Seine Stimme klang brüchig. »Für wie lange?«

»Na ja, er gehört zu dem Plan, den ich für Marla habe. Aber ich will, daß du zu Hause bleibst, weil es gefährlich werden könnte.«

»Nein«, sagte er steif. Seine Finger hielten Jakes Armband in einem eisernen Griff umklammert. »Du nimmst ihn nicht mit. Er ist mein Hund, und er vertraut mir. Jake ist von seinem letzten Hundeführer schlecht behandelt worden. Was soll er für dich machen? Ich bin jetzt sein Hundeführer. Er wird für niemand außer mir gute Arbeit leisten.«

»Oh, *bitte*, Arch. Ich habe nicht vor, ihn schlecht zu behandeln, und es geht um Marla – «

Arch drehte sich um und wollte die Treppe hinaufgehen. »Komm, Jake, wir gehen in mein Zimmer.«

»Warte, Schatz, warte.« Er blieb stehen und bedachte mich mit einem feindseligen Blick. »Okay, Arch, du darfst mitkommen. Aber du mußt mir versprechen, daß du mir gehorchst, wenn wir in eine heikle Situation geraten.«

»Wie heikel?«

»Da bin ich mir noch nicht ganz sicher. Bitte, pack einfach Übernachtungssachen ein. Als ob du zum Campen fährst«, fügte ich hinzu.

Ich lief hinauf in unser Schlafzimmer. Die Uhr zeigte 15.15 Uhr. *Wie heikel? Gute Frage.* Ich packte warme Kleidung zusammen. In der Küche belud ich Papiertüten mit Jakes Ersatzleine, Hundefutter, selbstgebackenem Hundekuchen und großen wie kleinen Plastiktüten mit Reißverschluß. Ich kritzelte eine Nachricht für Tom, schrieb, er solle sich keine Sorgen machen, ganz gleich, was passiere. Dann sah ich mich im Raum um – was konnte ich vergessen haben? O ja.

»Arch!« rief ich nach oben. »Bring das ganze unechte Blut mit, ich brauche es!«

Während er protestierte, klingelte es an der Haustür. Arch, Jake und ich erreichten sie gleichzeitig, und ein schneller Blick durch den Spion zeigte General Bo Farquhar in einem schwarzen Sweatsuit und einer schweren

Jacke. Wenigstens war es kein Tarnanzug. Arch schaltete die Alarmanlage aus und machte die Tür auf.

»So«, dröhnte Bo, als er eintrat, »lange nicht gesehen! Soll heißen, es ist noch keine fünf Tage her.«

Es hätten genausogut fünf Monate sein können. Wie durch ein Wunder war General Bos geistesabwesende Miene verschwunden, ebenso wie seine durchgesackte Haltung und sein Dreitagebart. Er war frisch rasiert, und ich fragte mich, wie er so braun hatte werden können bei all dem Regen, den wir abbekommen hatten. Wenn sein Gesicht auch durch die Gefängnistortur und seinen depressiven Schub älter wirkte, zeigten seine Gesichtsmuskeln jetzt eine Straffheit, die von neuer Entschlußkraft zeugte. Offenbar gab es im Lager doch einen Friseur. Er hatte sich das hellblonde Haar so kurz schneiden lassen, daß er fast kahl war. Seine blaßblauen Augen, die trüb und ziellos gewesen waren, als ich ihn im Lager besucht hatte, verfügten jetzt über die rasiermesserscharfe Klarheit und die hypnotisierende Intensität, die ich von früher kannte. Er machte leise die Tür hinter sich zu.

»Hallo, General. Wie geht es Ihrem Knöchel?«

Er zuckte wegwerfend die Achseln und streckte die Hände aus. »Meine liebe Goldy. Arch, mein Freund.«

Ich schüttelte ihm die rechte Hand, aber Arch breitete die Arme aus und warf sich dem General an die Brust. Bo umarmte ihn herzlich.

»Wow! Ich kann's nicht fassen, daß Sie's wirklich sind!« rief Arch, während Jake ein leises, mißtrauisches Bellen ausstieß. Mein Sohn löste sich von Bo. »Das ist mein Bluthund, Jake. Jake, ich stelle dir General Bo Farquhar vor.«

Ich schüttelte ungläubig den Kopf, als Bo sich hinunterbeugte und beide Hände unter Jakes Kinn legte. Er sagte: »Jake. Hocherfreut, dich kennenzulernen.« Der Hund jaulte freudig und wackelte mit dem ganzen Körper.

Der General wandte seinen eisblauen Blick mir zu. »Wollen Sie mir sagen, wie Ihr Plan aussieht?«

»Was für ein Plan?« fragte Arch. »Was für ein Wackelpeterplan mit Jake im Einsatz, zu dem man unechtes Blut braucht?«

Schnell umriß ich das Wesentliche dessen, wovon ich glaubte, wir könnten Marla entlasten.

»Mensch, Mom«, kommentierte Arch, als ich fertig war, »Tom wird stocksauer auf dich sein.

»Das ist etwas, was ich einfach riskieren muß«, sagte ich. »Erst müssen wir Station an Marlas Haus machen.«

Es dauerte länger, als ich erwartet hatte, den tiefschwarzen Jeep Grand Cherokee zu beladen, den sich General Bo Farquahr von jemandem im Lager ausgeliehen hatte. Ich fuhr im Lieferwagen voraus; Bo und Arch folgten im Jeep. Als wir Marlas Haus erreichten, war es kurz nach fünf. Nebelschwaden trieben immer noch durch ihren Garten, und das Haus sah unheilverkündend verlassen aus.

Ich sprang aus dem Lieferwagen und ging auf General Bo zu, der trotz des Nebels eine Sonnenbrille aufgesetzt hatte. Zweifellos seine Kommandomontur. Ich sagte: »Können Sie mit Arch hierbleiben? Jedem, der vorbeikommt, erklären, daß ich nur ein paar Sachen hole, um sie Marla zu bringen?«

»Selbstverständlich«, erwiderte er.

»Was ist, wenn jemand vorbeikommt und Ihnen Schwierigkeiten macht?« fragte ich skeptisch.

»Niemand wird vorbeikommen, Goldy.« Er senkte die Sonnenbrille und bedachte mich mit seinem fesselnden Blick. »Aber falls doch, habe ich eine halbautomatische Neun-Millimeter-Glock unter der Jacke. Wollen Sie sie sehen?«

Arch sagte: »Ja.«

Ich sagte: »Nein.«

Keine Polizeibänder versperrten den Zugang zu Chez Marla. Wenigstens verstieß ich gegen kein Gesetz. Noch nicht. Ich packte den Nachschlüssel und zwei große Plastiktüten, die ich mitgebracht hatte, und ging zielstrebig die Vordertreppe hinauf. Sobald ich im Haus war, holte ich das Epipen, eine Spritze, die Epinephrin enthielt, aus dem Badezimmer im ersten Stock. Auf dem Etikett stand: *Zur intramuskulären Anwendung in Notfällen. Kann bei Herzpatienten zu gefährlichen Nebenwirkungen führen. Nur unter ärztlicher Aufsicht anwenden.* Ich wickelte die Spritze in ein Handtuch, steckte es in die Plastiktüte und packte dann warme Sachen für Marla zum Wechseln darauf. Ich sah mich in ihrem immer noch chaotischen Schlafzimmer um und versuchte, mich daran zu erinnern, was sie heute morgen zu den Cops gesagt hatte. *Er hat hier einen eigenen Schrank.*

Ich ging schnell in das in Grün, Gelb und Weiß gehaltene Gästezimmer und zog den zweitürigen Schrank auf. Die erste Hälfte enthielt vier mit Plastikfolie überzogene Kleiderbügel aus der chemischen Reinigung, bestückt mit Hosen und Anzügen. Ich riß die zweite Tür auf, hinter der auf einem einzelnen Bügel ein paar blaue Hosen hingen, von denen ich wußte, daß sie Tony gehörten. Sie sahen aus, als hätte er sie einmal getragen, sie leicht zerknittert und dann ordentlich aufgehängt, damit Marlas Hausmädchen sie in die Reinigung bringen konnte.

»Halleluja«, hauchte ich. Ich steckte die Hand in die zweite Plastiktüte, faßte die Hosen nur durch die Tüte hindurch an und ließ sie vorsichtig vom Bügel gleiten. Dann umklammerte ich die Tüte verkehrt herum, bis sie die Hosen einhüllte. Ich drehte die Plastiktüte fest zusammen und betete, daß das hier funktionieren würde.

Als wir auf der Interstate 70 waren, hielt General Bo einen Abstand von zwei Autos hinter meinem Lieferwagen. Wir folgten der Straße durch den grauen Nebel, bis wir an der Ausfahrt zum Büro des Sheriffs vorbeikamen. Gleich hinter der Highwayzufahrt von dieser Ausfahrt aus gab ich ein Blinksignal und fuhr auf einen Randstreifen. Arch und Jake folgten meinen Anweisungen, sprangen aus dem Jeep und bezogen einen Posten zwanzig Meter vor uns, von dem aus sie einen guten Blick auf die Interstate hatten. Arch gab uns mit einer Taschenlampe Zeichen, die ihm der General gegeben hatte. Es war fast sechs Uhr. Ich betete, daß dieser verrückte Plan klappen möge.

Im Gefängnis wurde das Abendessen gebracht. Ich versuchte, mir Marla vorzustellen. Ihr waren bestimmt die Fingerabdrücke abgenommen worden, und sie hatten sie in eine orangefarbene Gefängniskluft gesteckt. Eben jetzt aß sie möglicherweise den Wackelpeter. Zitronenwackelpeter: die gelierte Substanz, die künstliche Lebensmittelfarbe enthielt, vor allem Gelb Nummer 5. Weil Marla gegen diesen Farbstoff allergisch war, würde er ihr die Kehle zusammenschnüren, einen Ausschlag verursachen und zu Atemschwierigkeiten führen. Möglicherweise hätten die Cops Marla nicht geglaubt, wenn sie einen Herzinfarkt vortäuschte, aber es war ausgeschlossen, die physiologischen Anzeichen einer allergischen Reaktion vorzutäuschen. Und jede Krankenschwester, die etwas taugte, mußte wissen, daß mit einer starken allergischen Reaktion bei einer ehemaligen Herzpatientin nicht zu spaßen war.

Die Gefängnisleitung würde sie ins Krankenhaus schikken müssen. Ich setzte meine ganze Hoffnung auf Sam Perdues Bericht: *Die Eltern haben den Notarztwagen gestoppt, und die Sanitäter haben den Jungen von Mund zu Mund beatmet und ihm eine Herzmassage verabreicht. Die müssen das machen, wenn es eine Frage von Leben und Tod ist.* Es blieb noch abzuwarten, wie überzeugend Bo und ich eine Szene spielen konnten, in der es um Leben und Tod ging.

Viertel nach sechs kam und verstrich. Ich preßte das

Gesicht gegen die Windschutzscheibe und wartete durch den Nebel hindurch auf Archs Signal. Sowohl Bob als auch ich hatten die Blinker eingeschaltet gelassen; ich hoffte inbrünstig, das reiche aus, um Leute davon abzuhalten, daß sie an den Straßenrand fuhren und nachschauten, ob wir Hilfe brauchten. Hinter dem Lenkrad des Jeeps sah General Bo gelassen aus. Für ihn war das hier vermutlich eine verdeckte Routineoperation.

Um halb sieben hätte ich beinahe aufgegeben. Sie hatte den Wackelpeter nicht gegessen, sie hatte nicht darauf reagiert, sie schickten sie nicht ins Krankenhaus. Und dann besagten ein Lichtbogen von meinem Sohn und der ferne Klang einer Sirene etwas anderes. Ich winkte dem General zu, und er ließ den Motor an. Ich sprang aus dem Lieferwagen, lief an dem Jeep vorbei und sah, wie Bo den Blinker einschaltete, um wieder auf die Straße einzubiegen. Gott sei Dank kam niemand. Nur der Notarztwagen. Wie ich hoffte, mit der üblichen Besatzung für einen weiblichen Gefangenen: ein Sanitäter, der fuhr, ein weiblicher Wärter.

Bo beschleunigte schnell. Metall schepperte, Glas barst, als er meinen leeren Lieferwagen gegen die Leitplanke rammte. Er sprang aus dem Jeep und warf sich neben dem Heck meines zerdellten Lieferwagens aufs Pflaster. Ich trabte zu ihm, machte Archs Flasche mit unechtem Blut auf und leerte es aus – erst auf Bos Gesicht, seine Brust, seine Beine, dann auf mein Gesicht und meine Hände.

Und keinen Augenblick zu früh. Der Notarztwagen fuhr langsamer, als er sich dem Schauplatz unseres »Unfalls« näherte. Ich sprang auf und wedelte mit den Armen.

»Hilfe!« rief ich. »Hilfe! Mein Mann ist verletzt!« Ich gestikulierte wild und kreischte: »Halten Sie an, sonst stirbt er!«

Der Notarztwagen schlingerte und kam stotternd auf

dem Randstreifen zum Halten. Bo murmelte mir zu: »Gehen Sie aus dem Weg, wenn der Sanitäter kommt. Überlassen Sie das mir.«

Ein uniformierter Sanitäter machte einen Satz aus dem Notarztwagen und trabte auf uns zu. »Okay, Ma'am, schaffen Sie es bis zum Notarztwagen? Weichen Sie zurück und lassen Sie mich einen Blick auf Ihren Mann werfen.«

Ich bewegte mich linkisch auf den Randstreifen zu, während der Notarztwagenfahrer niederkniete und sich über General Bo Farquhar beugte. Ich sah nicht einmal, wie es Bo gelang, den Mann am Hemd zu packen und die Glock aus der Halfter in seiner Jacke zu ziehen. Aber ich humpelte vor den beiden auf den Notarztwagen zu, damit die Wächterin, die noch im Wagen war, sie auch nicht zu sehen bekam. Als ich zum Beifahrerfenster kam, tat ich, was Bo mir aufgetragen hatte, und ging aus dem Weg. Vor uns auf der Straße stiegen Arch und Jake in den Jeep.

Bo schwenkte die Glock und bellte Kommandos in den Notarztwagen. Ich postierte mich an der Hintertür, als der Fahrer und die Beleitpolizistin sich neben dem Rettungswagen aufstellten. Die Polizistin war eine Frau, die ich kannte, aber der Name war mir entfallen. Sie schloß die Notarztwagentüren auf. Marla, in einer orangefarbenen Gefängniskluft, kam langsam heraus. Sie sprang linkisch auf den gekiesten Seitenstreifen. Ihr Gesicht war geschwollen vom Ausschlag, und sie rang nach Luft. Als sie mich sah, verwandelte sich ihr rasselnder Atem sofort in ruckartige Schluchzer.

Bo verlangte die Pistole der Wächterin und bekam sie. Er warf die Waffe über die Klippe, die an die Straße grenzte. Die Pistole fiel tief in die Schlucht.

Bo hielt die Glock hoch und riß etwas heraus, was ich für die Funkantenne des Notarztwagens hielt. Er befahl dem Fahrer, wieder in den außer Gefecht gesetzten Notarztwagen zu steigen. Dann befahl er der Wächterin, etwas mit dem Fahrer zu machen. Sie beugte sich in die Kabine und führte Bos Befehle aus.

»Marla! Wie schlecht ist dir?« wollte ich besorgt wissen. »Kannst du einigermaßen atmen?«

Sie keuchte und sagte dann: »Jedenfalls sehe ich viel besser aus als du, das kann ich dir sagen!«

»Das Blut ist unecht. Dein Epinephrin ist in dem Jeep da drüben auf der Beifahrerseite. Geh, paß auf dich auf!«

»Sind das Sie, Goldy? Goldy Schulz?« rief die Wächterin vom Notararztwagen aus. »Sind Sie verrückt geworden? Tun Sie das nicht!«

Ich starrte hinüber zu der Polizistin. Ich konnte mich immer noch nicht an ihren Namen erinnern. Zu meinem Entsetzen hob General Bo die Pistole und schlug ihr damit auf den Schädel. Sie sackte auf dem Pflaster zusammen.

»Kommen Sie!« schrie Bo mich an. Durch das mit unechtem Blut überströmte Gesicht sah er makaber aus. »Bringen Sie das Auto her!«

Meine Muskeln fühlten sich an, als ob sie sich in Schwämme verwandelt hätten. »Ich kann nicht glauben, daß er das getan hat«, murmelte ich, als ich auf den Jeep zulief. Ich legte den Gang ein und sah mich im Rückspiegel nach Verkehr um. Neben mir bat Marla meinen Sohn rasselnd darum, wegzuschauen, damit sie unbeobachtet war. Dann rollte sie den Bund der orangefarbenen Gefängnishosen nach unten, holte schaudernd Luft und stach sich mit der Epipenspritze in die Hüfte. Sie rollte die Hosen wieder nach oben und flüsterte Arch zu, alles sei wieder in Ordnung. Mein Sohn starrte mit offenem Mund General Bo und die bewußtlose Polizistin an. Er sah verwirrt und verängstigt aus, als wäre das, was wir eben getan hatten, jetzt erst in sein Bewußtsein eingedrungen.

Ich scherte auf die Straße aus und fuhr den Jeep dorthin,

wo Bo stand. Er steckte die Pistole in die Halfter und nahm einen väterlichen Ton an. »Bitte, steigen Sie nach hinten um, Goldy.«

Als ich aus dem Auto sprang, fuhr ein blauer Lieferwagen Richtung Osten langsam an uns vorbei und hielt sechs Meter hinter dem Notarztwagen auf dem Randstreifen. Die Lichter des Notarztwagens von Front Range blitzten unaufhörlich: rot und weiß, rot und weiß. Der Körper der Wächterin rührte sich nicht. Den Fahrer konnte ich weder sehen noch hören.

Ich machte die Hintertür auf. Jake fing an zu heulen. Auf dem Randstreifen stiegen zwei Frauen, sechs Meter von dem Notarztwagen entfernt, aus dem Lieferwagen. Sie riefen uns zu: *Brauchen Sie Hilfe? Müssen ... Sie telefonieren ... ein Handy?* Plötzlich spürte ich, daß mich Bos Hand an der Schulter packte.

»Steigen Sie wieder in das gottverfluchte Auto, Goldy. Steigen Sie hinten ein, neben Ihrem Sohn, *jetzt!*«

Arch weinte. Sein Körper war steif vor Angst. Ich verlor beim Versuch, mich zu setzen, das Gleichgewicht und landete halb neben, halb auf Jake. Der Hund schnüffelte und jaulte. Es tat mir leid, daß ich Arch angst gemacht hatte. Aber daß ich Marla so schwach und verängstigt sah, stärkte meine Entschlußkraft.

Bo sah in den Rückspiegel, dann schnellte er mit dem Jeep über drei Fahrspuren und kam auf dem holprigen Mittelstreifen ins Schleudern. Der Jeep schaukelte hin und her, als er zu schnell über den steinigen, unbepflanzten Streifen prallte, der die Interstate teilte. Schließlich jagte das Auto in westlicher Richtung den Highway entlang. Bo packte das Lenkrad, um das schlingernde Auto geradezulegen. Der Motor des Jeeps knirschte unheilverkündend, als wir zurück nach Aspen Meadow rasten.

Marla kämpfte um Atem. Durch den Ausschlag auf ihrem

Gesicht voller Blutergüsse sah sie monströs aus. Jake schnüffelte und leckte mir die Hand. General Bo starrte geradeaus, brachte den Jeep auf Hochtouren.

Ich sah mich um. Unterhalb des Mittelstreifens konnte ich schwach die beiden Frauen ausmachen, die sich dem Notarztwagen näherten. Der Körper der Wächterin lag immer noch ausgestreckt und schlaff auf der Straße.

Wir waren auf der Flucht.

»Goldy... es tut mir leid, daß du...«, rasselte Marla. »Ich kann nicht fassen, was du ... und Bo ... was ihr getan habt ...«

»Ich brauche dein Handgelenk«, sagte ich sachlich. »Ich muß deinen Puls überwachen. Das Epinephrin könnte dein Herz zum Rasen bringen.«

»Großartig.« Sie kämpfte darum, die Luft anzuhalten. »Und dann was? Einen Notarztwagen rufen?« Sie fand das komisch und lachte keuchend.

»Hör zu«, erwiderte ich, »bleib ruhig. Ich kann dir nicht den Blutdruck messen oder ein EKG machen, aber du mußt mich überprüfen lassen, ob du Extrasystolen hast. Vielleicht landen wir doch noch im Krankenhaus.«

»Versuch, dich zu beruhigen«, befahl Bo ihr sanft.

Statt dessen holte sie zu meiner Bestürzung röchelnd Luft und fing an zu weinen. Sie schob ihre linke Hand in meine Richtung. Ich umklammerte sie, tastete nach einer Vene und sah auf meine Uhr. Normal. Ich wußte so viel über adrenalhaltige Substanzen, daß ich innerhalb von dreißig Minuten mit schlimmen Nebenwirkungen rechnete. Andererseits konnte die lindernde Wirkung des Epinephrins innerhalb einer Minute einsetzen. *Laßt uns beten.*

Mit der freien Hand machte Marla das Handschuhfach auf. Ein Handy fiel heraus. Schnüffelnd schlug sie das Fach zu, tastete im Vorratsbehälter zwischen den Sitzen herum und zog ein Papiertaschentuch heraus. Sie schneuzte sich unbeholfen die Nase. »Bo ... es tut mir so ... leid, daß ich nicht netter zu dir gewesen bin ...« Sie lachte zwischen Schluchzern. »Ein toller Zeitpunkt für Reuegefühle, was?«

»Würdest du bitte aufhören zu reden und stillhalten?« forderte ich. Trotzdem schien das Keuchen in ihrer Stimme schwächer zu werden. Ich konzentrierte mich auf die Vene in ihrem Handgelenk.

Aber Marla wollte nicht schweigen. »Als ich Bos Stimme gehört, euch beide gesehen habe, da habe ich ... nicht gewußt, was ich denken soll. Was ... was habt ihr getan? Was soll aus uns werden?«

Bos Lächeln unter den Streifen aus unechtem Blut war klein und wachsam. Er nahm ein sauberes Papiertaschentuch, das Marla ihm reichte, und tupfte sich das Gesicht ab. »Wirkt das Mittel gegen die allergische Reaktion? Brauchst du Salbe für deinen Ausschlag?«

Sie ignorierte seine Fragen. »Warum, Bo?« insistierte sie. Ihr Puls blieb normal. Das Kratzen in ihrer Kehle war eindeutig verschwunden. »Verstößt du nicht gegen deine Bewährungsauflagen? Warum bist du hier?«

Er warf einen Blick hinüber zu ihr. »Du klingst jetzt besser.« Er runzelte die Stirn. »Warum ich hier bin? Weil Goldy mich um Hilfe gebeten hat. Du kennst mich. Ich bin ein Typ, der militärisch vorgeht.«

»Laß den Scheißdreck weg«, fuhr Marla ihn an.

»Na gut«, erwiderte er. »Ich hab's getan, weil wir Familienangehörige sind, ganz gleich, was zwischen uns vorgefallen ist.«

»Ich weiß nicht, Leute«, warf Arch dazwischen. Seine

Stimme schwankte. »Das ist alles ziemlich ... stark.« Mit der freien Hand tätschelte ich ihm die Schulter. Er schüttelte mich ab. »Laß das«, murmelte er.

Ich hielt immer noch Marlas Handgelenk und verrenkte mich auf dem Ledersitz, um nachzuschauen, ob jemand auf dem Weg zu dem Notarztwagenfahrer und der Wächterin war. Aber der Nebel hatte die Szene am Straßenrand schon lange geschluckt. Ich versuchte, mir nicht vorzustellen, was für Ärger Tom bekam, wenn er erfuhr, daß seine Frau einen Notarztwagen überfallen hatte. Ich drehte mich wieder um und beschäftigte mich mit Marlas Puls. Über das Lenkrad gebeugt, segelte General Bo die Interstate entlang. Sein ausgeprägtes Kinn war in einem entschlossenen Winkel vorgeschoben. Die Tachometernadel bewegte sich knapp über hundertzehn Stundenkilometern.

»Diese Wächterin kommt wieder bestens in Ordnung«, beruhigte Bo Arch. Er umklammerte das Lenkrad fester. »Die muß Schauspielunterricht genommen haben. Oder vielleicht ist sie tatsächlich ohnmächtig geworden. Wenn ich jemanden umbringen oder verstümmeln will, dann tu' ich's.«

»Also ...«, stöhnte Marla. »Wohin fahren wir? Wie soll das alles ... enden?«

Niemand antwortete ihr. Bo schaute in den Seitenspiegel und wechselte die Fahrbahn. Ich sah auf die Uhr: Zehn Minuten waren verstrichen.

»Kommen wir darauf zurück, den Scheißdreck wegzulassen«, sagte General Bo milde. »Warum erzählst *du*, liebe Marla, uns nicht, was los ist? Goldy hatte nicht viel Zeit, mich ins Bild zu setzen. Sie hat gesagt, du wirst beschuldigt, deinen Freund umgebracht zu haben. Hast du es getan?«

Marla biß sich auf die Unterlippe und sagte nichts.

»Notwehr?« soufflierte Bo. Sein Blick wich nicht von der Straße. »Vielleicht warst du einfach stocksauer? Gott weiß, daß ich auch in diese Mine investiert habe. *Ich* bin stocksauer.«

Marla erschauderte. »Ich habe Tony überhaupt nichts getan. Ich weiß, das es *schlecht* aussieht, weil ich als letzte mit ihm zusammen war ...«

»Na ja, jedenfalls als *vorletzte«,* fügte Arch hilfsbereit hinzu.

Marla fuhr fort: »Abgesehen von meinen hunderttausend bei Prospect hat er sich achtigtausend von mir geliehen, um sie in Grundstücke in Steamboat Springs zu stekken. Vermutlich schuldet er Leuten im ganzen Einzugsbereich von Denver Geld. Ich *will* mein Geld zurück. Aber ich habe ihn *nicht* umgebracht.«

»Vielleicht hat er dich betrogen, und du hast geglaubt, du hast ihn nur verletzt«, meinte Bo, den Blick immer noch auf die Straße gerichtet. »Vielleicht hat er dich beleidigt. Vielleicht hat es dir einfach gereicht. Ehrlich gesagt, mir ist es egal. Aber ehe wir weitermachen, wäre es am besten, soviel wie möglich zu erfahren.«

Marla machte sich nicht die Mühe, ihre Feindseligkeit zu verbergen. »Du bist genauso schlimm wie die Cops. Ich habe gar nicht damit angefangen, euch zu erzählen, wie die mich behandelt haben.« Sie drehte sich um. Obwohl der Ausschlag zurückging, kam mir ihr Gesicht voller Blutergüsse grausig vor. »Ihr hättet sie hören sollen. ›Warum waren Sie wütend auf Tony? Haben Sie ihn geschlagen? Wie oft haben Sie auf ihn eingestochen?‹«

Der General seufzte mitfühlend, sah sie aber erwartungsvoll an, als wollte er fragen: *Und? Wie oft hast du auf ihn eingestochen?*

Marlas Ton war frostig. »Ich weiß nicht, wer mich zusammengeschlagen hat, ich weiß nicht, warum, ich weiß nicht, wer Macguire zusammengeschlagen hat, ich weiß nicht, wer das verblutete Hemd und das Messer in mein Auto getan hat. Ich habe Tonys verdammte Uhr nicht an mich genommen, und ich weiß wirklich nicht, wo Tony ist.« Sie funkelte uns böse an.

Wieder erfüllte unbehagliches Schweigen den Jeep.

»Jake könnte Mr. Royce s-u-c-h-e-n«, buchstabierte Arch zuversichtlich.

»Tot oder lebendig«, murmelte der General.

»Was sollen wir also tun?« fragte Marla zornig. »Zu Goldys Haus fahren und warten, bis Tony anruft?«

Zwanzig Minuten waren vergangen, und Marlas Herzschlag, wenn auch nicht ihre Laune, war in guter Verfassung. Ich holte tief Luft. »Okay, hör zu. Du bist von einem Kahlkopf überfallen worden. Vielleicht war es Albert. Vielleicht war es jemand anderes. Tony ist verschwunden. Ich glaube, unsere einzige Hoffnung besteht darin, zurück zum Lagerplatz zu fahren. Das Büro des Sheriffs von Furman County verfügt im Augenblick nur über einen Bluthund – «

»O ja!« unterbrach Arch. »Die Polizei von Aurora hat vor ein paar Wochen darum gebeten, sich diesen Hund ausleihen zu dürfen, und der Hundeführer hat dort unten zu tun, deshalb haben sie in den Bergen nicht mit diesem Hund arbeiten können – «

»Soll das ein Witz sein?« rief Marla.

»Hör doch, Marla«, protestierte ich, »es ist unsere einzige Hoffnung.«

»*Was* ist unsere einzige Hoffnung?« kreischte sie. »Zu diesem verdammten Lagerplatz zurückzufahren? Bei diesem Wetter? Um nach was zu suchen? Außerdem«, fügte sie sarkastisch hinzu, »habe ich geglaubt, Archs Hund sei im Ruhestand. Etwas darüber, daß er unzuverlässig geworden ist. Bitte, sagt mir, daß ich mich irre.«

Jake, der witterte, daß über ihn gesprochen wurde, fing an zu jaulen. Vielleicht war der Hund schlauer, als ich ihn eingeschätzt hatte.

Arch meldete sich zu Wort. »Jake hatte im letzten Jahr bloß Schwierigkeiten mit *drei* Spuren! Das lag daran, daß das Büro einen neuen Hundeführer eingestellt hat, der sich nicht auskannte. Jake ist mißhandelt worden und war ganz nervös. Im Büro haben sie geglaubt, er hätte keinen Geruchssinn mehr. Aber Tom und ich wissen, daß das nicht stimmt.«

»Ich glaube, wir sollten versuchen, Tonys Bewegungen nachzuspüren«, sagte ich. Ich fügte im Geist hinzu: *Und darauf vertrauen, daß Jake den Geruchssinn nicht verloren hat.*

»Mom begreift endlich, was Jake kann«, sagte Arch mit einem Eifer, der mich beklommen machte. »Sieh mal, sogar wenn die Spur zum Bach führt, sollten wir die Leiche finden können. Im Wasser, meine ich. Das ganze Zeug in Filmen über Gefangene, die versuchen, ihre Fährte zu verwischen? Indem sie durch einen Fluß oder so waten, ihr wißt schon? Das ist *völlig falsch.* Man hinterläßt den Geruch im Wasser genauso wie auf der Erde. Sieh mal, Bluthunde können einer Spur am Bach entlang folgen – «

Zu meiner Verblüffung brach Marla in Tränen aus. »Mein Leben ist die Hölle«, jammerte sie.

»Bitte, hör auf«, murmelte ich. »Bitte, laß das, du wirst nur – «

»*Wer* versucht, mein Leben zu ruinieren?« schrie sie. »Was habe ich *getan*?«

»Schon gut, hör mir zu«, fing der General an, während er durch den Nebel spähte. »Goldys Plan ist gut. Wir fahren zu dem Lagerplatz. Wir verfolgen Tony bis zu dem letzten Ort, an dem er gesehen wurde. Vielleicht ist er entführt worden. Wir folgen seiner Spur dorthin, wo ihn ein Auto mitgenommen hat. Oder in einen Straßengraben geworfen worden ist, falls er ermordet wurde. Ganz genauso. Dann muß der Täter, wer es auch war, derjenige gewesen sein, der die Beweise hinterlassen hat, die Marla belasten. Arch, du hast gesagt, du und Tom habt mit Jake gearbeitet. Du glaubst nicht, daß der Hund unzuverlässig ist, oder? Wir sagen hier alle die Wahrheit, junger Mann.«

»Okay, hören Sie. Als wir das erste Mal mit ihm draußen waren, hat Jake ein paar Probleme gehabt«, gab Arch zu. »Der Geruch der Erde hat ihn verwirrt. Aber danach hat er sich verbessert.«

»Meine Priorität Nummer eins auf diesem Marsch ist die Sicherheit aller«, erklärte der General heftig. »Du kommst zuerst, Arch. Das habe ich deiner Mutter versprochen. Du paßt auf Jake auf. Ich passe auf dich auf. Okay?«

»In Ordnung«, erwiderte Arch wütend. »Sie brauchen mich nicht wie ein Baby zu behandeln.«

Ich sagte: »Wir suchen nur nach Anhaltspunkten, die De Groot und Hersey möglicherweise entgangen sind. Und wir versuchen, Tonys letzte Bewegungen aufzuspüren. Vielleicht wird das Büro des Sheriffs nach Marlas Verschwinden etwas gründlicher nach Albert fahnden.«

Ich sah Marla zögernd an. Ihre Miene drückte tiefe Skepsis aus. Es hatte keinen Sinn, länger zu diskutieren, bis wir zum Lagerplatz kamen. Aber um ihn auf dem schnellsten Weg zu erreichen, mußten wir durch Aspen Meadow fahren und auf den Highway einbiegen, der nach Blue Spruce und zum Lagerplatz am Grizzly Creek führte.

Wir umrundeten den See. Ich hielt den Atem an, als wir zur Ampel in der Main Street von Aspen Meadow hinunterfuhren.

»Herrgott noch mal«, murmelte General Farquhar. Er zeigte mit dem Finger, und ich spürte, wie sich mein Herz verkrampfte. Offenbar waren die Gesetzeshüter schon in meiner Straße eingetroffen. Zwei Streifenwagen mit kreisenden Lichtern parkten nebeneinander in der Nebenstraße zu unserem Haus.

Die Ampel an der Kreuzung zwischen der Main Street

und dem Highway Richtung Blue Spruce und Grizzly Creek sprang auf rot um. Ohne Platz zum Wenden und mit der Ampel gegen sich schoß General Farquhar mit dem Jeep über die Kreuzung. Er kurvte wild um einen Volvo mit einem Nummernschild aus Kentucky herum, dann verfehlte er, als er über die linke Fahrbahn raste, knapp einen Lieferwagen. Ich nahm an, er versuche, ausreichend Platz zum Wenden zu finden. Schließlich schlingerte er über das Trottoir vor dem Aspen Meadow Café, pflügte einen Busch um und jagte den Jeep wieder die Main Street entlang. Hinter uns ertönte eine Sirene.

An der Ampel bog ein riesiger Lieferwagen in die gewundene Abfahrt Richtung See ein. Die Reifen des Jeeps quietschten, als General Bo einen weiten Bogen um den Lastwagen herum machte. Der Lastwagenfahrer, verblüfft über das plötzliche Auftauchen des Jeeps, bremste. Der ganze Verkehr staute sich jäh, als wir uns durch die vom Lastwagen verursachte Öffnung schlängelten. Bo scherte nach links aus und fuhr auf dem Highway Richtung Westen. Viel zu spät drückte der Lastwagenfaher auf die Hupe. Fahrer auf drei Seiten stimmten in die Kakophonie ein.

»Haben Sie das damit gemeint, daß Sie für die Sicherheit aller sorgen?« schrie ich. Niemand hörte mir zu.

Wir waren keine hundert Meter gefahren, als General Farquhar den Jeep den grasüberwucherten Hügel neben der Straße hinaufjagte. Wir durchbrachen einen dünnen Maschendrahtzaun und schlingerten über ein Privatgrundstück. In den nächsten zehn Minuten fuhr uns der General durch zwei weitere Gärten und dann über Nebenstraßen, bis wir die unbebaute Fläche erreichten, die dem Furman County gehörte. Wir stießen auf ein paar befremdete Blicke und bellende Hunde, aber auf keine Polizeiautos und keine zornigen Einwohner Colorados, die 375er Magnumrevolver schwenkten. Dem Himmel sei Dank.

»Wissen Sie, wohin wir fahren?« fragte ich, sobald wir auf einem Weg waren, der eine Wiese im Countybesitz durchquerte. Bo antwortete nicht. Der überwucherte, schlammige Weg war eine Art Abkürzung zwischen den Straßen. Der Jeep schlängelte sich um Felsen herum und durchbrach einen weiteren Zaun, ehe er auf eine ländliche Pflasterstraße zurückkehrte, die sich schließlich mit dem Highway kreuzte, der nordwestlich aus der Stadt herausführte. Vielleicht wußte Bo tatsächlich, wohin er fuhr.

In den nächsten vierzig Minuten fuhren wir so gut wie schweigend. Carl's Trout Pond, High Country Auto Repair und Blue Spruce flogen allesamt an uns vorbei. Die Straße stieg an, bis auf einem in Nebelschwaden gehüllten Schild stand, daß wir durch den Nationalpark fuhren. Es war halb acht, und wir hatten weniger als eine Stunde bei Tageslicht vor uns. Es war äußerst unwahrscheinlich, daß die Polizei immer noch auf dem Lagerplatz war. Wenn Tom ein Ermittlerteam an den Tatort eines Verbrechens schickte, blieb es selten länger als ein paar Stunden, nur so lange, daß es Fotos und ein Videoband aufnehmen und Beweismaterial sammeln konnte.

An einem Feldweg, an dem baufällige Wegweiser aufgereiht standen wie ausrangierte Rechen, fuhr General Farquhar schließlich langsamer. Die rostigen Wegweiser mit ihren spitzen Pfeilen nannten eine Reihe von Lagern, Picknickgebieten und Lagerplätzen, zu denen der am Grizzly Creek gehörte. Ächzend bewältigte Bo die Haarnadelkurve an der Einbiegung in den Feldweg. Wir rumpelten über eine Holzbrücke. Keinen halben Meter unter uns toste und schäumte der schlammige, angeschwollene Grizzly Creek.

Nachdem wir den Bach überquert hatten, schlängelten wir uns schnell durch den Nationalpark nach oben. Gelegentlich hob sich der Nebel, enthüllte mit Felsen übersäte Steppen und dicht mit Nadelbäumen bewachsene Abhänge. Hin und wieder unterbrachen Gruppen aus zauberhaften weißrindigen Espen das Grün. Wir kamen in einen schmalen Canyon, in dem Berg- und Ponderosakiefern sich zu beiden Seiten der Straße an den Felsvorsprüngen hinzogen. Dort waren keine Autos, Fahrräder oder Wanderer. Mir graute vor der Aussicht auf das unbekannte Territorium dort draußen – noch mehr, als ich mich vor der Ankunft an dem Lagerplatz fürchtete.

»Du mußt mir zeigen, wo du abgebogen bist«, sagte General Bo zu Marla, und sie deutete stumm auf einen noch schmaleren, unbeschilderten Feldweg. Wir holperten durch Schlammpfützen, bogen ab und befanden uns wieder in der Nähe des Grizzly Creek, fuhren dieses Mal bachaufwärts. Wir fuhren an dem Hochwasser führenden Bach entlang, bis er in einer Schlucht verschwand. Das über Felsen donnernde Wasser toste so laut, daß wir es im Auto hören konnten. Wir hielten auf einem mit Baumstämmen abgegrenzten, unebenen Parkbereich. Marla holte scharf Luft. Arch beugte sich vor und schaute hinaus.

Arch sagte zu General Bo, er solle sofort den Motor ausschalten. »Kohlenmonoxyd aus dem Motorabgas kann den Geruch auf dem Platz zerstören. Der ganze Regen wird Tonys Geruch verstärken. Ein Mensch hinterläßt überall, wohin er geht, individuelle Bakterien und Hautzellen«, fügte Arch hinzu. »Bei wenig Wind und ohne Autoabgase und viel Feuchtigkeit läßt sich die Spur eines Menschen lange verfolgen, sogar wochenlang.« Auch, wie ich eben gelernt hatte, wenn er durch Wasser gegangen ist.

Mein Blick überflog den verlassenen Lagerplatz. Weil wir von der Hauptstraße aus bergauf gefahren waren, war die tief über uns hängende graue Wolke jetzt zu einem Nebel geworden, der zwischen den Kiefern trieb. Ein Picknicktisch war umgekippt worden, entweder von Campern oder von den Ermittlern. Papierfetzen, Essenskrümel und zerrissene Pappteller sprenkelten den Schlamm. Es sah aus, als wäre die Abfalltonne ausgeleert worden. Ich vermutete, daß das auf der Suche nach Beweismaterial geschehen war.

»Okay, ich steige als erster aus«, erklärte General Bo. Er verschwand lautlos aus dem Jeep und überprüfte jeden Winkel des Lagerplatzes. Seine Bewegungen waren aggressiv wie die eines Falken.

General Bo winkte uns, wir könnten kommen. Jake fing an, aufgeregt zu schnauben. Als Marla die Beifahrertür aufmachte, nickte ich Arch zu, der mit Jake im Schlepptau hinaushüpfte. Ich warf einen Blick auf das Handy auf dem Boden vor dem Vordersitz. Sollte ich Tom jetzt oder später anrufen? Ich würde ihn anrufen; dazu war ich entschlossen. Ich sprang aus dem Jeep. Später.

Arch ging neben Jake in die Hocke und murmelte. Marla humpelte zum Bach hinüber und stand, den Körper in ihre Arme geschmiegt, neben dem wilden Wasser. Arch griff in seinen Rucksack und holte die Hundeführerhandschuhe heraus, dann das Arbeitsgeschirr, das er um Jakes kräftigen Rumpf schnallte. Das Gesicht meines Sohns war ernst. Ich hatte den Verdacht, er begreife allmählich die möglichen Konsequenzen dessen, was wir getan hatten – oder dessen, was wir möglicherweise fanden.

Der General schritt zum Jeep zurück und zog einen großen Rucksack mit Gestell heraus. Er schob die Arme durch die Metallträger und schnallte sich die Riemen um die Taille. Ich atmete tief die kalte, feuchte Luft ein und versuchte zu denken. Arch hatte mir gesagt, der Rekord eines Bluthunds beim Aufspüren betrage zweihundertzwanzig Kilometer am Tag. Ich bezweifelte, daß wir auch nur einen winzigen Bruchteil dieser Strecke zurücklegen konnten, bevor die Dunkelheit den Nebel verschluckte.

Auf Archs Bitte holte General Bo die pralle Plastiktüte

heraus, in der Tonys Hosen steckten. Bo winkte mir, herzukommen, dann reichte er Arch die Tüte und nahm dann eine eng gefaltete Karte aus der Tasche. In der zunehmenden Dämmerung sahen wir mit zusammengekniffenen Augen auf die Karte: Zackige rote Linien markierten Grizzly Creek, Bride's Creek, Clear Creek; blaue Linien bezeichneten die Nebenstraßen; eine gelbe Doppellinie zeigte die Interstate 70. Im Westen lag Idaho Springs, im Osten Aspen Meadow. Bo sah auf und zog eine finstere Miene.

»Sind Sie soweit?« fragte ich ihn. Er nickte.

Mit einer fließenden Bewegung öffnete Arch fachmännisch die Tüte und packte sie am Boden, damit die offene Seite dicht vor Jakes Nase war. *Laß einen Bluthund nie zuviel Geruch wittern,* hatte er zu mir gesagt. *Ein Hauch, das genügt.* Dann hörte ich erschrocken, wie das erwachsen klingende Kommando meines Sohns den Nebel durchschnitt.

»Such!«

Und Jake machte sich auf den Weg, die glänzende Nase am Boden, während die langen Ohren den Schlamm streiften und die langen braunen Beine hin und her schwankten. Der Hund schnüffelte einen Augenblick lang herum, dann ging er mit hochgerecktem Schwanz zielstrebig den Pfad entlang, der vom Bach wegführte. Marla, die spürte, daß sich endlich etwas tat, löste sich aus ihrer finsteren Meditation am Bachrand. Zehn Meter von uns entfernt lief Jake entschlossen bergauf. Der Hund zerrte so heftig an der Leine, daß Archs Arme ausgestreckt und steif waren. Vielleicht hätte ich Tom anrufen sollen. Aber was hätte ich ihm sagen können? *Arch und ich versuchen, die Spur eines Mannes aufzunehmen, der tot sein könnte. Bei uns sind a) meine Freundin, die beschuldigt wird, den möglicherweise Toten ermordet zu haben, b) ihr Schwager, der so verrückt war, daß das Pentagon ihn aus dem Verkehr gezogen und ihn ins Gefängnis gesteckt habt, und c) ein Bluthund, den die Polizei wegen Unzuverlässigkeit in Pension geschickt hat. Wenn du nur hier wärst!* Ich seufzte und trabte den Pfad entlang. Marla rief, sie komme in einem langsameren Tempo nach.

Innerhalb weniger Augenblick war der Lagerplatz aus dem Blickfeld verschwunden. Ich versuchte, mich an die weiteste Strecke zu erinnern, die Arch mit Tom und Jake auf Spurensuche pro Tag zurückgelegt hatten. Drei Kilometer? Acht? Weit über dem Nebel sank allmählich im Westen die Sonne, und bald würde das Licht schwinden. Ich wünschte mir, ich hätte unseren genauen Aufenthaltsort auf der Karte nachgeprüft.

Meine Füße rutschten auf dem dicken, glatten Teppich aus Kiefernnadeln, und ich blieb stehen, um auf Marla zu warten. Als sie mich einholte, verdichtete sich der Nebel zu einem Nieselregen. Unsere gemischte Gesellschaft machte halt, als Jake in einem unregelmäßigen Kreis herumschnüffelte. Ich eilte hinauf in Archs Richtung, dann ging ich neben ihm her, während Jake über eine Felsgruppe kroch. Unvermittelt blieb der Hund neben einer Reihe von Felsnasen aus Granit stehen.

»Bodengeruch«, murmelte Arch mit angehaltenem Atem. »Vielleicht hat er oder haben *sie* hier gesessen.«

Immer aufgeregter lief Jake in einem engen Kreis herum. Ich sah hinauf in die Kiefern. Hin und wieder kletterte das Objekt einer Suche auf einen Baum, wie Archs Freund Todd es erst letzte Woche bei einer Spurensuche getan hatte. Mir hätte gerade noch gefehlt, daß ich in den Lauf einer Waffe starrte, mit der Albert Lipscomb auf mich zielte. Aber die Berg- und Ponderosakiefern waren leer. Die Bäume standen vollkommen und gespenstisch reglos im wirbelnden Nebel.

»Warte!« kam General Farquhars schroffes Kommando. Er starrte auf den Boden. »Arch, zieh Jake zurück.« Arch gehorchte. »Hier ist etwas«, insistierte der General.

Ich ging vorsichtig über den klatschnassen Boden dorthin, wo Bo und Marla neben den Felsnasen aus Granit standen. »Marla«, sagte ich, während ich zu Boden schaute, »könntest du in den Rucksack greifen und die Plastiktüten herausholen?« Bo ging in die Knie, damit der Rucksack in Marlas Reichweite war, und sie zog den Rucksack unbeholfen auf und wühlte darin herum, bis sie die Schachtel mit Reißverschlußtüten fand und sie mir reichte. Ich machte die Schachtel ungeduldig auf, nahm vorsichtig eine Tüte heraus und stülpte sie mir über die Hand. Dann langte ich nach unten und packte den Gegenstand auf dem Boden, faltete die Tüte um ihn herum, wie ich es bei Tom gesehen hatte.

Jake marschierte wieder los. General Bo stand ganz reglos da und sah die Plastiktüte in meiner Hand an. Dann lockte er mich in den Bann seines Blicks. Im schwindenden Licht legte ich vorsichtig meine Hand um den Gegenstand, den ich aufgehoben hatte.

Marla starrte die Tüte ungläubig an. Ich kam nicht darauf, was sie enthielt. *Jede Frau, die einen Anfängerkurs in Medizin besucht hat, weiß das,* schimpfte meine innere Stimme mit mir. Was ich in der ausgestreckten Hand hatte, war ein Vacutainer, wie er bei Blutabnahmen verwendet wird. Die Krankenschwester nimmt mit einer Spritze Blut ab, und es kommt in ein sterilisiertes Plastikröhrchen. Wenn es um eine komplette Laboruntersuchung geht, füllt sie ein Röhrchen nach dem anderen. Die Röhrchen werden etikettiert und verschlossen: eins zur Überprüfung des Hämoglobingehalts, ein zweites für die Schilddrüsenwerte und so weiter.

Aber das hier war nur ein Vacutainer, und er war kaputt. An den Scherben klebte getrocknetes Blut.

Marla sprach als erste. »Und was hat das alles zu bedeuten?« wollte sie ungeduldig wissen. »Ist das Tonys Blut? Oder Alberts? Oder das von jemand anderem?«

»Hier kommt meine beste Vermutung«, sagte ich. »Dieses Röhrchen?« Ich zeigte darauf. »Daraus stammt das Blut, das auf dem Hemd in deinem Kofferraum verspritzt worden ist.«

»Aber wessen Blut ist es?« wiederholte sie ungeduldig.

Bevor einer von uns antworten konnte, stürzte Jake jedoch davon, weg von den Felsnasen aus Granit, den Pfad am Abhang hinauf. Arch, der von seinem Hund mitgezerrt wurde, schrie uns zu, wir sollten folgen. General Bo schüttelte kurz den Kopf, sprang auf die Beine und joggte den Pfad entlang hinterher. Ich hielt Marlas Arm, als wir beide mühsam mitzuhalten versuchten.

Der Regen fiel in eisigen Tropfen. Über uns grollte Donner. Die zottigen Kiefernnadeln, die über den Pfad hingen, bebten, als der kalte Regen niederprasselte. Ich zog den Jackenkragen hoch und hielt besorgt Ausschau nach Arch.

»Sicherheitsalarm«, rief Bo Marla und mir nach unten

zu. »Bei einem Gewitter sollten wir nicht auf dieser Höhe draußen im Wald sein.« Wir murmelten zustimmend, und Bo rief Arch zu, er solle Jake zurückziehen. Dann befahl Bo uns lautstark ein Rückzugsmanöver. »Alle wieder in den Jeep! Zeit, trocken zu werden und auf die Karte zu schauen!«

Ich machte auf dem Pfad kehrt. Ganz gleich, was man machte, offenbar wollte der General immer das Kommando haben. Der Regen lief mir in den Kragen. Meine Haut kühlte sich so schnell ab wie die dünne Eisschicht, die sich in jedem November auf dem Aspen Meadow Lake bildet. Wieder grollte Donner, dieses Mal viel näher.

Ich eilte hinauf zu Arch, der die Leine von Jakes Arbeitsgeschirr löste. Dann sprach Arch ruhig mit seinem Hund und schnallte auch das Geschirr ab. Das war Jakes Signal, daß die Spurensuche für den Tag zu Ende war. Ich hielt das Geschirr, während Arch Jake das übliche Halsband anlegte.

»Du bist fertig, guter Junge«, murmelte Arch. »Bald gibt's Abendessen. Hoffe ich.«

Als wir zum Auto zurückliefen, machte Jakes Geheul, weil er von der Spur abgezogen worden war, fast dem Lärm des Bachs Konkurrenz. Wollte ich Tony wirklich finden? Ja, sagte ich zu mir, während ich mit den Zähnen knirschte. Ich wollte es. *Tot oder lebendig.* Ich mußte die Wahrheit wissen.

»Herr im Himmel«, sagte Marla, als wir alle wieder im Auto saßen, »ich bin ein Eiszapfen in einem orangefarbenen Gefängnisanzug.«

Ich zeigte auf den Laderaum hinter dem Rücksitz. »Ich habe eine Tüte aus deinem Haus mitgebracht. Mehrere Pullover, trockene Sachen.« Sie murmelte ein Danke, schlang aber nur die Arme um sich, um warm zu werden.

Nachdem der General die Armaturenbrettbeleuchtung und das Deckenlicht eingeschaltet hatte, wischte er die laminierte Karte ab und hielt sie mir hin. Er fragte barsch: »Wie sieht also der nächste Teil des Plans aus, Goldy? Jetzt, wo es regnet und die Nacht angebrochen ist?«

Ich versuchte, zuversichtlich zu klingen, als ich die Karte nahm. »Lassen Sie mir nur einem Moment Zeit.« Auf dem Sitz zwischen Arch und mir schüttelte sich Jake und schob sich näher heran.

Marla war sofort skeptisch. »Was ist das eigentlich, sind wir auf der Jagd wie die Aasgeier? Oder ist das ein Ausflug in die Wildnis? Wie lange dauert es deiner Meinung nach, bis das Büro des Sheriffs uns schnappt?«

»Bitte, entspann dich«, sagte ich, während ich mit dem Zeigefinger den Grizzly Creek verfolgte.

Arch umarmte Jake, der ihm vor Dankbarkeit das Gesicht abschleckte. General Bo ließ den Motor an und schaltete die Heizung ein.

»Meinst du«, fragte sich Marla laut, »daß das Büro des Sheriffs in einer anderen Richtung ermittelt, wenn wir das Laborröhrchen vorlegen?«

Ich schnaubte. »Willst du die Reaktionen von Hersey, De Groot und von Captain Shockley auf etwas riskieren, was in deinem Fall Beweismaterial sein könnte, oder auch nicht? Vor allem jetzt, wo du eine geflohene Verdächtige bist? Sie brauchen mindestens eine Woche, um die Tests durchzuführen, mit denen bestimmt wird, wessen Blut in deinem Auto war. Es mit den Resten im Röhrchen zu vergleichen, könnte sogar noch länger dauern. Und dann hätten sie vierzig Theorien darüber, was das beweist.«

Sie schüttelte trübselig den Kopf. Ich wandte mich wieder der Karte zu. Regen prasselte auf das Dach. Die einzigen anderen Geräusche waren Jakes Schnüffeln und das ständige Tosen des Bachs.

Ich bin keine große Kartenleserin, vor allem, wenn es um Berggebiete geht, mit Anhöhen, Flüssen und Straßen. Aber diese Karte war ganz besonders kompliziert. Außer den Hauptstraßen und Städten zeigte sie auch Pfade, Lagerplätze, Straßen für Fahrzeuge mit Vierradantrieb und historische Wahrzeichen. Ich hatte noch nie etwas von der Perdito Ghost Town oder von der Mine Fallen Angel gehört. Ich prägte mir ein, sie irgendwann einmal kennenzulernen, und suchte nach der kontinentalen Wasserscheide. Nach einem Augenblick entdeckte ich die Interstate 70, Clear Creak, Cottonwood Creek und den Nationalpark Arapahoe.

»Jake hat Hunger«, teilte Arch niemand im besonderen mit.

»Ich habe Futter für ihn dabei«, sagte ich, immer noch über die Karte gebeugt.

Der General nahm einen jovialen Ton an. »Ist jemand dafür, im Freien zu campen?«

Marla stöhnte. »Nein. Nicht jetzt. Auf keinen Fall. Ehrlich gesagt, es gibt nichts, was mich dazu bewegen könnte, je in meinem Leben wieder zu zelten. Vor allem, wenn es regnet. Außerdem sind beim letzten Mal, als ich in einer Nacht wie dieser gecampt habe, schlimme Dinge passiert, für die ich jetzt immer noch büßen muß.«

»Zeig mir die Karte«, bot Arch hilfsbereit an. Jake kroch linkisch in den Laderaum hinter dem Rücksitz. »Okay, hier ist Aspen Meadow.« Archs Zeigefinger deutete auf den See unserer Stadt. Dann fuhr er über die Interstate 70, östlich bis annähernd zu dem Punkt, an dem wir Marla aus dem Notarztwagen geholt hatten. »Und das ist der Weg, auf dem wir hergekommen sind.« Sein Finger deutete dann auf die Straße, die von Aspen Meadow aus nach Nordwesten führte, vorbei an der Abbiegung zum Lager des Generals in Blue Spruce, zur Einfahrt in den Nationalwald und zum Grizzly Creek. »Der Pfad, auf dem wir waren, geht weiter über jede Menge Berge und endet dann an der I-70, in der

Nähe von Georgetown. Was meinst du, Mom, wohin sind dieser Typ oder diese Typen, denen wir nachspüren, unterwegs? Wohinter sind sie her, was glaubst du?«

»Schatz, genau das will ich herauskriegen. Es gibt jede Menge Wege zurück zu diesen Lagerplätzen.«

»Aber«, wandte Arch ein, wieder auf die Karte konzentriert, »warum sollte man diesen Pfad hinaufsteigen, statt zurück zu der Straße Richtung Lagerplatz zu gehen, wo man mit dem Auto fahren könnte?«

Der General schaltete die Scheibenwischer ein. Sie fegten dicke Regenwellen von der Windschutzscheibe.

Arch kaute auf der Unterlippe herum, wie er es bei einem besonders vertrackten mathematischen Problem tat. »Okay, wir fahren nicht nach Hause oder zum Lager des Generals. Und wir campen nicht im Freien.« Er rückte sich die Brille zurecht. »Eins muß ich dir sagen, Marla, ich glaube nicht, daß in diesem Auto für uns alle Platz genug zum Schlafen ist.«

Niemand gab einen Kommentar ab. Marla bat Bo, den Kofferraum zu entriegeln, was er tat. Sie hüpfte hinaus in den Regen. Einen Augenblick später befahl sie Jake, stillzuhalten, während sie hinter uns herumkroch, auf der Suche nach trockener Kleidung.

»Okay, Leute«, sagte ich ernst. »Bride's Creek ist nicht zu weit weg. Erinnerst du dich daran, wie wir diese Party im Haus der Hardcastles ausgerichtet haben, Arch? Ich glaube, wir sollten dorthin fahren.«

Arch sagte: »Ein paar Leute von Prospect Financial waren dort, nicht wahr? Dort habe ich Sam kennengelernt, den Typ mit den Suppen.«

Ich sagte finster: »Dort sollte jetzt niemand sein. Hoffen wir nur, daß das Grundstück nicht unter Wasser steht.«

Der General drückte auf das Gaspedal. Der Motor reagierte mit einem Aufheulen, und Bo legte den Rückwärtsgang ein. Marla, die kein Gurt festhielt, kreischte, als sie durch den Laderaum geschleudert wurde.

»Moment mal!« rief sie.

Bo bremste, und Marla jaulte wieder auf. »Ich weiß, wo Bride's Creek ist«, erklärte er. »Dort ist Adeles Asche verstreut worden.« Bei der Erwähnung ihrer toten Schwester seufzte Marla. Bo ignorierte sie. »Wie kommen wir zu diesem Blockhaus?« wollte er wissen.

Ich versuchte, die Gereiztheit aus meiner Stimme herauszuhalten. Was hatte ich mir dabei gedacht, uns alle in dieses Schlamassel zu bringen? Tom würde mich umbringen. Falls der General es nicht vor ihm schaffte. »Wir müssen sehr vorsichtig sein«, sagte ich. »Falls ich je nach Hause zurückkomme, hätte ich gern ein Geschäft, in das ich wieder zurückkehren kann. Wir werden die Nacht unter einem richtigen Dach verbringen und morgen früh zeitig zurückkommen, um Tonys Spur aufzunehmen.«

Es konnte gar nicht so schlimm sein, wenn wir nichts kaputtmachten, tröstete ich mich. Dann fügte ich im Geist hinzu: *Bei ihrer nächsten Party gebe ich Edna und Whit einen Preisnachlaß.*

Falls es für mich eine nächste Party gab.

Marla kletterte auf den Vordersitz zurück, jetzt gekleidet in einen paillettenbesetzten burgunderroten Sweatsuit. Der General wendete geschickt in drei Anläufen. Während wir fuhren, erinnerte ich mich an die Einzelheiten des Mittagessens mit Schweinebraten, das Arch und ich im Herbst für die Hardcastles ausgerichtet hatten. Es war eine verschwenderische Spendenaktion für die Erhaltung historischer Landschaften gewesen. Ich hatte Albert Lipscomb an jenem Tag nicht kennengelernt, wußte aber, daß er zu den Gästen gehört hatte. Marla und Tony waren auch anwesend gewesen, ebenso Amanda Trotfield, obwohl ihr Mann mit einem Charterflugzeug nach Buenos Aires unterwegs gewesen war. Edna Hardcastle hatte Sam Perdue für die Zubereitung einer Vichyssoise engagiert. Sie hatte zu mir gesagt, sie versuche, ihr Geld unter den Essenslieferanten von Aspen Meadow zu verteilen. Damals war ich beleidigt gewesen, aber Eileen Toby, deren Bank zu den großen Sponsoren für die Erhaltung historischer Landschaften gehörte, hatte mir versichert, Sams kalte Kartoffellauchsuppe könne meiner nicht das Wasser reichen. Jetzt waren mir das Mittagessen und was serviert worden war völlig gleichgültig. Ich konzentrierte mich auf den Versuch, mich daran zu erinnern, wo die Hardcastles den Ersatzschlüssel zu ihrer Blockhaustür aufbewahrten.

Mit einem Kreischen und einem Poltern katapultierte der General den Jeep auf den Highway. Im Osten lagen sein Lager und Aspen Meadow, im Westen die kontinentale Wasserscheide und das Hochgebirge. Ich rechnete halb damit, daß ein Dutzend Polizeiautos für uns auf der Lauer lag, wo der Feldweg auf den Kies stieß. Aber da war nichts bis auf den Regen.

»Darf ich die Karte sehen?« fragte Marla artig. Ich reichte sie ihr. Sie schaltete das Licht über ihrem Sitz ein und beugte sich darüber.

Unglaublicherweise, zweifellos aus Gewohnheit, versuchte ich, mir schlüssig zu werden, was wir alle zu Abend essen würden. Ich hatte keine Ahnung, was für Nahrungsmittel General Bo uns mitgebracht hatte. Je mehr ich auf den Regen hinausschaute, der unsere Fenster verschmierte, desto mehr unerwünschte typische Partylieferantengedanken drängten sich in meinem Kopf. Da war das Problem mit dem Holzofen der Hardcastles. War genug trockenes Brennholz vorhanden, daß es für den ganzen Abend reichte? Und was würde es zum Frühstück geben? Fast hätte ich gelacht. Dann stellte ich mir eine andere Frage: Hatten die Hardcastles nicht einen Hausmeister, der in der Nähe des Blockhauses wohnte? Würde er uns einbrechen sehen? Falls ja, würde er dann nicht die Polizei rufen?

Nach einer halben Stunde bogen wir in die Straße ein, die am Bride's Creek entlang verlief. Nachdem wir ein paar Kilometer weit dem angeschwollenen, turbulenten Bergbach gefolgt waren, kamen wir zu dem Lattenzaun, der den Anfang des weitläufigen Grundstück der Hardcastles markierte. Arch zeigte aufgeregt auf die Zufahrt mit den Steinsäulen. Ich hielt den Atem an, als der Jeep über eine schmale Holzbrücke holperte, die nur knapp das schlammige Hochwasser in dem sonst idyllischen Bach überspannte.

Als ich durch die Finsternis nach Lebenszeichen im weißen Häuschen des Hausmeisters Ausschau hielt, begriff ich schnell, daß es keine geben konnte. Das winzige Schindelhäuschen, das auf einem tiefgelegenen Stück Land in der Nähe des Wasserlaufs stand, war von dem Bach überflutet worden. Wasser strömte um das Haus herum, das wie eine belagerte Insel aufragte.

»So viel zum Hausmeister«, murmelte Marla. »Es sind nur wir und der Geist der Braut.«

»Wie bitte?« sagte Bo, den Blick auf der Straße. »Als wir Adeles Asche hier verstreut haben, lag das daran, daß sich ihre episkopalische Kirche immer noch wegen eines Kolumbariums stritt. Über den historischen Hintergrund habe ich nie etwas gehört.«

Marla machte *ts, ts.* »Bei dem Mittagessen für die Erhaltung der historischen Landschaft haben sie uns das Märchen über den Grund für den Namen des Bachs aufgetischt. Flußabwärts gab es ein beliebtes Hotel. Zu Anfang des Jahrhunderts war es wegen seiner luxuriösen Blockhäuser für die Flitterwochen berühmt.« Sie seufzte, als wäre das Mieten eines Blockhauses für die Flitterwochen das Blödeste, was sie je gehört hatte. »In den zwanziger Jahren ist ein frischverheiratetes Paar in seinem Rolls heraufgekommen und hat sich im geräumigsten Blockhaus eingemietet. Bei Vollmond und angeblich nach vollzogener Ehe hat die Braut einen Spaziergang gemacht. Sie kam zu nahe an den Bach heran, ist ausgerutscht und ertrunken. Jetzt behaupten die Leute, daß sie ihren Geist am Wasser sehen. Vor allem bei Vollmond.«

»Wir werden den Mond heute nacht vermutlich nicht sehen können«, bemerkte Arch pragmatisch. »Es ist zu bewölkt.«

»Ja, schon«, sagte Marla wissend. »Das heißt nicht, daß sie nicht dort draußen ist. Damals konnten sie noch keine solchen Autopsien wie heute durchführen. Ich vermute, ihr frisch angetrauter Mann hat sie in den Bach gestoßen und unter Wasser gehalten. Man muß ziemlich blöd sein, um ins Wasser zu fallen. Jemanden hineinzustoßen, das ist etwas ganz anderes. Jedenfalls haben sie mir das im Gefängnis von Furman County immer wieder gesagt.«

»Erzählen Sie mir etwas über das Blockhaus«, sprach Bo mich an, als wir eine Nadelbaumgruppe umrundeten. Der Regen hatte sich wieder in Nebel verwandelt. »Ich nehme an, es ist auch historisch?«

»Ja, auch darüber haben wir im letzten Herbst alles gehört«, sagte ich müde. »Erbaut etwa ... oh, was haben sie gesagt? 1860. Es war das Blockhaus eines Trappers am Bach. Das Blockhaus wurde eine Postkutschenstation und dann ein Schulhaus – das einzige zwischen hier und Aspen Meadow. Dann hat es sich in einen Gemischtwarenladen verwandelt. Vor etwa zwanzig Jahren hat sich Furman County gemeldet und behauptet, das Blockhaus stehe da, wo das County das Wegerecht habe. Sie mußten die Straße am Bride's Creek entlang pflastern und wollten das Blockhaus abreißen. Mrs. Hardcastles Mutter, Maureen Colbert, ist eingeschritten und hat ein Denkmalsschutzschild geschwenkt, vermutlich eins der ersten. Mrs. Colbert, die auch eine große Wohltäterin des Zoos von Denver war, hat dem County das Blockhaus abgekauft, das daran grenzende Grundstück erworben und das Blockhaus, Stamm um Stamm, an einer höheren Stelle wieder zusammenbauen lassen. Als sie starb, hat sie es ihrer einzigen Tochter Edna hinterlassen, die Whitaker Hardcastle, einen Ölgeologen, geheiratet hat. Sie haben auch eine Tochter, und sie sollte in diesem Frühling hier oben heiraten, aber sie hat mit dem Bräutigam gebrochen.« Ich erinnerte mich daran, wie sehr mein Bankkonto und ich uns darauf gefreut hatten, den Hochzeitsempfang der Tochter der Hardcastles auszurichten. Jetzt schien mein Bankkonto das geringste meiner Probleme zu sein.

»Ja«, warf Arch ein, »aber wir haben dieses Mittagessen zum Spendensammeln im letzten Herbst hier serviert, als Julian fort war. Es war mit das erstemal, daß ich Mom ganz allein geholfen habe.«

Wir fuhren am Geräteschuppen, der Pumpe und dem Duschhaus im Freien vorbei, die von den Hardcastles in der Nähe des Blockhauses erbaut worden waren. Mrs. Hardcastles Mutter hatte gewollt, daß das Blockhaus nicht nur verlegt, sondern auch restauriert wurde. In ihrem Wunsch, dem Blockhaus ein authentisches, rustikales Aussehen zu verleihen, hatte Edna Hardcastle einen niedlichen kleinen Brunnenaufsatz bauen lassen – rund und überdacht, wie ihn Disneys Leute möglicherweise neben ein Blockhaus im Frontierland gestellt hätten. Als wir hielten, fiel mir plötzlich wieder ein, daß die Hardcastles den Ersatzschlüssel im Brunneneimer aufbewahrten. Ich dankte dem Himmel, daß es mir wieder eingefallen war, und bat dann stumm um Vergebung für widerrechtliches Eindringen.

Wir sprangen alle hinaus. Jake hob sofort die Schnauze zum Himmel und heulte; Arch brachte ihn zum Schweigen. Die Brunnenkurbel quietschte unheilverkündend, als ich am Seil zog, aber der Eimer kam nach oben, und ich fischte den dunklen Plastikbehälter heraus, in dem der Schlüssel zur massiven Vordertür des Blockhauses steckte. Während der General geschäftig Ausrüstung aus dem Heck des Jeeps auslud, versicherte Arch weiterhin einem nervösen, bellenden Jake, er bekomme bald Futter. Marla stand allein da und schien sich zu weigern, sich uns anzuschließen. Sie hatte die Arme verschränkt und schaute in die Ferne. Mehr denn je wünschte ich mir, ihr aus diesem Chaos herauszuhelfen.

Mit einem entschlossenen Achselzucken – schließlich erweiterten wir unsere Liste von Verbrechen um das Delikt Einbruch – steckte ich den Schlüssel ins Schloß. Ehe ich ihn umdrehte, fielen mir neue, tiefe Furchen neben dem Türrahmen auf. Es sah danach aus, als wäre jemand mit einem Stemmeisen uns zuvorgekommen.

Ohne den Schlüssel anzurühren, stieß ich gegen den Türknauf. Die Tür knarrte in den Angeln und ging weit auf. Sofort ergoß sich eine Flut feuchter, modriger Luft auf die Treppe. Ich sagte schwach: »Jemand ist eingebrochen.«

»In Ordnung, lassen Sie mich das überprüfen«, befahl der General. Er nahm eine militärische Haltung mit geradem Rücken an und zog seine Pistole. In der freien Hand schwenkte er eine Taschenlampe, im Vergleich zu der die silbrigen Röhrendinger, die ich aus Sommerlagern kannte, wie Spielzeuge wirkten. Während er lautlos mit der schußbereiten Glock über die Bretterdielen glitt, leuchtete er den Innenraum mit dem Strahl seiner Lampe aus. Nachdem er ein paar Minuten lang die Lage sondiert hatte, schien er befriedigt festgestellt zu haben, daß das Haus leer war. Er legte die Pistole und die Taschenlampe auf einen Tisch, nahm Streichhölzer aus der Tasche und zog scharrend einen der massiver aussehenden Stühle in die Mitte des Raumes. Dann zündete er die Petroleumlampen an, die an der Decke hingen. Licht ergoß sich bis in die äußersten Winkel im Inneren des Blockhauses.

Der kleine Innenraum – etwa vierzig Quadratmeter – war der Authentizität halber ohne Strom und Telefon. Es gab kein eindeutiges Anzeichen für einen Eindringling. Die alten Möbel, die hier standen, waren so schön, wie ich sie in Erinnerung hatte: Schaukelstühle, ein Zweisitzer aus Holz, zwei kleine Betten, ein Kamin, der eingebaut worden war, als das Blockhaus neu zusammengesetzt wurde, ein Spinnrad, der schwarze Herd in einer Ecke, ein alter Eckschrank in einer anderen. Es gab sogar einen Stuhl mit einem Eimer darunter – eine Feldtoilette. Aber wer war eingebrochen? Und wann?

»Stehenbleiben«, sagte der General, als er den Raum musterte.

Der Lampenschein beleuchtete auch das ungewöhnlichste Stück im Raum: ein riesiges Tigerfell samt Kopf. Als Maureen Colbert als Wohltäterin für den Zoo von Denver tätig gewesen war, hatte sie einen Tiger bezahlt, der aus Indien geholt wurde. Als die große Tigerin – vom Zoodirektor zu Ehren von Mrs. Colbert Lady Maureen getauft – etliche Jahre später starb, hatte der Zoo das Tier zum Präparator geschickt und das Fell dann Mrs. Colbert geschenkt. Dadurch hatte sie ihr Geschenk in ständiger Erinnerung – wenn auch auf dem Boden ihres Blockhauses. Ich wußte nicht, was Jake von Lady Maureen als Teppich hielt, und war auch nicht erpicht darauf, es herauszufinden. Der General nickte mir zu, und ich näherte mich dem Tigerfell. Als ich im letzten Herbst den Schweinebraten auf dem Blockhausofen aufwärmte, hatte ich etliche Zeit damit verbracht, Lady Maureen zu betrachten. Jetzt sah etwas an dem Tigerfell nicht ganz richtig aus.

»Verdammt, es ist kalt«, murmelte Bo. »Sieht danach aus, als hätte der Einbrecher nicht viele Spuren hinterlassen. Ich nehme nicht an, daß die Besitzer das Brennholz hier drin aufbewahren. Oder daß derjenige, der hier war, es aufgebraucht hat.«

»Draußen neben dem Geräteschuppen«, sagte ich ruhig, »müßte unter einer Plastikplane jede Menge Holz liegen.«

Als er die Pistole wieder in die Halfter steckte und nach draußen schlich, ging ich neben dem Tigerfell in die Knie. Draußen konnte ich hören, wie Marla und Arch nachdrücklich zu Jake sagten, er solle still sein. Ich drehte mich um und musterte das Fell auf einer Seite, dann auf der anderen. Nach einem Augenblick entdeckte ich, was seltsam aussah. Jemand – vielleicht mit Sinn für Humor – hatte einen fleischfarbenen Ballon tief in das Tigermaul geschoben. Der Ballon war so eng hineingesteckt, daß die Plastikhaut zwischen den Tigerzähnen kaum zu sehen war. Ich tastete an den scharfen Schneidezähnen entlang und berührte die Falten des Gegenstands. Er war dicker als Plastik, eher wie Latex. Vorsichtig zog ich das gummiartige Ding heraus.

Es war kein Ballon. Es sah nach irgendeiner fleischfarbenen Hülle aus. Im trüben Licht konnte ich Tropfen getrockneter Flüssigkeit ausmachen. Ich rieb sanft an den Flecken. Schminke färbte auf meine Finger ab.

Sieh im Abfall nach, hörte ich die Stimme meiner Mutter in mein Ohr sagen, ihr Lieblingssatz, um der Ursache des Problems auf den Grund zu gehen. Ich überflog den Raum und ging zu dem Mülleimer neben dem Holzofen. Auf dem Boden lag ein kleiner Stapel zusammengeknüllter Blätter. Ich legte das rosa Gummiding weg und musterte die Blätter. Sie waren kein bißchen eingestaubt; sie lagen noch nicht lange in diesem Mülleimer.

Fünf Zellophanverpackungen asiatischer Nudeln knisterten in meinen Händen. Ich legte sie beiseite und griff nach dem Rest: zerknüllte Druckseiten, die wie Fotokopien aus einem Buch aussahen. Die erste war ein Blatt mit Anweisungen, zu denen das Schaubild eines Ohrs gehörte. Über dem Schaubild stand in Blockbuchstaben eine Warnung: BEIM AUSSCHNEIDEN UM DIE OHREN HERUM SEHR VORSICHTIG VORGEHEN, NUR IN DAS MATERIAL SCHNEIDEN. Und darunter ein neuer Absatz: »Das Auftragen von Schminke.«

Ich blätterte in den Seiten, bis ich auf ein Männerfoto stieß. Die Bildunterschrift lautete: »Glatzenattrappe von

Woochie in professioneller Qualität.« Die Einleitung zu den Anweisungen fing damit an: »Die erstklassigen Glatzenattrappen von Woochie können manchmal mehrfach verwendet werden ...«

Ich starrte den rosa Ballon an. Eine Glatzenattrappe. Wer hatte so etwas in das Tigermaul gesteckt, und warum?

Ich stopfte die Seiten und die Attrappe in den Eimer, stellte ihn zurück und lief nach draußen, um nach Arch zu sehen. Mein Sohn drückte den Hebel der Wasserpumpe mit aller Kraft nach unten. Aus dem Hahn lief kein Wasser. Jake heulte weiter. Marla schrie Jake an, er solle still sein, während sie Arch zeigte, wie er die Pumpe mit einem Eimer voller Regenwasser funktionsfähig machen konnte. General Bo stand am Geräteschuppen und belud sich die Arme mit Brennholz. Ich lief zu ihm hinüber.

»Wer auch immer Marla in jener Nacht zusammengeschlagen hat, ist hier gewesen«, sagte ich zu ihm. »Das glaube ich. Hier gewesen und verschwunden, wie es aussieht. Der Typ ... hat Abfall hinterlassen ... eine Attrappe, durch die man kahl wirkt.«

General Bo schüttelte den Kopf. »Strecken Sie die Arme aus.« Ich tat es, und er reichte mir die Scheite. Er ging schon in Archs Richtung. »Wir hätten dem Hund das Arbeitsgeschirr nicht abnehmen sollen. Er hätte uns verraten können, ob das, was er hier oben riecht, Tony ist. Vielleicht bellt er deshalb dauernd.«

»Wir könnten es mit dem Geschirr ausprobieren«, sagte ich, als ich hinter ihm hereilte.

»Nein. Es ist zu finster für eine Spurensuche. Der Hund braucht Futter und Ruhe. Machen Sie Feuer. Ich bringe Arch, Marla, den Hund und die Vorräte ins Haus.« Er zog die Glock. Plötzlich heulte Jake wilder als je zuvor. Der General rief ungeduldig: »Kommt schon, alle ins Haus! Tragt, soviel ihr könnt.«

Ich stolperte mit dem Holz zur Blockhaustür. Jake jaulte. Falls tatsächlich jemand oder mehrere Personen in der Nähe waren, wußten sie jetzt zweifellos über unsere Anwesenheit Bescheid. Arch packte den Eimer und Jakes Leine. Marla humpelte auf uns zu. Ich konnte nicht fassen, daß sie eine Tasche aus dem Laderaum des Jeeps schleppte. Als die beiden sicher die Schwelle überquert hatten, lehnte ich die Tür an. Einen Augenblick später kam der General rückwärts herein, in einer Hand die Pistole, in der anderen die letzte Tasche mit Vorräten. Er verriegelte die Tür.

Während ich Holz im Ofen stapelte, raste mein Verstand. Dieser Verbrecher, der nicht glaubte, daß er verfolgt wurde, hatte schadenfroh Beweise hinterlassen. *Schnappt mich, wenn ihr es könnt.* Hatte er Tony bei sich? Und was am wichtigsten war, konnten wir herausbekommen, was geschehen war, ehe der Sheriff von Furman County uns einholte?

Essen, sagte ich mir. Wir werden erst etwas essen und uns später Sorgen machen. Bis Arch für Jake eine Schüssel mit Wasser gefüllt und Marla ihm Trockenfutter aufgetischt hatte, war das Feuer im Ofen im Gang. Arch versicherte, Jake würde es uns melden, falls *irgend jemand* in der Nähe des Blockhauses war. Ich wußte, daß das wahr war, weil Jake uns bei jeder raschelnden Bewegung in unserer Straße alarmiert hatte. Wir waren uns alle einig, uns zu entspannen. *Falls das möglich ist,* sagte Marla mit einem Seufzer.

Der General bestückte den Kamin mit Holz und machte Feuer, und bald erhellte ein gemütlicher Schein das Blockhaus. Ich stöberte in den Schränken an den Blockhauswänden herum. Der Eckschrank enthielt diverses Steingut und Zinn, das aussah, als sei es echtes neunzehntes Jahrhundert. Ich dachte mit einem Stich im Herzen, daß Tom, mit seiner großen Liebe zu Antiquitäten, die Bierkrüge und Platten bewundert hätte. Die Hardcastles hatten zwei Tellersätze gehortet: eine Sammlung aus schlichtem weißem

Steingut und einen wunderschönen Satz Glasteller mit einer Rose in der Mitte. Von Tom hatte ich auch gelernt, wie das Muster hieß: Adam's Rose. Bald, dachte ich wieder mit einem Stich im Herzen, würde er in ein leeres Haus zurückkehren, meine Nachricht sehen und sich fragen, ob wir noch am Leben seien. Vielleicht war er schon zu Hause. Während der Regen auf das Dach prasselte, war ich schließlich für eines dankbar. Wenigstens waren wir nicht im Freien.

Während Marla und Arch sich überlegten, wie wir vier mit zwei kleinen Betten auskommen sollten, packte Bo die Lebensmitteltüten aus. Ein großer Bund frischer Spargel lag neben einer Packung Hühnerbrüste, einer Tüte Reis und mehreren kleinen Gläsern mit Gewürzen. Er hatte ein halbes Dutzend Eier mitgebracht. Fünf davon waren jetzt zerbrochen.

»Ich habe gedacht, Sie möchten gern was in der Pfanne machen«, erklärte er ernst. »Weil ich nicht gewußt habe, unter welchen Bedingungen wir kochen müssen.«

Marla brach in Gelächter aus. Arch bedachte mich mit einem schüchternen Lächeln, das besagte: *Na ja.* Ich bat Bo, den kleinen Tisch für uns zu decken, während ich nach einer schweren Gußeisenpfanne suchte, die ich auch fand und die als Ersatz für einen Wok dienen konnte. In einem Topf stellte ich Wasser für den Reis auf, dann wandte ich meine Aufmerksamkeit dem Huhn zu. Ich hätte alles getan, um den Gedanken an den Unbekannten zu verdrängen, der im Nebel lauerte. Und apropos unbekannt, warum sollte ich Tom nicht anrufen? Das hätte wenigstens mein Gewissen beruhigt, wenn schon nicht seins.

»Haben Sie das Handy aus dem Auto mitgebracht?« fragte ich General Bo.

Er schüttelte grimmig den Kopf. »Nein, und ich will nicht, daß jemand bis zum Morgen hinausgeht. Zu riskant.«

Oh, großartig. Ich musterte die asiatischen Zutaten. Ich brachte den Reis zum Kochen und schnitt die Hühnerbrüste in Streifen. Während das Huhn in Eiweiß, Sherry, Sojasauce und Maisstärke mariniert wurde – ein Trick zum Weichmachen, den ich aus einer Kochsendung im Fernsehen gelernt hatte –, preßte ich eine scharfe Knoblauchzehe und schnitt einen Haufen leuchtendgrünen Spargel und stark riechende weiße Zwiebeln. Bald brutzelten das Huhn, der Knoblauch und die Zwiebeln in der Pfanne, und das Blockhaus erfüllte ein Geruch, bei dem einem das Wasser im Mund zusammenlief. Ich dämpfte die Spargelstücke und rührte dunkle, scharfe Schwarzbohnensauce in die Pfanne. Wenigstens kochte ich etwas Fettarmes für Marla, dachte ich grimmig.

»Marla, ich muß mit dir über etwas sprechen«, sagte ich, als wir über das dampfende chinesische Gericht herfielen. »Ich möchte, daß du dir diese Karte gründlich anschaust. Du kennst die Partner und Investoren besser als jeder von uns. In einer Kleinstadt in der Nähe könnte es eine Bank, einen kleinen Flugplatz oder jemanden geben, den diese Typen kennen ... irgend etwas, was nach einer vernünftigen Möglichkeit aussieht, wohin einer von ihnen oder beide gegangen sein könnten. Wir könnten es uns ersparen, dorthin zurückzufahren, wo wir Tony nachgespürt haben, und versuchen, seine Richtung einzuschätzen, eine frischere Fährte aufzunehmen.«

Als wir zu Ende gegessen hatten, spülten Bo und Arch das Geschirr in Wasser, das sie aus der Pumpe geholt und auf dem Herd erhitzt hatten. Marla und ich breiteten die Karte auf Lady Maureens gestreiftem Rücken aus. Wir studierten sie und versuchten, Albert Lipscombs Gedanken zu lesen. Oder versuchten wir, die Psyche von Tony Royce zu ergründen? Oder die beider? Oder die von jemand anderem?

Der Lagerplatz war ein Haltepunkt inmitten eines Netzes

aus Pfaden, die den Nationalpark Arapahoe durchquerten. Der Pfad, auf dem wir mit Jake gewesen waren, war deutlich markiert. Er folgte dem Grizzly Creek, überquerte ihn dann und endete auf einer Straße für Fahrzeuge mit Vierradantrieb, die zur Interstate 70 und Georgetown im Westen und Idaho Springs im Osten führte.

Ich zeigte auf die Karte. »Wem auch immer wir nachspüren, wer auch immer Tony bei sich hat, er hat zwei Tage Vorsprung vor uns. Wohin könnten also einer der Prospect-Partner, beide oder einer ihrer Kunden gegangen sein?«

Marla schmiegte ihren üppigen Körper in das Tigerfell und schaute auf die Karte hinunter. Ein scharlachrot lakkierter Nagel deutete darauf. »Wenn einer der Kunden hinter dem allem steckt, dann habe ich keine Ahnung. Sie könnten auf dem internationalen Flughafen von Denver sein, sie könnten in der Wüste von Nevada sein.« Sie machte eine Pause. »Aber falls es sich um Tony und/oder Albert handelt, könnten wir an zwei Orten suchen. Die beiden haben sich ein Haus, eine Art Bergversteck, in Estes Park geteilt. Wie weit ist das von hier aus? Hundertzehn Kilometer? Aber man müßte von hier aus nach Osten und dann nach Norden fahren. Das ist nicht der Weg, auf den Jake uns geführt hat.«

»Hundertzehn Kilometer«, wiederholte ich. Ich war plötzlich so müde. Mein nasses Haar war endlich getrocknet, aber meine Muskeln schmerzten von der Anstrengung des Tages. »Und wie sieht deine zweite Idee aus?«

Marla sagte: »Falls Albert dreieinhalb Millionen in bar vom Prospekt-Konto hat, würde er es bei diesem Wetter bestimmt nicht auf einem bergigen Waldpfad mit sich herumschleppen, um seinen Partner zu suchen. Er müßte es also irgendwo aufbewahren.« Sie klopfte auf die Karte. »Das ist die Richtung, in die wir gegangen sind. Nordwesten. Direkt in die Richtung der Goldmine Eurydice.«

Pfannengerührtes Huhn mit Spargel

4 Hühnerbrusthälften (etwa 750 g), in bißgerechte Streifen geschnitten
1 Eiweiß
1 Eßlöffel Maisstärke
1 Eßlöffel trockener Sherry
1 Eßlöffel Sojasauce
1 kleine Zwiebel, halbiert und in dünne Scheiben geschnitten
1 Knoblauchzehe, gepreßt
2 Eßlöffel Keimöl
$^{1}/_{8}$ l Wasser
1 Pfund frischer grüner Spargel, die holzigen Stangenenden abgeschnitten, diagonal geteilt und in fünf Zentimeter lange Stücke geschnitten
100 g Wasserkastanien aus der Dose, abgetropft und in Scheiben geschnitten
$^{1}/_{8}$ l Schwarzbohnensauce (erhältlich in Asienläden)
Frisch gemahlener schwarzer Pfeffer
Etwa 800 g gekochter, heißer Mittelkornreis

In einer Schüssel das Eiweiß, die Maisstärke, den Sherry, die Sojasauce, die Zwiebel und den Knoblauch gründlich verrühren. Die Hühnerstreifen darin eine halbe Stunde lang marinieren, nicht länger als eine Stunde.

In einer großen Bratpfanne oder in einem Wok das Öl erhitzen. Das marinierte Huhn mehrere Minuten lang ständig rühren, bis es gar ist. Das Huhn nicht zu stark braten. Aus der Pfanne nehmen und beiseite stellen.

Die Pfanne wieder stark erhitzen und das Wasser hineingeben. Die braunen Fleischreste schnell vom Pfannenboden hochrühren, dann den Spargel hinzugeben, die Wasserkastanien und die Schwarzbohnensauce. Die Pfanne zudecken und alles bei mittlerer Hitze 2 bis 5 Minuten köcheln lassen, bis der Spargel leuchtendgrün, aber noch knackig ist. Das Huhn hinzugeben. Bei mittlerer Hitze umrühren, bis die Mischung gut erwärmt ist. Mit Pfeffer abschmecken. Sofort auf heißem Reis servieren.

Ergibt 4 Portionen

Sie sah mich an. »Jemand hätte das Geld in einem der Gebäude an der Mine verstecken können. Dort oben ist niemand, weil sie kein Team für die Forschungsarbeiten engagiert haben. Außerdem gibt es tief in der Mine Eurydice einen Safe, etwa achthundert Meter vom Eingang aus. Du weißt schon, dort haben sie diese Gordbarren und Erzproben aufbewahrt.«

Ich sagte: »Und rate mal, worauf ich wetten möchte? Das waren keine Proben aus der Eurydice. Aber warum sollte nicht jemand, vor allem Captain Shockley, letzte Woche in die Mine gegangen sein, um zu überprüfen, ob die Proben noch dort sind? Ich weiß, daß er gleich dort war, als Albert verschwunden ist, aber alles war abgeschlossen.«

Marla zuckte die Achseln. »Albert kennt sich in der Mine gut aus. Ich meine, er ist der Besitzer, aber er war nicht greifbar, konnte also keine Durchsuchungsbewilligung unterschreiben. Und was hätten die Cops tun sollen, sich einen Durchsuchungsbefehl ausstellen lassen, um in einer Mine herumzustolpern? Diese Lichterkette reicht nicht sehr weit. Ich kann nicht glauben, daß jemand von der Polizei tief in die Mine Eurydice hineingeht, bloß um sich umzuschauen.« Sie machte eine Pause. »Andererseits wäre Albert bestimmt nicht ohne das ganze

Gold geflohen. Es ist mindestens zweihunderttausend wert.«

Ich sagte: »Aber trotzdem ... falls Albert – oder die als Kahlkopf getarnte Person – darauf aus war, den Besitz von Prospect zu stehlen, warum ist er oder sie dann nicht irgendwann in der letzten Woche in die Mine gegangen, um das Gold zu holen?« *Moment mal.* Ich erinnerte mich wieder an die Party, als Albert und Tony die Mine betreten hatten, um die Proben zu holen. Warum war nicht einfach einer von beiden mit einer Schubkarre hineingegangen? Warum waren *beide* hineingegangen? »Was weißt du über den Safe in der Mine?« fragte ich Marla schnell. »Wie schwierig ist es, ihn aufzukriegen?«

»Ach du meine Güte«, sagte Marla plötzlich. »Oh, Herr im Himmel. Das ist nicht allgemein bekannt. Ich möchte wetten, daß nicht einmal Captain Shockley es weiß. Diesen Safe zu öffnen ist wie der Einsatz von Atomraketen auf einem U-Boot.«

»Wow«, unterbrach sie Arch. »Du meinst, wenn man zwei Typen mit Codes braucht? Und dann benützt jeder Typ seinen Code, um die Raketen abzuschießen. Das ist so cool. Man kann es nicht allein machen. Das ist so, um irgendeinen verrückten Kerl daran zu hindern, daß er die Welt in die Luft jagt.«

Ich bedachte Marla mit einem festen Blick.

Sie sagte: »Albert und Tony müssen zu *zweit* sein, um den Minensafe zu öffnen.«

General Bo rieb sich mit der Hand über den Schädel. »Also«, bemerkte er, »falls unser Schurke auf Geld aus ist, dann muß er seinen Partner hinauf zu dieser Mine schleppen, damit er das Gold rausholen kann. Marla was anzuhängen war eine glänzende Methode, die Behörden von seiner Spur abzulenken, damit er die Zeit zum Abkassieren hatte und dann abhauen konnte.«

»Aber warum sollte er die Firma ruinieren?« fragte ich. »Und warum hat er eine Woche damit gewartet, das alles zu tun? Es muß eine andere Erklärung geben. Vielleicht deuten diese Beweise auf eine andere Person. Auf ein anderes Motiv.«

Marla und ich dachten gemeinsam nach. Eileen Toby kannte sich mit Theaterrequisiten aus, wußte, wie nah das Blockhaus war, wußte Bescheid über die Existenz der Goldbarren. Außerdem haßte sie Tony und liebte Geld. Die Kunden, die Tony und Albert am nächsten standen, waren die Trotfields und die Hardcastles. Sie hatten eine Menge Geld zu verlieren, wenn die Investition in die Mine ein Schwindel war. Sam Perdue brauchte verzweifelt Kapital für seine Suppenrestaurantkette. Victoria Lear, die Sam als eine der ersten einen Korb gegeben hatte, war hinter die Lüge über das Gesetz L-208 gekommen. Hatte sonst jemand davon erfahren? Wer außer Marla und den beiden Partnern wußte etwas über die zwei Schlösser an dem Safe tief im Inneren der Eurydice? Vielleicht hatte Tony eine andere Freundin. Vielleicht hatte es Albert einem anderen erzählt, zum Beispiel dem Polizeicaptain, der für die Sicherheit verantwortlich gewesen war.

»Geht schlafen«, schimpfte Bo mit uns, als wir eine ergebnislose Stunde damit verbracht hatten, herauszubekommen, wer was gewußt hatte und wann.

Marla und ich legten uns auf die kalten, modrig riechenden Betten. Arch und Jake belegten den Rücken von Lady Maureen mit Beschlag. Der General löschte die Petroleumlampen und streckte sich auf dem Boden aus. Die Glut des Feuers leuchtete, knisterte und ließ, während sie herunterbrannte, von Zeit zu Zeit eine Flamme hochzüngeln. Ich versuchte zu schlafen. So erschöpft ich war, der Schlaf wollte nicht kommen. Nach einer Weile schlich ich zu einem Fenster hinüber und versuchte, Tom Gedanken zu schicken: *Wir sind in Ordnung. Wir kommen bald nach Hause.*

Elf Uhr. Der regelmäßige Atem meines Sohns, ein Geräusch, das ich sogar erkannt hätte, wenn es zehn Meter weit entfernt gewesen wäre, erfüllte den Raum. Mitternacht: der Regen hörte auf, und Marla schnarchte. Um zwei glaubte ich, ich sei als einzige wach, obwohl der Atem des Generals so gedämpft und katzenhaft war wie seine Bewegungen. Vor dem Fenster hatten sich die Wolken zu jagenden Schwaden verdünnt. Als der Mond aus einem Dunstschleier auftauchte, schaute ich zum Bach, halb darauf gefaßt, das Gespenst der tragisch gestorbenen, lange begrabenen Braut zu sehen. Aber da war nur Nebel, der durch die Bäume trieb. *Tom,* dachte ich, *wie geht es dir?* Aber ich hörte keine Antwort und sah nichts. Der einzige Geist, den ich spürte, war meiner, und er war voller Schmerz.

Ich muß eingeschlafen sein. Ich wachte erschrocken auf, die Stirn gegen die eisige Fensterscheibe gepreßt. Ich erstarrte und hob jäh den Kopf. Was war das für ein Geräusch? Es war ganz in der Nähe: eine Tür ging knarrend auf. Ich kniff die Augen zusammen und konnte Arch und General Bo Farquhar ausmachen, die durch das zinnfarbene Licht vor der Morgendämmerung gingen. Mein Sohn umklammerte die Leine des keuchenden, nervösen Jake. Einen flüchtigen Augenblick lang glaubte ich, ich sei in eine verlorengegangene Folge von *Unsere kleine Farm* geraten. Wo waren Michael Landon und seine stets von Hoffnung erfüllte kleine Familie? Und warum starrte ich den großen Kopf eines toten Tigers an?

Ich rieb mir die Augen, sah mich im Innenraum des Blockhauses um und versuchte zu denken. Die chaotischen Ereignisse des Vortags trieben nach oben. Ich fröstelte und sah auf meine Uhr. Es war Dienstag, der 15. Juni, kurz nach fünf Uhr morgens. Draußen blieben Bo, Arch und Jake neben der Pumpe stehen. Der Bluthund schnüffelte, preßte die Nase an die durchweichte Erde und reckte den Schwanz hoch. Der immer mißtrauische Bo hielt seine tödlich aussehende Pistole an seiner Seite. Unterhalb des Blockhauses ergoß sich milchiger Nebel zwischen die Bäume. Normalerweise bedeutet eine jagende, tiefhängende weiße Wolke, daß eine Wetterfront durchzieht. Mit etwas Glück würde sich der eisige Dunst bald auflösen. Vielleicht wurde es sogar ein klarer Tag.

Marla kam auf die Knie hoch, schaute hinaus und murrte. »Wenn wir schon englisches Wetter haben, können wir dann nicht wenigstens getoastetes Hefegebäck bekommen?«

Ihr Blick begegnete meinem quer durch das Blockhaus. Ein Kloß bildete sich in meinem Hals. Was für ein Schlamassel. Meine beste Freundin war wegen Mordes festgenommen worden, und weder mein Ehemann bei der Polizei noch ich hatten ihr helfen können. Jetzt hatten wir alle gegen das Gesetz verstoßen, und die Person, die ihr das Verbrechen angehängt hatte, war vermutlich längst verschwunden.

Ich sagte: »Wie geht es dir?«

Marla antwortete wehmütig: »Wart's ab, bis ich Koffein intus habe, bevor du mich danach fragst. Ich weiß – ich soll das Zeug nicht trinken, aber ich bin verzweifelt. Haben wir was davon da?«

»Ob wir was dahaben?« General Bo Farquhars Eintreten erschreckte mich, weil er sich wie immer lautlos bewegte. Er kam mit einer Ladung Brennholz herein, hinter ihm Arch und Jake. Der Hund sah niedergeschlagen aus. »Was wünschen die Mädchen denn jetzt, Eier Benedict?«

Ich zeigte mit dem Finger auf ihn. »Nennen Sie mich nicht Mädchen, Junge. Haben Sie das Handy mitgebracht?«

Er legte das Holz ab, rieb sich die Hände, um sie von Schlamm und Rinde zu befreien, und brachte mir das Telefon. »Versuchen Sie nicht, uns die Polizei auf den Hals zu hetzen. Wenn Sie Frühstück wollen, müssen Sie improvisieren, denn die Eier sind alle zerbrochen.«

Das Frühstück konnte warten. Bo hatte das Handy auf Bereitschaft geschaltet; ich tippte unsere Nummer zu Hause ein und unterdrückte die Sorge, wie Cops Handyanrufe zurückverfolgten. Wie auch immer, ich bezweifelte ernsthaft, daß das Büro des Sheriffs von Furman County über dic entsprechende Technik verfügte. Das Telefon klingelte einmal.

»Schulz.« Seine Stimme klang kratzig vom Schlaf.

»Ich bin's.«

Ich hörte ihn seufzen. »Wo bist du? Kommst du nach Hause? Ist Arch in Ordnung?«

»Es geht ihm gut, es geht uns allen gut. Wir sind draußen in der Wildnis und versuchen, Tony aufzuspüren.« Er seufzte. »Hör mal, ich bin mir sicher, daß Tony Royce nicht in diesem Bergbach ertrunken ist. Und nachdem ich gestern mit dir gesprochen hatte, bin ich an die Information herangekommen, daß Prospect Financial gelogen hat, was die Schließung der Mine in den vierziger Jahren anlangt. Außerdem haben wir ein blutiges Laborröhrchen gefunden und eine Attrappe.«

»Ein Laborröhrchen und was?«

»Eine Glatzenattrappe. Wie eine Mütze. Die jemand aufsetzt, um kahl auszusehen. Sagen wir mal, eine Person, die wie Albert Lipscomb aussehen wollte. Glaubst du, diese beiden Sachen reichen aus, um Marla vom Verdacht zu entlasten, ihren Freund ertränkt zu haben? Sprich schnell, ich will nicht, daß jemand den Anruf zurückverfolgen kann.«

»Ausgeschlossen. Dadurch, daß du mit Marla durchgebrannt bist, wirkt sie noch schuldiger. Und ich muß dich daran erinnern, daß du dich an die Gesetze zu halten hast.«

»Aber was ist mit den Beweisen?«

»Die müßte ich erst sehen, Miss G. Und bei der gegenwärtigen Atmosphäre im Büro wäre schon höhere Gewalt nötig, um Marla zu entlasten. Bitte – «

»Ich rufe dich später wieder an. Du fehlst mir.« Ich legte unvermittelt auf. Angesichts der Möglichkeit, zurückverfolgt zu werden, blieb keine Zeit für weitschweifige Sentimentalität. Leider.

Armer Tom. Ich hatte ihn nicht einmal gefragt, was nach dem Vorfall mit dem Notarztwagen auf ihn eingehagelt war.

Ich holte tief Luft. Es war Zeit, an etwas zu essen zu denken. Das Kochen stand ganz unten auf meinem Terminkalender. Andererseits brachte es ein Gefühl von Sinn mit sich, allen etwas zu essen zu geben, und vielleicht half es mir über das Schuldgefühl hinweg, das ich hatte, weil ich Tom verriet. Während der General im Herd Feuer machte und Wasser hereinschleppte, durchsuchte ich wieder den mager bestückten Schrank der Hardcastles. Mehl, Zucker, Zimt, Backpulver, Buttermilchpulver. Kein getrocknetes Rindfleisch, kein Trockenobst. Vermutlich glaubten die Hardcastles, daß Trapper mit dem frischen Wild, das sie in die Falle gelockt hatten, einen Festschmaus veranstalteten. Nachdem ich ein paar Augenblick lang gemault hatte, trieb ich drei Teebeutel auf, ein ungeöffnetes Glas Apfelmus, Backfett, Pottasche – ein Fund – und eine Grillpfanne. Eine alberne Erinnerung mischte sich ein – Archs Frage aus der Chemiestunde, als er in der vierten Klasse gewesen war. Was bringt Plätzchenteig zum Aufgehen? Die Antwort: ein Säuerungsmittel – Pottasche – und eine Base – Backpulver mit Natron. Ich vermischte die aufgelöste Buttermilch mit den Trockenzutaten zu einem weichen Teig, was mich daran hinderte, mich aufzuregen – wenn auch nur vorübergehend. Ich knetete den federleichten Teig, drückte ihn auf einem Holzbrett zu einem Kreis auseinander, schnitt ihn in Keile und legte dann die Hörnchen in das heiße, brutzelnde Backfett.

Zehn Minuten später, während Jake über sein Trockenfutter herfiel, kauerten wir vier uns auf dem gestreiften Rücken von Lady Maureen und bewiesen die Spruchweisheit, daß Hunger der beste Koch ist. Wir bestrichen die heißen Hörnchen dick mit Butter – der General hatte mit seinen Vorräten ein Stück mitgebracht – und mit Apfelmus, das wir den Hardcastles zu verdanken hatten. Die Butter und das Apfelmus sickerten tröstlich in die feuchten, zar-

Zimthörnchen aus der Pfanne

125 g Weizenmehl Type 405
$^{1}/_{2}$ Teelöffel Pottasche
$^{1}/_{4}$ Teelöffel Salz
1 Teelöffel Zucker
$^{1}/_{2}$ Teelöffel Backpulver
$^{1}/_{2}$ Teelöffel Zimt
2 Eßlöffel Buttermilchpulver
$^{1}/_{8}$ l Wasser
2 Eßlöffel festes Backfett, zum Beispiel Biskin

Die Pfanne bei mittlerer Hitze erwärmen. Mehl, Pottasche, Salz, Zucker, Backpulver und Buttermilchpulver vermischen. Wasser hinzugeben und umrühren, bis alles gut vermischt ist. Den Teig auf eine bemehlte Oberfläche legen, durchkneten und den Teig zu einem Kreis mit etwa 15 Zentimeter Durchmesser auseinanderdrücken. Mit einem scharfen Messer den Teig in 8 Keile schneiden. Das Backfett in der Pfanne schmelzen lassen. Wenn es heiß ist, auf mittlere Hitze herunterschalten und die Hörnchen in die Pfanne legen. Backen lassen, bis die Unterseite goldbraun ist, dann umdrehen und die andere Seite backen. Durch das Aufschneiden eines Hörnchens überprüfen, ob sie durch sind. Sie sollten nicht teigig sein, sondern wie Biskuit aussehen. Die Hörnchen aus der Pfanne nehmen und mit Butter und Apfelmus servieren.

Ergibt 8 kleine Hörnchen

ten, biskuitähnlichen Schichten. Als strikte Anhängerin von Kaffee am Morgen war ich überrascht von dem köstlichen Geschmack des englischen Frühstückstees, den ich aufgebrüht hatte. Im Sturm kommt jeder Hafen gelegen.

»Zeit zum Einparken«, erklärte der General. Er wollte so bald wie möglich Idaho Springs und die Goldmine Eurydice erreichen.

Wir hinterließen das Blockhaus der Hardcastles etwas sauberer, als wir es vorgefunden hatten, und meine einzige Hoffnung war, daß eine Staubschicht den Innenraum überzog, bevor die Hardcastles ihrem Anwesen auf dem Land selbst einen Besuch abstatteten.

Als wir eine Stunde später zur Mine kamen, wirkte sie völlig verlassen. Die schweren Tore vor dem bedrohlichen Eingang waren mit einer dicken Kette verschlossen. Die Schuppen waren fest abgeschlossen. Wie anders der alte Schauplatz jetzt wirkte, ohne Zelt, ohne tragbare Backöfen, ohne Essen und ohne Partygäste. Arch sprach mit Jake, der auf unserer Fahrt die High Creek Avenue hinauf geheult hatte. Jake kroch über seinen Schoß, steckte die Nase aus dem Fenster und stieß einen markerschütternden, ohrenbetäubenden Jauler aus.

»Nicht schon wieder«, murmelte Marla.

»Mach das verdammte Fenster zu«, befahl der General.

»Okay«, sagte Arch unterwürfig, »aber es ist wie oben am Blockhaus. Bluthunde erinnern sich an einen Geruch. Wenn sie ihn in der Luft riechen, heulen sie. So sind sie eben. Ich glaube, daß Tony hier war.«

»Schatz«, sagte ich milde, »Jake heult immer.«

»Stimmt nicht«, behauptete Arch, stets loyal.

»Na, gut«, sagte ich, als wir der Reihe nach aus dem Jeep stiegen, »was ist, wenn derjenige, der Tony entführt hat, wer auch immer es war, hier gewesen und dann weggefahren ist? Oder sagen wir mal, der Entführer hat sich das Gold geholt und ist dann auf diesem Feldweg wieder zurückgefahren? Der Hund kann doch bestimmt zwischen Anfahrt und Wegfahrt nicht unterscheiden, oder?« Und schon gar nicht dieser Hund, dachte ich etwas gereizt.

»Bluthunde gehen immer dem frischesten Geruch nach«, erwiderte mein Sohn ernst, erpicht darauf, die einzigartigen Fähigkeiten seines Haustiers vorzuführen. »In diesem Augenblick hat Jake nur eines im Kopf, ist sein einziges Ziel im Leben, Tony zu s-u-c-h-e-n.«

Arch schob Jake das Arbeitsgeschirr, eine Konstruktion aus Leder und Metall an einer dicken Lederleine, wieder über den Kopf. Jake senkte sofort die Nase auf die Gleise, die in die Mine führten. Ich drehte mich um und sah, wie Marla den Eingang anstarrte. In ihren Augen stand Furcht. Jake streifte an dem Bereich entlang, wo das Partyzelt gestanden hatte, die Nase am Boden, setzte die Pfoten erst hierhin, dann dorthin. Er schnüffelte in einem Graben herum, dann am Eingang zu einem Schuppen. Mich verließ der Mut. Das würde niemals funktionieren. Und selbst wenn es klappte und wir Tony in der Mine fanden, was sollten wir tun? Angenommen, er war wirklich tot? Sollten wir das Büro des Sheriffs anrufen? Ich konnte mir nicht vorstellen, wie De Groot und Hersey mit einem dicken Lächeln auf den Gesichtern ankamen. *Hey, wir entschuldigen uns allerseits! Marla hat Royce nicht umgebracht! Niemand ist in den Grizzly Creek gestoßen worden! Ein Riesenirrtum!*

Jake hatte eine Fährte aufgenommen. Er riß wie wahnsinnig an der Leine.

»Nicht so hastig«, sagte der General. »Um den Berg herum führt eine Straße. Sie überquert steiniges Gelände und endet an einer Nebenstraße nach Central City, nicht weit von der Orpheus Canyon Road entfernt. Vielleicht sind Tony und sein Entführer wegen der Goldbarren hergekommen und auf dem anderen Weg weggefahren. Sei dir *ganz* sicher, daß der Hund dem frischesten Geruch nachgeht, Arch.«

Aber Jake hatte sich in den Kopf gesetzt, daß es nur einen Geruch gab, dem er folgen mußte, und der führte direkt in die Eurydice. Er blieb vor dem geschlossenen Gittertor stehen und heulte.

»Wartet«, befahl der General forsch. Er schlenderte hinüber zu dem Wellblechschuppen auf der rechten Seite der Mine, wo vor nicht einmal zehn Tagen das Partyzelt aufgestellt worden war. Er warf sich heftig gegen die Tür, bis das Holz splitterte und nachgab. Einen Augenblick später ging die Lichterkette an, die in die Mine führte. Ich erinnerte mich daran, daß Marla mir erzählt hatte, die Lichter seien eigens für die Besichtigung der Mine durch die Investoren aufgehängt worden und reichten nicht sehr weit hinein. Aber für mich schienen die winzigen Lampen unendlich weit nach unten zu führen, wie eine Vision aus Alice im Wunderland.

Bo steckte den Kopf aus der Schuppentür und winkte uns her.

»Ich kenne mich hier überhaupt nicht aus«, sagte er fast entschuldigend. »Und ich habe keine Ahnung, wie es in der Mine mit dem Geruch sein wird. Ich weiß nicht einmal, wo der Safe ist, aber die Gleise sollten uns hinführen. Ich hoffe, daß wir Tony finden.« Er sah Arch mit festem Blick an. »Dem will ich dich wirklich nicht aussetzen, mein Junge. Bitte, laß mich Jake nehmen. Du kannst hierbleiben.«

Arch schob sich die Brille die Nase hoch und rückte die Schultern gerade, ahmte unbewußt den General nach. »Wo Jake hingeht, gehe ich auch hin. Mein Vater ist Arzt, und Tom ist bei der Mordkommission. Ich weiß Bescheid über Leben und Tod, und Sie wissen, daß meine Mutter schon an der Aufklärung von Verbrechen beteiligt war.«

Bo machte ein finsteres Gesicht. Dann nickte er. Vielleicht begriff er, daß Arch so stur sein konnte wie er selbst.

»Na gut«, sagte er. »Der Handel sieht so aus. Tut mir leid, daß ich die Führung übernehme, Goldy, aber wenn es um Sicherheitsfragen geht, habe ich ein besseres Gefühl, wenn ich das Kommando habe.«

Ich nickte.

Der General fuhr fort: »Ich will, daß Marla mit meiner Pistole am Eingang bleibt. Arch, Goldy und ich gehen mit einer Sicherheitsausrüstung für Bergwerke hinein. Wir folgen mit Jake den Gleisen bis zum Safe. Wenn eine Lampe ausgeht, wenn Jake anfängt zu heulen, kommen wir alle heraus, und ich gehe allein wieder hinein. Verstanden?«

Arch sagte ja. Ich nickte wieder.

General Bo führte uns katzenhaft durch den Schuppen. Er reichte Arch und mir Helme und setzte dann selbst einen auf. Arch stellte den Fuß auf Jakes Leine, während er sich den Helmriemen unter dem Kinn zuschnallte.

»Legt die hier auch an«, riet General Bo. Er hob massige Gürtel hoch, deren Schlaufen mit Gerätschaften vollgestopft waren. Als wir uns die sperrigen Lederriemen um die Hüften geschnallt hatten, grinste Bo. »Bevor wir abheben, meine Damen und Herren, möchten wir Ihnen die Sicherheitsvorkehrungen vorführen.« Er griff in eine Seite des Gürtels und zog ein rundes, spiegelndes Gerät an einer Kordel heraus. »Das ist eine Helmlampe.« Er ließ sie in eine Metallhalterung vorn am Helm gleiten. »Habe mal so eine benützt, als ich in Vietnam in einen Vietcongtunnel geschlichen bin.« Er drückte auf einen Knopf, und die Lampe ging an. »Benützt das hier nur, wenn es nötig ist.« Er berührte die Kordel an der Lampe. »Sie ist mit einer Naßzellenbatterie hier drin verbunden.« Er nahm etwas, das wie eine kleine Flasche aussah, aus seinem Gürtel. »Das hier nennt man ein Notbeatmungsgerät. Wenn in einem Tunnel Feuer ausbricht, muß man sich die größten Sorgen wegen des Kohlenmonoxids machen. Man benutzt das Gerät wie eine Taucherausrüstung.« Er sah sich im Schuppen um, steckte sein Notbeatmungsgerät in den Gürtel und griff nach einer anderen Flasche. Im Gegensatz zu denen an unserem Gürtel war diese Flasche rot.

»Das ist ein Übungsgerät. Es funktioniert nicht, deshalb ist es rot. Man drückt auf diesen Hebel, um die Versiegelung aufzubrechen und die Hülle abzustreifen. Dann beißt man auf das Mundstück hier.« Als er die Stoffhülle von der Flasche gezogen hatte, war darunter ein Metallbehälter mit einer Nasenklammer daran. Er hielt sich das Mundstück der Übungsflasche an die Lippen. »Dann verschließt man die Nasenflügel damit« – er zeigte auf die Nasenklammer – »und atmet. Der Filter in dem Notbeatmungsgerät verwandelt etwa eine Stunde lang Kohlenmonoxid in Kohlendioxid, je nachdem, wie stark die Konzentration des Kohlenmonoxids ist. Vermutlich werdet ihr es nicht brauchen.« Er nickte, und sein strenger Blick musterte uns auf Anzeichen von Feigheit. »Okay? Bereit?«

Arch sagte eifrig ja und hob Jakes Leine auf. Ich wackelte unter dem Helm mit dem Kopf. Er saß eng, und ich war mir nicht sicher, ob ich die Lampe in die Halterung am Helm stecken konnte, wenn es nötig war, ganz zu schweigen von dem Beatmungsgerät. Ich wollte nur das finden, weshalb wir hergekommen waren, und dann nach Hause zu Tom fahren. Falls Tom mich wieder zu Hause haben wollte.

General Bo trug einen Hammer zum Mineneingang, wo er die Kette und das Vorhängeschloß musterte. Er sagte laut: »Okay, auf geht's.« Ein paar Hammerschläge zerbrachen das Vorhängeschloß, und Bo fädelte die Kette aus dem Gitter.

»Keine Sorge, Mom«, sagte Arch zu mir, als wir uns den Eisentüren näherten, die Bo aufriß. Jake machte erwartungsvoll einen Satz vorwärts. »Minen sind heutzutage wirklich sicher. Nicht wie früher.«

»Was für ein tröstlicher Gedanke.«

Marla hörte Bo zu, der ihr erklärte, die Sicherung der Glock sei ein kleiner Hebel am Abzug. Sein eisblauer Blick hielt sie fest, als er mit sachlicher Stimme erklärte: »Du zielst und schießt. Das hier ist eine Neunmillimeter-Halbautomatik, und du hast neun Schuß. Du siehst einen Kerl. Du siehst einen Eselhasen. Du siehst eine Hummel. Du schießt. Verstanden?«

Marla nickte stumm und nahm die Pistole. Ich hatte meine Zweifel an ihrer Fähigkeit, sie zu benützen. General Bo machte geschmeidig den Weg frei, damit Jake, der mit seiner ganzen Hunderaft an Arch zerrte, als erster in die Mine hineinkonnte. Ich betrat den Tunnel als letzte.

Die abgestandene Luft traf meine Nasenlöcher wie ein Schlag. Ich wußte nicht, womit ich rechnete, aber bestimmt nicht mit kalter, modriger Feuchtigkeit, die mir sanft ins Gesicht wehte. Die dunstige Brise stank nach metallhaltiger Erde.

»Das ganze Jahr über zehn Grad«, berichtete General Bo fröhlich. »Ganz gleich, wie das Wetter draußen ist, das ist die Temperatur in einer Mine oder in einer Höhle. Es könnte eine Spur wärmer werden, wenn wir hineingehen.«

Jake zerrte den Tunnel hinunter an der Leine, dann bog er schnell nach rechts ab in etwas, was, wie General Bo uns mitteilte, eine in den Felsen gehauene Schneise war. Es war anscheinend der Weg zu dem Magazin, in dem die Sprengstoffe aufbewahrt wurden, über die ich etwas im Bericht des Inspektors gelesen hatte. Sobald er jedoch in der Schneise war, wirkte Jake verwirrt. Mit fliegenden langen Ohren kam er rückwärts aus der Schneise heraus und schnüffelte energisch am Boden des Haupttunnels entlang. Er schnüffelte an den Wänden, um die Schienen herum, marschierte in den Tunnel hinein und kehrte dann dorthin um, wo Marla stand.

»Was ist denn?« fragte ich.

»Bodengeruch«, sagte Arch, als er Jake zurückzerrte. Er klang entmutigt. »Tony ist hier drin gewesen, Jake hat das gemerkt. Aber weil es ein geschlossener Raum ist, glaubt Jake, daß Tony überall ist. In einer solchen Lage ist es für einen Bluthund sehr schwer, genau zu bestimmen, wo der Geruch war oder wie weit die Person, die er aufspürt, gegangen ist.« Er zog eine verdrossene Grimasse. »Deshalb setzen sie an solchen Orten Schäferhunde ein, zum Beispiel, wenn jemand in einem Gebäude festsitzt. Schäferhunde lassen sich von soviel Geruch nicht aus der Fassung bringen.«

»Laß ihm einfach Zeit«, riet Bo. Ich empfand weniger Hoffnung, sagte aber nichts.

Nach weiterer unsicherer Schnüffelei schlurfte Jake an den Gleisen entlang nach unten. Der General zeigte auf den finsteren Tunnel vor uns. Wir sollten in die Mine hineingehen. Genau das, wovor mir graute.

Mit einem widerhallenden Schritt nach dem anderen gingen wir tiefer in die Erde hinein. Zweimal stolperte ich über die alten, rostigen Gleise. Die feuchte Brise aus dem Inneren der Mine wurde immer modriger und abgestandener. Nur einen Meter über unseren Köpfen waren die grob behauenen Felsen gelegentlich mit Maschendraht überzogen.

»Um lockere Felsen abzusichern«, erklärte der General. »Übrigens, das Tunneldach wird der Rücken genannt.« Er langte hinüber und faßte die Steinwände an. »Die hier werden Minenrippen genannt.«

Die kalte Luft sickerte durch meine Kleidung in die Unterwäsche. Unsere Schritte hallten gespenstisch wider. Etwa fünfzehn Meter im Inneren schaute ich mich um. Marla stand reglos am Eingang, bewachte ihn. Ich wünschte mir aus ganzem Herzen, Arch und ich wären wieder bei ihr.

Nach etwa zwanzig Metern bogen der Tunnel und die Gleise nach rechts ab. Jake, der immer noch an den Rippen herumschnüffelte, bog ebenfalls rechts ab. Aber er wirkte wieder verwirrt. Von oben tröpfelte Wasser herunter. Im Licht der Lampen an der Wand entlang konnte ich mit Mühe einen Felsspalt über uns ausmachen.

»Verwerfung«, sagte General Bo sachlich.

»Warum riecht die Luft so übel?«

»Das ist eins der größten Probleme, eine Belüftung für die Bergarbeiter zu schaffen. Sie belüften die Mine mit Steigen, die sich den Berg hinaufziehen. Sie sind wie Schächte, aber die Bergarbeiter steigen mit Leitern von einer Ebene zur anderen – «

Unser Gespräch lenkte uns davon ab, daß Jake wild an etwas herumkratzte, was wie eine Holzwand auf der linken Seite des Tunnels aussah. Ich schaute mich um. Wegen der Abbiegung konnte ich Marla nicht mehr sehen.

»Was ist das?« sagte ich. »Was hat er gefunden?«

»Wieder Bodengeruch, glaube ich«, antwortete Arch. Er streckte eine Hand nach der Holzwand aus. »Vielleicht ist das hier der Sumpf.« Er hangelte sich an der Wand hoch, langte hinüber auf die andere Seite und verursachte ein Planschgeräusch. »Ja, das ist Wasser.«

»Der Sumpf«, erklärte der General, »ist das Reservoir für das Wasser, das aus der Mine kommt. Sie benützen das Wasser zum Bohren, wie ich gesagt habe – «

Jake spielte verrückt. Er schnüffelte an der Wand vor dem Sumpf bis nach oben, kam wieder herunter und schnüffelte wieder bis nach oben. Er zog wild an der dicken Leine. Arch konnte ihn nur mit Mühe zurückhalten.

Tony oder Tonys Geruch hatte etliche Zeit am Sumpf verbracht.

General Bo griff nach seiner Helmlampe. Arch trat fest auf Jakes Leine, konnte aber das Gleichgewicht nicht halten, wenn er die Stufen zum Sumpf hinaufsteigen wollte, ohne zu heftig an seinem Hund zu zerren. Ich ahmte Bo nach und tastete an meinem Gürtel nach der Helmlampe. Unbeholfen zog ich die Kordel heraus, ließ die Lampe in die Halterung einrasten und drückte auf den Knopf. Bei meinem gegenwärtigen Geisteszustand war ich fast überrascht, als das Licht anging. Mein kleiner Strahl wanderte über die Minenrippen. Während Arch darum kämpfte, Jakes Leine zu sichern, mit dem aufgeregten Tier redete und es beruhigte, stiegen der General und ich die schiefen Stufen hinauf, die zum Sumpf führten. Der Hund jaulte, als Bo und ich unsere blassen Lichtkegel in die Tiefe scheinen ließen.

Das Wasser war so unbewegt, daß es fast unmöglich war, es überhaupt wahrzunehmen. Der Tümpel reichte etwa fünf Meter nach hinten und war etwa zweieinhalb Meter tief. Wir fuhren mit den Lichtstrahlen über die trübe Wasseroberfläche und beleuchteten dann den Sumpfboden. Ich schrie vor Schock auf.

Auf dem Grund des Tümpels, voll bekleidet, mit glänzendem Kahlkopf, die Augen noch im Tod vor Überraschung weit aufgerissen, lag Albert Lipscomb.

»Bleib stehen, Arch«, befahl ich streng, als ich mich von der Leiche abwandte, um meinen Sohn zu beschützen. »Warte … einfach ab, bis wir wieder unten sind.«

»Warum? Was ist dort?« Er beugte sich linkisch über Jake. Die Leine hatte sich zwischen Archs Beinen verheddert, und Jake achtete nicht darauf, als er auf und ab trottete und tief in der Kehle ächzte. »Tony Royce muß hier gesessen haben oder so«, sagte Arch frustiert. »Der Geruch ist wirklich stark. Deshalb dreht Jake durch. Ist da was im Wasser, Mom?«

Ich wandte mich wieder dem Sumpf zu. Falls dieser närrische Hund recht hatte, würden wir als nächstes Tonys Leiche finden. General Bo ließ seine Lampe über den Toten schweifen. Ich schluckte schwer.

»Es ist Tonys Partner«, murmelte ich.

»Das habe ich mir gedacht«, sagte Bo. »Das ist die Leiche, nach der wir gesucht haben, nehme ich an.«

Ich kämpfte darum, einen klaren Kopf zu bekommen. Aber ja, er hatte recht. Victoria Lear war gestorben, weil sie herausgefunden hatte, daß die Mine wertlos war. Albert war verschwunden, angeblich mit dem ganzen Geld auf dem

Konto von Prospect. Eine Bankkassiererin, die jemanden hätte identifizieren können, war erwürgt worden. Marla war des Mordes an Tony Royce beschuldigt worden. Aber durch die Entdeckung von Albert Lipscomb hatten wir die wichtigste Leiche gefunden, den Schlüssel zu den grotesken Ereignissen in der letzten Woche.

Seine Leiche trieb nicht im Wasser. Wir waren in Colorado, nicht in Florida. Tom hatte mir etliche Male erzählt, daß es bei einer Wassertemperatur von fünf Grad einen Monat dauert, bis eine Leiche in einem See an die Oberfläche kommt. Unter Wasser sah Lipscombs schmales, überraschtes Gesicht wächsern und bläulich aus. Sein Haut war geschrumpft. Seine langen Finger, nach außen gespreizt, sahen aus, als ob er zu lange gebadet hätte. Ich konnte mich nicht daran erinnern, daß er Altersflecken auf den Handrücken gehabt hatte. Ich blinzelte und konzentrierte mich auf die dunklen, runden Narben. Sie sahen verdächtig nach Brandwunden aus. Als ob ihn jemand gefoltert hätte –

»Nein, nein!« schrie Arch. Er hatte die Lederleine losgehakt. »Jake, komm zurück!« Aber obwohl Arch verzweifelt rief, trabte Jake davon. Offenbar sagte ihm seine starke Nase, er müsse an den Gleisen entlang in die Richtung zurückgehen, aus der wir gekommen waren. Oder er war vielleicht wieder verwirrt durch den Bodengeruch. Oder er wollte möglicherweise, genau wie ich, verzweifelt der Nähe des Todes so weit wie möglich entkommen. Arch setzte seinem Haustier nach, aber der General war schneller, sprang die gedrungenen Stufen hinunter und raste mit dem Durchhaltevermögen, auf das ich inzwischen bei ihm gefaßt war, behende die Gleise entlang. Arch stolperte und klatschte spektakulär in den Schlamm. Als ich hinter meinem Sohn herwankte, krachte der Schall eines Schusses laut in den engen Tunnelraum.

»Arch!« schrie ich. Er lag ausgestreckt auf dem Boden

und rührte sich nicht. »Arch! Arch, sag mir, daß dir nichts passiert ist!« Er schien mich nicht zu hören. »Arch, bitte!«

Schließlich setzte er sich auf und schaute sich benommen um. »Es ist okay, Mom. Ich bin bloß hingefallen. Ich muß Jake einfangen.« Er kam mühsam auf die Beine, achtete nicht auf die Gefahr hinter uns.

In der Ferne heulte Jake. Der General war nirgends zu sehen. Ich hörte Marla schreien: »Nein! Nein! *Verdammt noch mal! Hol dich der Teufel!*« Und dann krachte ein weiterer Schuß. Ich packte Arch und preßte ihn gegen die Felswand, aus der Gefahrenzone. Nach einem atemlosen Augenblick hörten wir die Stimme des Generals unten im finsteren Durchgang schnarren.

»Arch! Goldy! Nach unten! Zurück! Dorthin, wo ihr – «

Im Haupttunnel explodierte Licht wie ein blendender Blitz. Ein ohrenbetäubender Knall schleuderte uns nach hinten. In diesem Moment merkte ich, daß alle Glühbirnen an den Minenrippen platzten. Dann war es, als würde bei einer Verdunkelung plötzlich eine Flamme gelöscht. Jäh umfing uns Dunkelheit. Meine Nasenlöcher witterten den schwach ätzenden Geruch nach Rauch.

Ich weiß nicht, wie lange ich betäubt auf dem kalten, feuchten Stein lag, bevor ich versuchte, die Stimme zu heben. »Arch«, sagte ich in die Finsternis. »Arch, bitte, wo bist du?«

Die Dunkelheit war unheilverkündend still. Dann hörte ich zu meiner ungeheuren Erleichterung ein Husten.

»Hier«, rief Arch heiser. Ich mühte mich ab, auf die Beine zu kommen, aber ich konnte nichts sehen. »Tut mir leid, Mom.« Archs Stimme war nahe. »Was *war* das? Weißt du, wo Jake ist?« Wie üblich galt seine erste Sorge seinem Hund.

»Ich habe keine Ahnung.« *Orientiere dich, orientiere dich,* befahl ich mir. *Wir müssen hier raus. Hier sind wir nicht sicher.*

Ich streckte die Arme in beide Richtungen aus. Aber da war nichts, woran ich mich orientieren konnte. Es herrschte absolute, unnachgiebige Finsternis.

»Mom?«

Ich strengte meine Augen in der Dunkelheit an. Ich ging in die Hocke und tastete auf dem feuchten Boden herum. Dann berührten meine Finger eine Metallkette und dickes Leder: Jakes Leine. Ich stopfte sie in die Jackentasche.

»Arch? Wo bist du?«

»Hier.« Einen halben Meter entfernt? Mein Sohn zog scharf die Luft ein. »Jake, Mom! Was ist Jake passiert? Ist Jake okay? Oh, Mom!« rief er. Ich hörte ihn in der Finsternis herumtasten, dann das Scharren seiner Schritte auf dem feuchten Steinboden. »Hey! Jake! *Jake*!«

Keine Reaktion auf seine Rufe.

Plötzlich vollbrachte Arch ein Wunder. Er schaltete seine Helmlampe ein. Weil sie in seinem Gürtel gesteckt hatte, war die Birne der Lampe bei der Explosion heilgeblieben. Ich blinzelte verblüfft, als ich sah, daß er nur ein paar Schritte von mir entfernt war. In der Ferne hörte ich die Stimme des Generals nach uns rufen. *Seid ihr da drin?* Ich kämpfte gegen die Panik an. Bos Stimme war unglaublich schwach, als wäre er kilometerweit entfernt. *Goldy? Können Sie mich hören? Sind Sie in Ordnung? Da war eine Explosion ... Goldy?*

»Ja!« rief ich, aber auch meine Stimme wurde verschluckt von den undurchdringlichen Felsen, die uns umgaben.

»Mom?« jammerte Arch. »Oh, Mom, ich muß Jake einfangen.«

»Arch«, sagte ich und zwang mich, meine Stimme ruhig klingen zu lassen, »gib mir die Hand.« Ich griff nach seinen Fingern voller Split und umklammerte sie fest. Vielleicht zu fest. *Er ist okay,* sagte ich zu mir. *Er ist nicht verletzt. Wir kommen hier raus.*

Arch wandte den Kopf dem Sumpf zu, dann fuhr er mit seiner Lampe an den Minenrippen entlang. »Das ist der Weg nach draußen. Ohne die Glühbirnen an der Seite müssen wir sehr vorsichtig gehen, Mom.«

Der Rauch brannte mir in den Augen und brachte mich zum Husten. Wurde er dichter? Schwer zu sagen. Ich rief dem General wieder zu: »Ja! Ja! Wir kommen!«

»Haben Sie Jake?« rief Arch.

Aber weder Bo noch Marla antworteten. Vorsichtig, uns an den Händen haltend, gingen mein Sohn und ich an den Gleisen entlang zurück. Arch hielt den Lampenstrahl nach unten, richtete ihn auf die Gleise. Hatten wir einen Schuß oder zwei gehört? Zwei. Und dann hatte der General seine Warnung gerufen, und die Explosion hatte die Mine zum Erbeben gebracht. Aber warum eine Explosion? Ich schüttelte den Kopf. Meine Gedanken kreisten zu schnell.

Ich schritt vorsichtig aus, hielt Archs Hand fest in der meinen, entschlossen, uns aus dieser klaustrophobischen Hölle hinauszubringen. Der Rauch wurde tatsächlich dichter, als wir uns der Biegung näherten. Wir umrundeten sie. Arch hob den Lichtstrahl Richtung Eingang ... oder dorthin, wo der Eingang hätte sein sollen.

Als er das Lampenlicht an den Gleisen entlangwandern ließ, konnten wir nur Finsternis und Rauchschlangen sehen. Meine Hoffnungen sackten in sich zusammen. Es gab zwei Erklärungen für unser Dilemma: Die Explosion hatte massive Steinmengen zum Abstürzen gebracht, und eine Mauer aus schweren Felsbrocken versperrte jetzt unseren Weg in die Sicherheit. Oder wir hatten uns verirrt und waren nicht in der Nähe des Mineneingangs. Ich weigerte mich, diese Möglichkeit in Betracht zu ziehen. Es kam mir außerdem so vor, als stammte der Rauch nicht aus dem Explosionsherd. Etwas brannte – vermutlich das Holz. Arch wich zurück.

»Mom! Mom! Setz das Atemgerät auf!«

»Okay, okay«, sagte ich und fingerte an meinem Gürtel herum. Je mehr ich versuchte, Luft zu holen, desto mehr Rauch inhalierte ich. Vor mir verschwamm und verblaßte das winzige Licht an Archs Helm. Laß mich nicht ohnmächtig werden, betete ich. Ich muß Arch hier rausbringen.

Ich zerrte das Notbeatmungsgerät aus der Gürtelschlaufe und riß die Stoffhülle ab. Zu Arch sagte ich: »Hast... du... deins... auf?«

Einen langen Moment schwieg er, dann kam seine nasale Antwort: »Ja. Brauchst du Licht?«

»Nein.« Ich zog an der Kordel mit der Nasenklammer, klemmte mir damit die Nasenflügel zu und biß versuchsweise auf die Klappe des Mundstücks. Ich atmete ein. Zu meiner Überraschung brannte das Kohlendioxid gierig in meinen Lungen. Angewidert ließ ich die Klappe los. »Es geht nicht«, krächzte ich in die immer rauchiger werdende Dunkelheit. »Das Gas ist zu –«

»Du mußt, Mom!« Archs Stimme war auf scharfe Weise erwachsen. »Jetzt atme mit dem Ding und laß uns einen Steig in der anderen Richtung suchen! Ich muß Jake finden!«

Sein sanfter Druck gegen die Finger meiner freien Hand strafte die Härte seiner Stimme Lügen. Ich biß auf die Klappe und atmete. Es war wie das Inhalieren von Farbe. Tränen brannten auf meinen Wangen, als wir umkehrten und unsere Schritte zurückverfolgten. Arch zog an meiner Hand, wie Jake an der Leine gezerrt hatte, die Gleise entlang, zurück in die Finsternis.

Nach einer Ewigkeit umrundeten wir die Biegung. Unsere Schritte knirschten auf nassem Kies, als wir am Sumpf vorbeigingen. Ja, es gab Schächte – im Fachjargon Steige genannt – zur Belüftung. So viel wußte ich. Aber wo waren sie? Und was war über ihnen? Ein Ventilator? Ein weiteres verschlossenes Gitter? Gab es in Colorado nicht ein Gesetz, das Minenöffnungen verbot, damit die Leute nicht hineinfallen konnten? Und falls es uns gelang, die Leiter eines Steigs hochzuklettern, wie in aller Welt sollten wir einen Ventilator beiseite schieben, falls wir auf einen stießen?

Wir gingen an den Gleisen entlang hinunter, tiefer hinein in den finsteren Bauch der Erde. Ich atmete Rauch ein und verfluchte Tony Royce. Und ich verfluchte meine Unfähigkeit, zu begreifen, daß er derjenige war, der die schrecklichen Probleme verursacht hatte, die uns heimsuchten. Tony hatte irgendwie seinen stets hoffnungsvollen Partner getäuscht, dessen war ich mir jetzt sicher. Und er hatte uns getäuscht. Natürlich war die Wirkung von Tonys Untaten durch die idiotische Arroganz von Shockleys Sturmtrupp, De Groot und Hersey, verstärkt worden. Ihre Festnahme Marlas hatte unsere gegenwärtige katastrophale Lage provoziert. Aber am allermeisten verfluchte ich meine Dummheit, weil ich Arch erlaubt hatte, Tony auf diesem unseligen Weg in die Mine nachzuspüren. Durch den Bodengeruch, der Jake chronisch durcheinanderbrachte, war der Hund total verwirrt gewesen, hatte Tony Royce überall gewittert. In Wahrheit, so vermutete ich, hatte sich Tony hier draußen versteckt, seit er nach dem Überfall auf Marla und Macguire das Blockhaus der Hardcastles verlassen hatte, und die Schuld wieder Lipscomb in die Schuhe geschoben. Vielleicht hatte er uns kommen sehen oder gehört, schnell die Tore abgeschlossen und sich im Sprengstoffmagazin versteckt. Dann hatte er nur noch warten müssen, bis wir so tief in der Mine waren, daß er sie mit Gott weiß wieviel Dynamit für alle Ewigkeit versiegeln konnte. Er hatte das alles getan, damit er mit einem Vermögen aus gestohlenem Bargeld und Gold entkommen konnte. Der arme Albert Lipscomb war wie Marla nur eine Schachfigur in Royces schonungslosem Spiel gewesen.

Wir kamen zu einer Gabelung im Minendurchgang. Der Tunnel mit den Gleisen führte nach links, in tiefste Finsternis, wie es mir vorkam. Rechts verengte sich der Durchgang, den Arch mit der Lampe beleuchtete, und die Felsen an den Seiten waren viel gröber behauen. Ein toter Gang? Vielleicht. Fast sicher eine weitere Sackgasse. Archs Hand zerrte mich nach links.

Schritt für Schritt, eine Gleisschwelle nach der anderen. Die Felsen waren so rauh, die Finsternis so tief und Archs Licht so schwach, daß ich befürchtete, ein Fluchtweg würde uns entgehen, falls es tatsächlich einen gab. Wenn sich unsere Augen an die Dunkelheit gewöhnen, liegt es daran, wie ich immer geglaubt habe, daß unsere Sehsensoren lernen, sich die winzigen vorhandenen Lichtmengen zunutze zu machen. Aber was ist, wenn kein Licht von außen vorhanden ist? Dann beobachtet man seinen Sohn, der die Helmlampe schwenkt, von links nach rechts, von rechts nach links. Und atmet. Spürt, wie die Lungen gegen die verrauchte Luft ankämpfen. Und atmet.

Wir sterben, dachte ich plötzlich. Ich fühlte mich seltsam benommen. Armer Arch. Er hätte eine bessere Mutter haben müssen. Keine, die bei jeder Gelegenheit loszog, um Verbrechen aufzuklären. Eine Mutter, die in ihrer Küche blieb, wo sie hingehörte, und die Polizeiarbeit der Polizei überließ ... Ich biß heftig auf die flammendheiße Klappe des Atemgeräts. Und ging mit meinem Sohn weiter durch die übel riechende Dunkelheit.

Plötzlich umklammerte Arch meine Hand und zog mich vorwärts. Sein Lichtstrahl hatte einen in die Wand eingelassenen Metallstab erfaßt. Nein – es war kein Stab. Seine Lampe tanzte wild über den Stein. Kein Stab – ein Metallstuhl. Nein.

Arch legte meine Handfläche um einen der Stäbe. Seine durch die Nasenklammer gedämpfte Stimme krächzte vor

Triumph: »Eine Leiter, Mom! Es ist ein Steig. Kletter hoch!«

Ich zog das Atemgerät aus meinem Mund. »Nein«, sagte ich zu ihm. »Du zuerst. Wenn du stürzt, fällst du auf mich statt direkt nach unten. Nimm beide Hände. Klemm dir das Atemgerät in den Mund.«

Er stöhnte auf, gehorchte aber schnell. Ich ging aus dem Weg, hörte zu, wie das Gewicht meines Sohnes sich auf der Metalleiter bewegte, und beobachtete, wie seine Helmlampe nach oben ruckte. Er stieg hinauf. Ich klemmte mir das Notbeatmungsgerät wieder in den Mund und kletterte unbeholfen hinter ihm her.

In der Finsternis mußte ich nach jeder neuen Metallsprosse tasten, klopfte dagegen wie eine Blinde, fuhr mit der Hand über die rostige Oberfläche, um mich zu vergewissern, daß sie tatsächlich da war. Das eine Mal, als ich hinaufschaute, fiel mir Staub von Archs Turnschuhen in die Augen, und ich beschloß, das nicht wieder zu tun. Ich atmete ein und dachte statt dessen an Tony Royce. Ich stieg hinauf, hinauf und hielt mich bei Verstand, indem ich alle Vorfälle mit Tony Royce, an die ich mich erinnern konnte, vor mir ablaufen ließ, und gelobte, auf jede Weise bösartige Rache zu nehmen. Ich hatte sogar eine Vision, wie ich vor Gericht gegen ihn aussagte – *Dieser Mann, Euer Ehren, ist verantwortlich für drei Morde, ganz zu schweigen von einer Unterschlagung in beträchtlicher Höhe. Und er hat meine beste Freundin betrogen. Und ihr seine Verbrechen angehängt.* Ich schob diese Phantasie energisch beiseite. *Bleib bei dem, was du weißt. Was weißt du?*

Arch stampfte auf etwas. Meine Finger tasteten nach oben: ein Gitter. Nein, es war ein Leiterabsatz. Ich schob meinen Körper durch die Öffnung und tastete mit Händen und Füßen an den Absatzrändern herum. Arch stieg schon eine weitere Leiter hinauf, und ich tastete nach den Seiten der neuen Metallsprossen, gab mir große Mühe, dem Loch auszuweichen, durch das ich eben gekommen war. Dann stieg ich wieder nach oben.

Ich atmete das feurige Kohlendioxid ein. Denk an Tony, befahl ich mir. *Wenn du rauskommst, was wirst du dann mit Tony machen?* Aber meine Lungen schrien vor Schmerz. Das Mundstück war so heiß, daß ich spürte, wie sich Blasen bildeten. Ich würde mich nie daran gewöhnen, Kohlendioxid einzuatmen, dachte ich. Und wie lange würde ich mich an dieses Gas gewöhnen müssen? Was hatte der General gesagt? Eine Stunde? Falls das Kohlenmonoxid im Rauch nicht zu stark konzentriert war – zwei Stunden? Wie weit nach oben mußten wir noch? Ja – der Berg fiel nach hinten ab, und mit etwas Glück konnten wir schließlich auf dem Gras und den Felsen auf dem steilen Abhang herauskommen, ein gutes Stück über der Mine. Aber wieviel Meter waren das noch? Zwölf? Dreißig? Sechzig? Und wie lange würde es dauern? Würde unser Luftvorrat solange reichen, bis wir in Sicherheit waren?

Wir kamen auf das, was der vierte Leiterabsatz sein mußte. Ich fragte mich, ob Marla auf Tony geschossen hatte. Oder vice versa. Es waren nur zwei Schüsse gewesen. Alberts Leiche, der wegrennende Jake, die Explosion, in der Falle zu sitzen. Es war alles zuviel. Ich stieg eine neue Reihe von Leitersprossen hinauf, hörte Archs Schritte über meinem Kopf. *Wir werden es nicht schaffen,* dachte ich, während ich das kochendheiße, ätzende Gas aus dem Gerät einatmete. *Oh, Tom, es tut mir so leid. Ich bin eine solche Idiotin. Ich hatte nicht vor, uns lebendig zu begraben.* Die Tränen brannten, und ich verfluchte sie auch. *Verdammt noch mal, Goldy. Denk an Arch, und nimm eine Sprosse, dann die nächste, denk an das zurück, was du tatsächlich über Royce weißt. Warum sollte er drei Tage hierbleiben? Warum hatte er das Land nicht sofort verlassen? Weil... weil er wartete. Er wartete auf etwas oder auf jemanden.*

Auf jemanden, der ihm etwas geben konnte. Was? Was brauchte er? Eine Fluchtmöglichkeit. Eine Fluchtmöglichkeit, das, was du jetzt auch willst...

Arch machte eine Pause. Er stampfte auf einem Leiterabsatz herum, aber der hier wirkte größer als die vorigen. Und sickerte etwas fernes, graues Licht hinunter auf den Absatz, oder war das eine Halluzination? Arch hielt das Licht nach oben auf ein Metallgitter. Auf einer Seite des Gitters stand ein Ventilator, aber er drehte sich nicht. Der Strom, der ihn bewegte, war vermutlich bei der Explosion ausgefallen.

»Laß mich versuchen, es aufzumachen«, sagte ich, weil ich größer als Arch war. Ich zog die Nasenklammer weg. Oh, gesegnete, gesegnete Luft. Sie war rauchig, aber sie enthielt herrlichen Sauerstoff. Ich keuchte heftig. Ich war ein ausgehungerter Mensch, der die Luft verschlang wie das erste Essen seit einer Woche.

»Beweg dich«, befahl ich dem Gitter und stieß heftig dagegen. Es gab nicht nach. »Könntest du die Lampe auf den Rand richten?« fragte ich Arch.

Er tat es, und ich sah ein Schloß der Art, wie es am Tor eines Zauns benützt wird. Es wirkte zugerostet. Ich hörte – deutlich und nahe wie eine Glocke – Jakes klagendes Geheul. Ich umklammerte das verdammte Notbeatmungsgerät mit aller Kraft, die ich noch hatte, und schlug auf das Schloß ein. Es gab ein scheußliches, knirschendes Geräusch von sich, bevor es scheppernd aufging. Ich stieß zwei Sprossen der Leiter hinauf, die zu dem Gitter führten, und stieß verzweifelt mit jedem Gramm der Kraft, die ich beim Schleppen von Tabletts mit Essen erworben hatte, mit meinem Körper dagegen. Es ging kreischend auf. Ich schlängelte mich hindurch, auf einen Pfad, der horizontal zum Bergabhang verlief. Ich streckte meine Hand nach Arch aus. Sein lächelndes Gesicht brachte mein Herz zum Singen.

Wir liefen den schrägen Pfad entlang. Und dann waren wir im Freien, auf Gras, zwischen Felsen, sahen den Himmel. Die dunstige Luft roch göttlich.

»Schau, Mom!« rief Arch aufgeregt. Er zeigte nach unten. Dort waren die Schuppen, dort war der Jeep, dort waren Marla und General Bo, die eine Karte studierten. Und dort, mit der Ersatzleine an den General festgebunden, sich unbeholfen drehend, weil er in der Brise den Geruch seines Herrn aufgefangen hatte, war Jake, die Nase hoch in der Luft, und heulte freudig.

Nachdem wir den Berg über der Eurydice hinuntergeklettert waren, nachdem wir uns alle umarmt und bestätigt hatten, wir seien okay, nachdem wir über den Absturz riesiger Felsen, ausgelöst von der Explosion, gestaunt hatten, nachdem Jake die blutigen Kratzer auf Archs Gesicht mindestens hundertmal abgeleckt hatte – nach dem allen erfuhren wir die schlechte Nachricht.

»Er ist entkommen«, meldete der General untröstlich. »Royce. Ich habe ihn gesehen. Ich war zehn Meter von ihm entfernt...« Er gestikulierte mit der Hand, die Jakes Ersatzleine umklammerte, und seufzte.

Marlas paillettenbesetzter Sweatsuit war schlammverschmiert. Ihr Gesicht ebenfalls. »Ich habe versucht, auf ihn zu schießen. Dieser Scheißkerl. Ich habe ihn *zweimal* verfehlt. Dann hat er mich zu Boden gestoßen, in den Schlamm.« Sie schüttelte den Kopf, so angewidert, daß sie fast sprachlos war. Aber Marla war niemals sprachlos. »Zum Teufel, ich wünsche mir, ich hätte ihn umgebracht.«

»Aber... wohin ist er gegangen?« Ich war ungläubig und empfand einen Hauch von Angst. Wer wußte, wozu er noch fähig war? Ich musterte die Schuppen und die Straße darunter. Aber die schäbigen Lagerhäuser sahen immer noch verlassen aus, genau wie der breite Schlammstreifen, der von der Mine hinunter nach Idaho Springs führte. »Mir ist immer noch nicht klar, was genau passiert ist. Woher wissen Sie, daß er nicht mehr in der Nähe ist?«

Ehe sie jedoch antworten konnten, kam ein scharfes, krachendes Geräusch. Wir machten einen Satz, glaubten, es sei noch ein Schuß. Aber dieses Geräusch war Donner. Dikke, eisige Regentropfen entströmten den Wolken. Der General reckte das Kinn. »Ich habe den Hund eingeholt und ihn am Halsband gepackt. Dann habe ich die Lunte gesehen. Genau gesagt, erst habe ich sie gerochen. Ich habe gesehen, wie Royce weggerannt ist, mit einem großen Rucksack, und einem Koffer... vielleicht war es auch ein Aktenkoffer. Als nächstes hat Marla auf ihn geschossen.« Er fuhr sich mit den Fingern über das kurze helle Haar. »Ich habe den Hund festgehalten, aber ich bin wie verrückt hinter dem Kerl hergerannt. Das einzige Problem war, daß *er* wußte, wohin er wollte, und ich nicht. Er ist etwa dort entkommen.«

Er zeigte auf den Abhang des Berges. Ein Stück rechts neben der Minenöffnung stand eine kleine, einer Garage ähnliche Hütte. Ich machte im stärker werdenden Regen ein paar Schritte. Von der Garage weg verliefen schlammige Autoreifenspuren.

General Bo fuhr fort: »Dort ist die Straße für Fahrzeuge mit Vierradantrieb, von der ich Ihnen erzählt habe. Fünfzehn Meter bergabwärts – ich habe auf der Karte nachgesehen. Sie führt nach Central City, aber erst kreuzt sie den Highway sechs nach Denver, also könnte Royce im Grunde überall sein.« Seine durchdringenden blauen Augen hielten meine fest. »Ich habe die Behörden angerufen, Goldy, als ihr beide da drin eingeschlossen wart.« Er sah auf die Uhr. »Um elf. Das war vor dreißig Minuten.«

Der kalte Regen verwandelte den Dreck auf meinen Armen in eine dünne Schlammschicht. Eine halbe Stunde, und kein einziges Polizeiauto oder Rettungsfahrzeug war bis jetzt angekommen? »Haben Sie... die Feuerwehr in Idaho Springs angerufen?« fragte ich. »Die hätten sofort heraufkommen sollen.«

Der General sah auf die nasse Straße hinunter. »Nein, ich habe das Büro Ihres Sheriffs angerufen. Furman County. Ich habe gesagt, wir hätten einen Toten und zwei Menschen, die in einer Mine eingeschlossen sind. Vielleicht haben sie gedacht, es ist ein übler Scherz. Aber sie könnten bald hier sein, wenn auch nur, um es nachzuprüfen. Wenn Sie also weiterhin Marla beschützen und fliehen wollen, sollten wir aufbrechen – «

»Das können wir«, sagte ich entschieden. »Aber ich will meinen Sohn aus diesem Schlamassel heraushaben. Jetzt.«

»Beides geht nicht«, sagte Marla bitter. »Komm mit, Arch.« Sie legte den Arm um seine dünnen Schultern. »Ich weiß, wo in dem Schuppen da drüben eine Dusche ist. Wir behandeln diese Kratzer mit Seife und Wasser. Wir haben noch ein bißchen Zeit, bis das Büro des Sheriffs kommt und mich wieder einsperrt.«

Arch warf mir einen verwirrten Blick zu, ließ aber sich und einen nassen, zappelnden Jake ohne Protest von Marla abführen.

Ich fragte Bo: »Haben Sie dem Büro gesagt, wer Sie sind und daß Sie Tony Royce gesehen haben?«

»Ja, natürlich habe ich das gesagt.« Seine Stimme war wie versteinert vor Zorn. »Ich habe auch gesagt, daß er in einem grünen Explorer weggefahren ist, obwohl, Gott helfe mir, ich das Kennzeichen nicht mitbekommen konnte, weil meine Augen nicht mehr so gut sind, wie sie einmal waren.«

Also war Tony in Alberts Auto hier heraufgekommen. Er hatte an jede Einzelheit gedacht. Wie lange hatte er gebraucht, das alles zu planen? Durch das Nachdenken beim Hochklettern dieser nicht enden wollenden Leitern in der Mine war ich auf die Idee gekommen, daß dieser Plan mit dem vorgetäuschten Tod schon seit einiger Zeit in Tonys Hirn genistet hatte. Er hatte geplant, etwas ausgeheckt, Dinge vorbereitet; er hatte sogar eine Hilfsstrategie, falls irgend etwas schiefging. Marlas Krach mit Albert auf der Party hatte vermutlich seinen ursprünglichen Zeitplan für seine Verbrechen geändert, aber das hatte nicht bedeutet, daß er seine Fluchtidee aufgegeben hatte.

»Hören Sie, Goldy«, flehte der General, »wir könnten ihn in weniger als einem Tag aufspüren – «

Ich hob die Hand. »Nein.«

Ich hatte beim Erklettern von mindestens zehn Leitern mit Metallsprossen Zeit gehabt, darüber nachzudenken, was ich zu General Bo Farquhar sagen würde, also teilte ich es ihm jetzt mit. »Hier ist meine Idee: ich glaube, daß Tony versucht, das Land zu verlassen, und aus irgendeinem Grund ging das nicht vor heute nachmittag oder vor heute abend. Sie und ich und hoffentlich die Polizei können ihn daran hindern, aber ich will Arch und Marla und den Hund aus der Sache heraushalten.«

Er kniff die Augen gegen den Regen zusammen, warf einen bedächtigen Blick auf die Bergstraße hinunter und nickte dann. »Was auch immer Sie sagen. Ich will diesen Kerl einfach schnappen. Ich höre.«

Ich schüttelte den Kopf. »Wir müssen weg von hier, weil es das Büro des Sheriffs von Furman County vermutlich immer noch auf Marla abgesehen hat. Wir müssen Marla, Arch und den Hund zurück ins Blockhaus der Hardcastles bringen. Und dann sage ich Ihnen, wohin Tony meiner Meinung nach will.«

Der General bedachte mich mit dem vollen Ausmaß seines Kommandoblicks. »Ich hoffe Ihretwillen, Goldy, daß wir Zeit dazu haben.«

»Entweder habe ich seinen Plan erraten oder nicht. Sie müssen mir einfach trauen.«

Der General zog eine finstere Miene. »Marla ist die einzige Familienangehörige, die ich noch habe ...«

»Sie ist meine älteste Freundin«, sagte ich ruhig. »Und ich liebe sie.« In der Ferne ertönte eine Sirene. »Zeit, um abzuhauen. Wir müssen einen Verbrecher fassen.«

Eine Stunde später sah ich Arch auf der Blockhaustreppe winken. Marla hob die Hand zu einem halbherzigen Abschiedsgruß. Mit der anderen Hand griff sie nach Archs Schulter. Jake strahlte vor idiotischem Glück, als wir in den Jeep stiegen, vermutlich begeistert darüber, daß ich verschwand.

Dann gab der General Gas, und wir rasten zurück zum Bride's Creek. »Okay, was haben Sie im Sinn?« fragte er, als gingen wir zum Abendessen aus.

Ich sah aus dem Fenster auf die dünner werdenden Wolken. Dann fragte ich: »Erinnern Sie sich daran, wie ich Ihnen erzählt habe, daß die Leiterin der Investitionsabteilung von Prospect bei einem Autounfall ums Leben gekommen ist? Victoria Lear hatte herausgefunden, daß das Golderz in der Mine Eurydice abgebaut war. Ich vermute, daß sie Tony Royce mit dem, was sie wußte, zur Rede stellte, und als Dank für ihre Mühe umgebracht wurde. Dann die Party – dort kam es zu dem schrecklichen Streit zwischen Marla und Albert Lipscomb. Sie stritten sich über einen Testbericht von einem fragwürdigen Labor. Albert hat nicht geglaubt, daß das Erz wertlos war, darauf wette ich, und er wußte nicht, daß Tony ein nicht vertrauenswürdiges Labor beauftragt hatte. Albert hat immer den Behauptungen seines Großvaters vertraut, in der Eurydice stecke noch Gold. Jedesmal wenn Marla etwas über die Mine erfahren hat, hieß es ›Albert sagt‹, nie ›Tony sagt‹. Nie. Aber es war Tony, der für den Schwindel verantwortlich war, und in diesem Staat sind Betrugsmanöver mit Gold die ältesten, die im Buch stehen.

Nach meiner Theorie haben sich Albert und *Tony* gestritten, nachdem Marla Albert wegen des gefälschten Testberichts zur Rede gestellt hatte. Tony wußte, daß das Erz, das er in das Labor geschickt hatte, nichts taugte. Aber er wäre nach dem spektakulären Erfolg, den die Firma mit Medigen gehabt hatte, nie auf den Gedanken gekommen, daß jemand sich beschwert, am allerwenigsten seine Freundin.«

Der General schaltete die Scheibenwischer von Dauerbetrieb auf Pausenstellung, richtete den Blick aber weiterhin geradeaus. »Fahren Sie fort.«

»Sagen wir also, sie streiten sich. Tony fährt zu Alberts Haus, sagt, daß er mit ihm reden will. Worüber reden sie? Diese beiden Männer hatten schon einmal versucht, ein Betrugsmanöver durchzuziehen, mit ihrem Unternehmen, bei dem es um Kaschmirwolle und Ziegenkäse ging. Vielleicht hat Albert geglaubt, daß sie nach dem Treffer mit Medigen jetzt legal vorgehen. Aber wie ich jetzt glaube, wollte Tony ihr Unternehmen mit der Mine noch tiefer hinunterziehen. Außerdem war er mit der Eurydice zu weit gediehen, als daß er einen Rückzieher machen konnte. Vielleicht hatte Albert keine Zeit mehr zu widersprechen, bevor ihn Tony bewußtlos schlug. Ich weiß nicht, womit. Tom hat mir erzählt, es reicht schon, jemanden mit einer Dose Anlasserflüssigkeit zu besprühen. Wie auch immer, sobald Albert außer Gefecht gesetzt war, arbeitete Tony schnell, packte Alberts Sachen, damit es so aussah, als hätte er die Stadt verlassen. Er brachte ihn hinauf zur Eurydice, wartete, bis er zu sich kam und folterte ihn dann, bis er Alberts Hälfte der Kombination des Safes mit dem Gold darin erfuhr. Dann brachte Tony ihn um. Aber Tony konnte das Gold noch nicht mitnehmen. Falls er das tat, konnte sogar Captain Shockley, der über das Gold und den Safe Bescheid weiß, darauf kommen, daß Tony für den Mord an Albert verantwortlich war. Aber falls Alberts Leiche durch einen ziemlich entlegenen Zufall in jener ersten Woche entdeckt wurde, konnte Tony, der immer noch da ist, behaupten, daß es Marla getan hatte, sie war wütend auf Albert, nicht wahr? Alle wissen das.«

Der General murmelte: »Dieser Typ ist so ein Scheißkerl.«

Ich fuhr fort: »Nach Alberts Verschwinden war Shockley zur Eurydice hinaufgefahren, aber außerhalb seines Zuständigkeitsbereichs war er das Risiko nicht eingegangen, sie zu betreten. Jedenfalls hatte Tony immer geplant, daß Marla als Sündenbock für ihn herhalten muß. Sie wußte zuviel über Testberichte und wollte zu hartnäckig die Wahrheit erfahren; sie ließ sich nicht so einfach zum Schweigen bringen. Aber wenn sie damit beschäftigt war, sich zu verteidigen, hatte sie keine Zeit, alles, was er getan hat, zu rekonstruieren. Vor allem, wenn es aussah, als hätte sie *ihn* in einem Eifersuchtsanfall ermordet, nachdem sie angeblich seinen Partner umgebracht hatte. Royce hat sich rundum abgesichert. Es war ein narrensicherer Plan.

Er ließ sich von seiner Freundin, der Medizinstudentin, Blut abnehmen. Ein Vacutainer enthält ein Konservierungsmittel für Blut: man kann es im Kühlschrank eine Woche lang, manchmal zwei Wochen lang aufbewahren, ohne daß es gerinnt. Und er hatte zehn Tage Zeit. Er kaufte die Glatzenattrappe. Er fälschte etliche Ausweispapiere Alberts, was, wie Tom mir immer wieder sagt, ziemlich einfach ist. Dann versucht er am Montag nach der Party, das Geld vom Partnerschaftskonto bar abzuheben. An jenem Tag konnte er das Geld nicht bekommen, aber er erhielt es am Dienstag, an dem er die Kassiererin weiterhin umgarnte, die er später erwürgte, damit sie ihn nicht identifizieren konnte. Jetzt hatte er dreieinhalb Millionen in bar, dazu zweihunderttausend in Gold im Minensafe. Warum sollte er die schließlich zurücklassen, wenn es so einfach war, anderen die Verantwortung für Diebstahl und Mord anzuhängen?«

Ich holte tief Luft. »Er überredete Marla, den Angelausflug, den sie geplant haben, vorzuverlegen. Er tat so, als hätte er ein Interesse daran, in Restaurants zu investieren, das neue Projekt von Prospect Financial Partners. Er ließ seine Luxusuhr bei Marla liegen, damit es so aussah, als hätte er nicht vor, auf Dauer zu verschwinden. Und jetzt wissen wir, wie er seinen vorgetäuschten Tod durch Erstechen und Ertrinken inszeniert hat. Leider hatte er Macguire bemerkt, deshalb hatte er ihn auch zusammengeschlagen.«

»Macguire hat Glück gehabt, daß Tony ihn nicht umgebracht hat«, bemerkte der General grimmig.

»Macguire ist kräftig«, erwiderte ich mit einem Lächeln, »das ist einer der Gründe dafür, daß er ein so guter Assistent beim Partyservice ist. Er hat Tony vermutlich mit ein bißchen mehr Muskelkraft zugesetzt, als er erwartet hatte.«

»Es klingt, als wären *Sie* auch ein bißchen mehr, als Tony erwartet hatte«, sagte Bo und erwiderte das Lächeln.

»Ja, möglicherweise gilt das für uns alle. Vor allem für Jake. Als Jake Tony oben in der Mine gewittert und geheult hat, da hat Tony gewußt, daß wir ihn tatsächlich gefunden hatten.« Ich machte eine Pause. »Tony hat immer etwas von mir gewollt. Und von anderen Leuten auch, zum Beispiel von seiner alten Freundin Eileen Tobey. Er hatte das Gefühl, das wären wir ihm schuldig.«

Der General runzelte die Stirn. »Was schuldig?«

»Oh, Aufmerksamkeit. Kontakte.« Ich konnte mich an

Tonys verführerisches Lächeln erinnern, das charmante Zwinkern seiner Augen. *Kennen Sie irgendwelche reiche Ärzte? Glaube nicht. Zahnärzte? Nein. Installateure? Nein. Wie sieht's mit Piloten aus?*

Piloten. Ja, ich kannte einen. Einen arbeitslosen ehemaligen Captain von Braniff, der letzte Woche eine FedEx-Lieferung mit Navigationskarten erhalten hatte. Ich war diejenige gewesen, die Tony von Sandy Trotfield erzählt hatte. Ich hatte ihm auch erzählt, daß Trotfields Frau – die das Geld hatte – in Kunst investierte, aber vielleicht ins Risikokapitalgeschäft einsteigen möchte. Tony schien sich für die beiden nur als Kunden zu interessieren, für sonst nichts. Albert hatte ihnen ein Kochbuch geschenkt. Aber ich wußte noch etwas, was ich erfahren hatte, als mich die Trotfields mit der Party letzte Woche beauftragt hatten: Sandy Trotfield sollte heute aus Rio de Janeiro zurückkommen. Ich vermutete, daß es Sandy Trotfield war, auf den Tony Royce gewartet hatte. Sandy Trotfield, der sich so wütend verhalten hatte, als die Cops in seine Küche eingedrungen waren. Sandy Trotfield, der Tony Royce aus dem Land fliegen konnte, ohne Aufmerksamkeit auf sich zu lenken, und für seine Mühe stattlich entlohnt werden würde.

Das alles erzählte ich dem General. Ich sah hinaus auf den Himmel. Die Wolken lösten sich auf, boten einen seltenen Blick auf eine wedgwoodblaue Fläche. Die Wetterfront schien schnell vorbeizuziehen. War das tatsächlich möglich? Konnte die Sonne wirklich auftauchen, wie Eurydice nach einem ausgedehnten Aufenthalt in der Unterwelt?

Der General tastete unter dem Sitz nach dem Handy, fand es und tastete die Nummer ein, die ich ihm gab.

»Ja«, sagte er schroff. »Mr. Alexander Trotfield? Hier ist Ermittler Beauregard Farquhar vom Büro des Sheriffs von Furman County. Wir haben einen Flüchtigen, einen Mordverdächtigen, einen Mann, von dem wir glauben, daß er Sie engagiert hat, ihn aus dem Land zu fliegen. Er heißt Tony Royce. Wir müssen alles über Ihren Kontakt zu Mr. Royce wissen.« Er hörte eine Weile zu, dann zeigte er mit dem Daumen nach oben. »Der Flugplatz von Furman County? Wann? Dreizehn Uhr dreißig. Ihre Citation. Welcher Hangar?« Bo wartete, während Sandy redete. »Mr. Trotfield«, sagte Bo dringlich, »Sie dürfen diese Verabredung mit Mr. Royce einhalten. Aber sagen Sie ihm, daß es zu einer Verspätung gekommen ist. Wirken Sie nicht alarmiert. Wenn ich eintreffe, stellen Sie mich bitte als Ihren Copiloten vor. Wir treffen uns am Hangar. Ja, das Büro des Sheriffs wird Sie für alle Ausgaben entschädigen, die Ihnen entstehen. Danke für Ihre Kooperation.« Er drückte auf einen Knopf, um das Gespräch zu beenden.

Ich sagte atemlos: »Meinen Sie, daß er Ihnen geglaubt hat?«

General Bo warf einen Blick auf die Uhr am Armaturenbrett und zog eine Grimasse. »Ich habe eine Stunde Zeit, mir eine Bomberjacke zu kaufen und eine Tönung aufzutreiben, die ich mir ins Haar reiben kann, nur für den Fall, daß Royce an der Mine einen Blick auf mich erhascht hat, was ich allerdings bezweifle.« Er überlegte. »Ob Trotfield mir geglaubt hat? Das ist mir eigentlich egal. Derjenige, dem ich eine gute schauspielerische Leistung zeigen muß, ist Royce.«

Ich fröstelte. Sandy Trotfield wollte für seine Zeit und Mühe entschädigt werden. Was für ein Witz.

»Hey«, sagte General Farquhar. »Sie sollten sich lieber auch auf meine schauspielerischen Fähigkeiten verlassen. Ich muß durch meine Rederei so nahe an Royce herankommen, daß ich ihn schnappen kann.«

»O ja? Und wo werde ich sein?«

Das Gesicht des Generals war grimmig. »In der Nähe. Mit meiner Pistole in der Hand.«

»Nein«, sagte ich ruhig. »Ich benütze keine Pistole. Ich rufe Tom an.«

Bos Blick war eisig. »Er soll lieber nicht die beiden Cops mitbringen, die Marla festgenommen haben.«

»Keine Sorge.«

Ich rief an; wieder einmal war Tom nicht an seinem Schreibtisch. Ich hätte fast vor Frustration geschrien, aber statt dessen hinterließ ich zwei Sätze auf seinem Anrufbeantworter. »Die bewaffnete und gefährliche Person, die ihr sucht, versucht heute nachmittag auf dem Flugplatz von Furham County das Land zu verlassen. Wir brauchen Hilfe, um ihn am Hangar C-neun fassen.«

Um halb eins hatten General Bo Farquhar und ich zweimal angehalten. Zum ersten Mal an einem Sportartikelladen in den Vorbergen, wo der General eine Bomberjacke aus Leder kaufte und eine Fliegersonnenbrille. Das ausgeprägte Kinn hochmütig in die Luft gereckt, musterte er die Regale mit Oberbekleidung, als ob ihm der Laden gehörte und er nur hereingekommen wäre, um sich eine neue Montur für einen Flug um die Welt zu besorgen. Ich sah, wie er der Verkäuferin gegenüber sein schmallippiges, kenntnisreiches Lächeln aufblitzen ließ, die wie vorhersehbar dahinschmolz. Ich fragte mich, wie er seine Einkäufe bezahlen würde. Er hatte vermutlich eine Anklage wegen Entführung zu erwarten, und es war sicher, daß jeder Kauf mit einer Kreditkarte zurückverfolgt werden würde. Doch wenn wir Erfolg damit hatten, Tony Royce eine Falle zu stellen, konnten wir uns später Sorgen über Marlas Gefängnisausbruch und dessen Folgen machen.

»Jetzt fehlt mir nur noch ein Navypilot, der mir Ärger macht«, murmelte der General, als wir zum zweiten Mal hielten. »Denen fällt die Nase aus dem Gesicht, wenn ein Nichtflieger eine Bomberjacke trägt.«

Ich grinste. »Ich glaube, Navypiloten sind unsere geringste Sorge, Sir.«

General Bo grinste auch. Das hier machte ihm einen Riesenspaß.

Aber ich empfand plötzlich die Last dessen, was wir vorhatten. Das Büro des Sheriffs war zwanzig, vielleicht fünfundzwanzig Minuten vom Flugplatz entfernt. Ich schätzte, daß wir weniger als eine halbe Stunde weit weg waren. Das hier war alles falsch. Als ich Tom nicht erreichen konnte, hätte ich jemand anders im Büro des Sheriffs anrufen und reinen Tisch machen sollen. Aber beim Gedanken an Shockley erschauderte ich. *Ich will nur Tom und Arch wiedersehen,* dachte ich. *Und vielleicht sogar Jake.*

Wir fuhren auf den Flugplatz zu. Weil Furman County überwiegend bergig ist, war es für die Leute, die den Flugplatz gebaut hatten, schwierig gewesen, ein Gelände zu finden, das groß und eben genug für Hangars und eine Rollbahn war. Sie hatten schließlich einem Rancher eine schwindelerregende Summe dafür bezahlt, daß er mit seiner Viehherde nach Ostcolorado umzog. Die blauäugigen Flugplatzerbauer hatten dann einen Bach umgeleitet, zwei Präriehundekolonien zerstört und ein Elchwandergebiet zugepflastert, während sie die Weiden des Ranchers begradigten. Dann war es ihnen nicht gelungen, Hangars zu bauen und Computer zu kaufen, die auch nur annähernd von ihrem Etatrahmen abgedeckt wurden. Der Flugplatz hatte sich nicht rentiert, und der daraus folgende Zorn der Umweltschützer und der Kursverfall der städtischen Flughafenanleihen hatten dem *Mountain Journal* mehrere Jahre lang saftigen Stoff geliefert.

»Hangar C-neun«, murmelte der General, als wir den Abhang hinunter an das Südtor im Sicherheitszaun kamen. »Wenn wir jetzt bloß ... ach, verdammt.« Er bremste den Jeep ab. Vor uns stand ein halbes Dutzend Auto Schlange, während ein Abschleppwagen einen Kombi aus einem großen Tümpel mit plätscherndem Wasser zog. »Was zum Teufel – «

Ich verrenkte den Hals. »Eine Überschwemmung. Mindestens eine Viertelstunde lang kommt niemand durch das Südtor.« Ich zeigte hin. »Das ist der Bach, der früher durch die Ranch geflossen ist.«

»*Welche* Ranch?«

»Die Ranch, die früher dort war, wo jetzt der Flugplatz liegt.«

Er wendete den Jeep. »Gibt es ein Nordtor zu diesem gottverlassenen Platz? Wir müssen einen anderen Weg zum Hangar C-neun finden.«

Nach meinen Richtungsangaben rasten wir den Highway entlang, bis wir zu einem Schild kamen, das auf die kleine Nordeinfahrt zum Flugplatz verwies. Wie ihr südliches Gegenstück führte die Straße zum Nordeingang zu unserer Rechten ebenfalls steil bergab.

»Ha!« rief der General triumphierend. Er scherte mit dem Jeep auf die Straße aus und beschleunigte bergab. Genauso schnell bremste er und starrte auf die Straße vor uns. »Heilige Muttergottes.« Hangar C-9 stand auf einer Anhöhe auf der rechten Seite, etwa dreißig Meter entfernt.

Aber der Sicherheitszaun und das Tor standen unter Wasser, überschwemmt vom schnell strömenden, nicht mehr umgeleiteten Bach. Auf der anderen Seite des Zauns waren zwei Autodächer in der wirbelnden, schlammigen Strömung kaum noch zu sehen. »Hol der Teufel diesen Regen. Wie sollen wir je da hineinkommen?«

Ich seufzte. »Fliegen.«

Natürlich glaubte ich nicht, daß er das wörtlich nehmen würde. Aber ich hätte mich daran erinnern sollen, mit wem ich sprach. Bo riß das Lenkrad scharf herum und jagte von der Straße herunter. Wir schaukelten auf und ab, während Bo das Wasser fest im Auge behielt. Schließlich kamen wir in die Nähe des Flugplatzgrundstücks. An den Rand grenzte eine kleine Klippe, die den ursprünglichen Bachverlauf überragte. Im Lauf der Jahrhunderte hatte das Wasser den Fels unterspült; deshalb war am anderen Bachufer, etwa fünf Meter entfernt, eine weitere Klippe. Bo brachte den Jeep fachmännisch am Fuß des Abhangs zum Halten, der hinauf zur Klippe führte.

»Bereit?« fragte er.

»Nein, das bin ich nicht«, erwiderte ich. »Erinnern Sie sich noch an das letzte Mal, als wir beide auf einer Klippe über Wasser waren? Durch die ganze Feuchtigkeit im Fels könnten wir leicht wieder einen Erdrutsch auslösen – «

»Sie wollen also, daß Marla wieder ins Gefängnis kommt, weil sie diesen Kerl umgebracht haben soll, der vorhat, für immer abzuhauen?«

»Es muß einen anderen Weg geben – «

»Es gibt keinen. Ich könnte mit einem Panzer über diese Klippe fahren. Wir schaffen es, Goldy.«

Was blieb uns für eine andere Wahl? »Wir sollten es lieber schaffen«, sagte ich zu General Bo.

Entschlossenheit stand in seinem Gesicht. Bo gab Gas. Die Tachonadel raste nach oben. Mir schien der Atem in der Kehle steckenzubleiben. Wir rasten an den Rand der Klippe, dann flogen wir plötzlich durch die Luft. Mein Herzschlag zählte die Sekunden. *Oh, Tom, ich werde mich nie, nie wieder auf ein Verbrechen einlassen. Ich –*

Wir landeten mit einem Krachen auf der Klippe gegenüber.

Aber ehe ich die Gelegenheit hatte, meine Erleichterung auszudrücken, donnerte es hinter uns ohrenbetäubend. Ich fuhr herum und erlebte einen Anblick, der vertraut, aber dennoch furchterregend war: Felsbrocken und Erde lösten sich in einem Erdrutsch auf. Wo zwei Klippen und ein idyllischer Bach gewesen waren, befand sich ein Schutthügel, den eine Lawine geschaffen hatte.

»Verdammt noch mal«, murmelte der General, als der Jeep durch das einzige nicht überflutete Flugplatztor raste. »Eben bin ich aus dem Sierra-Club hinausgeflogen.«

Hangar C-9 war ein großes hellgrünes Gebäude, vor dem keine Autos parkten. Der General besah sich das Areal, dann sagte er: »Ich will, daß Sie hinüber zu C-sieben fahren und den Jeep dahinter abstellen. Royce könnte dieses Auto bemerkt haben, als er aus der Mine herausgerannt ist.« Er machte eine Pause, mit einem so ernsten Gesicht, wie ich es selten bei ihm gesehen hatte. »Goldy, ich habe vor, diesen Kerl auszuschalten. Ich will Sie nicht hineinziehen. Beobachten Sie ihn von draußen aus. Rufen Sie Verstärkung, wenn es hart auf hart geht. Ich meine nicht Tom, ich meine das ganze verdammte Büro des Sheriffs. Trotfield sagt, sein Flugzeug ist ein kleiner Jet, eine Citation mit der Nummer vier-acht-zwei-sechs Golf. Ich gehe durch den Vordereingang in den Hangar. Sie beobachten Royce oder Trotfield von hier aus, dann kommen Sie mir nur nach, wenn Sie Royce weder sehen noch hören. Falls Sie ihn sehen oder hören, rufen Sie so schnell wie möglich die Cops. Als letzte Zuflucht. Mit etwas Glück haben wir jedoch mindestens eine Viertelstunde Zeit, bis sie kommen.« Er überprüfte die Glock. »Verstanden?«

Ich protestierte schwach: »Ist denn der Hangar nicht abgeschlossen?«

»Ein Sicherheitsschloß mit einer Zahlenkombination, die Trotfield mir genannt hat. Keine Sorge. Sie erledigen einfach Ihre Aufgabe, ich erledige meine. Okay?«

Ich nickte und fuhr den Jeep zu C-7, parkte ihn dahinter. Das Wetter klarte endlich auf; wo waren alle die Piloten? Vermutlich warteten sie am Südtor darauf, hereinzukommen. Ich schaute mich auf der Straße nach C-9 nach einem dunkelgrünen Explorer um, sah aber keinen.

Ich konnte den General das nicht allein durchführen lassen. Es mußte etwas geben, was ich tun konnte. Ich sprang heraus und ging an der Rückseite von C-8 entlang. Ich horchte und wartete. Kein Laut. Ich klopfte am Tor zu C-9, und mir wurde schwindlig, als die Klinke sich drehte.

Ein Pistolenlauf war direkt auf mich gerichtet. »Goldy, mir kommen gleich die Tränen«, sagte der General liebenswürdig. Er steckte die Pistole schnell in die Halfter unter seiner neuen Bomberjacke.

»Ich will Ihnen helfen.«

Er funkelte mich böse an, dann streckte er den Finger aus. »Gehen Sie ins Büro, und stellen Sie sich hinter diese Gulfstream. Bleiben Sie dort, wo Sie einen guten Blick auf die Citation haben, ohne gesehen zu werden. Schalten Sie das Licht nicht ein. Suchen Sie nach einem Telefon. Und bitte, mischen Sie sich nicht ein ...« Sein Kopf ruckte scharf herum, als er ein Geräusch hörte, das meinen Ohren entgangen war. »Hier kommt er. Weg hier.«

Ich rannte ins Büro und musterte schnell den Raum. In der Büroecke lehnte eine Schaufel. Ich griff nach ihr im selben Augenblick, in dem ich Tonys nur allzu vertraute Stimme hörte.« Entschuldigen Sie? Wer sind Sie?« wollte er von

General Bo wissen. »Wie sind Sie hier hereingekommen?«

»Ich bin Trotfields Copilot«, erklärte Bo leutselig. »Bin durch das Nordtor hereingekommen. Freut mich, Sie kennenzulernen, Mr. Royce.«

Keine Zeit, die Bürotür zuzumachen; das hätte zuviel Lärm verursacht. Durch einen Spalt in den Jalousien sah ich, wie Tony hereinschritt, in Chinohosen und einem teuren roten Lederanorak. Sein Haar war perfekt gefönt, sein Schnurrbart sauber gestutzt. Er hatte einen Aktenkoffer aus Metall bei sich. Der General bedachte Tony mit einem jovialen Lächeln. Ich packte die Schaufel.

»Jetzt fehlt uns nur noch Sandy«, sprach General Bo witzelnd weiter. »Er hat die Landeerlaubnis für den internationalen Flughafen in Ordaz, und unser Flugplan ist schon in den hiesigen Flugplatzcomputer eingegeben. Kommen die Autos jetzt einigermaßen reibungslos durch das Südtor?« Er schien das hier wirklich zu genießen. Er salutierte sogar spöttisch, ehe er sich umdrehte und rasch auf das Flugzeug zuging.

»Es geht. Hören Sie, wir haben Gepäck«, erklärte Tony mit einer Stimme, die andeutete, er erwarte vom Copiloten, daß er es hole. Aber als General Bo weiter auf die Citation zuging, folgte Tony ihm. Er fragte milde: »Sie sind schon länger Sandys Copilot? Was meinen Sie, wie sieht er mit dem neuen Bart aus?«

Die unwillkürliche, ungläubige Grimasse im Gesicht des Generals, als er sich umdrehte, um Tony ins Gesicht zu sehen, jagte mir nervöse Schauer über die Haut. Aber Bo ließ die Miene sofort verschwinden und nahm wieder den lockeren Ton an. »Oh, ich meine, er hat ohne besser – «

Aber es war zu spät. Royce hatte Bo auf die Probe gestellt, und er hatte sie nicht bestanden. Der Aktenkoffer aus Metall segelte auf den Kopf des Generals zu und traf ihn unvorbereitet. Bo flog linkisch nach hinten und ging mit einem Aufprall zu Boden. Er griff nach seiner Pistole, aber Tony rannte auf ihn zu und trat sie ihm aus der Hand. Die schwere Waffe rutschte über den Hangarboden.

O Gott, hilf mir, betete ich. Ich hob die Schaufel und machte einen Satz zur Bürotür. Tony eilte auf den Hangareingang zu. Als ich seinen Namen rief und auf ihn zurannte, zögerte Tony, mit offenem Mund, verblüfft über meinen Anblick. Ausgerechnet die Partylieferantin. Und bewaffnet...

Hinter uns fiel ein Schuß. Der General war zu seiner Pistole gerutscht, hatte auf Tony geschossen und ihn verfehlt. Erschrocken zog Tony eine kleine Pistole aus dem roten Anorak. Er zielte auf den General und schoß: *pop, pop, pop.* Dann ging er auf den General zu. Zwei weitere Schüsse hallten wider.

Ich dachte nichts. Ich rannte auf Tony zu und ließ die Schaufel mit meiner ganzen Kraft niedersausen. Er ächzte und schrie auf. Als sich sein Körper krümmte, flog ihm die Pistole aus der Hand und landete neben dem Hangartor. Ich schlug ihm mit der Schaufel auf den Kopf. Dieses Mal ging er zu Boden und rührte sich nicht. Erleichterung und Angst vermischten sich zu einer Welle, die meinen Blutkreislauf durchströmte. Ich kämpfte darum, Luft zu bekommen.

»Meinen Kassiererinnen werden die Muffins fehlen«, sagte eine ruhige, kalte Stimme hinter mir. Ich drehte mich um.

Am Hangartor stand Eileen Toby, Tonys Pistole in der Hand. Im Sonnenschein zeichnete sich die Silhouette ihrer muskulösen Gestalt ab. Ich ließ die Schaufel fallen.

»Nicht, Eileen«, sagte ich. »Sie können nicht... Ich habe geglaubt, Sie *hassen* Tony.«

»Halten Sie den Mund. Ich bin eben eine großartige Schauspielerin.«

Sie hielt die Pistole auf mich gerichtet, drückte aber zu meiner Überraschung nicht ab. Ich konnte ihre Augen nicht sehen. Ich schob die Hände in die Taschen.

»Nehmen Sie die Hände heraus, damit ich sie sehen kann«, sagte sie.

»Ich suche nur nach meinen Schlüsseln«, sagte ich zu ihr, kämpfte darum, die Verzweifelung aus meiner Stimme herauszuhalten. »Brauchen Sie sie nicht, um zu entkommen?« Ich behielt die Hände in den Taschen und ging auf sie zu. »Das Büro des Sheriffs wird nach Alberts Explorer suchen. Sie wissen, daß Tony Albert umgebracht hat. Wenn Sie meinen Jeep nehmen, können Sie fliehen, weit weg von dem ganzen.«

Ich war einen Meter von ihr entfernt. Ich blieb stehen, beide Hände in den Taschen, als wartete ich auf Antwort. Ich setzte eine fragende Miene auf. Sie schien mit dem zu kämpfen, was ich über das Büro des Sheriffs und Alberts Explorer gesagt hatte.

»Wollen Sie den Jeep oder nicht? Lassen Sie mich ärztliche Hilfe für General Bo holen, und Sie fahren – «

»In Ordnung«, sagte sie ungeduldig. Sie streckte die linke Hand aus, und dabei senkte sich die Pistole in ihrer rechten Hand leicht. »Geben Sie mir die verdammten Schlüssel.«

Tu's, dachte ich. Ich tat so, als fummelte ich in den Taschen herum, dann zog ich Jakes Leine heraus, die Leine, die ich in der Mine in die Tasche gesteckt hatte, und schleuderte sie gegen ihre Hand mit der Pistole. Das Metall bohrte sich in ihre Hand. Erschrocken ließ sie die Pistole fallen. Ich warf meinen ganzen Körper gegen sie. Wir gingen gemeinsam zu Boden, vor dem Hangartor.

Die Wut verlieh mir Kraft. Ich zog Eileen an den Haaren und gebärdete mich wie eine Irre. Als ich ihr Gesicht in den Dreck stieß, hörte ich sie fluchen. Ich stieß härter zu, preßte ihr Gesicht in den Schlamm, bis sie aufhörte, um sich zu schlagen. Wenn mich nur Tom jetzt hätte sehen können...

Tom sagte: »Es ist vorbei, Miss G.« Seine Stimme war zornig, enttäuscht, erleichtert. »Ich sollte das hier nicht fassen können, aber ich tu's.«

Mein Mann stand drei Meter von mir entfernt, seinen 45er nach oben gerichtet. Als ich vor Überraschung scharf ausatmete, senkte er den Revolver und signalisierte den Cops hinter ihm, herzukommen und die Frau zu holen, auf der ich saß.

Unter Schmerzen stand ich auf und ließ zu, daß zwei Polizisten Eileen Handschellen anlegten. Zu Tom sagte ich: »Es tut mir leid.«

»Verdammt noch mal, das sagst du immer.« Zwei uniformierte Polizisten stürzten an uns vorbei. Tom zeigte auf Tony Royce, der seinen Kopf umklammerte und fluchte. Die Polizisten legten ihm schnell Handschellen an. Sie ignorierten sein Schmerzensgeheul und führten ihn hinaus.

Tom sagte zu mir und wich meinem Blick aus: »Erst bekommen wir einen Anruf, in dem es heißt, daß Albert Lipscomb ermordet worden ist und oben in der Mine Eurydice liegt. Die Sanitäter fahren hin und melden über Funk, daß es dort eine Art Explosion gegeben hat. Dann höre ich deine Nachricht ab. Also kommen wir so schnell wie möglich hierher. Gut so.« Tom überflog den Hangar und seufzte. »Oh, Herrgott noch mal.«

Der General lag reglos auf dem Betonboden. Während Tom in sein Funkgerät kläffte, ein Notarztwagen solle kommen, lief ich hinüber und ging neben Bo in die Knie. Blut befleckte die Bomberjacke und spritzte auf den Boden. Tony hatte ihn angeschossen.

»Sie dürfen nicht sterben«, hörte ich mich General Bo

Farquhar befehlen. Meine Stimme hallte mir in den Ohren wider. »Sie dürfen nicht sterben. Oh, bitte –«

Die hellen, hellen blauen Augen, die ich in den letzten Jahren so gut kennengelernt hatte, gingen auf. »Goldy«, murmelte Bo. »Schulz ... Marla hat es nicht ...«

»Sie haben großartige Arbeit geleistet«, sagte Tom und kniete sich neben mich. »Marla wird völlig entlastet werden. Halten Sie nur durch, Sir.« Ich hatte noch nie solchen Respekt in Toms Stimme gehört.

Unter ungeheurer Anstrengung wandte sich Bo mir zu. »Ich gehe zu Adele ...« Er hob schwach den Kopf, ließ ihn dann auf meinen Schoß zurücksinken. »Ich ... euch alle ... so sehr ...«

Und dann starb er.

Ein Rettungsteam der Bergbauakademie von Colorado legte den Eingang zur Goldmine Eurydice frei. Sie holten die Leiche von Albert Lipscomb heraus. Tony Royce wurde, unter anderem, des Mordes an seinem Finanzpartner und an der Kassiererin der Bank First of the Rockies angeklagt. Die Ermittlung im Fall des Todes von Victoria Lear wurde wieder aufgenommen. Eileen Tobey wurde wegen schweren Raubs und als Mordkomplizin angeklagt.

Sobald Marla vom Verdacht entlastet worden war, rief sie ihren Anwalt an, damit er das Büro des Sheriffs wegen unrechtmäßiger Festnahme, Belästigung und wegen aller weiterer Delikte verklagte, die den beiden einfielen. Die Anklage gegen De Groot und Hersey sah übel aus. Zu diesem Zeitpunkt griff der Sheriff von Furman County, der Boß der Bosse und auf alle Fälle der Boß von Captain Shockley, auf ein altes Statut in Colorado zurück, genannt »nach Belieben«. Wenn ein Sheriff in Colorado damals, vor langer Zeit, einen Trupp zusammenstellte und einen Verbrecher verfolgte, entband er die Deputies von ihren

Pflichten, wenn der Täter gefaßt war. Der Trupp diente nach Belieben des Sheriffs, Punkt. Wenn er den Trupp hinauswarf, gab es keine Appellation. Es gab kein Berufungsverfahren. Drei Tage nachdem Tom Tony Royce gefaßt hatte, entließ der Sheriff die Ermittler De Groot und Hersey. Statt sich demselben Schicksal auszusetzen, hob Captain Shockley prompt sein wiederbeschafftes Geld bei Prospect Financial Partners ab und ging in Frührente.

Mit grimmigem Gesicht teilte Tom mir mit, daß ich vermutlich als Komplizin bei einer Fluchthilfe angeklagt werden würde. Aber die Wächterin war tatsächlich ohnmächtig geworden, bevor General Farquhar sie niedergeschlagen hatte, genau wie es Bo behauptete. Es gehe ihr bestens, sagte sie wiederholt zu mir, und sie sei so froh, Captain Shockley los zu sein, daß sie mich küssen könne. Also würde ich wenigstens nicht wegen Körperverletzung angeklagt werden.

Zwei Tage später hielt der Staatsanwalt mit offensichtlichem Widerstreben eine Pressekonferenz ab. Weil Bo, Arch und ich zur Aufklärung des Mordes an Albert Lipscomb beigetragen und bei der Festnahme von Anthony Royce und Eileen Tobey geholfen hatten, wurde gegen uns keine Anklage erhoben. Trotz dieser Rehabilitierung durchbrach Marlas Blutdruck die Schallmauer. Tony Royce, der Mann, den sie liebte, hatte sie betrogen, ihr Geld und ihr Herz gestohlen und Menschen umgebracht. Und ihr liebevoller Schwager war gestorben, als er versuchte, ihr zu helfen. Ihr Kardiologe wies sie an, zu Untersuchungen eine Woche im Krankenhaus zu verbringen. Ausnahmsweise war sie zu erschöpft, um zu protestieren, aber sie überredete die Ärzte, sie zeitig zu entlassen, damit sie mit uns zum Gedächtnisgottesdienst für Bo kommen konnte.

Eine Woche später übernahmen wir fünf – Tom, Arch, Marla, Macguire und ich – die Verantwortung, die Asche des Generals zu verstreuen. Weil die Asche seiner Frau am Bride's Creek verstreut worden war, beschlossen wir, das sei ein angemessener Ort für die Asche Bos. Wir wollten ein kleines Picknick abhalten, zu dem die Leibspeise des Generals gehörte – Schokolade. Das schlechte Wetter hatte ein Ende genommen, und endlich hatte der Sommer das Hochland erreicht. An einem strahlenden Sommertag stiegen wir der Reihe nach in den frisch reparierten Lieferwagen. Natürlich nahmen wir Jake mit, den ich jetzt schätzte wie einen menschlichen Freund. Schließlich hätten wir ohne Jakes Hartnäckigkeit Tony Royce nicht gefunden, seine Kette aus Verbrechen nicht durchbrochen. Der wissende, eifrige Ausdruck in den flüssigen Hundeaugen, jedesmal, wenn er mich ansah, sagte mir, daß er wußte, ihm gegenüber habe sich in meinem Herzen eine Wandlung vollzogen.

Am Bach aßen wir Leberwurstsandwiches, Tomaten in Vinaigrette, mampften Schokoladenplätzchen und sprachen über die wunderbaren und gefährlichen Zeiten mit General Bo Farquhar.

»Er hat uns alle sehr geliebt«, sagte Marla, die Stimme über das Donnern des Bride's Creek hinweg erhoben, als wir unsere Erinnerungen abgeschlossen hatten. Sie hob die Urne über den Bach und schüttete die Asche in das tosende Wasser.

Ich sprach ein stummes Gebet. Ich hatte nie jemanden wie Bo Farquhar gekannt. Ohne ihn würde die Welt leerer, weniger farbenfroh wirken. Noch während ich das dachte, schlossen sich Toms Finger um meine.

Als wir kehrtmachten, um zum Lieferwagen zurückzugehen, warf Jake den Kopf hoch und heulte. Arch zerrte an seiner Leine, aber der Hund wollte sich nicht vom Fleck rühren. Statt dessen wandte der Hund seinen Körper den Fichten zu und heulte wieder, herzzerreißend. Arch schüttelte den Kopf, dann sah er mit zusammengekniffenen Augen die Bäume an.

»Mom«, sagte er leise. »Ihr alle. Schaut.«

Wir drehten uns um. Durch die sonnenbeschienenen Bäume trieb ein einsamer Dunststreifen. Er schien militärische Haltung anzunehmen.

Econ Taschenbuch

James Patterson
... denn zum Küssen sind sie da
Thriller
352 Seiten
TB 27383-3

Den abgebrühten Detektiv und Psychologen Alex Cross kann eigentlich nichts mehr erschüttern. Doch das ändert sich schneller als ihm lieb ist: Ausgesprochen hübsche Frauen sind die Opfer eines gemeingefährlichen Serientäters, der seinen Opfern erst eine betäubende Injektion gibt, bevor er sie vergewaltigt und tötet. Nur die Medizinstudentin Kate kann sich in letzter Minute aus seinen Klauen befreien. Für Alex Cross beginnt ein Wettlauf mit der Zeit, denn plötzlich verschwindet auch seine Nichte ...

Ein Thriller der Extraklasse für Leser mit starken Nerven. Jetzt aufwendig verfilmt mit Morgan Freeman als Alex Cross.

Econ Taschenbuch

Rankin Davis
Gegen das Gesetz
Thriller
544 Seiten
TB 27375-2
Deutsche Erstausgabe

Seit Monaten beschäftigt sich die Sensationspresse mit dem geheimnisvollen Serienmörder »König Artus«. Jetzt ist der undurchsichtige Trevor Speakman angeklagt, sieben Mädchen grausam getötet zu haben. Alle Indizien sprechen gegen ihn, doch für die junge Anwältin Leone Stern wirkt der Fall zu perfekt. Als sie herausfinden will, wer der Polizei den Tip gegeben hat, der zu Speakmans Verhaftung führte, stößt sie auf eine Mauer des Schweigens. Offenbar hat keiner ein Interesse, die tiefere Wahrheit über »König Artus« zu offenbaren. Ein mörderisches Spiel beginnt – und die Anwältin muß erkennen, daß ihre gefährlichsten Gegner in den eigenen Reihen zu suchen sind.

Ein neuer, packender Thriller von Rankin Davis, der in England als zweiter Grisham gefeiert wird.

003

Lia Matera
Dunkle Gesänge
Thriller
376 Seiten
TB 27327-2
Deutsche Erstausgabe

Der Mythologe Arthur Kenna, ein alter Freund von Anwältin Willa Jansson, wird des Mordes an seinem Assistenten verdächtigt. Von Arthurs Unschuld überzeugt macht sich Willa auf die Suche nach dem wahren Täter und gerät in ein gefährliches Abenteuer mit einem geheimnisvollen Schamanen.

Lia Matera
Mörderische Kanzlei
Thriller
240 Seiten
TB 27315-9
Deutsche Erstausgabe

Ihr neuer Job in einer renommierten Kanzlei hat es wirklich in sich. Nicht nur, daß kurz nach Willa Janssons Einstellung zwei Kollegen vergiftet werden, sie steht plötzlich sogar unter Mordverdacht. Als Willa dann auch noch Opfer eines Anschlags wird, nimmt sie den Fall selbst in die Hand.

Econ Taschenbuch

Carole Nelson Douglas
Eine Katze im Diamantenfieber
464 Seiten
TB 27372-8
Deutsche Erstausgabe

Männer und andere Probleme: Privatdetektivin Temple Barr hat von allem die Nase voll. Zur Ablenkung besucht sie daher einen Talentwettbewerb für Romanschriftstellerinnen und trifft dabei allerlei skurrile Menschen: verschollene Tanten, alte Freunde, die ihren gestählten Körper als Model verkaufen möchten, schmierige Italiener-Machos … Als Temples Freund Cheyenne jedoch plötzlich von einem Pfeil durchbohrt zu Boden sinkt, haben die Probleme sie wieder.
Gemeinsam mit ihrem schnurrenden Partner Midnight Louie, dem massigen Katzendetektiv, setzt sie sich auf die Spur des Mörders. Und diesen Beistand hat sie auch bitter nötig, denn der Fall ist komplizierter als erwartet – und weitaus gefährlicher …

Carole Nelson Douglas ist mit ihrer Midnight-Louie-Reihe die preisgekrönte Königin der Katzenkrimis.

005